목련이
피었다

GOLDPEN CLUB NOVEL 006

2011 올해의 추리소설

목련이 피었다

강형원 · 김재성 · 김주동 · 서미애 · 설인효 · 손선영
이상우 · 최종철 · 현구 · 황미영 · 황세연

:: 차례 ::

살아 있는 전설 / 강형원   7

노끈 / 김재성   45

강박관념 / 김주동   87

목련이 피었다 / 서미애   127

ZOMBIE, 2011 in Seoul / 설인효   177

그녀는 알고 있다 / 손선영   211

섬머 킬러는 슬프다 / 이상우   239

독거미의 거미줄 / 최종철   267

포인트 / 현구   309

브로드웨이의 비명 / 황미영   347

개티즌 / 황세연   373

살아 있는 전설

강형원

1987년 월간 소설문학 제3회 장편추리소설 공모에 『보이지 않는 손』 당선. 장편 『서울 에펠탑』으로 한국 추리문학 대상 수상. 장편 추리소설 『푸른 빛 왕관』, 『잠자는 머리카락』, 단편 「신혼여행, 이번이 몇 번째야?」, 「최후의 심판」, 「황금거위」 등을 발표.

1

1979. 10. 23 일요일.

J일보 사회부 임호일(林浩一) 기자 앞으로 한 통의 편지가 배달됐다.

10월 26일 저녁 궁정동에서 대통령 시해.
가해자는 중앙정보부장. 막아야 합니다.
수.

짤막했지만 정성이 깃든 글씨였다. 임 기자는 기사 제보를 많이 받아보았지만 이런 예언성 제보는 처음이었다.

"뭐? 대통령이 시해돼? 가해자가 중앙정보부장? 누군가 참 할 일 없군."

임 기자는 중얼거렸다.

"부장, 이것 좀 보세요. 대통령이 살해된답니다."

임 기자는 사회부장에게 편지를 보여주었다.

"뭐, 대통령이 중정부장한테 살해돼? 어이, 임 기자. 좀 가려서 가져와. 제보라고 아무거나 다 가져오지 말고. 나 지금 무지하게 바빠."

사회부장은 편지를 쓰레기통에 버리려고 하다가 무슨 생각이 들었는지 수첩에 집어넣었다. 편집회의에서 우스갯소리로 써먹으려는 것 같았다.

"10월 26일 밤에 엄청난 일이 터집니다. 기대해 주세요."

편집국 회의에 참석한 사회부장이 편지를 꺼내 보였다.

"정보부장이 대통령을 살해? 에이, 예언을 하더라도 좀 가능성 있는 것을 해야지. 이건 뭔 장난이야. 쯧쯧."

편집국장이 편지를 집어 던지면서 한마디 했다.

"어이, 거 귀신 씨나락 까먹는 소리 그만해. 우리 정치부도 그런 점쟁이 예언 수없이 들어와."

정치부장이 한마디 뱉었다.

요즘 돌아가는 시국은 어수선했다. 경찰을 피해 신민당으로 들어와 농성 중인 YH 여공들을 신민당 김영삼 총재가 감싸고돌자, 10월 초 국회는 김 총재를 국회의원에서 제명시켜 버렸다. 그러자 부산, 마산에서 대학생 시위가 대규모로 일어났고, 다급한 정부는 18일은 부산에 긴급명령을, 20일은 마산에 위수령을 발동했다. 군이 출동, 대학생들을 마구 잡아다 군법회의에 회부했다.

현지 기자들이 부산·마산 사태 기사를 송고해 왔지만 거의 보도를 못하고 있었다. 신문사에는 정보부에서 나온 검열관이 기사를 검열하고 있어 기자들은 부산·마산 사태 같은 시국 사건을 한 줄이라도 보도하려고 혈안이었다.

2

10월 26일 오후 7시 35분 궁정동 안가(安家).

박정희 대통령은 김계원 비서실장, 김재규 중앙정보부장, 차지철 경호실장과 저녁식사를 하고 있었다. 식사 중에 시국 이야기가 나왔다.

"국회의원도 아닌 놈이 설치고 지랄이야."

TV 뉴스에 김영삼이 나오자 대통령이 불쾌하다는 듯이 내뱉었다.

"부산·마산 데모는 이제 진정된 거요, 김 부장?"

대통령이 김재규에게 물었다.

"네, 이제는… 잠잠……."

김재규가 대답을 하는데 차지철 경호실장이 끼어들었다.

"확실히 본때를 보여주어야 하는데. 김 부장이, 너무 느슨해서 애들이 더 난리를 치는 겁니다. 각하. 부산이건 창원이건 탱크로 확 밀어버려야 합니다. 이건 뭐, 술에 물 탄 듯해서 원."

대통령 신임을 등에 업고 차지철은 정보부장 일을 사사건건 간섭하고 있었다.

갑자기 김재규가 벌떡 일어나 대통령에게 소리쳤다.

"각하, 이런 버러지 같은 놈을 데리고 정치를 하니 제대로 되겠습니까?"

김재규는 주머니에서 권총을 꺼냈다.

"이 나쁜 새끼."

김재규는 차지철을 향해 권총을 발사했다.

탕.

총알은 차지철 팔을 관통했다.

"무슨 짓이야, 김 부장!"

대통령이 놀라 김재규에게 소리치자, 김재규는 이번에는 대통령을 향해 총을 발사했다.

탕.

대통령 가슴에 핏방울이 튀었고, 옆으로 몸이 기울었다.

"김 부장, 왜 이래?"

차지철이 김재규를 향해 피 묻은 손을 흔들었다. 김재규는 다시 차지철에게 권총을 발사했으나 탄피가 빠져나가지 못해 불발됐다. 밖으로 나가 부하 권총을 빼 들고 다시 화약 냄새 가득한 곳으로 들어왔다. 그리고는 몸을 숨기려고 안간힘을 쓰는 차지철의 배를 향해 총을 발사했다.

탕.

차지철은 배를 맞고 바닥에 엎어졌다. 이어 대통령에게 다가가 뒷머리에 한 발을 쐈다.

탕.

핏방울이 사방으로 튀었다.

짧은 시간에 저녁식사 자리는 붉은 피로 물들었다.

"전화 왔어요. 신문사에서 급히 들어오래요."

곤히 잠자고 있는 임 기자를 아내가 깨웠다. 일어나 보니 새벽 3시. 통행금지가 해제되는 4시가 되려면 아직 멀었다. 임 기자가 눈을 비비고 밖으로 나왔지만 거리엔 지나가는 자동차가 한 대도 없었다. 마포에서 걸어서 신문사에 도착하니 통행금지 해제 사이렌이 울려 퍼졌다. 신문사는 먼저 나온 기자들로 북적거렸다. 뭔가 큰 사건이 터진 것 같았다.

"임 기사, 그 친구 이름이 수던가? 그 예언 편지 어떻게 했어? 국장이 찾아."

사회부장이 임 기자가 나타나자 기다리고 있었다는 듯이 물었다.

"버렸는데요."

"뭐, 버려? 왜 버렸어?"

"장난 편지라고 하셔서."

"누가, 내가? 그렇다고 내가 언제 버리랬어? 아이고, 난 모른다. 국장이 찾으니까 빨리 가보자고."

편집국은 난리가 났다.

대통령 신상에 뭔가 수상쩍은 일이 발생했다는 소식이 속속 들어오고 있었다. 기자들은 각기 청와대, 정보부, 경호실, 경찰 등 취재 인맥을 총동원하여 무엇인가 정보를 알아내려 하고 있었다. 담배 연기 속에 전화벨 소리, 고함 소리, 타자 치는 소리가 실내를 가득 채웠다. 대통령이 경복궁 옆 군부대 병원에 있다는 소식이 들어왔다. 중상이라는 것이다. 한참 뒤에 죽은 것 같다는 소식이 들어왔다.

두 사람은 국장실로 갔다. 부장들이 뺑 둘러앉아 있었다.

"어! 임 기자, 편지 빨리 가져와. 그 도사님 편지."

임 기자를 보자 국장은 얼굴이 훤히 밝아지면서 물었다.

"버렸답니다."

사회부장이 먼저 말해 버렸다. 그 말에 국장 얼굴이 실망감으로 가득했다.

"뭐, 버려? 이런, 뭐가 그리 급해 그걸 버려. 기자는 감이 있어야지, 감. 탁 보고 뭔가 크게 걸렸다는 감 말이야."

국장 얼굴이 뻘게졌다.

"주소는 알고 있지?"

"그것도⋯ 모르겠습니다."

"뭐, 몰라? 그런 것도 기억 못해. 머리가 나쁘면 어디 기록이라도 해놔야지."

"장난인 줄 알고 그만⋯⋯."

"오늘 중으로 모셔와. 못 찾아오면 내 앞에 나타나지 마."

엄명이 떨어졌다.

이 넓은 천지에 수를 어떻게 찾아내야 할지 임 기자는 난감했다.

'하필 나한테 그걸 보내가지고. 아이고 수, 나와 무슨 원수졌니?'

하루하루 스트레스가 엄청나게 밀려들어 오고 있었다. 편집국장은 마주칠 때마다 수를 아직도 못 찾았냐고 난리를 쳐댔다. 심지어는 임 기자의 긴 머리에 시비를 해댔다. 경찰 단속도 요리저리 피해온 머리카락이다. 전에 같으면 가단두 불가발(可斷頭 不可髮: 목은 잘릴 수 있어도 머리카락은 안 된다)이라고 반발했겠지만 이제 깎아야 할 시기가 온 것 같았다.

어린애부터 노인네까지 김재규가 차지철에게 총을 쏘면서 뱉은 '이런 버러지 같은 놈을 데리고 정치를 하니 제대로 되겠습니까?'라는 말이 유행이었다. 매일 밤 꿈에라도 수가 나타나길 빌면서 임 기자는 잠자리에 들어갔다. 어느 날 꿈에 사나운 개가 나타났다. 개는 호랑이라도 지랑할 만한 날카로운 이빨을 드러내고 소리쳤다.

―편집국장, 이런 버러지 같은 놈을 데리고 있으니 신문사가 제대로 되겠습니까!

3

수는 잊혀져 갔다.
국장도 더 이상 수를 찾아오라고 하지 않았다.
그러던 12월 9일 편지 한 통이 임 기자에게 날아왔다.

12월 12일에 용산 국방부에서 군대끼리 충돌. 전두환이 선제공격하여 많은 사람이 피를 흘리고 참모총장이 잡혀감.

수.

임 기자는 뛸 듯이 기뻤다.
"왔습니다, 왔어요! 부장님. 수가 편지를 보내왔어요."
두 달 만에 임 기자의 기(氣)가 확 살아났다. 편지는 사회부장에게 전달됐고 입이 함박꽃처럼 벌어진 사회부장은 편집국장에게 편지를 가져갔다. 편집국장이 지난번과 달리 편지를 보물 다루듯이 두 손으로 받아서는 정성 들여 펴 읽어봤다.
"지난번 예언이 우연인지 확인할 수 있겠다. 12일 밤에 기자들을 국방부로 보내."

12월 12일. 용산 육군참모 총장공관.
보안 사령관이던 전두환 소장은 박정희 대통령 시해 사건 직후 합동 수사본부장이 됐다. 계엄령이 선포되면서 합동 수사본부장은 권력의 핵심으로 떠올랐다. 전두환은 육사 비조직 하나회 우두머리로 하나회 조직을 이용하여 군사 반란을 꾀했다. 먼저 정승화 등 군 기존 세력들을 제거해 군을 장악하고자 했다. 1군단장, 수도군단장, 9사단장 등과 거사 일을 12월 12일로 잡았다. 대통령 시해 당시 김재규의 초대로 궁정동에 있었다는 것을 빌미로 육군 참모총장 정승화 대장을 체포하려 했다. 참모총장을 체포하려고 수사관을 보내면서도 최규하 대통령 직무대행의 결재도 받지 않았다.

용산 국방부 뒤 육군총장 공관에 총장을 체포하러 수사관들이 나타났다.

"누가 보낸 건가?"

정승화 참모총장이 물었다.

"합동 수사본부장입니다."

"부관, 합수부장 전화 대봐."

대기하고 있던 전속부관에게 지시를 했다. 전속부관이 전화를 걸려고 수화기를 들자 수사관 하나가 뒤에서 소리없이 다가가 이 소령 뒷머리에 권총을 쐈다.

탕.

12. 12 사태 방아쇠가 당겨진 것이다.

정승화는 강제로 보안사 서빙고 분실로 끌려갔다. 일국의 육군 참모총장이 개 끌려가듯이 보안사 지하실로 끌려간 것이다. 이 사실을 안 군 지휘관들이 전두환이 일을 벌이려 한다고 판단하고 대응하려 했다. 그러나 전두환의 육사 동기생인 노태우 9사단장은 전방을 지키던 고양의 29연대를 빼내 총구를 서울로 돌리고 진군해 내려왔다. 내전이 일어날 판이었다.

J일보는 10여 명의 기자를 보내 취재를 시켰다.

J일보는 검열에 막혀 결국 특종을 눈앞에 두고 분루를 삼켜야 했다. 다만 수가 예사 인물이 아니라는 사실을 거듭 확인한 것이 큰 소득이었다. 기자들은 수가 어떤 사람인지 궁금해했다.

"수를 당장 모셔와."

편집국장이 임 기자에게 지시했다.

"그 사람 잘 활용하면 특종이 앞으로 쏟아진다. 기대되네, 임 기자."

4

"수가 맞나?"

"네."

임 기자가 편지 봉투 주소로 노량진 달동네로 물어물어 도사를 찾아갔다. 흰 수염이 보기 좋은 도사일 것이라는 예상은 빗나갔다. 뜻밖에도 도사는 까까머리 어린 학생이었다. 이름은 한수(韓水), 이제 15세나 됐을까. 수는 행상을 하는 홀어머니 밑에서 어렵게 살고 있었다.

"네가 진짜로 그 편지를 보냈니?"

신문사로 온 수에게 편집국장이 거듭 물었다.

"네."

수가 그게 뭐 대단하냐는 듯 대답했다.

"그런 예언을 어떻게 할 수 있지?"

"저에게 그런 재주가 좀 있어요."

"수야, 앞으로 나 좀 도와줘. 뭐든지 좋으니 보이는 대로 알려줘. 큰 거면 더 좋고… 히히… 부탁하마……."

"전 개인적인 일로 앞날을 말씀드리지 않아요."

어린애가 의외로 호락호락하지 않았다.

"그러지 말고, 수야. 대가는 충분히 지급하마."
"전 대가를 바라지 않아요."
"그럼 왜 그런 편지를 보냈지?"
"사고를 막으려고요."

수는 겸손하면서도 당당했다. 숨기거나 거침이 없었으나 한편 신중한 아이였다. 뭔가 큰 기대를 걸었던 편집국장은 벌레 씹은 상이 돼버렸다. 그는 군복을 입은 한 남자 사진을 보여주었다.

"이 사람이 대통령이 되니? 수야, 제발 한마디만 해다오."

수는 한참 사진을 들여다보았다.

"땡전."

수는 씩 하고 웃더니 마지막으로 한마디를 뱉었다.

그가 돌아가고 나서 '땡전'의 해석을 놓고 편집국 기자들 의견이 분분했다.

"땡. 전두환은 땡 쳤다. 그러니까 끝났다는 뜻 아닐까요."

임 기자가 풀이했지만 공감하는 기자들이 없었다. 평범한 그들의 머리로는 도저히 풀 수 없었다.

1983년 10월 6일.
임 기자는 수의 편지를 받았다.

10월 9일 버마 아웅산 묘지에서 북한의 테러로 부총리,
외무부 장관 등 17명이 사망.
막아주세요. 수.

임 기자는 사회부장과 함께 즉시 편집국장에게 달려갔다.

"이런, 3일밖에 남지 않았네."

보안 사령관 전두환 육군소장은 대통령이 됐다. 버마 공식 방문을 위해 2일 뒤에 출국 예정이었다. 편집국장은 즉시 아웅산에 취재 기자 3명을 특파하기로 했다. 직행 비행기 편이 없어 방콕으로 가, 거기서 배를 타고 기자들은 버마 수도 랭군에 간신히 들어갔다.

대통령이 바뀌자 중앙정보부 명칭이 국가안전기획부라 바뀌었다.

줄여서 안기부라 불렸고 여전히 무소불위의 기관이었다. J일보의 편지 내용과 '수가 전에도 여러 차례 예언을 했고, 다 들어맞았다. 대통령의 버마 방문을 취소시키든지, 아니면 아웅산 묘지는 가지 못하게 조치를 취해야 한다.'고 정보를 보냈다. 편집국장은 안기부가 절대로 이를 믿지 않을 것이며 어떠한 조치도 취하지 않을 것이라고 장담했다. 예상대로 안기부는 콧방귀도 뀌지 않았다.

"요즘 기자들은 점쟁이 농간에 놀아나는가 보지?"

1983년 10월 9일 현지 시간 오전 10시 3분 전.

버마 수도 랭군, 아웅산 국립묘지.

이날 전두환 대통령은 아웅산 국립묘지를 참배할 예정이었다. 대통령 수행원들이 아웅산 국립묘지에 미리 도착하여 대통령을 기다리고 있었다. 그때 언덕 위에서 뚜, 하고 나팔소리가 울려 퍼졌다. 한국 대통령이 도착한 것으로 착각한 국립묘지 나팔수가 나팔을 불었다. 북괴 공작원이 나팔소리에 대통령이 도착한 줄 알고 폭탄을 터뜨렸다.

꽝.

수행원들이 도열한 뒤편에서 폭탄이 폭발했다.

검은 연기가 뿜어져 나오고, 건물 지붕이 와르르 무너졌다. 동시에 서석준 부총리, 이범석 외무부 장관 등 30여 명의 수행원이 쓰러졌다. 화약 연기와 흙먼지 속에서 여기저기서 살려달라고 아우성이었다.

한국 시간 오전 12시 30분쯤 현지 특파원이 다급한 목소리로 전화를 걸어왔다.

[특보, 특보! 아웅산 묘지에서 북한 테러로 대통령 수행원과 기자들 30여 명이 다치거나 죽었다. 이곳은 아수라장이다. 지옥이 따로 없다. 대통령은 어떻게 됐는지 모른다.]

신문사는 난리가 났다.

설마설마하던 것이 사실이 돼 버마에서 날아온 것이다.

J일보는 호외를 만들어 뿌리기 시작했다. 뒤늦게 호외를 본 경쟁지들은 달리 정보가 없으므로 J일보를 베끼기 시작했다. 현장 사진이 특히 빛났다. 사진을 미리 예상한 사진 기자가 사고 직전부터 사고 이후까지 침착하게 셔터를 눌러댔다. 이 사진들은 통신사에 의해서 전 세계에 타전됐다.

"수, 수, 수."

신문사 곳곳에는 수를 외쳐 댔다.
'땡전'의 의미도 세월이 흐르자 자연스럽게 풀렸다.
전두환은 대통령이 되고부터 방송 뉴스 첫 머리에 반드시 대통령 소식을 내보내야 된다는 지침을 내렸다. 아무리 큰 사건이 터져도 시보를 알리는 땡 소리가 나면 TV건 라디오건 아나운서 첫 멘트는 '전두환 대통령 각하는 오늘 오후 3시 청와대에서……'로 시작하였다. 시보 '땡'과 아나운서 첫 멘트 전두환… 을 빗대 '땡전'을 까까머리 소년이 예언했던 것이다.

한 달 뒤.
안기부 국장단 회의에서 수가 거론됐다.
"J일보의 수라는 젊은이가 예언을 했다고 알려왔어요. 이 정도 능력이면 우리가 불러들여 국익을 위해 활용해야 합니다."
"점쟁이를 우리 요원으로? 국민이 우리를 뭐로 보겠소. 나는 이런 생각을 해봤어. 그 친구 혹 북한 간첩 아닌가? 아니면 끄나풀이던지. 그렇지 않으면 어떻게 그리 정확히 알아?"
상황이 180도 달라져 버렸다.
밑에 사람이 재빨리 수를 강제로 끌어왔다.
사람을 강제로 구금하면서도 법원 영장이고 뭐고 필요없었다. 그냥 끌어오면 됐다.
안기부 지하실.
수는 이제 20대 청년이었다. 수가 껌껌한 지하실로 끌려 내려 가자마자 다짜고짜 사방에서 주먹, 구둣발, 몽둥이가 날아왔다.

가뜩이나 공포심으로 얼어붙어 있던 수는 기마저 꺾였다. 그로부터 뭔가가 나오리라는 예상을 한 사람은 없었다. 안기부가 그런 소식을 듣고도 적절하게 대처를 못한 분풀이를 찾다 보니 J일보의 힘없는 제보자가 재수없게 걸린 것이다. 그를 맡은 담당자는 안기부에서도 인간 백정이란 별명을 가진 고문 기술자 최달우였다.

"너 간첩이지?"

"네?"

"병신 될래, 아니면 순순히 불래?"

"내가 간첩인지 아닌지는 아저씨들이 더 잘 알잖아요?"

"내가 너를 어떻게 알아?"

"무고한 사람을 이렇게 하는 법이 대명천지에 어디 있어요? 이러고 망하지 않는 나라 없소."

"뭐, 망해? 어린놈이 잘도 나불거리고 있네. 그래 언제까지 주둥이 나불거리는지 보자."

그러나 연약해 보이던 수가 의외로 당당했다. 고문 기술자 최는 약이 바짝 올랐다. 야구방망이로 시작하여, 물고문으로 들어갔고 강도가 점점 높아지더니 선기고문으로 이어졌다.

"이게 정의사회 구현이냐?"

청와대 정문 앞 도로 한복판에 작달막한 여자가 서서는 고함을 내질렀다. 전두환 정권 국정 지표가 정의사회 구현이었다. 왼손은 허리를 짚고 오른손 손가락으로 청와대를 가리켰다. 목소리가 어찌나 쩌렁쩌렁하게 울리는지 대통령 집무실에서도 들릴 것 같았다.

"대통령 나오라고 해. 내 아들이 뭘 잘못했다고 잡아가는 거야?"

경찰, 검찰, 안기부를 찾아가 아들을 살려달라고 애원해 봤지만 누구 하나 들어주는 사람이 없자 청와대를 찾은 수의 어머니였다. 청와대 정문에서 내쫓아 버리자 돌아가지 않고 도로 한복판에 섰다. 박정희 정권에 이어 국민을 여전히 공포로 다스려 감히 옳은 소리 하는 사람이 없었다. 자칫 안기부 지하실에 끌려가 반병신 돼 나오기 일쑤였다. 그런데 한 여자가 청와대 대문 앞에서 대통령 나오라고 소리를 지르고 있었다. 어머니는 역시 강했다.

"미리 알려주었으면 표창을 주어야지. 지하실로 끌고 가는 게 어느 나라 경우야?"

그녀를 겁주려고 경찰 하나가 다가오다가 "네놈은 뭐냐?"는 고함 소리에 그만 뒤로 발랑 넘어졌다가 뒷걸음쳤다.

"백성 있고 대통령 있는 거지. 국민 없으면 대통령도 없어!"

이번에는 경찰들이 여럿 달려들어 수의 어머니를 번쩍 들었다.

그들은 노인을 차에다 짐짝처럼 싣고는 몇 시간을 달려 강원도 양구 부근 오음리길 위에다 한밤중에 갖다 버렸다. 오음리길은 춘천 양구 사이의 비포장도로이다. 소양강호 주변 산비탈을 깎아 만든 도로라 뱀처럼 구불구불했다. 차로 1시간을 달려도 인가 하나 나오지 않는 오지였다. 어머니는 산짐승 우는 소리를 들으며 밤새 산속을 헤매야 했다.

수의 능력을 인정한 K국장이 '이제 그만할 것'이라고 쓴 쪽지를 고문팀에 보냈다. 신문사 간부도 안기부를 찾아가 풀어달라고 간청했다. 5일 만에 수는 각서를 쓰고 풀려났다.

안기부에서 있었던 일을 밖에 나가서 절대로 누설하지 않겠다.

그나마 그만하기 천만다행이었다. 안기부 지하실은 권력에 밉보인 사람이 끌려와 터지고 깨지는 악명 높은 곳으로 불구가 돼도 어디 하소연할 데도 없었다.

수는 집에서 몸조리를 했다.

소식을 듣고 편집국장, 사회부장, 임 기자가 노량진 산꼭대기로 그를 찾아왔다.

"네놈들은 뭐여?"

수의 어머니가 임 기자 일행이 나타나자 기관원인 줄 알았는지 대뜸 욕설을 속사포처럼 퍼부었다.

"애를 이렇게 만들고 네놈들은 성할 줄 알아. 국민을 개나 소처럼 다루면 천벌받아. 하늘이 무섭지 않느냐, 이 나쁜 놈들!"

수가 어머니를 말렸다.

수는 얼굴부터 발끝까지 성한 데가 없었다. 반쯤 감긴 두 눈은 눈가에 시커멓게 멍이 들고 눈동자는 벌겋게 피멍이 들었다. 수가 씩 하니 특유의 미소를 지어 보이려 했지만 잘 되지 않는 것 같았다. 그런 모습을 보니 임 기자는 콧등이 시큰해졌다. 그러나

수의 얼굴이 워낙 고와, 처절한 몰골 속에서도 귀티는 여전했다.

임 기자가 정육점에 가 소고기를 끊어오고 파스를 사다가 붙여주었다. 편집국장은 대 특종의 제보자인 수에게 진심으로 고마워했다.

"수, 때가 되면 인재를 알아볼 세상이 반드시 열리니 용기를 내."

며칠 뒤 임 기자가 한의원에서 보약을 달여가지고 찾아왔다.

"수, 너무 세상을 나쁘게 보지 마."

몇 달 뒤에 다시 집을 찾아왔을 때 수는 없었다. 수는 공부를 하겠다며 산으로 들어갔다는 것이다.

"아이고, 내 팔자야. 네가 뭘 잘못했다고 집을 떠나니? 이 어미는 어쩌고."

수의 어머니가 공연히 임 기자를 붙들고는 화풀이를 했다. 임 기자는 수가 어느 산으로 갔는지 수소문했지만 끝내 알 수 없었다. 그 뒤로도 임 기자는 꾸준히 노량진 산동네를 방문하여 수의 어머니께 인사도 드리고 쌀이라도 사놓고 오곤 했다.

5

10년 후.

임 기자는 사회부장이 돼 있었다. 1995년 6월 말 서초동 삼풍백화점 건물이 붕괴돼 쇼핑 나온 천오백 여 명이 순식간에 파묻혀 버렸다. 인명 구조대들이 밤을 새워가며 무너진 건물 잔해를 파헤치며 그 속에 깔린 사람을 구하고 있었다. J일보 기자들도 현장에 출동했다. 6월 말이라 날씨가 무척 더웠다. 임 부장은 현장 지휘차 나왔다가 기자들을 데리고 부근 식당에서 점심을 먹고 있었다.

신문사에서 임 기자 핸드폰으로 전화를 했다.
기자들 통신 수단이 핸드폰으로 막 바뀌기 시작했다.
[수라는 사람이 부장을 찾기에 음식점을 알려줬습니다. 지금 그 부근에 있을 거예요.]

수라는 말에 임 부장 귀가 번쩍 뜨였다. 임 부장은 먹던 숟가락을 내려놓고 신발도 신지 않은 맨발로 밖으로 뛰어나갔다. 출입문을 나서자 막 그쪽으로 걸어오는 수를 발견했다. 그는 달려가 수의 손을 덥석 잡았다.

"수!"

가랑비 내리는 길거리에서 임 부장은 맨발로 수의 손을 잡고 한참을 서 있었다. 감격에 겨워 눈물이 다 글썽거렸다. 소방차 한 대가 요란한 사이렌 소리를 내면서 삼풍백화점 쪽으로 올라갔다. 자리에 들어오니 수를 알아본 기자들이 와! 소리를 내며 박수를 쳤다.

"10년 동안 어디서 뭐 했나?"

"공주 쪽 정암 부근 평정리 산속에 들어가 수양 좀 했습니다. 저 없는 동안 어머니를 돌봐주셔서 감사합니다."

수는 노량진 집을 정리하고 어머니와 청계산 남쪽 금토산 기슭으로 이사했다. 친척이 거기 살고 있었는데 땅을 빌려 농사를 지으며 살아갔다. 얼마 뒤 마을 처녀와 결혼도 했다.

임 기자는 쉬는 날 수를 찾아갔다.

수는 방에서 책을 읽다가 그를 맞이했다. 임 기자가 왔다고 수의 아내가 고구마를 한바구니 삶아왔다. 그의 아내는 참하고 예의 바른 여자였다. 그런데 암만 뜯어봐도 인물이 너무 없었다. 수가 어떻게 저런 박색을 아내로 맞았을까. 도대체가 어울리지 않았다. 그러나 그것은 임 부장 생각이었고 수는 아내와 금실이 좋았다.

수도 어느덧 30대 중반이 돼 있었다. 얼굴은 희고 몸은 호리호리한데다 자세가 반듯했다. 낭랑한 목소리로 말을 조리 있고 설득력 있게 했다. 임 기자는 그를 만날 때마다 학의 이미지를 느끼곤 했다.

어느 날 둘은 조 껍데기 막걸리를 마시면서 세상 이야기를 했다.

"앞으로 세상이 어떻게 될 것 같나?"

수는 한참을 뜸 들이다 말했다.

"박정희 대통령이 장기 집권을 하려고 국민에게 몹쓸 짓을 많이 했지만 한편으로 경제 기틀을 마련했어요. 훌륭한 악역을 한 거죠. 이제 당분간 그런 지도자는 나오지 않아요. 개인 영달을 위해 국가 돈을 멋대로 적에게 퍼주는 사람이 나오는가 하면, 시장경제를 무시하고 과거 문제에 집착하여 나라를 혼란으로 빠트리는 사람이 나옵니다."

임 부장이 좀 더 자세히 이야기를 듣고자 했지만 수는 더 이상 입을 열지 않았다.
"그런데 자네는 왜 돈을 벌지 않아?"
임 부장이 전에부터 궁금했던 것을 물었다.
"왜요? 이렇게 농사로 돈을 버는데요."
"그 정도 예언이면 큰돈을 벌 수 있는데, 그걸 썩히고 있어."
수가 한참을 생각했다. 잠시 방 안 공기에 긴장감이 감돌았다.
"돈벌이로 나서면, 제 예언 능력이 없어져요."

6

9월 11일 오전 8시 45분, 9시 6분.
뉴욕 무역센터 빌딩.
9시 40분, 워싱턴 펜타곤에 민간 여객기 충돌.
3천여 명 사망.
빈 라덴의 이슬람 테러분자들이 범인.
막아주세요, 수.

2001년 9월 7일 오전 J일보 편집국장 앞으로 수의 편지가 날아왔다.

수의 편지를 쓰레기통에 버렸던 애송이 기자 임호일이 어느 새 편집국장이 돼 있었다. 머리가 보기 좋게 벗겨진 임호일은 다혈질이었다. 실수를 남발하는 애송이 기자에게 "기자는 감이 있어야 돼. 탁 보고 이건 크게 걸렸다는 감이 없으면 기자가 아냐."라고 호통을 쳐댔다. 잘 잊어버리는 기자에게는 어김없이 "머리가 나쁘면 어디 기록이라도 해놔야지 멍청하게 가만히 있었던 거야." 하고 소리치기 일쑤였다.

"뉴욕 무역센터에 여객기가 충돌? 어떻게, 누가, 왜?"

편집국 회의에서 사회부장이 말도 안 되는 소리라면서 말했다.

"상식선에서 도저히 일어날 수 없어요."

"수도 이제 예전의 수가 아닌 것 같아."

부장들이 한마디씩 했다.

"만일 말이야. 만일… 실제로 벌어진다면 온 세계가 주목할 대사건이야. 무려 3천여 명이 죽어. 이거 놓칠 수 없잖아."

그러나 신문사 분위기는 지극히 회의적이었다. 국내 사건이라면 기자들을 보내면 되겠지만 이번 사건은 뉴욕에서 터진다. 기자들 비자 발급부터 비행기 예약까지 시간도 없고, 비용도 엄청나게 들어갈 것이다. 임 국장도 결단을 못 내리고 있었다. 수가 예언한 것이다. 아직까지 틀린 적이 없었다. 지금까지 사건들이 국내용이라면 이 건은 세계를 뒤흔들 사건이었다. 두 번 다시 찾아오기 힘든 일생일대의 대 특종이 눈앞에 아른거리고 있었다.

"취재를 간다. 내가 다 책임지지."

기자 20명을 미국으로 보내겠다는 그의 제의에 사장은 깜짝 놀랐다.

결국 사장은 동의했다. 20명의 기자 중 14명이 사진기자였다. 지난 사건 때마다 빛을 낸 것은 단연 사진이었다. 사진 한 장이 수백 명의 기자가 쓴 기사보다 더 빛을 발했었다. 테러 일이 며칠 남지 않아 상황이 급박했다. 비자를 받고, 비행기 표를 예약하기엔 시간이 너무 짧았다. 비자를 어렵게 어렵게 받았지만 이번엔 비행기 표를 구할 수 없었다. 유학생들이 방학을 마치고 미국으로 돌아가는 시기여서 비행기 표가 없었다. 동경이나 홍콩발 미국행 비행기 표를 어렵게 구해 10일 간신히 동경과 홍콩으로 기자들을 출발시켰다.

국정원, 주한 미국 대사관, 미국 백악관, 국무부, CIA, 뉴욕 타임스, 워싱턴 포스트에 편지를 첨부한 정보를 팩스로 보냈다. 자료를 보내면서 임 국장은 미국 정부나 CIA가 편지 내용을 믿는다면 '내 손에 장을 지지겠다.'고 공언했다.

11일 뉴욕 시간 오전 8시 44분.
뉴욕. 110층의 월드 트레이드 센터 쌍둥이 빌딩.
멀리 뭔가 작은 물체가 이쪽을 향해 날아오고 있었다. 가까이 오면서 그것은 여객기 형상을 갖추기 시작했다. 뉴욕 빌딩 숲에 여객기가 들어오는 것은 뭔가 크게 잘못된 것이다. 비행기 방향은 110층의 월드 트레이드 센터 쌍둥이 빌딩 중 북쪽 빌딩을 겨냥하고 있었다. 그러나 처음부터 숨죽이고 이를 지켜보고 있는 사람들이 있었다. J일보 기자들이었다. 그들은 월드 트레이드 센터 부근 고층 빌딩 옥상에 흩어져 있었다.

8시 45분이 됐다.
기자들 눈에 비행기 동체에서 아메리칸 항공사 로고를 선명하게 볼 수 있을 만큼 가까워졌다. 그리고 순식간에 아메리칸 항공 AA11편 비행기는 뉴욕 월드 트레이드 센터 빌딩 북쪽 건물을 정면으로 들이박았다.

쾅.

불꽃이 튀고, 수많은 파편이 사방으로 튕기며 비행기 동체는 눈 깜짝할 사이에 건물 벽을 뚫고 안으로 들어갔다.

110층의 빌딩은 검붉은 화염에 싸였다.

한국 시간 밤 9시 45분이 지났다.

서울 J일보 사무실에는 기자들이 한 사람도 퇴근하지 않고 있었다.

편집국 벽에는 여러 대의 대형 TV 수상기가 설치돼 있었다. CNN은 일반 뉴스를 내보내고 있었다. 전화기 벨소리가 울렸다. 전화를 받자 미국 특파원이 떨리는 목소리로 소리쳤다.

[여객기가 뉴욕 월드 트레이드 센터 북쪽 빌딩에 충돌했다.]

와! 함성이 터지고 만세를 하고 하이 파이브를 해대고 신문사가 난리가 났다.

[원없이 찍었고, 지금도 찍고 있다.]

사진 기자 전화도 걸려왔다.

9시 47분에 J일보 인터넷 홈페이지에 첫 기사가 떴다. 금방 연합 통신사가 이를 보고 전 세계에 타전했다. 비행기가 월드 센터를 향해 달려오는 장면, 막 건물에 충돌하는 장면, 불꽃과 함께 파편이 밑으로 떨어지는 장면, 이를 피하려고 사람들이 비명을 지르는 장면 등 사고 직전, 충돌 순간, 사고 직후의 긴박한 상황이 생생하게 사진으로 찍혔고 시시각각 전송돼 왔다.

J일보는 기사와 사진을 받는 대로 곧바로 인터넷에 올렸다.

세계적인 통신사들이 다투어 이를 세계 각국에 타전했다. CNN 화면 하단에 '뉴욕 월드 트레이드 센터 비행기 충돌―코리아 J일보 보도'라는 문자가 떴다. 그러나 여전히 화면에는 다른 소식을 전하고 있었다. 카메라를 그쪽으로 가져가려면 아직 시간이 필요했다. 사고 장소는 미국 동부 뉴욕이었지만 기사는 대한민국 J일보에서 생산됐고, 거대 통신사들이 이를 받아 전 세계로 보내고 있었던 것이다.

잠시 뒤 CNN의 앵커가 뉴욕 월드 트레이드 센터 비행기 충돌 소식을 이야기하기 시작했다. 그는 흥분한 어조로 J일보 인터넷 기사를 소개하면서 방금 전 뉴욕 월드 트레이드 센터에 비행기 충돌 사고가 있었다고 말했다. 진행자 뒤 배경 사진은 J일보 인터넷에 뜬 충돌 사진이었다. 그리고 J일보 인터넷 사진을 계속 내보내고 있었다.

9시 6분.

이번에는 유나이티드 항공의 UA 93편이 비행기가 남쪽 건물을 뚫고 들어갔다. 충돌 사진은 곧바로 J일보 인터넷 판에 올려졌다.

J일보 호외가 트럭에 실려 신문사를 출발했을 때, CNN 화면에 비로소 검은 연기를 뿜는 불타는 월드 트레이드 센터 빌딩의 동작 그림이 처음으로 떴다. CNN 진행자는 '원인을 알 수 없다,

미스터리로 가득한 이해할 수없는 사건.'이라고 말했다. 그러나 J일보는 빈 라덴 지휘 아래 이슬람 테러리스트 소행으로 추정된다고 밝히고, 비행기를 공중 납치해 자살 충돌한 것 같다고 보도했다.

그리고 다른 비행기가 워싱턴의 국방부 건물로 향하고 있다고 경고했다.

J일보는 인터넷 판에 미국에서 보내온 뉴스를 시시각각 올려 놓았다. 통신사는 J일보 뉴스를 하나도 빼놓지 않고 전 세계에 타전했다. 온 세계 모든 언론이 "J일보에 의하면…"이라는 문구로 기사를 실었다.

9시 40분 아메리칸 항공 AA77편이 워싱턴의 국방부 건물과 충돌하였다.

이 충돌 장면도 사진 기자가 찍어 보내왔고 통신사들이 세계 각국에 타전했다. 9시 50분 CNN 화면에 뉴욕 월드 트레이드 센터 남쪽 빌딩이 연기와 먼지 속에 무너져 내리고 있었다. 10시 29분에는 북쪽 빌딩도 무너져 내리고 있었다.

이날 뉴욕에서 3,000명 이상이 죽어갔다.

하지만 아이러니컬하게도 J일보는 세계적인 대 특종을 올려 완전히 잔칫집이었다. 수천 명이 죽고 수만 명이 부상으로 신음하는 시간에 비정하게도 기자들은 신바람이 나 자정 무렵에는 맥주잔까지 부딪혔다.

며칠 뒤 J일보 미국 지사에 미 FBI 요원이 출동했다.

수십 명의 요원이 대대적인 압수 수색을 하였다. 취재 기자들이 FBI에 불려가 조사를 받았다. 사고 나기 전에 기자들이 미리 현장에 출동하여 취재를 하였으므로 수사기관이 의심을 했다. 테러범과 연계 여부가 집중적으로 조사됐다. 자연스럽게 수가 언급됐다. J일보에서 사고 전에 미 백악관, CIA, 주요 언론사에 그의 예언을 팩스로 보냈다는 사실이 알려졌다. 확인해 본 결과 모두 사실로 판명 나자 기자들은 곧 풀려났다.

수가 세계 언론에 다투어 소개됐다.

자연스럽게 수는 세계적인 스타가 돼버렸다. 수를 인터뷰하러 세계 각국 기자들이 몰려들었다.

미 정보부나 백악관에서 수를 예의 주시하고 있었다.

수의 예언은 활용 가치가 엄청났기 때문이다. 미국의 한 연구소에서 그를 초대했지만 속을 들여다보면 백악관이 그를 초청한 것이다. 수는 몇 차례 거절하다가 아내와 함께 미국에 갔다. 한번도 해외에 나가본 적이 없는 수였다. 견문을 넓혀보고 싶었던 것이다. 공항에는 무려 2천여 명의 사진 기자들이 자리다툼을 벌였고, 그보다 더 많은 숫자의 취재 기자들과 마니아들이 몰려들었다.

그가 나타나자 순간적으로 포토라인이 무너지고 기자와 마니아들이 뒤엉켜 전쟁터로 돌변했다.

난리 속에서도 수는 잔잔한 목소리로 인터뷰를 했다.

워싱턴 포스트의 한 중국계 기자가 수에 대한 인상을 '귀공자 같은 얼굴이지만 깊이가 있고, 단아한 자세, 낭랑한 목소리, 새

깃털처럼 사뿐한 몸놀림, 앞날을 내다보는 혜안이 2,000년 전 촉나라 제갈공명을 만난 느낌이 들었다.'라고 코멘트했다.

백악관을 방문하여 부시 대통령과 단둘이 있게 되자 부시가 물었다.

"이보시오, 선생. 빈 라덴은 도대체 어디 숨어 있소?"

수는 빙그레 미소만 지어 보였다.

"선생님, 차기 선거에 제가 재선되겠습니까?"

부시가 이번에는 최대로 예의를 갖추어 물었다. 역시 답을 주지 않자 부시는 어깨를 으쓱해 보이고는 멋쩍게 웃었다.

CIA 국장이 수를 초대했다.

"정보부에 일자리를 만들었소. 중요한 자리요. 보수도 많고."

수가 거절하자 국장은 예의를 갖추고 물었다.

"선생님, 제가 언제 물러나요?"

세계 유일의 최강국이 세계 최고의 예언가를 손에 넣어보려 했지만 욕심대로 되지 않았다.

30일간 미국을 여행하고 돌아왔다.

세계적인 스타가 됐지만 그의 생활은 여전히 어려웠다.

밭에서 생산된 농산물을 아내가 내다 팔았지만 그것으로 살림살이 하나 제대로 사기 어려웠다. 많은 사람들이 그를 만나려고 금토동은 북새통을 이루었다.

어느 날 수는 이삿짐을 싸 어디론가 이사를 가버렸다.

그가 어디로 갔는지 알 수 없었다. 그러나 이사한 곳에서 이웃을 위해 조언을 하기 시작하면서 그의 숨바꼭질도 오래가지 못했다. 양평 용문산 산속 마을에서 그와 가족이 발견된 것이다. 금토동을 떠난 지 2년쯤 뒤였다.

7

어느 날 암담한 사건이 수를 덮쳤다.
수의 아내가 자궁암 진단을 받았다.
아이 둘을 둔 엄마였다. 남의 미래는 잘도 알던 수는 아내의 자궁암을 모르고 지나쳤다. 조기 진단하면 치료할 수 있는 병을 건강검진 한번 받아보지 못해 암 말기가 돼서야 진단을 받은 것이다. 병원에 입원은 시켰지만 수술비 마련이 어려웠다.
그때 문득 수는 가족을 돌아보았다.
자신이나 아이나 극빈 생활을 못 면하고 있었던 것이다. 수입원이라고 해봐야 남의 농토를 빌려 농사를 짓는 것이 전부였다. 금토동에 살 때는 어머니가 채소를 뜯어다가 옛골에서 청계산 등산객에게 팔아 그런대로 살아갈 만했었다.
아내는 불평 한마디 없었다.
아내는 가족들이 모여앉아 도란도란 이야기하는 것만으로도 행복을 느끼는 사람이었다. 어머니가 왕왕 욕지기 섞인 말로 가진 재주도 제대로 살리지 못한다고 수를 나무랐다. 그런 어머니도 아무 말도 않고 앉아 있는 아들 앞에서 제풀에 꺾이기 일쑤였다.

그들은 비록 가진 게 없어도 행복지수만은 높았다.
어찌어찌 도움을 받아 아내는 수술을 겨우 마쳤다. 그 뒤 1년간 암과 투병을 했지만 상태가 갈수록 나빠졌다. 어느 날 피골이 상접한 몸으로 아내는 수를 가까이 불렀다.
"애들 잘 부탁해요, 여보. 밥 굶기지 말구요……"
아내가 힘들게 힘들게 입을 열었다.
"어머니… 잘… 보살피구요……"
아내는 수를 올려다보았다. 수로부터 다짐을 듣고 싶어 하는 것 같았다.
"여보!"
수가 부르자 아내가 미소를 지어 보였다.
"살았던 세월 정말 행복했소, 여보."
아내 눈가가 촉촉이 젖어왔다.
"자식들, 당신 말대로 잘 보살피다. 그리고, 그리고……"
아내 눈이 자꾸 감기려 했다.
꿈에서라도 당신이 부르면 하시라도 당신 곁으로 달려가겠소, 여보! 부디 편안하게……"
아내는 눈이 거의 감겼으나 끝까지 다 들으려고 안간힘을 썼다. 아내는 미소를 지으려고 흰 이를 보이다가 숨을 거뒀다. 어린 아이들이 엄마를 잡고 흐느꼈다. 국민소득 2만 달러를 넘긴 나라에서 가장이 경제적으로 무능하니 처자식 간수도 제대로 하지 못했다.
아내를 떠나보내고 수는 여러 날 밤늦게까지 깊은 고민에 빠졌다.

"새해 예언을 기고하는 거 지금도 유효한 겁니까?"
그는 임 국장에게 전화를 걸었다.
"유효하고말고, 누가 예언하는 건데."
연말에 그가 새해 예언을 써 신문사에 보냈다. 한국은 물론 해외의 정치, 경제, 사회, 인물, 스포츠 등을 20가지 썼다. 신문에 수의 예언이 실리자, 통신사들이 9.11 테러를 예언한 수의 예언이라면서 세계에 타전했다. 각국의 유력 신문들이 수의 예언을 다투어 실었다. 그러나 그에게 돌아온 원고료는 100만 원. 그것도 신문사에서 생각하고 파격적인 금액을 보낸 것이다.
"오늘의 운세도 좀 맡아주게. 매일 나가는 거니 돈이 될 거야."
임 국장이 원고료가 별로 도움이 되지 않았을 거라고 생각했던지 수에게 다시 청탁을 했다. 신문에서 띠별로 보는 오늘의 운세를 수도 본 적이 있다. 수는 깊이 생각해 보았지만 그것은 자신이 없었다. 수는 거절했다.
새해 예언은 귀신처럼 적중했다.
그해 연말에 수의 예언 능력은 입증됐다. 하나의 오차도 없었던 것이다. 많은 사람들이 새삼 그의 능력에 혀를 내둘렀다.
수의 예언을 보고 그에 따라 행동하는 사람이 기하급수적으로 늘어났다. 반면에 수에 대한 비판 세력도 생기기 시작했다. 특히 사회학자들이 수 예언 신드롬에 대하여 비판적인 글을 쓰기 시작했다. 수를 따르는 사람이 늘면 늘수록 수의 예언이 세상을 지배하게 되고 자칫 큰 화가 올 수 있다는 것이다.

수는 사람들을 만나기 시작했다.

그들을 만나 그들 장래에 대하여 예언을 해주었다. 수는 금토동에 집을 하나 마련하여 다시 이사를 했다. 그를 찾는 사람이 많아지면서 그와 시간 약속이 쉽지 않았다. 처음엔 방문하면 바로 만날 수 있었으나 사람들이 계속 밀려들다 보니 며칠을 기다려야 했고 점점 그 기간이 길어지더니 이제 한 해 예약이 끝나 버렸다.

그러던 어느 날 심각한 상황이 발생했다.

미래가 보이지 않았던 것이다. 그가 눈을 감고 집중하면 10년, 20년 뒤까지 또렷하게 보이던 것이 수가 돈을 받기 시작하면서 2, 3년으로 줄어들더니 갈수록 더 짧아져 갔고 그 속도도 빨라지고 있었다. 그러던 어느 날 그는 아무것도 미래를 볼 수 없었다. 예약은 모두 취소됐다.

그는 충격에 빠졌다.

8

"6월 8일 오전 10시에 서울 프레스 센터에서 수가 예언을 공개합니다."

6월 5일 언론기관에 보도 자료가 돌려졌다.

J일보가 난리가 났다. 그동안 J일보가 수의 예언을 독점했었다. 그런데 공개로 예언을 한다니 J일보는 초상집이 됐으나 다른 신문은 쾌재를 부르고 있었다.

"6월 10일에 김정일이 핵폭탄을 서울에 발사합니다. 전쟁이 일어납니다."

수가 짤막하게 예언을 했다.

그때가 오전 10시 10분. 발표장에 나왔던 기자들은 이 충격적인 예언을 노트북으로 기사를 작성해 즉석에서 본사에 보냈다. 국내외 통신사들은 이 예언을 전 세계에 타전했다. 난리가 났다. 가장 빨리 반응을 보인 곳은 당연히 주식시장이었다. 그날 10시 13분 갑자기 30포인트가 빠지더니, 18분에는 60포인트가 빠졌다. 장이 마칠 때는 전 종목 하한가로 코스피 지수가 무려 15%가 빠졌다.

사상 최고의 폭락이었다.

이날 투자자 대부분 막대한 손해를 보았다.

그러나 이틈에도 돈을 번 사람이 있었다. 앞으로 주가가 떨어질 것을 예상하고 선물(先物)을 매도하거나 풋 옵션을 매수한 사람들이었다. 선물은 앞으로 주가가 오를 것으로 예측하고 매수한 사람, 반대로 떨어질 것을 예측하고 매도한 사람이 있다. 코스피 200 종목 주가지수가 오르면 매수자는 이익을 보고 매도자는 손해를 본다. 반면에 주가지수가 떨어지면 매수자는 손해를 보고 매도자는 이익을 본다.

옵션도 선물과 비슷하나 진폭이 훨씬 크다.

그래서 1년에 한두 번 옵션으로 투자금의 100배, 어떤 때는 1,000배를 번 사람이 나온다. 선물 옵션거래는 그야말로 핵폭탄 위력을 가진 투기 시장이었다. 영국의 233년 역사를 가진 베어링 은행은 싱가포르 지점의 한 직원이 옵션거래 실패로 무려 1조

5,000억 원의 손해를 입고 파산당하기도 했다. 제로섬 게임이므로 만일 베어링 은행과 반대 포지션을 취했다면 그 사람은 1조 5,000억 원을 벌어들이는 대박을 터뜨렸다. 단 하루 만에 알거지가 될 수 있고, 반대로 거부가 될 수 있는 것이 옵션거래이다.

6월 8일에 한국 선물 옵션거래에서 많은 거부와 알거지가 생겼다.

풋 옵션 6월물 175.0짜리는 전날인 6월 7일, 1계약 당 1,000원에 거래되던 것이 8일에 무려 1,000배를 뛰어 100만 원에 거래됐다. 100만 원을 투자한 사람은 10억 원을 거머쥐는 대박을 터트린 것이다. 당연히 풋을 매도한 사람은 패가망신할 판이었다. 옵션 매도는 주로 증권회사 등 기관들이 한다. 이날 옵션 매도를 한 회사는 파산 상태에 빠졌다.

정부가 긴급비상회의를 소집했다.

대통령은 전군에 전시태세를 지시했다. 북한에 전화 통화를 시도했지만 받지를 않았다. 한반도 상공에는 미 공군 소속 공중조기경보기가 떠 북쪽을 정찰했다.

서울 시내가 난리가 났다.

서울을 탈출하려는 시민들이 한꺼번에 빠져나와 도로가 차와 사람으로 얽혀 꼼짝을 못했다. 시민은 방독면을 사려고 난리를 쳤고, 라면이나 통조림 같은 비상식량을 사려고 아우성이었다. 공항과 항만도 아우성이었다. 한국을 빠져나가려는 사람들로 공항과 항만은 발 디딜 틈이 없었다. 공항을 떠나는 비행기는 손님을 가득 싣고 떠났지만 외국 공항의 비행사들이 한국행을 꺼린대도 한국 공항에 도착하지를 않았다.

적중률 100%의 예언가 수 한마디에 세상이 발칵 뒤집힌 것이다.

6월 10일.
청와대 등 정부 중요기관은 지하벙커로 들어갔다.
서울 시내는 조용했다. 거리는 버려진 차들로 가득 찼다. 서울 탈출을 포기한 사람들은 집에 숨어서 핵이 언제 날아올지 하늘을 주시했다. 아파트 지하실이나 지하 주차장에는 핵 공격을 피하려는 주민들로 만원을 이루었다.
그러나 해가 져도 핵폭탄 소식이 없었다.
자정을 넘었는데도 핵폭탄은 끝내 날아오지 않았다. 예언 백번을 백 퍼센트 맞춘 '살아 있는 전설' 수의 예언은 처음 빗나간 것이다. 그러나 예언의 파장이 너무나 컸다. 서울 증권시장에서 단 하루 사이에 100조 원이 연기처럼 사라졌다.
수는 사라졌다.
그는 이제 용서받을 수 없는 사람이 됐다.
6월 8일 이후에 그를 본 사람은 아무도 없었다. 몇 년 뒤 괌에서 보았다는 사람도 있고, 발리에서 보았다는 사람도 있으나 확인되지 않았다.
서울 강남의 한 증권회사 여직원이 점심식사 중 동료에게 이야기를 꺼냈다.

"6월 5일에 처음 계좌를 튼 할머니가 글쎄 175.0 풋 옵션을 개당 1,000원씩 2,000개를 샀는데 1,000배가 올랐지 뭐야. 수 예언으로 200만 원이 20억 원이 된 거야. 어휴, 나도 그 할머니 따라 했더라면……."

다른 증권회사 서울 영등포의 여직원이 점심시간에 동료 여직원과 식사를 하면서 수다를 떨었다.

"7일에 계좌를 튼 할머니가 풋 옵션을 3,200개 샀어."

노파 이야기가 오고 간 증권회사는 많았다.

J일보 기자가 취재한 것을 보고받은 임 국장은 노파는 같은 사람이라고 판단했다. 임 국장은 창문 밖을 내다보았다. 어느 하늘 아래 있을 수를 떠올려 보면서.

「살아 있는 전설」 END.

노끈

김재성
• 2009년 「목 없는 인디언」으로 계간 《미스터리》 신인상 당선. 장편소설 『호텔 캘리포니아』, 단편 「꿈꾸는 인디언」, 「앙코르와트 살인사건」 등을 발표.

출근한 라동식 원장을 맞이한 것은 테이블 위에 놓인 커다란 상자였다. 책 서너 권이 들어갈 만한 크기의 노란색 종이 상자에는 발송인 주소나 이름이 적혀 있지 않았다. 이런 상자를 받은 것이 처음이 아니었기에 라 원장은 최악의 경우들을 떠올렸다.
 이 년 전 받은 발송인 불명 상자에서는 피 묻은 틀니가 나왔다. 틀니가 맞지 않는다고 한강대교에서 투신한 환자의 유품이었다. 보상금을 요구하는 환자 가족의 내용증명 편지도 함께 배달되었다. 하지만 환자의 틀니에는 아무 문제가 없었다. 환자가 정신과 진료를 받아온 병력을 라 원장이 밝힘으로써 사건은 종결되었다.
 라 원장은 상자를 보낼 만한 사람들을 생각해 보았다. 신경정신과 진료를 받는 환자나 불만을 품고 퇴직한 직원들의 얼굴들을 떠올려 보았다. 하지만 특별히 심증이 가는 사람들이 생각나지 않았다.

라 원장은 수술용 라텍스 장갑을 끼고 조심조심 종이 상자를 열었다. 혹시 남아 있을지 모를 발송자의 지문을 훼손하지 않기 위해서였다. 종이 상자를 열자 나무 상자 하나가 그 안에 들어 있었다. 기모노를 입은 여인이 그려진 나무 상자 뚜껑을 들어 올리며 라 원장은 깊은 숨을 들이마셨다.

상자 안에는 기다란 물체 하나가 똬리를 틀고 있었다. 공격 직전 탄성을 얻기 위해 온몸을 꼬고 있는 코브라와 같았다. 그 물체는 한 줄기 노끈이었다. 노끈 끝에는 붉은 포스트잇 한 장이 붙어 있었다.

이 노끈의 비밀을 풀 수 있다면 내 파트너가 될 수 있습니다.

요즘 보기 드문 만년필 글씨였다. 두 갈래 만년필촉이 급하게 긁고 지나간 자국을 따라 푸른색 잉크가 거침없이 번져 있었다.

라 원장은 노끈을 들어 살펴보았다. 1미터 길이 노끈 양 끝에는 레이저로 새긴 듯 정교한 문자가 쓰여 있었다. 한쪽에는 'a8@76', 다른 한쪽에는 '68@7e'라는 암호가 새겨져 있었다. 루페(충치 치료할 때 쓰는 확대경) 너머로 날카로운 눈동자가 미스터리한 노끈을 노려보았다. 망원조준경 너머로 사냥감을 겨냥하는 사냥꾼의 냉혹함이 번뜩였다.

그날 오후 한가로운 라동식 치과에 한 중년 남자가 걸어 들어왔다. 앞머리가 약간 올라가며 넓게 각진 이마가 드러난 남자였다.

얼굴에서는 안광이 빛나며 강한 기운이 180센티미터 전신에서 뿜어져 나왔다. 뭔가 예리하고 강력하게 응집된 에너지가 상대방을 압도하는 듯했다.

"당신이 훌륭한 치과의사라면 내 치아를 보고 내 모든 것을 맞춰보세요."

치과 의자에 누우며 남자가 큰 입을 벌렸다. 키가 컸기에 치과 위생사가 남자의 머리 밑으로 손을 뻗어 체어 베개를 길게 빼내 주어야 했다.

루페를 쓴 라 원장은 진료차트를 바라보았다. 환자의 이름, 주소, 연락처가 적혀 있지 않았다. 빈 여백 속에 라 원장을 테스트하려는 명백한 의도가 드러나 있었다.

참 유별난 환자기 다 있군, 속으로 중얼거리며 라 원장이 치과 검진등을 켜서 남자의 입 안을 비추었다.

"흠, 왼손잡이시고 파이프 담배 애호가시군요."

"그쯤은 나도 맞추겠소."

남자는 의자 위에서 가벼운 조소를 날렸다.

순간 안면 근육이 미세하게 수축되었지만 라 원장은 인내심을 잃지 않고 검진을 계속했다.

"선생님은 자제력이 있고 철두철미한 성격의 소유자며 스트레스가 많은 직업을 가졌습니다. 경제력이 있으며 스타일에 관심이 많으시군요. 최근 미국과 일본에서 생활한 적이 있군요. 선생님은 미국과 일본에 라이선스가 있는 사립탐정이십니다."

마스크와 루페를 벗으며 라 원장이 진단을 마치자 검진받던 남자가 의자에서 벌떡 일어섰다. 남자의 얼굴이 석고 마스크처럼 굳어 있었다.
"치과진료가 목적이 아닌 것 같군요. 원장실로 들어가시죠."
라 원장은 입을 반쯤 벌리고 있는 남자를 원장실로 안내했다.
두 사람이 원장실에 들어가 자리에 앉자 치위생사가 커피 두 잔을 가져왔다. 라 원장은 책상 위에서 노끈을 꺼내 남자에게 내밀었다.
"당신이 보낸 노끈이죠? 자, 이제 돌려 드리죠."
라 원장의 말에 확신이 차 있었다.
"대단하군요. 내가 노끈을 보낸 것을 알아채다니. 그리고 치아만 보고 나에 대해 그토록 상세히 알아내다니."
노끈을 받아 든 남자가 파킨슨 환자처럼 주춤거리며 오른손 엄지를 들어 올렸다.
라 원장은 겸연쩍게 웃었다.
"제가 한 것은 당신도 일상적으로 하고 있는 귀납적 추리일 뿐입니다."
라 원장은 자신이 한 추리 과정을 남자에게 천천히 설명해 주었다.
"왼쪽에 비해 오른쪽 치아들이 심하게 마모되어 있는 것을 보아 왼손잡이라는 것을 알았습니다. 칫솔질을 할 때는 사용하는 손의 반대쪽 치아들이 더 잘 닦이거든요. 그리고 니코틴이 끼여 있고 약간 벌어진 앞니 절단면에 둥근 마모가 있는 것으로 보아 파이프 담배 애호가라는 추측을 했습니다. 충치가 없고 치은염이

나 치주염이 없는 것으로 보아 치실을 열심히 한다는 것을 알았습니다. 날마다 치실을 하는 것을 볼 때 매우 자제력이 있고 자기관리에 철두철미한 성격이라는 것을 추측할 수 있었어요. 하지만……."

라 원장이 중얼거리듯 말을 이어갔다.

"어금니가 많이 마모되고 미세파절이 된 것으로 보아 스트레스가 많은 직업에 종사하는 것 같았어요. 앞니를 값비싼 지르코니아 심미재료로 씌웠고 미백치료를 받은 것으로 보아 경제력이 있고 스타일에 신경을 쓰는 분이란 걸 알게 되었습니다."

태엽이 풀린 듯 라 원장의 말이 계속 이어졌다.

"그럼 최근 내가 미국과 일본에서 지냈다는 것은 어떻게 알게 되었나요?"

흥미로운 미소를 띠며 남자가 말했다.

라 원장는 거기에 대한 단서는 남자의 입 안에서 발견된 메탈 인레이와 아말감이었다고 했다. 남자가 받은 고가의 심미, 미백 치료와는 어울리지 않는 값싼 진료들이었다. 한국에서는 인레이 치료에 금이나 심미재료를 주로 사용하는데 비해 금속으로 만드는 메탈 인레이는 보철까지 보험화된 일본에서 주로 하는 진료이다. 또 아말감치료는 한국에서는 형편이 어려운 사람들이 주로 하는 진료이나 미국에서는 대중적인 중고가의 진료이다. 특히 아말감 충전물의 조각 상태와 광택도로 보아 미국에서 정교하게 시술받은 아말감이라는 결론을 내릴 수 있었다.

게다가 남자의 억양에서 약간씩 배어 나오는 영어 억양이 라 원장의 추리에 무게를 더 실어주었다.

"아하, 치과의사가 아니면 절대 할 수 없는 추리군요? 그럼 제가 탐정이라는 것은 어떻게 알아냈나요."

남자는 커피가 식는 줄도 모르고 이야기에 빠져들고 있었다.

라 원장은 아침에 받았던 노끈과 남자와의 연관성을 메탈 인레이와 노끈 상자 뚜껑에서 찾았다고 했다. 노끈이 들어 있던 나무 상자 뚜껑에 일본화가 그려져 있었고 메탈 인레이는 주로 일본에서 많이 행해지는 시술이기 때문이었다.

그리고 노끈 상자와 그 남자 모두 라 원장에게 추리를 요구한다는 공통점이 있었다. 노끈의 비밀을 풀면 파트너 자격이 있다는 상자를 보낸 사람이나, 치아를 통해 신상정보를 알아내라는 사람이라면 경찰이나 사립탐정 중 하나임에 분명했다. 경찰 같은 공무원들은 이런 사치스런 퍼즐게임을 벌일 열의나 흥미도 없을 것이기에 남자의 직업이 사립탐정임을 알았다고 했다.

"정말 듣던 대로 대단한 추리력이야. 만약 노끈의 비밀까지 풀어낸다면 내 파트너 자격이 있어."

남자는 라 원장의 설명을 듣고 나자 자신보다 어려 보이는 라 원장에게 편안한 말투로 바꾸었다.

"오해 마세요. 나는 치과의사지 탐정이 아니니까요."

남자가 내민 손을 엉겁결에 잡으며 라 원장이 말했다.

"내 소개를 하지. 내 이름은 윌셔 홈즈(Wilshire Holmes)야."

전 세계적으로 유명한 사립탐정 윌셔 홈즈의 이름을 듣는 순간 라 원장의 두 눈에 반짝 스파크가 빛났다. 미국 엘에이 한인 타운에서 수많은 미제 사건을 해결해서 명성을 얻은 괴짜 탐정. 수임료와 관계없이 사건의 난이도에 따라 의뢰를 받는 특이한 탐정이었다. 엘에이 윌셔가에 탐정 사무실을 가지고 있기에 윌셔 홈즈라 불리던 애칭이 그의 정식 명칭이 되었다고 한다.

"나는 수많은 범죄자들을 잡아봐서 사람을 볼 줄 알지. 당신은 명탐정 윌셔 홈즈의 파트너가 될 자질이 충분해. 귀족의 푸른 피가 비쳐 보이는 창백한 얼굴, 섬세하고 긴 팔다리와 손가락, 민감하고 탄력 있는 근육질 체형까지."

할 말을 잃고 바라보는 라 원장을 아랑곳하지 않고 윌셔 홈즈는 원장실을 접수하듯 둘러보았다. 네 평 남짓 원장실에는 낡은 책상 하나와 의자 두 개, 책장 두 개와 치과용 약재인 유지놀 냄새가 나는 얼룩진 소파 하나만이 놓여 있었다. 분양 당시 시공되었던 닳아빠진 데코타일이 바닥에 깔려 있고 천장에는 창백한 형광등 대여섯 개가 마지막 빛을 내뿜고 있었다. 책장에는 겨울 밭 배추포기처럼 낡은 추리 소설들이 가득 꽂혀 있었다.

좁고 낡긴 했지만 그런대로 탐정 사무실로 쓸 만하다는 듯 고개를 끄덕이기까지 했다.

"리동식 씨, 부족하긴 하지만 이곳을 명탐정 윌셔 홈즈의 한국지사로 사용하지요. 그러려면 당신 이름부터 바꾸는 게 어때? 명탐정 윌셔 홈즈에 어울리는 파트너 라왓슨(La Watson)이 좋지 않을까?"

윌셔 홈즈는 도발적인 프러포즈를 했다.

"지금 무슨 말을 하는지 알 수 없군요. 당신이 정말 윌셔 홈즈라면 왜 초라한 내 원장실이 필요한 거죠?"

"미국에선 FBI나 CIA 요원들 중 전문분야에 종사하며 첩보 활동을 하는 사람들이 있어요."

집게손가락을 세워 라 원장을 향하며 월셔 홈즈가 진지한 표정을 지었다.

"하하, 그럼 나보고 당신의 언더커버 에이전트(Undercover Agent)가 돼달란 건가요? 나에 대해 아는 것도 없잖아요?"

"당신 이야기는 많이 들어왔지. 서른 살의 미혼 남성, 탐정놀음에 빠져 파산 직전인 괴짜 치과의사. 국과수 치과 검시 자문위원이며 한 지방대학에 범죄치의학 시간강사로 나간다는 것도 조사했어. 하지만 무엇보다도 중요한 것은 당신이 상업적 때가 묻지 않은 추리 마니아라는 사실이야."

순간 눈앞에서 열정적으로 말하고 있는 남자가 정말 전설적인 월셔 홈즈일지도 모른다는 생각이 라 원장의 뇌리를 스쳤다.

"좋아요. 만약 당신이 정말 월셔 홈즈라면 이 케이스를 해결해 보세요. 그러면 당신의 파트너가 되겠어요."

창백한 얼굴 안으로 푹 꺼진 두 눈을 빛내며 라 원장이 말했다.

"우리가 파트너가 되기 전 당신도 해야 할 일이 있어. 이 노끈의 비밀을 풀어야 해."

월셔 홈즈가 라 원장에게 노끈을 다시 건네주며 말했다.

두 사람은 악수를 하며 의미 있는 미소를 나누었다.

"월셔 홈즈 씨, 자, 이 케이스를 풀어보시지요. 홈즈 씨가 노끈 상자를 보내셨기에 거기에 연관된 듯싶은 노끈 변사사건을 보여

드리겠습니다."

라 원장은 책상 서랍에서 사건 현장 사진 몇 장을 꺼내 테이블 위에 펼쳐 놓았다. 이십대 초반으로 보이는 여성이 눈을 감고 자는 듯 누워 있는 사진들이었다. 처음 한 장은 여성이 상하 추리닝을 입은 사진이고 나중 사진들은 여자의 나체 사진들이었다. 각기 신체 일부를 찍은 부분 사진들과 전신 사진들이 섞여 있었다.

"3년 전 발생한 변사사건 사진들입니다. 국과수에서 치흔 수사를 위해 피해자의 치아 석고 모델과 함께 제게 보내왔지요. 제가 했던 일들은 사망자의 치아 석고 모델과 엑스레이 사진을 통해 치의학적 분석을 해주는 일이었습니다. 자, 홈즈 씨, 지금부터 이 케이스가 타살인지 자살인지 밝혀주시겠습니까?"

"사건 보고서를 먼저 읽어보지. 후지사진관에서 일어난 변사사건이라. 사진관 여직원 천별아가 고객의 돈을 횡령한 것이 탄로 나자 목을 매 자살했다는 결론이군. 부검 결과 임신 2개월이었군. 자, 그럼 사진들을 살펴볼까? 피해자 목이 클로즈업되어 있군. 목에 사상방(경사진)의 삭흔(밧줄의 자국)이 있어. 하지만 반드시 목맨 상처로 단정하기는 힘들어. 교살의 경우도 비스듬한 사상방의 흔적이 남을 수 있으니까."

윌셔 홈즈가 사진 한 장을 집어 들고 말했다.

"밧줄 자국의 폭이 넓고 여러 줄의 흔적이 남았어. 이런 경우는 교살의 가능성이 더 크군. 목을 맨 경우에는 천장에 한 줄로 고정되기 때문에 뚜렷한 한 줄의 삭흔이 남는 반면 교살의 경우 팔로 잡아당기다 보니 삭흔이 여러 개 넓게 생길 수 있지. 그리고 전신에 약한 찰과상이 있군. 하지만 이것들을 결정적 증거로 삼을 순 없어."

월셔 홈즈는 식은 커피 잔을 입술에 붙여 홀짝거리며 잠시 생각에 잠겼다. 그는 사진들을 포커처럼 접어 들어 한 장씩 넘겨보다가 다시 처음 사진으로 눈길을 돌렸다.

추리닝을 입은 피해 여성의 앞면 전신 사진들이었다.

"이 사진에 답이 있군."

"네?"

라 원장이 월셔 홈즈에게서 넘겨받은 사진을 바라보았다. 하지만 아무리 들여다봐도 실마리를 찾을 수 없었다. 그러자 홈즈의 검지가 피해자의 사타구니를 가리켰다. 사타구니에 희미하게 젖은 자국이 있었다.

"혹시 소변 자국?"

라 원장은 루페를 쓰고 사진 속 여인의 사타구니를 뚫어지게 응시했다.

"앞면 사진으로 봐서는 타살인 것 같아. 추리닝 앞면과 사타구니가 많이 젖지 않았어. 그런데 확실하게 타살 여부를 밝히기 위해서는 뒷면 전신 사진이 필요한데, 뒷면 사진은 찍히지 않은 것 같군. 천별아의 엉덩이 부분이 젖어 있으면 타살로 결론을 내릴 수 있는데……."

어느새 주머니에서 파이프를 꺼낸 홈즈가 굴뚝처럼 연기를 뿜어대고 있었다. 병원은 금연 구역이기에 담배를 삼가달라고 하고 싶었다. 하지만 그늘진 홈즈의 얼굴을 바라보며 라 원장은 말없이 이를 악물었다.

"사람이 숨을 거둘 때 소변이나 정액을 배출하는 경우가 많아. 만약 목을 맸다면 소변이 사타구니와 무릎 쪽으로 똑바로 흘렀어야 해. 그런데 엉덩이가 젖어 있었다는 것은 앉거나 누운 자세로 뒤에서 교살당했다는 것을 의미하지."

라 원장은 천별아의 뒷면 사진을 찾기 위해 사진들을 뒤적여 보았다.

"제게 보내진 사진은 모두 8장이었는데 그런 사진은 없었어요."

"어떤가? 라왓슨. 간과된 현장 사진 한 장이 타살을 자살로 몰아간 경우인 것 같군."

"타살의 정황이 있지만 결정적 증거 수집이 안 된 경우이군요. 저도 그렇게 생각하고 있었지요."

사진들을 정돈해 서랍 속에 넣으며 라 원장이 말했다. 이제는 그가 노끈의 비밀을 해결해 갈 차례였다.

"보기에는 평범한 노끈이지만 독사보다 치명적이지. 자, 이제부터 노끈의 미스터리를 해결해 보게."

파이프 위로 버섯 같은 연기를 피워 올리며 홈즈가 말했다.

치명적 매력에 이끌린 듯 라 원장이 가늘게 눈을 뜨고 테이블 위에 똬리를 튼 노끈을 내려다보았다.

"혹시 살인에 사용된 노끈인가요?"

윌셔 홈즈는 다시 말없이 고개를 끄덕였다.

"이 노끈이 세 여자를 죽였어."

월셔 홈즈는 라 원장에게 한 달 전부터 시작된 노끈 연쇄 납치 사건에 대해 설명하기 시작했다.

미모의 이십대 초반 여성들이 납치되기 시작한 것은 한 달 전이었다. 장맛비가 내리던 밤 서울 서남부 주택가 골목에서 퇴근길 직장 여성 송우리가 실종되었다. 집에서 멀지않은 인적이 드문 후미진 골목에서 송우리의 핸드백과 살이 부러진 우산이 발견되었다. 납치되기 전 격렬한 저항을 한 듯 핸드백 끈이 끊어져 있었고 우산도 부서져 있었다. 산산이 부서진 우산살처럼 납치 여성 가족들의 가슴도 분노와 근심으로 갈기갈기 찢겨져 있었다. 하지만 그런 가족들에게 협박 전화도 몸값 요구 전화도 오지 않았다. 초조하게 소식을 기다리던 가족들에게 실종 사흘 뒤 배달된 것은 5미터 길이의 노끈이었다.

국과수에서 노끈에 대한 정밀 감식이 이루어졌다. 보통 일주일은 걸려야 검사결과가 나오는 것이 관례지만 사건의 심각성 때문에 노끈의 유전자 및 지문 감식은 이틀 만에 이루어졌다.

검사결과는 놀라웠다. 노끈에서 피해자와 일치하는 DNA가 검출되었다. 노끈 중간 부위에 묻었던 상당량의 혈액과 피부에서 나온 DNA였다. 하지만 용의자의 지문이나 DNA는 검출되지 않았다. 특이하게도 노끈의 양끝 50센티미터 부분에는 금속 녹과 보라색 페인트가 묻어 있었다.

분석결과가 나오자마자 경찰은 분주하게 움직였다. 먼저 노끈 섬유 샘플을 채취한 뒤 전국의 노끈 제조업체의 생산품들과 비교했다. 하지만 피해자 집에 배달된 것과 일치하는 노끈은 찾을 수 없었다. 노끈 안에 들어 있던 특이한 섬유 한 가닥을 포함한 노끈은 국내에서 생산되지 않고 있었다. 그 섬유의 존재는 'DORA'라는 암호로 불리며 국과수의 기밀사항이 되었다.

경찰이 다음으로 주목한 것은 노끈 양 끝에 묻어 있던 보라색 페인트였다. 국과수의 분석결과를 토대로 일치하는 페인트를 찾아보려 했지만 찾을 수 없었다. 며칠 뒤 추가적인 조사를 마친 국과수에서 보라색 흔적은 페인트가 아닌 매니큐어라는 결과가 나왔다.

피해자를 결박했던 노끈을 받고도 실마리조차 풀지 못하는 경찰을 비웃듯 두 번째 실종 사건이 발생했다.

고미애라는 이름의 미모의 이십대 여성이 실종된 것도 인적이 드문 비 오는 밤이었다. 두 번째 사건 현장에서도 피해자의 핸드백과 우산만이 납치된 여성의 마지막 흔적을 보여주었다. 피해자가 저항한 흔적은 전혀 없었다. 피해자의 핸드백도 깨끗했고 우산도 손상되지 않았다. 피해자의 혈흔이 검출된 각목 하나가 근처에서 발견됐을 뿐이다. 더욱 대담해진 범인은 각목으로 피해자를 일시에 무력화시킨 뒤 납치한 것 같았다. 현장에서는 용의자의 지문이나 모발 등 아무 흔적도 발견되지 않았다.

두 번째 피해자의 집에도 납치 후 삼 일 뒤 노끈이 배달되었다. 피해자를 묶었던 것으로 보이는 5미터 노끈에서도 피해자의 혈액과 피부가 검출되었다. 노끈의 양끝에서는 역시 금속 녹과 보라색 페인트 성분이 검출되었다. 첫 번째 피해자의 노끈과 같은 성분이었다.

미디어는 범인에게 놀아나는 경찰에 대해 비난을 퍼붓기 시작했다. 경찰은 성난 말벌집처럼 노끈의 단서를 풀기 위해 분주해졌다.

아무 수사 진전 없이 한 주가 흐른 뒤 세 번째 납치 사건이 일어났다. 박여진이라는 여성이 서울 서남부에서 비오는 날 저녁 사라져 버린 것이었다. 그녀 역시 미모의 이십대 초반 여성이라는 공통분모를 가지고 있었다.

민심은 흉흉해지고 온갖 추측들이 떠돌았다.

범인은 젊은 여인들을 노끈으로 꽁꽁 묶어 철봉에 매단 뒤 가축처럼 도살해 장기를 빼내 판다는 소문까지 나돌았다.

자연히 서울 서남부 일대는 어두워지면 여인들의 발길이 드물어졌다. 젊은 여인이 있는 가족들은 버스 정류장까지 바래다 주고 마중을 나와야 했다.

특히 비 오는 밤 동네 골목에는 여인들의 발길이 끊어졌다.

법무부 장관이 특별담화를 발표한 것은 어제 오전이었다. 수도권 시민들을 공포에 떨게 하는 연쇄 노끈 납치범을 조속한 시일 안에 체포하겠으니 시민들의 많은 제보와 협조를 바란다는 내용이었다.

시민들은 법무부장관의 담화를 보면서 분노와 좌절감에 빠져들었다. 연쇄 납치범을 체포했거나 최소한의 단서라도 잡았다는 발표를 기다리고 있었기 때문이었다. 하지만 담화 내용은 사건 발생 한 달 동안 아무런 수사 진척이 없었음을 확인시켜 주었다.

그들은 범인이 친절하게 배달해 준 노끈의 정체조차 파악하지 못했다. 특히 노끈의 양 끝에 레이저로 새겨진 암호는 경찰의 대외비였다. 만약 외부에 알려지면 수사관들이 범인이 던져 준 구체적인 단서도 풀지 못했다는 비난을 받게 될 것이다.

식탁 위에 살모사처럼 똬리를 튼 노끈을 내려보며 홈즈가 고개를 흔들고 있었다.

"경찰청에서 연락이 왔더군. 경찰청장이 1미터 노끈 복제품을 내게 보내주며 노끈에 적힌 암호를 밝혀달라고 하더군. 이 노끈일세. 이 사항은 오프 더 레코드일세."

"미국 사립탐정에게 경찰청장이 연락을 해요? 경찰청장은 어떻게 아셨어요?"

"몇 년 선 경찰청장이 엘에이 한인 타운을 방문했을 때 알게 되었지. 경찰청장이 호텔에서 서류 가방을 잃어버려 난처한 입장에 처한 적이 있었지. 미국 경찰에 공개수사를 의뢰하기 어려운 한미 간 기밀 파일이 든 가방이었기 때문이지. 내가 서류가방 도난 사건을 비밀리에 해결해 준 인연으로 경찰청장과 친분을 쌓게 되었어."

홈즈가 사십대 나이라고 믿어지지 않게 맑은 눈동자를 번뜩이며 말했다.

라 원장은 노끈을 들고 양 끝에 새겨진 암호를 들여다보았다. 한쪽에는 'a8@76', 다른 한쪽에는 '68@7e'라는 암호가 선명했다.

"무슨 이메일 주소 같기도 한데요."

"천만에. 검찰에서도 체크했지만 그런 메일 주소는 없었다네."

"글쎄요, 알파벳과 숫자가 섞인 암호라. 다시 보니 '기암성'을 읽고 있는 느낌도 드는군요. 기암성에서 a는 1을, e는 2를, i는 3을, o는 4를 u는 5로 바꾸고 6, 7, 8, 9, 0은 그대로 사용해서 암호를 만들었지만 이 경우는 그렇게 간단하지만은 않을 것 같아요."

라 원장은 기암성에서 쓰인 암호화 방법을 적용해 두 암호를 풀어보았다.

"'a8@76'은 '18@76'으로 '68@7e'는 '68@72'로 바꿀 수 있는데 '@'는 무슨 뜻일까요? '@'는 중간 연결 기능을 하는 문자라서 다른 어떤 부호로도 변환이 가능할 것 같아요."

라 원장는 '@' 표시를 별 표시로 바꾸어보았다.

"'18*76'과 '68*72'라. 혹시 위도와 경도 좌표가 아닐까요?"

라 원장이 두 숫자를 계속 되뇌었다.

"빙고, 축하하네. 자네가 암호해결에 접근하고 있네. 국과수에서도 여기까지는 같은 결론을 내렸지."

홈즈가 들뜬 목소리로 말했다.

"혹시 이 좌표가 납치된 여성들이 유기된 위치가 아닐까요?"

"그러기엔 납치 현장에서 너무 먼 거리야."

두 사람은 식탁 위의 노끈을 바라보며 잠시 생각에 잠겼다. 우월감에 가득 찬 범인이 범행에 대한 많은 정보를 제공해 준 것이었다. 두 사람 앞에 놓인 노끈이야말로 연쇄 납치 사건의 범죄 DNA였다.

"아, 맞아요. 그것은 시체가 유기된 장소의 좌표예요. 18.76과 68.72에 2를 곱한 37.52와 137.44가 그 장소입니다."

라왓슨이 노끈에 있는 두 개의 매듭을 손으로 만지며 턱을 내밀고 자신 있게 말했다.

"자네가 노끈의 비밀을 해결하다니."

그 자리에서 일어선 홈즈가 과장된 제스처로 박수를 쳤다.

"노끈에는 두 개의 선등자 매듭이 있었는데 그 간격이 두 배로 늘어났어요. 끝에서 첫 번째 매듭까지는 10센티미터인데 첫 번째 매듭에서 두 번째 매듭까지는 20센티미터였어요. 2배로 숫자가 증가한 거죠. 그래서 숫자에 2를 곱해보니 한국 내의 좌표 두 개가 나왔어요."

라왓슨은 얼굴을 붉게 충혈시키며 말했다.

"나도 사네와 같은 생각이네. 자 그럼 경찰청에 우리의 생각을 알려야겠네."

홈즈는 파이프를 내려놓고 주머니에서 휴대전화를 꺼냈다.

"경찰청장님, 저는 윌셔 홈즈입니다. 노끈의 암호가 풀렸습니다."

홈즈가 휴대전화 통화를 시작했다.

"암호는 납치한 여성들을 유기한 장소인 것 같습니다. 37.52와 137.44 지역을 정밀 수사해 주십시오. 네. 연락 기다리겠습니다."

통화를 마친 홈즈는 파이프 담배를 다시 뻐끔거리기 시작했다.

"자, 이제 둘 다 문제를 해결했으니 우리가 파트너 탐정이 된 건가?"

"네, 유명한 홈즈 씨의 파트너가 될 수 있어서 영광입니다."
두 사람은 악수를 나누며 파트너가 된 것을 자축했다.

두 시간쯤 시간이 흐르자 초조하게 파이프 담배를 피워대던 홈즈의 휴대폰이 울렸다. 그는 목울대를 오르내리며 긴장을 푼 뒤 통화 버튼을 눌렀다.
[홈즈 씨가 알려주신 지역에서 첫 번째 실종자가 발견되었습니다. 경찰청장님도 현장에 와 계십니다. 그런데 범인이 아주 사이코네요.]
사이코라는 비서실장의 외침이 책상 건너편 라 원장에게까지 선명하게 들렸다.
"변태? 시체 훼손 상태는 어떤가요?"
[변태도 보통 변태가 아니에요. 그게 말이죠.]
"그런데요?"
잠시 뜸을 들인 뒤 다시 비서실장의 목소리가 흘러나왔다.
[발가벗긴 시체를 노끈으로 꽁꽁 묶어 소나무에 매달아놨어요.]
"시체 발견 장소가 소나무 숲인 모양이군요."
[네, 몇백 년 된 소나무들이 빽빽하네요. 나무가 높아서 시체를 내리려면 사다리가 필요합니다.]
"시체 내린 뒤 현장 사진을 찍어 핸드폰으로 전송해 주세요."
[네, 알겠습니다. 홈즈 씨, 총장님께서 두 번째 노끈 암호도 해독해 달라고 하십니다. 그곳에도 경찰들을 투입하겠습니다.]

"두 번째 암호는……."

홈즈가 수첩을 꺼내 두 번째 암호를 해독하며 읽었다.

"37.25와 136.62 지역입니다. 하지만 그곳에서는 큰 기대를 하지 마세요. 범인은 쉬운 게임을 좋아하지 않을 것 같아요."

홈즈는 한숨을 내쉬며 전화를 끊었다.

30분 정도 지나자 홈즈의 휴대폰으로 사진 한 장이 전송되었다. 나체의 송우리였다. 부패가 진행되어 보라색과 검푸르게 채색된 피부에 검은 뱀이 똬리를 튼 듯했다. 밧줄에 묶였던 자국이 었다. 한쪽 팔다리와 신체 옆면으로 시반이 더 검게 형성되어 있는 것으로 보아 송우리가 사지를 늘어뜨리고 옆으로 누운 자세로 노끈에 매달렸음을 추측하게 했다. 여인의 손톱에 칠해진 보라색 매니큐어가 괴기스럽게 보였다.

홈즈는 휴대폰의 확대 기능을 사용해서 송우리의 신체 부분을 자세히 들여다보았다.

"너무 아깝군. 젊음을 피워보지도 못하고 사라지다니. 라왓슨, 이 사진에서 특이한 점은 없나?"

경찰학교에서 현장 감식 강의를 하는 강사처럼 홈즈가 라 원장에게 물었다.

휴대폰을 건네받고 사진을 들여다보던 라 원장이 갑자기 소리를 질렀다.

"도마뱀 문신이 있어요."

피해 여성의 왼쪽 가슴 위에 거대한 도마뱀이 새겨져 있었다. 도마뱀의 기다란 혀는 탐스런 유두를 핥고 있었다.

"평범한 여성으로서는 할 수 없는 큰 문신이야. 또 문신한 부위도 쉽게 생각할 수 없는 부위고."

"범인이 피해자를 노끈으로 묶은 뒤 문신을 새겼을 가능성이 크군요."

라 원장이 송우리의 왼쪽 가슴을 확대해 보며 말했다.

"선이 세밀하고 깊이 새겨진 것으로 보아 레이저로 새긴 것 같군. 피해 여성이 살아 있을 때 새긴 것 같아. 출혈과 응고가 진행된 부분들이 보여."

"홈즈 씨, 도마뱀 문신이 상당히 정교하군요."

그때 홈즈의 휴대폰이 다시 울리기 시작했다.

[홈즈 씨, 범인이 정말 변태입니다.]

"두 번째 좌표에서 뭘 발견했나요?"

[소나무에 허수아비를 매달아놨어요. 여자 속옷을 입은 허수아비를.]

"……"

[참, 연락받으셨어요? 노끈의 출처를 발견했다는군요. 특별한 섬유가 한 가닥 섞인 밧줄? 일본 '승천 삭구'라고 하던가.]

홈즈는 호주머니에서 메모지와 펜을 꺼내 '승천 삭구'의 주소를 열심히 적기 시작했다.

"라왓슨, 파트너로서 첫 번째 출장을 다녀오겠나? 이번 주말 일본여행은 어때?"

"이번 주말예요?"

"맞아, 내일 출발하는 비행기 표를 경찰청에 부탁하겠네. 그리고 나리타공항에 사람을 내보내겠네. 월셔 홈즈 일본 지국장일세. 자네처럼 훌륭한 탐정이지."

홈즈는 자신의 새로운 파트너에게 주소가 적힌 메모지를 내밀며 말했다.

토요일 오후 도쿄 나리타공항에서는 라왓슨 님이라는 피켓을 든 남자가 기다리고 있었다. 검은 아르마니에 검은 중절모를 갖추어 쓴 중년 남자는 상대를 압도하는 체구를 가지고 있었다. 검은 선글라스 뒤로 시선을 감춘 채 남자가 입꼬리를 올리며 라왓슨을 향해 손을 흔들었다.

"안녕하세요, 라왓슨 님. 쿠지라오카라고 합니다. 홈즈 씨 부탁으로 마중 나왔습니다."

"마중 나와주셔서 감사합니다, 쿠지라오카 씨."

라왓슨은 서툰 한국어 발음으로 맞이하는 쿠지라오카를 따라 공항출구로 나갔다. 출구에는 검은 렉서스 한 대가 기다리고 있었다.

"이 주소로 데려다 주세요."

라왓슨은 차에 들어서면서 홈즈에게 받은 쪽지를 쿠지라오카에게 건네었다. 사내는 굵은 손목을 소매에서 노출시키며 쪽지를 받아 들었다. 손목 아래 부분부터 용의 문신이 시작되고 있었다.

"일본어도 못하는데 어떻게 찾아가나 걱정하고 있었습니다."

"염려 마십시오."

라왓슨의 말에 일본 사내는 가볍게 고개를 끄덕였다.

승용차는 도쿄 공항을 벗어나 40여 분을 달려 외곽의 한 도시에 도착했다. '승천 삭구'라는 간판이 적힌 가게 앞에 차가 멈췄다. 고풍스런 이층 목조 건물 안에는 다양한 삭구(노끈)들로 가득 차 있었다. 노끈들이 전시된 가게 후면 공방에서는 두 명의 남자가 노끈을 꼬고 있었다.

"스미마셍······."

쿠지라오카가 몸을 90도로 굽혀 주인장에게 인사했다. 목소리와 어투에서 일본인다운 친절이 배어나고 있었다. 그는 차 안에서 라왓슨이 부탁했던 질문들을 상냥한 어조로 주인에게 하고 있었다. 한동안 두 사람 사이에 소곤소곤 대화가 오가는 사이 라왓슨은 가게 안을 둘러보았다. 한쪽 벽면에 거대한 유화 하나가 걸려 있었다. 너무 눈에 익은 그림이라 스쳐 지나갈 뻔했다. 익숙한 그림이 개연성 없는 장소에 걸려 있다는 것만으로도 의문을 더해주었다. 그 그림 안에는 해와 달의 이야기가 그려져 있었다. 오빠와 여동생이 밧줄을 타고 하늘로 올라가 해와 달이 되었고 호랑이는 썩은 밧줄을 타고 올라가다 가시밭에 떨어져 죽는 모습이 재미있었다.

"이 그림은 2차 세계대전 때 징용으로 끌려온 한국인이 그려준 것이라고 합니다. 화가 출신의 한국인은 그림 값으로 노끈을 달라고 했대요. 이 집의 노끈은 100년이 넘게 전승된 유명한 노끈이었다고 해요. 그는 썩은 노끈이 아닌, 한국으로 타고갈 수 있는 굵고 튼튼한 노끈을 만들어달라고 했어요. 그는 B—29의 폭격이 계속되던 어느 날 그림 값으로 받은 노끈으로 목을 매고 자살했다고 하죠. 이 가게 주인은 그 한국인의 넋을 기리기 위해 밧줄에 말린 도라지 한 가닥씩을 넣어 꼬았다고 합니다. 그 뒤부터 이 가게에서는 고객들에게 이렇게 묻기 시작했대요. '썩은 밧줄을 드릴까요? 튼튼한 밧줄을 드릴까요.' 라고."

그림에 열중하고 있는 라왓슨에게 쿠지라오카가 그림의 유래를 들려주었다.

"슬픈 사연을 가진 그림이군요. 그런데 5미터 길이 노끈을 대량으로 사간 사람은 없었다고 하던가요?"

"두 달 전 누군가가 이곳에서 굵기가 1센티미터, 길이가 5미터의 노끈 10개를 주문해서 배달해 준 적이 있다고 합니다."

쿠지라오카가 상기된 표정으로 라왓슨을 돌아보며 말했다. 백발의 가게 주인도 고개를 끄덕였다.

"그 노끈을 배달한 곳을 알려달라고 해보세요."

라왓슨의 말에 쿠지라오카가 주인에게 더욱 정중한 말투의 일본어로 말했다. 주인은 얼굴을 붉히며 고개를 내저었다.

"고객의 정보를 함부로 유출시킬 수는 없다고 하는군요."

쿠지라오카가 난처한 표정으로 말했다.

라왓슨은 쿠지라오카를 젖히고 주인에게 나가섰다. 주인은 순간 반걸음 물러섰다. 라왓슨이 주머니에서 무언가를 꺼내 그에게 내밀었기 때문이었다. 라왓슨이 내민 휴대폰 액정에 송우리의 나체 사진이 떠올랐다. 노끈이 묶였던 흔적이 검붉은 구렁이처럼 온몸을 감싸고 있었다.

"당신 노끈에 묶여 여자 세 명이 죽었습니다. 이 노끈을 주문한 사람을 알려주지 않으면 더 많은 사람들이 희생당할 겁니다."
라왓슨의 목소리가 삭구 가게에 거칠게 울려 나갔다.
휴대폰을 들여다보던 가게 주인은 입을 크게 벌리고 한동안 말이 없었다. 잠시 굳은살이 밴 자신의 두 손을 들여다보던 그는 고개를 끄덕였다. 그리고 머리를 조아리며 떨리는 목소리로 몇 마디를 내뱉었다.
"자신이 만든 노끈에 젊은 여인들이 희생되어서 미안하다고 하는군요. 그 노끈을 주문한 사람을 알려주겠다고 합니다. 노끈을 주문한 사람은 재일교포입니다. 마사코라는 여자입니다."
곁에 서 있던 쿠지라오카가 흥분한 목소리로 통역했다.

노끈 가게를 떠난 자동차는 5분 정도 좁은 동네 길을 달려 홍등가로 접어들었다. 기꾸(국화)라는 글이 쓰인 작은 유리가게에는 붉은 형광등이 밝혀져 있었다.
"마사코상 계십니까?"
쿠지라오카의 말에 가게 안의 아가씨가 고개를 깊이 숙이며 인사했다. 눈꼬리가 올라간 푸석푸석한 얼굴에는 두꺼운 화장이 칠해져 있었다.
"무슨 일이세요?"
경계하는 표정이 붉은 조명아래 증폭되었다.
"승천 노끈 가게에서 두 달 전 노끈을 주문하셨지요? 그 노끈을 어떻게 하셨는지 말씀해 주실 수 있습니까?"
불쑥 유리 가게 안에 들어서며 라왓슨이 간곡하게 부탁했다.

"저는 모르는 일이에요. 빨리 가세요."

마사코는 두 사람을 가게에서 밀어내며 소리쳤다. 하지만 쿠지라오카는 거대한 나무처럼 꼼짝하지 않았다. 두 사람이 몸싸움을 하는 동안 라왓슨은 가게 내부를 둘러보았다. 벽면에 걸린 커다란 누드 사진 하나가 시선을 끌었다. 누드의 주인공은 표독스런 얼굴로 쿠지라오카와 몸싸움을 벌이고 있는 마사코였다. 사진 속에서 나체의 마사코는 밧줄에 묶여 천장에 매달려 있었다. 노끈한 가닥은 그녀의 젖가슴과 겨드랑이를 묶었다. 두 번째 가닥은 사타구니와 허리를 함께 묶었으며 마지막 가닥은 그녀의 왼쪽 허벅지를 묶어 천장에 매달았다. 가랑이를 벌린 채 허공에 매달린 그녀의 얼굴에서 숲 속 요정처럼 신비한 미소가 빛나고 있었다. 라왓슨은 얼른 휴대폰을 꺼내 벽에 걸린 마사코의 사진을 찍었다.

"승천 삭구 주인이 당신 가게로 노끈을 배달했다고 했습니다. 그 노끈이 연쇄 살인사건에 쓰이고 있어요. 꼭 알려주세요."

쿠지라오카는 양복 상의를 벗어 들며 소리쳤다. 반팔 와이셔츠 밖으로 용 문신들이 꿈틀거렸다.

"고객들이 원하면 히로뽕도 사다줘요. 그깟 노끈 뭉치가 뭐 그리 대단하다고. 어서 가요, 나가란 말예요."

소동이 계속되자 대여섯 명의 주먹들이 가게 밖에 나타났다. 칼자국과 문신들이 전신에 새겨진 남자들이 쿠지라오카의 렉서스를 발로 툭툭 차기 시작했다.

"오늘은 이만 가겠습니다. 혹시 마음이 바뀌면 연락주세요."

라왓슨은 자신의 명함을 남기고 쿠지라오카와 함께 가게를 나섰다. 주먹들이 깨진 이를 드러내고 씩 웃으며 출구를 향해 손가락질했다.

다음날 아침 라왓슨과 쿠지라오카가 기꾸를 다시 찾았다. 하지만 가게에서 더 이상 마사코를 찾아볼 수 없었다.

온종일 도쿄 외곽을 돌아보았지만 라왓슨은 더 이상 아무런 단서도 얻지 못했다. 늦은 저녁 쿠지라오카의 배웅을 받으며 공항을 떠났다. 홈즈를 만나면 무슨 말을 해야 할까? 한국에서는 또 노끈 살인이 일어났을까? 생각에 잠긴 라왓슨은 어느새 김포에 도착해 있었다.

택시를 올라탈 때 휴대폰이 울렸다. 홈즈였다.

"마침 특별 부검 중이네. 신월동 국과수로 빨리 오게."

김포공항에서 가까운 거리였다. 택시에서 내려 국과수 입구에서 경비원에게 주민등록증을 제시해야 했다.

"부검실에서 기다리고 계십니다."

방문증을 가슴에 달고 시체 부검실에 들어섰다. 역한 냄새가 코를 찔렀다. 금속 부검대 위에 나신의 여자가 누워 있었다. 그 주위로 검시관과 검시요원 두 명이 둘러서 있고 홈즈가 그들에게 무언가를 지시하고 있었다.

"어서 오게, 라왓슨. 긴급 상황이라 특별 검시가 시작되고 있네. 네 번째 노끈 희생자야."

살해된 지 며칠 되지 않아서인지 젊은 여인의 시체는 살아 있는 것 같았다. 하얀 피부 아래로 진보랏빛으로 가라앉은 시반과 구렁이처럼 감아 도는 노끈 자국을 빼곤 너무도 아름다운 몸매였다.

여인의 가슴이 'Y' 자로 절개되며 장기들이 적출되어 무게가 달아졌다. 질 안의 내용물도 채취되어 정액 반응이 이루어졌다. 두개골을 열어 뇌출혈과 뇌상태가 체크되었다.

"노끈으로 묶였던 것을 빼고 정액 반응도 없으며 기타 특이 사항은 없습니다. 성기에 심하게 상처가 나 있는데 노끈이 성기 위로 묶이며 찰과상이 생긴 것 같습니다. 기도 연골이 파절되어 있고 안구에 미세출혈이 보이는 것으로 보아 질식사로 추정됩니다."

검시관이 부검을 마감하며 홈즈에게 브리핑했다.

홈즈는 시체의 허벅지 양쪽에 새겨진 글자들을 수첩에 적어 내려갔다. 레이저로 새긴 듯한 영어 알파벳과 숫자들이었다.

"경도와 위도를 표시한 좌표들이군."

"그럼 이번에는 어떤 좌표일까요? 혹시 다음 시체를 유기할 장소는 아닐까요?"

"아닐 거야. 다음 살인의 좌표일 거야."

라왓슨은 태블릿 PC로 여자의 허벅지에 새겨진 좌표를 검색했다. 서울 구로구 가리봉동의 한 주택가였다. 감시 카메라가 미비한 범인의 활동무대였다.

창밖으로는 소나기가 내리며 사방에 땅거미가 내려앉았다. 그렇지 않아도 민심이 흉흉한 서울 서남부에서는 인적이 끊길 시각이었다. 범인이 다섯 번째 피해자를 노릴 최상의 배경이 될 것이었다.

"라왓슨, 서둘러야 해."

곧 도착한 경찰차에 홈즈와 라왓슨이 올라탔다. 그 뒤로 두 대의 경찰차가 빗속을 달렸다. 내비게이션에 여인의 허벅지에 새겨졌던 좌표의 주소가 입력되자 목표를 인식한 사냥개처럼 경찰차가 사이렌을 울리며 질주했다. 홈즈와 라왓슨은 목이 타 들어가는 것 같았다. 단 일 초의 차이로 한 명의 귀한 생명이 빗속에 사라질 수 있기 때문이었다. 경찰차는 갓길을 달리다가 고장 난 차량과 부딪힐 뻔했다. 물웅덩이를 과속으로 달리다 수막 위로 미끄러지기도 했다. 두 사람이 탄 경찰차는 30여 분 후 가리봉동의 한 주택가에 도착했다. 우산을 들 겨를도 없이 두 사람은 경찰차에서 뛰어나와 비좁은 골목으로 달려 올라갔다. 앞이 분간되지 않을 정도로 장대비가 퍼부었다.

"살려줘요!!!"

날카로운 여인의 비명이 빗소리에 이내 가려졌다. 소음기에 걸러지는 총성처럼 미세한 소리였지만 홈즈의 청신경은 이를 놓치지 않았다.

"다음 골목길에 피해자가 있어."

두 사람이 골목 모퉁이를 돌자 핸드백과 우산이 나뒹굴고 있었다.

"빌어먹을."

"간발의 차로 놓쳤어요."

라왓슨은 어금니를 악물고 담벼락을 주먹으로 내리쳤다.

"라왓슨, 걱정 말게. 지금 범인이 어디 있는지 알고 있으니까."

"정말요?"

빗속에서 홈즈는 라왓슨을 바라보며 크게 웃었다.

"미래 사진관으로 갑시다."

홈즈는 경찰차에 올라타며 소리쳤다.

두 사람은 다섯 번째 범죄현장에서 10여 분 떨어진 사진관 앞에 경찰차를 세웠다. 뒤따라온 두 대의 경찰차에서 경찰들이 쏟아져 나왔다. 경찰들은 지하실에 있는 사진관 문 앞에 집결했다.

"영장이 없는데 어떡하죠?"

굳게 내려진 셔터 문 앞에서 형사 한 명이 홈즈에게 물었다.

"여자를 살리고 싶으면 셔터 문을 뜯어내."

잠시 망설이던 경찰들은 경찰차에서 지렛대를 가져와 셔터 문을 부수었다. 홈즈와 라왓슨은 경찰들과 함께 사진관 스튜디오 안으로 밀려들어 갔다.

"이건 무슨 냄새야?"

"고기 타는 노린내가 나는구먼."

지하 스튜디오 문을 열자 자욱한 연기와 고기 굽는 냄새가 퍼져 나왔다.

스튜디오 입구에는 낡은 레이저 한 대가 세워져 있었다.

"치과에서 사용하는 CO_2 레이저 기계입니다. 오래된 모델이지만 피부 절개에 효과가 있어요."

라왓슨이 레이저 기계를 밀쳐 내며 말했다. 촬영실 안에 들어서며 경찰들의 웅성거림이 멈추었다. 그들 머리 위에서 놀라운 광경이 전개되고 있었다. 벌거벗은 젊은 여자가 밧줄에 묶여 스튜디오 천장에 매달려 있었다. 천장을 가로지른 녹슨 철봉에 여자가 단단히 매달려 있었다. 기다란 머리카락을 해초처럼 늘어트리고, 어깨와 사타구니가 노끈으로 꽁꽁 묶인 여자가 가랑이를 벌린 채 춤추는 인형처럼 천장을 떠돌았다. 여자의 젖가슴을 꽁꽁 묶은 노끈 한 가닥이 겨드랑이를 지나 여인의 어깨를 묶어 천장으로 고정시켰다. 두 번째 노끈은 거뭇한 여인의 사타구니와 가녀린 허리를 삼각팬티처럼 묶어 천장에 연결했다. 세 번째 노끈은 여인의 왼쪽 허벅지를 묶어 천장에 매달아 여인이 가랑이를 벌리고 허공을 떠돌게 했다.

여인의 밑에서 사진사가 쉴 새 없이 스트로보를 터뜨리며 여인의 사진을 찍어대고 있었다. 천장을 떠돌며 순간순간 다양한 포즈를 연출하는 모빌 아트였다. 여인의 움직임이 멈추기라도 하면 사진사는 긴 장대를 들어 여인을 이리저리 밀어대어 천장을 떠돌게 했다. 그는 경찰이 셔터 문을 뜯고 스튜디오로 난입한 사실도 모르는 것 같았다. 천장에 달린 여인의 양 팔목에는 레이저로 새겨진 듯 숫자와 알파벳이 문신되어 있었다. 아마도 실행되지 못할 다음 범죄 장소일 것이다.

한동안 어리둥절한 관객 역할을 하던 경찰들은 삼각대 위 카메라를 잡은 사진사의 두 손에 수갑을 채웠다. 벽에 세워진 사다리를 타고 올라 마취약에 취한 여인을 바닥에 내렸다. 노끈을 풀고 옷을 입히자 여인이 가녀린 숨을 내쉬었다. 그제야 라왓슨이 홈즈를 돌아보았다.

"홈즈 씨, 어떻게 범인이 사진사라는 것을 알아냈어요?"

"자네가 일본에서 보내준 사진 덕분이지."

홈즈는 휴대폰을 꺼내 일본에서 라왓슨이 전송한 사진을 보여주었다. 그것은 홍등가 기구에서 쿠지라오카와 마사코가 몸싸움을 하는 동안 라왓슨이 몰래 찍은 사진이었다. 나체의 마사코가 노끈에 칭칭 묶여 천장에 매달린, 기구 벽면에 걸린 사진이었다.

"노끈에 묶인 여자 사진을 보는 순간 이번 사건과 관련이 있을 것 같다는 생각이 들더군요."

라왓슨이 입꼬리를 찢어 올리며 말했다.

"대단한 순발력이야. 그 사진을 보고 나는 범인의 직업을 추정할 수 있었어. 사진의 구도와 노출은 전문가가 아니면 흉내 낼 수 없는 것이었거든. 그리고 사진의 배경에 사진관 장비들이 찍혀 있었지."

"생각해 보니 사진에 사진관 조명등과 스크린이 찍혀 있었어요."

"그 사진은 대단한 예술 작품이었어. 아라키 노부요시에 필적하는 사진이었어."

"아라키 노부요시?"

"그는 도쿄 근교 사창가에서 태어나고 자랐지. 성애가 편안한 한 벌 옷처럼 아라키의 천성이 되었지. 그는 나체 여성을 노끈으로 매달아 찍은 사진들로 세계적 명성을 얻고 있어."

"그런데 아라키와 이 범죄 사이에 무슨 관계가 있나요?"

"자네가 보내준 마사코의 사진을 보고 노끈 살인범이 아라키 노부요시의 추종자라는 확신을 할 수 있었지. 첫 번째 희생자 송우리의 시체가 노끈에 묶여 소나무에 매달렸던 것 기억 하나? 그 시체와 두 번째 좌표에서 발견된 허수아비와 세 번째 좌표에서 함께 발견된 고미애, 박여진 두 여인의 시체도 같은 방식으로 노끈에 묶여 있었어. 마사코의 사진처럼 그리고 아라키 노부요시의 작품과 같은 방식으로 노끈에 묶여 있었지. 혹시나 하는 생각에 조사해 보았더니 '승천 삭구'가 아라키의 고향에 있더군. 범인은 아라키의 고향으로 자주 놀러 갔다가 승천 삭구의 노끈을 주문했던 거야. 조심스러웠던 범인은 홍등가에서 사귄 재일교포 여성, 마사코를 통해 아라키가 작품에 사용했던 승천 삭구 노끈을 주문했던 거야. 아라키를 뛰어넘고 싶은 터무니없는 예술적 욕구가 살인을 저지르게 한 거야. 아라키는 살아 있는 여인들을 촬영했지만 범인은 노끈에 묶여 죽어가는 여인들을 사진에 담았어. 이 세상 어떤 사진작가도 해보지 못한 전위예술 행위지."

"전위예술? 죽음의 사진사였군요. 하지만 단순한 예술적 창조 욕구만으로 살인을 행동으로 옮길 수 있을까요?"

라왓슨이 고개를 갸우뚱하며 말했다.

"자네가 그 질문을 할 줄 알았어. 첫 번째 희생자가 누구인지 생각해 보면 그 가능성을 알 수 있지 않을까?"

"혹시 첫 번째 희생자는 송우리가 아닌……."

"자네가 나를 테스트하기 위해 원장실에서 보여준 사진 속 여인일세."

"후지사진관 변사사건 말인가요? 그러고 보니 사진관 현장 사진 중 하나에 아라키 노부요시의 작품사진이 찍혀 있었어요."

"맨 처음 살인은 의도한 살인이 아니었어. 범인 장대호와 피해자 천별아는 사진사와 직원 이상의 관계였어. 탐문수사를 해본 결과 둘이 팔짱을 끼고 골목을 걷는 모습을 보았다는 동네 슈퍼 주인의 증언을 얻을 수 있었으니까. 장대호는 천별아에게 아라키 노부요시 사진 모델처럼 포즈를 취하게 했겠지. 하지만 나체의 여자를 노끈으로 매달아 혼자 힘으로 사진관 천장에 매다는 것은 쉬운 작업이 아니었을 거야. 몇 번의 시도 도중 목 부분 노끈이 너무 꽉 조여지는 바람에 천별아가 사망하고 말았지. 천별아의 전신에 남아 있던 미세한 찰과상 흔적과 목에 남은 넓은 사상방의 삭흔이 이 과정을 설명해 주지. 사진사 장대호는 자신의 과실치사를 은폐하려 하지. 평소에 범죄 소설을 많이 읽던 그에게 어려운 일은 아니었을 거야. 숨진 천별아를 다시 목매달기 전, 나체의 시신에 추리닝 옷을 입혔어. 그녀가 목매달려 숨지는 순간 사진관 바닥에 흘린 소변으로 추리닝 바지 사타구니 부분을 적시는 것도 잊지 않았어. 완전 범죄였지."

안타까운 듯 사진관 바닥을 내려다보며 월서 홈즈가 말꼬리를 흐렸다.

"그 후 장대호는 애인을 살해한 충격으로 후지사진관을 미래사진관으로 옮겼겠군요. 우연히 학습된 살인이 예술적 욕구와 결부되어 점점 더 정교한 연쇄살인으로 진화되었다! 그럴듯하군요. 그런데 왜 노끈에 좌표를 적어보내고 희생자의 몸에 다음 범행의 좌표도 새겨놓았을까요?"

"피해자의 생명을 좌지우지하는 자신의 능력을 과시하고 싶었을 거야. 다른 한편으로는 끝없이 살인을 저지르는 자신이 두려웠을지도 몰라. 누군가가 자신을 멈추어주길 바랐을까?"

"그런데 홈즈 씨, 범인이 미래 사진관 사진사라는 것은 어떻게 알게 되었나요?"

라왓슨은 한참 동안 스튜디오에 장식된 사진들을 돌아보며 물었다.

"자네가 핸드폰으로 전송한 마사코 사진을 본 뒤 나는 서울 남서부의 사진관을 조사하기 시작했어. 이 지역에 수백 개의 사진관들이 있더군. 조사 범위를 좁혀보려 피해자들의 공통점을 찾아보았어. 피해자들은 모두 2년 전 S여대를 졸업한 동창들이더군. 빙고!"

엄지와 검지로 경쾌한 소리를 내며 윌셔 홈즈가 빙고를 외쳤다.

"사진사와 대학 동창생을 연결하는 접점이라면?"

알 듯 알 듯한 표정을 지으며 라왓슨이 힘들게 접점이라는 단어를 내뱉었다.

"대학 동창들의 사진을 찍어주는 졸업 사진 전속 사진사는 어떤가? 그래서 S대에 연락해 보았지. 2년 전 S대 졸업 사진을 찍은 사진관은 바로 이 미래 사진관이었어. 이 전위 예술가 장대호는 앨범 속 사진들을 하나하나 음미하다가 그중 사진 모델로 적합한 여성을 골라 납치 계획을 세워 나갔지. 졸업 앨범에는 졸업생들의 전화번호와 주소가 실려 있었으니 쉬운 사냥감들이었을 거야. 자, 여기까지가 내 추리일세. 어떤가? 한국에서의 첫 사건치고는 성공적이지 않나?"

월셔 홈즈가 파이프 담배 연기 너머로 매력적인 미소를 지었다.

다음날 아침 법무부 장관의 TV 방송 발표가 있었다. 네 명의 여성을 납치 살해한 연쇄 살인범을 용감한 경찰들이 체포했다는 발표였다. 월셔 홈즈의 이름은 30분 방송 동안 한 번도 거론되지 않았다. 이것은 홈즈와 법무부 장관 모두가 협의한 사항이었다. 사건의 퍼즐 해결만을 즐기는 홈즈는 자신의 이름이 언급되는 것을 바라지 않았던 것이다.

그날 오후 홈즈는 경찰청장으로부터 1년간 한국에 머물며 비공개적으로 경찰 미제 사선 수사를 협조해 달라는 요청을 받았다. 답변을 고민하던 월셔 홈즈에게 다음날 배달된 것은 다음과 같은 편지 한 장이었다.

친애하는 월셔 홈즈 선생님께.

저는 살인죄로 재판 받고 있는 장대호입니다.

평범한 사진작가였던 제가 연쇄살인범이 되리라는 것은 몇 년 전에는 상상도 못했던 일입니다.

하지만 지금 저는 살인범이 되어 유치장 창밖으로 자유로이 떠도는 뭉게구름만을 바라다보고 있습니다.

지금부터 참회하는 마음으로 선생님께 저의 과오를 말씀드리려 합니다.

처음 살인은 실수였습니다. 하지만 명백한 살인이었습니다.

아! 처음 살인 이전으로 모든 것을 되돌릴 수는 없을까요?

저는 살인이 일어나기 전 세계적인 예술가가 되려는 열정에 사로잡혀 있었습니다. 사진작가로 큰 명성을 얻고 싶었습니다. 하지만 현실은 그렇게 만만치 않더군요. 사회에 나와보니 저보다 훌륭한 작품들을 찍어대는 수많은 전문 사진작가들이 있더군요.

3년 전, 작품 세계를 확립하기 위해 방황하던 중 아라키 노부요시의 작품을 처음 접하게 되었습니다. 아라키의 작품에서 받은 강렬한 충격은 지금도 잊을 수 없습니다. 첫눈에 그의 작품에 매료된 저는 일본행 비행기 표를 끊어 그의 고향을 방문했습니다. 도쿄 근교에 있는 그의 고향으로 향하며 메카를 여행하는 순례자의 심정이었습니다. 아라키의 고향을 방문하는 횟수가 많아질수록 그의 작품과 같은 사진을 찍고 싶다는 욕구가 가슴속에서 끓어올랐습니다. 하지만 사진 모델을 구하는 것이 문제였습니다. 나체로 노끈에 묶여 천장에 매달리겠다는 여자를 구할 수가 없더군요. 그때 제 눈에 들어온 것은 제 사진관 직원 천별아였습니다. 그녀는 미대를 중퇴하고 제 사진관에서 일하던 20대 초반 아가씨였습니다. 뛰어난 미모는 아니었지만 맑고 흰 피부와 긴 다갈색 머리카락을 가졌습니다. 사진 모델로 적합한 가늘고 섬세한 몸매를 가졌지만 제가 이성으로 사귀고 싶은 매력은 느껴지지 않더군요. 그런 저와는 반대로 그녀는 제게 끊임없는 관심을 보이더군요. 그때 그녀의 호의를 이용해 누드모델로 만들겠다는 마음을 품게 되었습니다. 곧 저는 그녀의 관심을 받아들였습니다. 그녀와 연인 사이가 되었지요. 그리곤 저의 모델이 되어달라고 부탁했습니다.

"자기가 원하면 어떤 포즈라도 취할 수 있어. 하지만 나는 지금 아이를 가졌어."

그녀의 말에 저는 그 자리에 무너져 내리는 것 같았습니다. 임신 2개월 임산부를 노끈에 묶어 천장에 매다는 것은 말이 안 되는 행위였으니까요. 게다가 내가 사랑하지 않는 여자를 사진을 찍기 위해 임신시켰다는 공포감에 뒤통수를 망치로 맞은 듯했습니다.

하지만 저는 그녀를 노끈으로 묶어 매달았습니다. 소리치며 버둥거리는 그녀를 천장에 매달고 셔터를 계속 눌러댔습니다. 그때 손끝을 통해 울려오던 셔터의 진동이 달콤한 아편처럼 뇌리 속에 각인되었죠. 눌러라, 계속 눌러. 내 머릿속에서 악마가 소리쳤어요. 배터리가 다 방전될 때까지 더 많은 약물을 원하는 아편 중독자처럼 저는 계속해서 천장을 떠도는 천별아의 나신을 찍어댔습니다.

셔터가 눌러지지 않아 정신을 차려보니 천장에 매달린 천별아가 움직이지 않았습니다. 저는 천별아를 죽이지 않았어요. 하지만 한편으로는 천별아가 죽기를 바랐는지도 모릅니다. 그때 제 손에는 천별아의 목을 묶은 또 한 줄의 노끈이 잡혀 있었으니까요. 저는 천별아를 죽일 생각이 없었어요. 하지만 저이 깊은 곳에 있던 악마가 그녀의 목을 휘감은 노끈을 잡아당기고 있었어요. 그것은 제가 허락하지 않았던 아기와 함께 천별아를 멀리 보내길 원하는 악마였어요.

그 후 그 악마의 힘은 점점 강해져서 제가 조절할 수 없게 되었습니다. 악마는 계속해서 아름다고 젊은 여자들을 제물로 요구했습니다. 우유처럼 맑고 고운 피부 위로 레이저로 도마뱀 문신을 새겼어요. 내 마음속 악마가 도마뱀 형상을 하고 있기 때문이었죠. 중고 레이저가 깔끔하게 문신을 새기는데 도움을 주었어요. 마지막으로 그녀들을 노끈으로 칭칭 감아 천장에 매달아놓으면 그녀들은 천사가 되어 날아갑니다. 하지만 사진관 천장 위를 떠도는 그녀들의 미세한 동작 하나하나는 불후의 작품이 되어 영원히 남습니다. 그녀들이 숨을 거두기 전 마지막 경련을 할 때 황홀함을 느끼며 셔터를 누릅니다. 아닙니다. 진실을 말하자면 그녀들의 마지막 순간을 촬영할 때 전율을 한 것은 내가 아닌 내 안의 악마였습니다.

저는 제가 두려워지기 시작했습니다. 내 안의 악마가 두려웠어요. 저는 여자들을 묶었던 노끈에 레이저로 좌표를 새겼습니다. 악마 몰래 사람들에게 구조 신호를 보내는 것이었어요. 이것을 어떻게 알았던지 악마가 두 번째 좌표에는 허수아비를 매달아두게 했어요. 세 번째 좌표에는 내가 두 여자를 매달아두었어요. 아름다운 소나무 숲에 매달아두면 그들은 분명 천사가 되어 날아갈 테니까요.

월셔 홈즈 선생님. 긴 이야기를 들어주셔서 감사합니다. 선생님의 빠르고 정확한 추리로 저를 검거해 주셔서 감사합니다. 홈즈 선생님 덕분에 더 이상의 노끈 살인은 일어나지 않겠지요. 이제 저는 곧 교수형으로 죗값을 치르게 될 겁니다. 감사의 뜻으로 저의 작품 하나를 지인을 통해 전달해 드리라고 부탁했습니다. 사진에도 조예가 깊으시다는 선생님께서 제 첫 살인의 작품을 잘 간직해 주셨으면 감사하겠습니다.

장대호 올림.

편지와 함께 배달된 소포에는 '천별아 사진'이라고 쓰여 있었다. 소포 안에서 가로세로 50센티미터 액자가 나왔다. 노끈에 매달린 나체의 천별아 사진이었다. 숨을 거두는 직전 격렬한 경련이 천별아의 흔들린 이미지로 표현되었다. 여인의 목에는 바닥으로 늘어진 노끈 하나가 묶여 있었다. 또 하나의 손이 그 노끈을 잡아당겼다.

"어떤가? 라왓슨. 우리가 찾던 진짜 범인은 결국 우리가 상상할 수 없는 곳에서 저 노끈을 잡아당겼군."

원장실을 파이프 연기로 가득 채우며 월셔 홈즈가 되뇌었다.

「노끈」END.

강박관념

김주동

2008년 「동성로」로 계간 《미스터리》 신인상 당선. 단편 「대리자」, 「취미와 직업」, 「택시」 등을 발표.

누군가 내 팔을 스쳤다. 심장이 얼어붙어 버릴 것 같은 불쾌감에 사로잡혔다. 얼어붙은 심장은 온몸의 근육마저 마비시켜 버리는 듯했다. 팔다리는 뻣뻣해 오고, 심장은 무지막지한 손아귀에 사로잡힌 것처럼 터질 듯 죄어들어 왔다. 심장에서 시작된 통증이 점차 가슴으로 넓게 퍼져 나갔다. 숨을 꽉 참아야 했다.

나는 하얀 텅 빈 모니터 앞에 있다. 오늘도 고기를 잡으러 바다로 간다는 문장을 반복해서 써댔다. 반복해서 쓰고 지우고 또 쓰고 지우기를. 결국 빈 모니터로 돌아왔다. 이 모든 건 단순히 아내가 뒤에서 무심코 내 팔뚝을 스쳤기 때문이었다. 아내는 주스가 담긴 잔을 쟁반에 받쳐 들고 있었다. 무슨 일이냐고 아내가 물었다. 대답 대신 커피를 달라고 했다. 그것도 아주 진하게. 아내는 커피는 몸에 해롭다며 특히나 정신을 날카롭게 만들어 지금의 내 처지엔 좋을 게 없다고 했다. 아내의 말이 틀린 건 아니었다. 하지만 몇 달간 단 한 문장도 완성하지 못했다. 오로지 오늘도 고기를 잡으러 바다로 간다는 문장만을 두드리다 지우기를 반복했다. 아내는 이런 날 온전히 이해하지 못했다. 나는 정신과 의사가 처방해 준 약도 먹는 둥 마는 둥했다. 타인에 대한 의심만 커져 갔다. 오로지 나 혼자서 견뎌 나가려 했다. 물구나무를 서기도, 날숨 들숨 심호흡을 해보기도 하면서. 하지만 이들 운동으로부터 별다른 도움을 받지는 못했다.

아내는 주스를 놓고 방을 나갔다. 책장에 꽂힌, 내가 출간한 세 권의 장편과 단편집 두 권을 보았다. 낯설기 짝이 없는 것들이었다. 다시는 제대로 된 소설을 완성하지 못할 것이라는 암담한 예감에 사로잡혀 있었다.

아내는 내가 이렇게 괴로워할 때면 으레 아들의 방으로 들어갔다. 초등학교 5학년인 아들. 아들의 물건은 그 자리 그대로 있었지만 아들만 그 방에서 거짓말처럼 빠져나갔다. 아들의 침대에 반듯이 누워 있는 아내를 볼 때면 꼭 물속에 둥둥 떠 있는 시체를 보는 것 같았다. 내가 다가가도 아내는 일어나지 않는다. 아무런 반응조차 없다. 그럴 때면 아내를 범하고 싶은 생각이 스쳐 갔다. 억눌린 불안이 결국은 이상욕구로 제멋대로 튀어나가는 것이다. 아내와 나 사이에 흐르는 강에는 아들이 둥둥 떠다닌다. 3개월 전 초여름, 아들과 함께 밤낚시를 갔다. 고기를 잡으러 갔지만 고기는 못 잡았다. 차 안이었다. 내가 운전하고 있었다. 아들은 조수석에 앉는다고 고집을 피웠다. 차 밖은 깜깜했다. 맞은편에서 환한 불빛이 달려들었다. 우리 차는 그 불빛 속으로 빨려 들어갔다. 그때 아들은 울부짖으며 내 팔을 꽉 붙들고 놓지 않았다.

이제는 누군가 내 팔을 스치는 것만으로도 아들이 떠오른다. 살려달라는 아들이.

병원에서 깨어났다. 아내는 아들이 죽었다는 걸 알려주지 않았다. 그럼에도 나는 모든 걸 알고 있었다. 목발을 짚고 병원 복도를 걷고 있을 때 누군가 찾아왔다. 가해자의 가족이었다. 가해자는 음주 상태였다. 그날 내게 달려든 환한 불빛은 대형트럭의 불빛이었다. 가해자는 감옥에 갇혔고, 내가 감옥으로 찾아갔다. 그는 나를 아무런 표정 변화도 없이 마냥 지켜보고 있었다. 그는 단 한마디도 하지 않았다. 그러다 일순 그의 표정에 변화가 일기 시작하는가 싶더니 입가에 비웃음이 떠돌다 사라졌다.

그가 지어낸 비웃임이 내 머리를 떠난 적이 없다. 그에 대한 분노는 혼자 감당해야 했다. 그를 죽여 버리고 싶다는 욕망에 시달렸으나 완전히 실현 불가능이었다. 그가 감옥에 갇혀 있다는 이유 때문만은 아니었다. 그가 길거리를 돌아다닌다 해도 그를 해할 용기가 없었다. 내 손에 칼이 쥐어져 있다 해도 그가 나를 보는 순간 나는 그만 그 자리에 멈춰 서고 말 것이다. 용서가 가장 현명한 타협이 될지도 모른다. 나를 속이고 싶지는 않다. 그에게 있는 그대로의 분노를 터트리고 싶다. 현실적으로 불가능하니 오로지 머리로만 공상해 댔다. 그가 지옥 불에서 고통받으며 불타는 상상을. 작가들에게도 직업윤리란 게 있다. 사적인 복수를 위해 이야기를 지어내서는 안 된다는. 하지만 그딴 건 무시해 버렸다. 그를 닮은 인물을 창조해 끝없는 나락으로 밀어 넣는다. 그 속에서 고통받는 그를 떠올리며 키보드 위에서 손마디를 부르르 떨며 희열을 느낀다. 그러자 나에게는 조금씩 이야기가 떠오르기 시작했다. 그러나 정작 내가 한 거라곤 '고기를 잡으러 바다로 간다.'라는 문장을 쓰고 지우는 것뿐이었다. 그는 지금도 내 머릿속에서 고통받고 있었다. 꼬불꼬불한 주름 속에서 꿈틀거리고 있었다. 당장에라도 내 두피를 찢어내고 밖으로 기어나올 것처럼 나를 괴롭혔다. 그만큼 창작욕에 괴로웠지만 막상 텅 빈 모니터 앞에 앉으면 뭐부터 써야 할지 막연하기만 했다. 뚫고 들어가기라도 할 것처럼 모니터만 노려봤다.

정신과 의사는 이런 내게 마음을 편안하게 가지라고 충고했다. 적당한 운동이 도움이 될 거라고. 그전에도 몸을 움직이는 걸 좋아하지 않았다. 그러던 내게 갑자기 운동을 하라고 권하는데, 그걸 실천할 내가 아니었다. 아내는 날 더 많이 받아줬다. 하지만 그것도 잠깐의 안도에 불과할 뿐 아침이 되면 원상태로 돌아왔다. 아내는 점점 지쳐 갔다. 아내에게 미안했다.

글이 안 써져 인터넷만 뒤적거리다 기사를 하나 보았다. 남자, 여자 가릴 것 없이 끔찍하게 죽인 한 남자에 관한 것이었다. 전문가는 그를 사이코패스라 명명했다. 그러면서 사이코패스에 대한 정의를 죽 나열해 놓았다. 결론은 감정이 없다는 것. 남의 고통 따윈 안중에도 없다는 것. 자신의 본능에만 충실하다는 것. 그러자 감옥 안에서 내게 비웃음을 날린 그놈이 생각났다. 그도 사이코패스였던가. 그러나 출구의 빛도 잠깐. 또다시 새로운 벽에 가로막했다. 그 벽을 뚫을 수 없을 것 같았다. 그저 재수가 없었을 뿐이란 걸 깨달은 것이다. 하필 그 시각 그가 술을 퍼 마시고 차를 몰고 있던 그 시각에 내가 거기를 지나가고 있었던 것이다. 아무런 이유도 없이. 그저 우연일 뿐. 잘못이라면 그 시각 아들을 태우고 거길 지나갔다는 것이었다. 낚시를 가지 않겠다는 아들을 억지로 꾀어서 데리고 간.

아내는 더 심각해지는 나를 정신과 의사에게 보였다. 검정 뿔테 안경 속에서 뚫어져라 나를 바라보던 의사는 아내에게 충고했다. 아들과 같이 살던 집에서 좀 벗어나 있게 하라고. 아내는 눈을 반짝였다.

출판사에서 일하고 있는 아내는 일 때문에 나와 같이 집을 떠날 수 없었다. 장인이 살던 집으로 가기로 했다. 장인은 1년 전에 죽었다. 지금은 아무도 살지 않는다. 단지 여름휴가 때 별장 삼아 오곤 했다. 의사를 만나고 나서 이틀 뒤에 집을 떠났다. 어차피 마음먹었으니 빨리 실행에 옮기는 게 낫다는 아내의 충고를 따른 것이다.

내 짐은 간소했다. 책 몇 권과 노트북, 옷가지 몇 벌 정도만 챙겼다. 아내가 차를 몰았다. 아내는 마트에 들러 먹을거리를 한가득 봉투에 담아 나왔다. 아내는 1주일에 한 번 주말에 오기로 했다. 우리는 차 안에서 말이 없었다. 정오를 좀 넘겨 장인이 살던 집에 도착했다. 집에서 나온 지 두 시간 가까이 흐른 뒤였다. 집은 작년 여름에 휴가차 왔을 때와 달라진 게 없었다. 집은 산동네에 위치하고 있어 아담했다. 동네 사람들도 친절한 편에 속했다.

아내가 돌아가고 그날 밤, 창가에 앉아 집 밖 어둠에 잠긴 동네를 보다가 커튼을 닫았다. 침대에 들어가 뜬눈으로 밤을 새우다 새벽 늦게야 무거운 눈꺼풀을 감았다. 오전 열 시도 한참 지난 시간에 일어나 멍멍한 상태로 집 밖을 나왔다. 서늘한 바람이 코끝을 스치고 지나갔다. 샛길을 나와 느티나무 쪽 동네 어귀에 이르렀다. 할 일 없이 서성거리다 담배와 커피를 사려고 가게로 발길을 옮겼다. 아내가 담배나 커피는 쏙 뺀 것이다. 가게 앞으로 다가가는데, 드르륵 문이 열리면서 한 아이가 나왔다. 덥수룩한 머리칼은 눈마저 가리고 있었고, 버짐이 핀 입가는 뭔가를 씹느라 연신 움직여 댔다. 나를 지나쳐 가는 아이의 뒷모습을 보았다. 아이는 추레한 몰골로 두 손을 청바지 주머니에 쑤셔 넣고 있었다. 걸음을 옮기던 아이가 내가 자신을 보는 걸 깨달았는지 뒤를 돌아봤다. 아이와 눈이 마주쳤다. 아이의 시선을 피하곤 가게로 들어왔다. 여주인이 혀를 찼다. 분명 아이를 보고 그러는 것 같았다. 무슨 일이냐고 물어보려다 그만뒀다.

집으로 돌아와서 내가 봤던 아이를 생각했다. 생각하기 싫었지만 아이는 아들과 비슷한 나이 대였다. 오전 11시를 좀 넘기고 있었다. 방학도 아닌데 아이는 학교에도 안 간 것인가. 나를 보던 아이의 눈빛이 떠올랐다. 무표정하기 짝이 없는 눈빛. 그 눈빛이 어딘지 낯설지 않았다.

내가 그 아이를 다시 본 건 마을회관 옆의 벚나무 아래였다. 동네 온 지 며칠이 지나도록 내 신상엔 변화가 없었다. 글을 못 쓰긴 마찬가지였다. 도피행에 불과한 건지도 모른다는 회의가 계속 나를 괴롭혔다. 머리를 다른 곳으로 돌리려 늦은 오후에 산책 나온 길이었다. 아이는 나무 쪽으로 돌아서 있었는데 태연히 오줌을 누고 있었다. 자기도 누가 보고 있단 걸 깨달았는지 내 쪽으로 시선을 던졌다. 하지만 아이는 내가 보든지 말든지 전혀 신경 쓰지 않았다. 자기 볼일을 다 보곤 여유 있게 바지 지퍼를 채웠다. 그러고는 도로 쪽으로 나서서 걸어갔다. 누군가 보는데도 아무렇지 않게 볼일을 보는 아이. 그런 아이에게서 눈을 뗄 수 없었다.

아이에 대한 관심은 다른 일에서 증폭됐다. 이 마을엔 고양이가 한 마리 있었는데, 검은 바탕에 하얀 줄무늬가 그려진 새끼 고양이로 무척 귀여웠다. 조그만 여자아이가 그 고양이를 가슴에 품고 지나가는 걸 몇 번 본 적이 있었다. 여자아이는 고양이를 한눈에 봐도 무척 아끼는 것 같았다. 그런데 고양이를 품고 있던 여자아이가 한날은 하얗게 질린 얼굴로 뛰다시피 하며 골목 안으로 사라졌다. 여자아이 뒤를 따르는 한 남자아이를 보았다. 그가 누군지 한눈에 알아봤다. 그는 여자아이를 뒤따라오다 나를 보곤 그냥 발길을 돌렸다. 나는 그 둘 사이에 뭔가 있단 걸 단박에 눈치챘다.

새끼고양이가 귀엽다고 하면서, 내가 여자아이에게 말을 걸었다. 그하고 무슨 일이 있었는지 궁금했기 때문이다. 단발머리 여자아이는 경계하듯 나를 보았다. 처진 눈은 두려워하고 있었고, 입가는 파르르 떨리고 있었다. 내가 새끼고양이의 머리를 한 번 쓰다듬어 보려 하자 여자아이는 흠칫 물러섰다. 고양이를 어떻게 할까 싶어 겁이 난 모양이었다. 고양이 역시 용을 쓰며 울어댔다.

"괜찮아."

그 뒤로 여자아이를 볼 때마다 친절하게 대했고, 그러자 여자아이도 경계를 풀었다. 여자아이 주변엔 나 말고도 그 녀석도 있었다. 녀석은 새로운 경쟁자를 만난 듯 나를 노려보곤 했는데 그럴 때마다 속으로 묘한 흥분을 느꼈다. 그 녀석이 나를 연적으로 생각한다는 것 자체가 우습기 짝이 없었다. 하지만 그가 그렇게 생각한다는 걸 깨닫고는 그 여자아이를 짐짓 어린 숙녀 대하듯 했다. 내 지극한 일상에 새로운 소일거리가 생긴 것이다. 나 역시 유치하기 짝이 없는 장난이란 걸 잘 알고 있었다. 그럼에도 세상의 독재자처럼 구는 아이가 왠지 맘에 들지 않았고, 그러자 녀석에게 심적 괴로움을 안겨주고 싶었다. 나는 여자아이에게 학용품, 과자를 비롯한 다양한 물품으로 선물 공세를 해댔다. 그 선물 앞에서 기뻐하는 여자아이를 보며 그 녀석의 심정은 어떠했을까.

그러던 어느 날, 여자아이한테서 부탁 하나를 받았다. 자기를 보호해 달라는 부탁. 여자아이는 자연스레 그 녀석을 언급했다. 여자아이의 말은 이랬다. 내가 이 마을에 오기 전, 한 사건이 있었다. 여자 화장실로 숨어든 녀석이 대변 칸 틈으로 손거울을 비추며 장난을 친 적이 있었다. 이 사건으로 녀석은 선생에게 엄청난 매질을 당했다고 했다. 선생에게 그 일을 일러바친 여자아이는 그 후 녀석으로부터 심한 보복을 당해야 했다. 스토커처럼 따라붙으며 자신을 괴롭혔다는 것이다. 좋아한다면서 따라다니며 괴롭히는데, 그 말을 하며 여자아이는 절레절레 고개를 흔들었다. 선생에게 일러도, 부모에게 일러도 그때뿐이라는 것이었다.

계속 무시하며 상대를 하지 않으려 들자 녀석이 고양이를 괴롭히기 시작했다는 것이었다. 고양이를 빼앗아 내빼면서 어느 으슥한 곳까지 유인한 뒤 고양이의 머리를 꽉 쥐어 잡고는 뾰족한 나뭇가지로 바동거리는 고양이의 배를 마구 찔러댔다는 것이다. 고양이는 애기처럼 울어댔고 그러지 말라고 통사정하자 녀석이 주문을 했다는 것이다. 춤 춰봐. 노래 불러봐. 그 주문은 점차 정도를 더해갔다는 것이었다. 옷도 벗어봐. 이 대목에서 나는 분노를 느꼈다. 이놈을 그냥. 초등학교 6학년인 아이 입에서. 그러면서 나를 노려보던 녀석의 눈빛이 예사롭지 않다는 생각이 들었다. 걱정 말라며 불안해하는 여자아이를 안심시켰다.

그 밤 녀석의 집을 찾아갔다. 녀석은 마당이 있는 양옥집에 살고 있었는데 겉으로는 여느 집과 같아 보였다. 가게 주인 말로는 은수 녀석이 할머니와 단둘이 살고 있다고 했다. 엄마 아빠는 은수가 어렸을 적에 이혼을 했고, 아빠가 은수를 할머니에게 맡긴 뒤로는 단 한 번도 찾아오지 않았다는 것이었다. 나는 불 켜진 양옥집 앞에 멍하니 서 있다 발길을 돌렸다.

다음날 아침 동네 가게 앞에서 은수와 마주쳤다. 그가 나를 기분 나쁘게 쏘아보더니 모른 척 지나가려고 했다.

"저기, 잠깐만 시간 내줄래?"

그가 나를 돌아봤다. 그는 당장에 대들 것처럼 주먹을 꽉 움켜쥐고 있었다.

나는 발길을 옮겼다. 샛길을 지나 공터에 이르러 뒤따라온 은수의 뺨을 다짜고짜 날려 버렸다. 은수가 고꾸라졌다. 내가 아이 쪽으로 다가서자 아이가 뒤로 물러났다. 평생, 누구한테 이렇게 맞아본 적은 없으리라. 선생에게 매질을 당했을 때도 녀석은 눈도 깜짝하지 않았을 것이다. 선생의 매질을 묵묵히 견뎌내는 걸 다른 애들에게 과시하듯 보여줬을 테지. 자신의 엉덩이에 찍힌 매자국은 영광스러운 상처에 다름 아니었을 것이다. 하지만 지금은 그 누구도 지켜보는 사람이 없다. 맞는 의미가 전혀 없는 것이다. 아이는 갑작스러운 공격에 꼼짝도 하지 못했다. 아이는 몰라볼 정도로 고분고분해져 있었다. 매섭게 치뜨던 눈길도 싹 거두었다. 잠시 뒤, 얌전하게 내 옆에 앉았다. 자기보다 강한 자란 걸 깨닫는 즉시 바뀌는 게 애들이다. 나는 은수를 내 편으로 만들 필요가 있었다. 은수에게 아팠지 하고 친근하게 물었다. 은수의 눈에 맺혔던 눈물이 거친 볼을 타고 죽 흘러내렸다.

은수를 내 집으로 초대했다. 아이에게 점심을 대접했다. 눈치를 보던 아이에게 괜찮다고 맘껏 먹으라고 했다. 그러자 아이는 며칠을 굶은 사람마냥 허겁지겁 크림 발린 빵을 입 안으로 쑤셔 넣었다. 전자레인지에 돌린 오리고기도 빠른 시간에 완전히 해치웠다. 마지막으로 유리컵에 든 콜라를 벌컥벌컥 들이켰다.

그 뒤 아이에게 놀러 오고 싶을 때는 언제든 오라고 했다. 처음에는 일주일에 한 번씩 찾아왔지만 그 뒤로는 그 횟수가 늘어났다. 은수가 올 때마다 배불리 먹게 해줬다. 평소 쌓인 불만을 먹는 걸로 대신 풀게 해준 것이다. 한번은 집 안으로 들어오면서 내게 '안녕하세요.'라는 인사까지 했다. 대단한 발전이었다. 흐뭇

했다. 하지만 은수가 변했다고는 생각지 않았다. 내게서 더는 얻어낼 게 없다면 단번에 변하고 말 것임을 알고 있었다. 나는 인간의 본성은 절대로 변하지 않는다고 생각한다. 은수 녀석도 마찬가지일 테다. 그를 구슬려 그가 평소 품고 있던 생각을 말해보라 할 작정이었다. 어느 늦은 시각, 그에게 약간의 맥주를 먹였다. 그가 사악한 어떤 생각을 가지고 있을 거란 예감을 가지고 있었다. 나의 예감이 맞아 돌아갈 때 그 얼마나 흥분했던가. 잠자고 있던 내 심장이 쿵쾅거리기 시작했다. 자기를 무시한 선생과 여자애들을 갈기갈기 찢어 죽이는 얘기를 거침없이 해대는 아이를 보며 그래, 바로 그거야 하고 나 스스로에게 소리쳤다. 이런 은수에게 무엇을 해줄 수 있을까. 어떻게 하면 은수를 도와줄 수 있을까. 그러다 뭔가 떠올랐다. 그래, 이 아이의 분노를 표출하게 도와주는 거다. 너의 분노를, 너를 버리고 떠난 엄마, 아빠에 대한, 너에게 아무것도 해주는 게 없는 할머니, 그리고 빌어먹을 학교에 대해, 매질만 해대는 선생에 대해, 너를 무시하는 여자애들에 대해, 세상에 대해, 네 맘에 가득 찬 분노를 맘껏 바깥으로 뱉어내도록. 그게 음악이 됐든 그림이 됐든 글쓰기가 됐든 뭐가 됐든 니의 증오를 세상 밖으로 터트려 보는 거야 하고.

아내가 2주 만에 찾아왔다. 저번 주에는 회사에 급한 일이 있어 오지 못했다고 지나가듯 아내가 말했다. 괜찮다고 내가 대꾸했다. 아내는 한 보따리 사들고 왔다. 아내는 스낵류를 쇼핑봉투에서 쏟아냈다. 그러면서 영 이해가 가지 않는다는 얼굴로 고개를 갸웃했다. 아들 민호가 먹는 것도 건강에 해롭다고 못 먹게 했는데 오죽하겠는가. 당신이 먹을 거냐고 아내가 의아스레 물어왔고 그렇다고만 짧게 대답했다. 아내는 믿음이 가지 않는다는 듯, 나를 쳐다보다 말았다. 뒤이은 아내의 관심사는 내가 컨디션을 회복해서 글쓰기를 다시 시작했느냐는 점이었다. 직접 물어보기 신경 쓰였던지 노트북이 있는 책상 쪽을 기웃거렸다. 책장에 꽂힌 책 몇 권을 접한 아내가 돌아봤다.

"요즘 보는 책들이야?"

내가 고개를 끄덕였다.

"이런 책들에 관심이 있는 줄은 몰랐네."

"그러게."

아내의 뒤이을 질문을 회피하기 위해 심드렁하게 대꾸했다.

"요즘 쓰는 글하고 관계있는 모양이지?"

"으응."

아내는 꽂힌 책들 중 한 권을 빼 들었다. 책을 넘겨보던 아내가 인상을 찡그렸다. 고문 잔혹사란 제목이 빨갛게 박힌 책을 몇 장 넘기던 아내가 이내 책을 덮어버렸다. 마녀 수난사란 제목의 책도 꺼내려다 꼬챙이에 찔린 여자들의 하나같이 고통스러워하는 표지 그림을 보곤 얼른 손을 뗐다.

"이번에 쓰는 거, 좀 잔인한가 보네?"

"응."

아내는 내가 어딘지 변했다고 생각하는 것 같았다. 하지만 평소대로 아내를 대했고, 아내도 곧 별일 아닐 거라고 생각하고는 마음을 놓는 것 같았다. 단지 이러한 책들도 창작에 필요한 부분이라고 생각하는 것 같았고 뭐가 됐든 다시 글을 쓰게 되었다는 것에 기뻐하는 것 같았다.

우리는 그날 밤 함께 침대로 들었다. 아내가 딱딱하게 뭉쳐 있는 내 어깨를 주물러 줬다. 아내의 부드러운 손길은 등줄기를 타고 점점 허리 쪽으로 내려갔다. 긴장이 누그러지며 편안한 기분에 빠져들었다. 몸을 돌려 아내를 안았다. 아내는 거부하지 않았다. 아내는 고개를 모로 하고 눈을 가늘게 뜨고 있었다. 나는 점점 호흡이 가빠졌다. 아내가 내 손목을 세게 잡았다. 그때 아내가 눈을 확 뜨며 내 가슴을 밀쳤다.

"왜 그래?"

"이상한 소릴 들었어."

난 귀를 바짝 세웠다.

"모르겠는데."

아내는 긴장한 얼굴로 문 쪽에서 커튼이 처진 창문 쪽으로 시선을 옮겼다.

"바람 소리겠지. 시골은 종종 그래."

걱정스러운 얼굴로 아내가 그런 모양이라고 고개를 끄덕였다.

나는 부엌으로 가서 빈 잔에 물을 따랐다. 창 쪽으로 시선을 던졌다가 부엌 바깥 창문으로 뭔가 희끄무레한 게 사라지고 있는 걸 보았다.

그날 아침 평소보다 늦게 일어났다. 옆자리는 비어 있었다. 부엌 쪽에서 아내가 부산히 움직이는 소리가 들려왔다. 내가 부엌으로 들어서자 아내가 간단히 아침식사를 차려냈다. 토스트 한 조각을 맛없게 씹으며 집 밖을 나왔다. 부엌 앞으로 걸어가 저 앞으로 시선을 던졌다. 어젯밤 저쪽으로 사라진 누군가를 생각했다. 뒤에서 창문 두드리는 소리가 났다. 아내였다.

아내는 오후에 올라가 봐야 한다고 했다. 나는 흘려들었다. 아내는 자기 말만 하고 씻으러 욕실로 들어갔다. 등받이가 긴 소파에 푹 파묻혔다. 얼마간 이러고 있자니 졸음이 밀려왔다. 뒤에서 삐거덕 문 열리는 소리가 났다. 환청처럼 느껴졌다. 대수롭지 않게 내가 돌아봤다. 책상으로 향한 은수는 책꽂이에서 책 한 권을 쑥 빼낸 뒤 식탁으로 갔다. 내가 남긴, 유리컵에 든 우유를 은수가 단번에 들이켰다. 그러곤 식탁 의자에 앉아 책을 딱 펼쳤다. 나는 몽롱한 상태로 턱을 괴고 있었다. 그때 부엌에서 외마디 비명이 터져 나왔다. 당장에 부엌 쪽으로 달려갔다. 아내가 욕실에서 나오다 생각지도 못한 이방인을 보고 놀란 것이다. 아내가 나한테 와서 누구냐고 대뜸 물었다. 은수는 책에 시선을 처박고 있었다. 아이는 여자들이 화형당하는 사진을 뚫어져라 들여다 보고 있었다. 아내가 황당한 눈길로 그걸 보았다. 내가 아내를 집 밖으로 나오게 했다.

"도대체 누구야?"

"이 동네 사는 애."

"근데 왜 여기 있는 건데?"

"자주 놀러 오거든."

"걔가 지금 뭐 보고 있는 줄이나 알아?"

나는 고개를 끄덕였다.

"근데? 당신 보려고 산 책 아냐?"

"맞아. 하지만 볼 수도 있잖아."

"어린애가 그런 걸 보는데 가만 놔둬? 게다가 당신 책이잖아."

"괜찮아."

"괜찮다고?"

아내가 기가 막힌 얼굴로 나를 보다가 말했다.

"그러고 보니 과자도 당신 먹으려고 사오란 거 아니었지?"

굳이 대꾸하지 않았다.

"도대체 어떤 사이야?"

"그냥 친구 사이."

"친구?"

아내가 말문이 막힌다는 얼굴로 집 안에 있던 아이에게 시선을 던졌다가 다시 나를 향했다.

"그만 보게 해. 누구 앤지는 몰라도 교육상 안 좋아."

"괜찮아. 내버려 둬."

"그 책도 걔 보라고 산 것처럼 말하네? 당신 좀 이상해진 거 몰라."

"뭐가?"

아내는 톡 쏘려다 그만뒀다. 그제야 아이가 아들 또래임을 깨달은 아내가 혼란스러운 얼굴로 나를 보았다.

은수는 아내가 차려준 점심까지 챙겨먹고 갔다. 아내는 자주 아이를 흘끔거렸다. 가끔 은수와 눈이 마주쳤고, 그때마다 아내는 재빨리 시선을 돌렸다. 은수는 식사 도중 한마디도 하지 않았다. 숟가락을 놓으면서도 잘 먹었다는 소리 같은 건 하지 않았다. 은수가 가고 나자 아내는 은수가 봤던 책을 식탁 밑으로 던져 버렸다.

"걔랑 여기서 무슨 짓을 하고 있는진 몰라도 이젠 오지 말라고 해."

"불쌍한 애야."

"뭐라고? 당신이 여기 왜 왔는지 잊었어? 당신 글 써야 하잖아."

"쓰고 있어."

"쓰고 있다고?"

"걔하곤 상관없는 일이야."

"애한테 이상한 책이나 읽게 하고, 당신 뭐 하는 건데?"

"내가 뭘?"

아내가 한심한 얼굴로 나를 보았다.

"제발 정신 좀 차려."

나는 아내의 시선을 피했다.

"당신이 말하기 뭐 하면 내가 얘기할게. 못 오게."

"도움이 필요한 애라니까."

아내가 불쑥 꺼냈다. 아들 얘기를.

"무슨 일인진 몰라도 지금 남 생각할 때야? 민호 또래여서 잘 해주는 거 같은데, 걘 민호가 아니거든. 그 아이한테 신경 쓸 시간이 어딨어? 당신이 재기하느냐 마느냐가 달려 있어 지금. 한물 갔다고 생각하는 인간들한테 한 방 먹이란 말야."

귀를 틀어막고 싶었다.
"당신 고통도 승화시키려고 노력해 봐. 그래야 작가 아냐?"
아내에게 버럭 고함을 질러 버리고 싶었다. 당장 나가 버리라고. 그 대신 죽일 듯 아내를 노려봤다.
그렇게 아내는 떠났다. 아내가 떠나고 나서 마음이 영 편치 못했다. 아내마저 차를 타고 가다 사고가 나는 건 아닐지 걱정스러웠다. 어쩌면 사고를 바라는 바람이 이런 불안을 낳는 건지도 모르겠다. 사실을 말하는 아내가 미웠다. 그래, 인정하자. 아내 말처럼 은수는 민호가 아니다. 하지만 민호를 구하지 못했다고 은수마저 방치하란 말인가. 나는 깨닫게 해주고 싶었다. 자기 역시 남들과 다를 바 없는 인간이란 걸. 별종이 아니라고. 은수의 악행은 아무것도 아니라고. 은수가 상상해 온 불순한 감정이 실은 인간이라면 누구나 품어본 감정이란 걸 역사적인 사건을 빌려 알려주고 싶었다. 은수가 스스로를 괴물로 생각하지 않는 게 중요한 것이다. 자신의 감정을 자연스레 받아들이게 한 뒤에 그걸 표출할 수 있도록 도와주면 된다. 도화지를 건네줘도 되고, 음악을 들려줘도 되고, 노트를 선물해도 된다. 재능이 있어야만 예술을 하는 건 아니다. 예술가가 되지는 못한다 해도(물론 예술가가 될 필요도 없다.) 최소한 사이코패스는 되지 않을 것이다. 민호를 죽여놓고도 태연히 비웃음을 날리던 그런 빌어먹을 인간은 되지 않을 것이다.
나는 은수를 믿고 있었다. 어느 날 저녁, 은수가 빈 노트 위에 뭔가를 끼적거리고 있단 걸 알았을 때 내심 흥분이 일기 시작했다. 한 인간이 내 예상대로 변모하고 있는 걸 지켜본다는 건 글쓰기 그 이상으로 흥분되는 일이었다.
　그런 은수를 관찰했고, 그 결과를 하루하루 기록해 갔다. 소설을 써야 한다는 부담감 없이 그저 은수의 일상을 일기처럼 기록했다. 그러면서 잊고 있던 내 안의 창작열도 조금씩 불타오르기 시작했다. 한 날은 은수가 내 팔뚝을 툭 건드렸을 때도 아무 일 없이 무슨 일이냐고 태연히 묻기까지 했다. 누군가 내 팔을 스쳤을 때 느껴야 했던 살려달라던 아들에 대한 관념이 일어나지 않은 것이다. 나는 스스로 놀랐다. 강박관념이 어느새 사라져 버린 것인가. 내 몸 상태도 예전과 달리 많이 좋아져 있음을 깨달았다. 은수 역시 많이 변해 있었다. 말수도 늘었고, 얼굴빛도 좋아져 있었다. 무엇보다 글쓰기에 무척 열성적이었다. 식탁 의자에 앉아 글을 쓰곤 했는데, 썼다 하면 그 자리에서 두세 시간은 기본이었다. 정신없이 자기가 그려내는 세계에 빠져 시간 가는 줄 모르고 자신의 에너지를 소진했다. 그렇게 쓰고 나면 기진맥진한 얼굴 가운데서 자기도 뭔가 해냈다는 뿌듯함이 드러났다. 나는 은수가 쓴 글을 읽고 무조건 칭찬해 줬다. 정말 재미있다고, 대단하다고. 은수는 세상을 얻은 것처럼 기뻐했다. 은수의 득의만만해하는 표정에 나는 싱긋 미소를 지었을 뿐이다. 은수의 글쓰기 능력은 사실 보잘것없는 것이었지만 그래도 가능성은 엿보였다. 이대로 잘만 하면 십여 년 뒤 어떻게 될지는 아무도 모르는 일이었다. 자기의 분노를 표출하는 걸 도와주려고만 했는데, 웬걸 은수는 그 이상으로 내 눈을 동그랗게 만드는 글도 가끔씩은 써내기도 했다.

하지만 그건 말 그대로 정말 가끔이었다. 대부분은 자기를 무시한 선생과 여자애들을 잔혹하게 찢어 죽여 씹어 먹는 내용들이었다. 그는 자기가 쓴 내용에 무척 만족해했다. 그런 그에게 간섭하지 않으려고 무진장 애를 썼다. 자기가 쓰고 싶은 걸 쓰게 내버려둬야 한다며. 물론 쉽지 않은 일이었다. 식인 행위 따위의 결론에만 집착하는 은수에게 '다른 식의 결말은 어떻겠니?' 하고 살짝 물어봤는데, 은수는 어리벙벙하게 나를 보았다. 은수는 나를 이해하지 못하겠다는 듯 봤는데, 그때 내가 실수했단 걸 깨달았다. 그래서 네가 하고 싶은 대로 그냥 하라고 한발 물러섰다. 어차피 은수 자신의 불만을 표출하는 것이 글쓰기의 목적이었으니.

그즈음 은수에게 크게 신경을 쓰지 못했다. 나 역시 소설을 썼다. 아내에게 뭔가 쓰고 있단 걸 보여줘야 했기 때문이다. 두려움 때문에 쓰지 못하고 있었는데 막상 쓰기 시작하니 그래도 써지기는 했다. 은수를 보고 나도 자극을 받은 모양이었다. 은수는 식탁 의자에 앉아 연필로, 나는 책상 의자에 앉아 노트북을 두드렸다. 은수는 다 쓰면 내게 가지고 왔는데 그때마다 건성으로 잘 썼다 하고 칭찬해 줬다. 은수는 내 칭찬을 곧이곧대로 믿는 것 같았다. 역시나 의기양양한 얼굴로 노트를 들고 돌아섰다. 나는 모든 게 잘 돌아가고만 있다고 생각했다.

그러던 어느 날, 늦은 오후가 되기까지 은수가 오지 않았다. 슬슬 걱정이 되었다. 그날 끝내 은수가 오지 않았다. 다음날 오후에도 은수는 오지 않았다. 은수에게 무슨 일이 생긴 것 같아 집 밖을 나서려는데, 꼬장꼬장해 보이는 나이 든 여자가 멀리서 내 쪽으로 오고 있었다. 그냥 지나가는 여자려니 생각했다. 그런데 아니었다. 어느새 내 쪽으로 걸어온 여자가 용건이 있다고 차갑게 말했다. 여자의 뿔테 안경 속 눈길이 날카로웠다. 내게 단단히 따질 게 있어 보이는 눈빛이었다. 나는 우선 집으로 들어오라고 했다. 집 안으로 들어선 여자가 집 안을 휙 둘러보더니 인상을 찌푸렸다. 황당한 느낌이 들었다.

여자가 입을 열었다.

"은수 담임입니다."

은수 담임이 왜.

"은수가 학교에서 무슨 일을 한지 아십니까?"

내가 어찌 알겠는가.

"은수가 이상한 글을 써서는 애들한테 막 보여주더군요. 그걸 본 한 여학생이 놀라서 나한테 가지고 왔고요. 나도 그 글을 보고 얼마나 놀랐던지. 더 어처구니없었던 건 은수가 나한테 마구 따지더군요."

여자가 핏대를 세웠다.

"은수한테 칭찬을 했다는 게 사실입니까? 고 조매한 게 나한테 목을 빳빳이 쳐들고 따지고 드는데 내 참, 어이가 없어서. 그쪽에서 무척 잘 썼다고 칭찬까지 했다던데 사실이냐고요? 도대체가 이해할 수가 없는 분이군요. 애 교육상 얼마나 나쁜 일을 하신지 아세요? 계속 쓰라고 독려까지 했다던데, 제정신이세요? 댁의 아들이 그런 글을 읽는다고, 아니, 쓴다고 생각해 보세요."

번뜩 은수 생각이 났다.

"그래서 어떻게 했습니까?"
"어떻게 하다뇨?"
"은수가 쓴 글을 어떻게 했냐고요!"
"거야, 모조리 압수해서 찢어버렸죠."
은수가 당했을 모욕을 생각하자 눈앞이 아찔했다.
"다시는 은수한테 그런 거 시키지 마세요. 아셨어요?"
여자가 가버리고 난 뒤 말하기 힘든 만큼 착잡한 심정에 휩싸였다.

은수는 선생과 아이들에게 비난의 대상이 되었을 것이다. 칭찬만 듣던 글이 한순간 비난받는 글이 되었으니. 은수가 받았을 충격은 어마어마했을 것이다. 내가 건성으로 지껄인 칭찬들이 은수의 과시욕을 부추겼고, 은수는 그만 나락으로 떨어지고 만 것이었다.

우선 은수부터 찾아야 했다. 은수가, 보는 사람에 따라 글은 달리 읽힐 수도 있다는 생각을 이해할 턱도 없을 것이었다. 이 생각을 아무렇지 않게 받아들이는 데는 성인 작가가 되어서도 힘든 일이다. 어쩌면 죽을 때까지도 받아들이기 힘든 일인지도 모른다. 그러니 어린애야 더 말할 필요도 없다. 그 심정이 어떠했겠는가.

내가 가게 앞을 지나갔을 때 가게 주인이 나를 이상한 눈초리로 쳐다봤다. 선생이 떠들고 다닌 모양이었다. 조그만 동네여서 소문은 이미 급격히 퍼져 나간 상태였다. 은수뿐 아니라 동네의 모든 아이들에게 나쁜 영향을 끼칠지 모를 사람으로.

은수 집을 찾아갔지만, 은수는 없었다. 어둑해져서 집으로 돌아왔다. 유리창이 깨져 있었다. 문을 열고 들어섰을 때 집은 엉망으로 어질러져 있었다. 그리고 식탁에 있는 노트에는 붉은 글씨로 이렇게 쓰여 있었다. 사기꾼. 은수가 쓴 것이었다. 나는 털썩 의자에 주저앉았다.

그날 밤 불안한 잠자리에 들어야 했다. 다음날 아침 일찍, 다시 집을 나섰다. 은수를 찾아볼 생각이었다. 골목길로 바삐 접어드는데, 여자아이 하나가 울면서 내 쪽으로 뛰어오고 있었다. 고양이를 무척 아끼던 그 여자아이였다.

"지켜준다 그랬잖아요!"

내가 무슨 소리냐고 물었다.

"나비가 죽었잖아요! 나비가! 은수 짓이란 말예요!"

아이가 앙 울음을 터트렸다.

난감하기 짝이 없었다.

"은수 어딨는지 아니?"

아이는 울먹이며 고개를 저었다.

은수가 고양이를 죽인 사실은 학교에도 퍼졌다.

며칠 뒤, 여선생이 다시 나를 찾아왔다. 이번엔 이장을 대동했다. 은수가 그런 끔찍한 일을 저지른 건 모두 나 때문이라는 결론이었다. 내 집에 있던 고문 잔혹사와 마녀 수난사란 책 따위는 그들을 소스라치게 만들었다. 내가 은수에게 나쁜 책을 읽게 했고 나쁜 글을 쓰게 해서 이런 불상사가 터졌다고 몰아붙였다. 터무니없다고 항변해도 선생과 이장은 완고했다. 그러면서 사라진 은며, 너무 예민하게 굴면 정신 건강에 나쁘다고 말하곤 내 방으로 돌아와 생각에 잠겼다. 그러다 인터넷 검색창에서 내 책을 검색해 봤다. 책 소개 밑으로 올라와 있는 별점과 평들을 살펴봤다. 무수한 평들은 대부분의 평이 그렇듯 극과 극으로 나뉘어져 있었다. 평을 죽 살펴 나가다가 한곳에서 시선이 멎었다. 혹평 바로 위, 눈이 번쩍 뜨이는 찬사의 글귀를 발견한 것이다. 그 블로그로 들어갔다. 소설에 대한 혹평의 핵심은 리얼리티가 부재하다는 것이었는데 그걸 정면으로 부인하는 글이 죽 적혀 있었다. 작가는 절대 사기꾼이 아니라는 결론이었다. 동시에 혹평을 쏟아낸 이들을 저주하는 글귀를 남겨놓았다. 죽어버리라는. 그리고 블로그 대문에는, 앉아 있는 고양이 한 마리의 사진이 턱 하니 걸려 있었다. 고양이가 나를 노려보고 있는 듯했는데 그 고양이가 왠지 낯설지 않았다. 어디서 본 것만 같았다. 그러곤 얼마 안 가 깨달았다. 은수가 처음으로 죽인 생명과 그 생김새가 무척이나 닮아 있다는 것을.

마우스를 쥐고 있던 손에 저절로 힘이 풀렸다. 은수는 어느덧 내 팬이 되어 있었던 것이다.

하지만 은수는 절대로 평범한 팬이 아니었다. 어느 날 메일을 확인하다 끔쩍 놀라고 말았다. 잘 지내냐면서 은수가 인사를 걸어온 것이다. 소설은 재밌게 읽었다면서 자기 얘기를 써줘서 감사하다는 말까지 늘어놓았다. 정말 감사하게 생각하는 건지, 아니면 비꼬기 위함인지 알 수 없었다. 어쨌든 답장을 하지 않았다. 이틀 뒤에도 메일이 왔다. 열어보지 않으려 무진 애썼지만 참지 못하고 확인을 했다. 은수는 자기를 도와달라고 했다. 다시 글을 쓸 수 있도록. 글을 쓸 때의 경험이 무척 좋았다고. 글에만 몰두할 수 있어 행복했다고. 글을 쓰게 되면 자신의 공격 충동을 멈출 수 있을 거라며 결론은 한번 만나고 싶다는 것이었다. 그러면서 예전의 관계를 회복하자고 했다. 나를 사기꾼이라 부른 건 자신의 치명적인 실수였다고 사죄했다. 은수는 나를 선생님으로 부르고 있었다. 다시 뵐 때까지 건강히 잘 지내라고 했다. 건강히 잘 지내라. 그 인사말에서 설명하기 힘든 불길한 암시를 느꼈다. 나는 은수를 다시 만날 생각이 전혀 없었다. 지나고 보니 은수에게 글을 쓰라고 종용했을 당시 나도 제정신이 아니었다. 지금에 와서 뭘 어쩌겠다는 것인가.

아내는 고민이 있냐고 물었다. 그런 거 없다고 했지만 아내는 의아한 눈초리로 나를 보았다. 시체에 놓인 책 때문이냐고 물었다. 나는 아니라고 했다. 아내는 신경 쓸 필요 없다고 했다. 책은 전보다 더 잘 나가고 있다면서. 그 사건이 사람들의 관심을 끌어낸 모양이라고. 그러고 보니 별의별 일도 다 있었다. 한번은 내 책을 읽고 자살소동을 벌인 여고생이 있었다. 책을 읽은 직후에 악마를 봤다는 초등학생도 있었다. 그러자 일부에서는 책을 봐서는 안 된다는 말까지 돌았다. 출판사에서는 적절히 이런 소문을 부풀렸다. 책은 잘 나갔다. 영화화 소식까지 들리게 됐다. 그러나 이런 성공이 별로 반갑지 않았다.

은수도 이런 소식을 어디선가 접한 모양이었다. 만나자는 메일을 또 보내왔는데 축하 파티라도 열어야 하는 것 아니냐며 너스레를 떨었다. 은수는 자신의 일인 것처럼 무척 기뻐했다. 어찌할까 고민하던 중 아내의 출판사 동료 직원한테서 다음과 같은 말을 듣고 나서는 은수를 더 만나고 싶지 않았다. 경찰이 나를 한번 만나보려는 걸 아내가 대신 만났다는 것이었다. 아내는 당연히 우연한 일에 불과하다고 했단다. 미치광이의 소행에 일일이 작가가 나설 수는 없다고 한 모양이었다. 하지만 아내도 속내는 편치 못했을 터였다. 그러다가 내 얼굴에 깃든 초조함을 엿본 것이었다.

그래서 그 며칠 뒤에 아내는 내 방으로 들어갔고, 노트북도 열어본 것이었다. 아내가 흥분해서 방에서 뛰쳐나왔을 때 일이 터지고 말았구나 싶었다. 그 아이냐고 아내가 따졌다. 내가 무겁게 고개를 끄덕였다. 그러자 아내는 아이와 내가 쓴 책, 그리고 대학생 여자의 죽음을 연결하는 것 같았다.

아내의 목소리가 높아졌다.

"걔가 그런 거 아냐?"

"아닐 거야. 걔가 그랬다는 증거도 없잖아."

내가 자신 없게 답했다.

"근데 왜 걔 얘길 글로 쓴 기야? 도대체 왜?"

나는 대답하지 않았다. 나를 빤히 보던 아내가 말했다.

"걔한테 왜 이렇게 집착하는지 모르겠네. 걘 당신 아들도 아니고 아무것도 아냐."

아들이라는 말에 귀가 멍했다.

"혹시 민호 때문에 그러는 거야? 하지만 걘 민호가 아냐."

아내가 답답하다는 얼굴로 나를 보았다. 나는 아내의 시선을 피했다.

망설임 끝에 며칠 뒤, 만나자는 은수의 메일에 긍정의 답장을 보냈다. 은수를 피한다고 능사가 아니었다. 은수가 다시 글을 쓰게 되어 혹시라도 정상적인 인간으로 살아가게 된다면 무척 다행스러운 일이 아니겠는가. 세상이 받아주지 않는 개인의 절망과 분노를 글만은 받아주지 않았던가.
그런데 은수와 약속이 잡힌 날, 아내는 이미 다른 약속을 잡아놓고 있었다.
당일 아침에 아내가 통보하듯 말했다.
내가 참석이 곤란하겠다고 하자 아내가 답답한 얼굴로 나를 보았다.
"그 자리가 어떤 자린데. 요즘은 집에 처박혀 글만 쓴다고 알아주는 세상이 아냐. 사람들을 만나야 할 거 아냐? 당신 책을 오해하는 사람도 많아. 그 자리에서 당당하게 밝히란 말야. 자꾸 겁쟁이처럼 도망이나 다닐 생각 말고."
아내는 막무가내로 고집을 피웠다.
결국 은수에게 미안하다고 다음날 다시 약속을 잡자는 메일을 보냈다.
모임에 가서는 사람들에게 시달려야 했다. 그들과 일일이 악수를 나눴다. 그들은 나를 우리에 갇힌 원숭이마냥 관찰했다. 아들을 잃은 고통 후에 다시 재기할 수 있을까, 없을까. 재기한다면 어떤 식으로 해낼까. 개중에는 내가 영원히 재기하지 못하길 바라는 인간들도 있긴 했으나 대개는 박수를 보냈다. 이번에 그랬듯 다음번에도 잘해낼 거라며. 다음 책도 기대한다는 인사를 건넸다. 나는 경멸하듯 그들을 쳐다봤다. 돌아오는 차 안에서 패배자의 기분에 사로잡혀 있었다. 실컷 조롱당한 기분이었다. 아들의 죽음이라는 토양 아래 한 송이 꽃을 피워낸 인간. 사람들은 거기에 박수를 보냈던 것이다. 혼자서 욕지거리를 뱉었다. 운전을 하던 아내가 무섭게 쏘아봤다.

집으로 돌아와 모임에 대해 빈정대다 아내와 대판 싸웠다. 어느 순간 아내의 목을 조르고 있었다. 이런 나 자신에게 놀라 멀찍이 떨어져 앉아버렸다. 목을 감싼 아내가 무섭게 나를 노려보았다. 아내의 눈은 이렇게 소리치고 있었다. 당신이 민호를 죽였잖아. 난 알고도 모른 척해줬어. 내 고통을 진정 모르겠어. 내 고통을. 당신만 슬픈 게 아냐. 알아? 내 분노는 당신보다 더해. 난 그러고도 참았어. 근데 당신은 내 비위 하나 못 맞춰주니. 그 술주정뱅이가 죽였다고는 하지 마. 당신이 죽인 거잖아. 당신이. 이젠 나까지 죽이려 하는데. 그래, 좋아. 어디 한번 죽여보시지. 아내는 끝내 본색을 드러내고 말았다. 숨기고 있던 본색을. 나는 그것을 예전부터 느끼고 있었다. 귀를 틀어막고 아내를 노려봤다. 아내에게 살의를 느꼈다.

그날 새벽, 한 통의 메일을 확인했다. 은수한테서 온 것이었다. 거기엔 분노가 배어 있었다. 자기를 만나주지 않는 진짜 이유가 뭔지 내게 따지고 있었다. 나는 변명의 답장을 보내려다 그만둬

버렸다.

커튼을 타고 흘러드는 햇살에 눈을 떴다. 집은 조용했다. 아내를 죽이고 싶어 한 살의를 떠올렸다. 나도 모르게 아내를 진짜 죽인 게 아닌지 걱정이 들었다. 후닥닥 거실로 뛰쳐나갔다. 집 안의 방문이란 방문은 다 열어봤다. 다행히 아내는 없었다. 출근을 한 모양이었다.

아내의 퇴근시간에 맞춰 아내에게 먼저 전화를 걸었다. 그런데 아내는 받지 않았다. 전화도 안 받아. 아무리 싸운 일로 화가 나도 그렇지. 어린애도 아니면서. 아내의 여자 동료에게 전화를 걸었다. 아내가 오늘 어떠했냐고 물었다. 별말이 없었고, 얼굴도 어두워 보였다고 동료가 대답했다. 그러면서 아내가 일이 있다면서 조퇴를 했다는 것이었다. 그러고 보니 며칠 전부터 안색이 안 좋았다며 무슨 일이 있냐고 내게 물었다. 나와 싸우기 전부터 안색이 안 좋았다니. 회사에 무슨 좋지 않은 일이 있었냐고 내가 반문했다. 그러자 그 동료는 망설이는 듯하다, 찜찜한 생각이 든다고 했다. 왠지 무서워 보이는 고양이 사진을 아내가 여러 번 들여다보고 있었다는 것이었다. 고양이 사진. 고양이가 무섭게 응시하고 있던 사진. 누군가의 블로그 같았는데, 무서운 생각에 그만 보라고 했더니 놀라면서 창을 닫았다는 것이었다. 어떤 생각이 스치고 지나갔다. 아내 역시 내 책의 독자 반응에 무척이나 관심이 많았고, 인터넷에 올라오는 모든 평을 꼼꼼히 챙기고 있었던 것이다. 내가 고양이 사진을 보고 있을 때 아내가 열린 방문으로 봤을 수도 있다. 또한 아내는 은수가 고양이를 죽였다는 걸 전에 이

장한테서 들은 적도 있었다. '여보세요, 여보세요.' 하는 소리가 저쪽에서 계속 들려왔다. 나는 고맙다고 말하고는 서둘러 전화를 끊었다. 아내는 어디로 갔는가. 은수에게 쪽지라도 보냈다면. 그래서 그 아이와 만날 생각이라도 한 거라면. 다급하게 다시 아내에게 전화를 걸었다. 이번엔 다행히 누군가 받았다. 아내다.

"왜 전화 안 받아!"

[일부러 안 받으려는 건 아니었어.]

"어디야?"

아내는 사실대로 털어놨다.

은수를 만나러 간다고.

약속 장소는 은수의 집이었다.

"왜 만나려고!"

[당신이 왜 그렇게 걔한테 관심을 보이는지 궁금해서. 민호 때문인가도 싶고. 사실 전부터 한번 만나보고 싶었어. 조용히 갔다 오려고 했는데.]

"은수는 위험한 애야!"

[뭐가? 걔가 범인일지도 모른다는 생각 너무 지나친 상상 같지 않아? 당신 말대로 걔가 죽였다는 증거도 없잖아. 우린 비약이 심했어. 아직 중학생밖에 안 된 애한테. 다 왔어. 끊어. 그리고 아빠 집에서 자고 갈지도 몰라.]

전화는 뚝 그렇게 끊겨 버렸다.

뭐부터 해야 좋을지 몰랐다.

집을 뛰쳐나와 거칠게 차를 몰았다.

내가 마을 초입 느티나무 앞을 지났을 때였다.

문득 차창 옆으로 누군가 지나갔다. 차를 급히 세웠다. 차에서 내려 그를 불렀다. 소녀가 두려운 낯빛으로 나를 보았다. 소녀가 단번에 눈에 익었다. 소녀도 나를 알아보는 것 같았다. 소녀는 한때 고양이를 안고 다녔었지. 은수의 사랑을 무시한 여자애. 그 대가로 소녀는 자기가 사랑한 고양이를 잃고 말았지.

소녀가 말했다.

"은수를 봤어요."

"어디서?"

"아저씨 집 앞에서요."

장인의 집 앞에는 아내의 차가 세워져 있었다. 차에서 내려 아내의 차 쪽으로 다가갔다. 닫힌 창문 안을 살폈다. 차 내부는 비어 있었다. 이윽고 집으로 걸어갔다. 출입문은 닫혀 있었다. 녹슨 손잡이를 돌렸고, 안으로 들어섰다. 아내는 등을 보인 채 책상 의자에 가만히 앉아 있었다. 움직임이 없다. 내가 아내 곁으로 다가갔다. 아내는 돌아보지 않았다. 아내의 무릎에는 내 책이 놓여 있었다. 펼쳐진 책은 아내의 머리에서 떨어지는 핏물로 젖어 있었다. 아내는 어깨를 움츠리고 있었다. 고개를 돌려 주위를 둘러봤다. 은수는 어디에 숨어 있는가. 여자애의 고양이를 죽이고 나서 몰래 지켜본 것처럼 어디에 숨어서 나를 지켜보고 있는 것인가. 당장 나오라고 고함을 질러댔다. 내 고함 소리 외에는 조용할 뿐이었다. 그 순간 삐거덕거리며 출입문이 열리고 있었다. 달빛이 비쳐드는 가운데 누군가 서 있었다.
은수였다.
내가 물었다.
왜 이랬냐고.
"아줌마가 물었어요. 처음엔 선생님을 어떻게 알게 됐느냐, 어떤 사이냐 그런 거요. 그러다 막판에 네가 여자 대학생을 죽인 게 아니지 하며 지나가듯 가볍게 묻던데요. 그래서 아니, 내가 한 게 맞는데 하고 대답했더니, 아줌마 얼굴이 갑자기 굳어지던데요."
그러면서 왜 혼자 아줌마를 보냈냐고 오히려 은수가 내게 물었다.
"선생님은 내가 그 여잘 죽인 걸 알고 있었잖아요? 안 그래요?"
은수가 내 책임이라는 듯 무심히 말했다.
나는 그에 대해 어떠한 대꾸도 할 수 없었다.
은수가 눈을 찡그렸다.
"어린놈이 설마라고 생각한 거겠죠. 그러니 그런 걸 물었지. 근데 난 거짓말 같은 거 안 해요. 잘 아시잖아요?"
"그럼 그 여잔 왜 죽인 거지?"
"돈이 필요했죠. 뭐, 반항만 안 했어도 됐는데, 그 여자 잘못인 거죠."
"내 책은 왜?"
"서점에 갔을 때에요. 선생님 책을 보고 있는데 한 여자가 선생님 책을 고르는 거예요. 어쩌나 봤더니 사더라고요. 대학생처럼 보였는데 얼굴도 예뻤어요. 그래서 호기심에 따라갔어요. 줄곧 따라다녔죠. 비싸 보이는 옷가게에도 가기에 돈이 많다는 생각이 들었죠. 그 여자 가방을 뒤졌는데 별로 돈이 돼 보이는 건 없었어요. 대신 가방 속에 든 선생님 책을 봤어요. 물론 반가웠죠. 그래서 그 여자 얼굴에 덮어줬어요. 그랬더니 인터넷에서는 그게 무척 큰 의미가 있는 것처럼 나오는 거예요. 그래서 아, 역시 잘했구나 싶었어요. 역시 뭔가 있어 보였던 거예요. 게다가 선생님한테 날 드러낼 수도 있었고요. 다음번에도 기회가 생긴다면 그렇게 할 생각이에요. 그럼 책도 지금보다 더 잘 팔릴 거예요."

은수의 입가에는 슬쩍 비웃음이 비쳤다. 그 순간 민호를 죽였던 그놈의 비웃음이 겹쳐졌다. 어지럼증이 일었다. 은수가 나를 똑바로 바라보았다. 내가 그에게로 발을 떼려는 그때, 예상치도 못하게 뭔가가 내 팔뚝을 꽉 틀어쥐는 게 아닌가. 숨이 컥 막혀버렸다. 아내다. 아내가 내 팔을 꽉 움켜잡곤 힘겹게 나를 올려다보고 있었던 것이다. 아내의 눈동자는 간절했다. 살려달라고. 살려줘. 여보. 살려줘. 살려줘요. 아빠. 살려주세요. 아빠. 아들의 살려달라는 절박한 눈길이 아내의 흔들리는 갈색 눈동자 위를 스치고 지난다. 나는 움직이기도 힘들었다. 심장이 얼어붙는 듯 불쾌감이 서서히 일기 시작했다. 얼어붙은 심장이 온몸의 근육을 마비시켜 버릴 것만 같았다. 무력한 팔과 다리는 뻣뻣해 왔고 붉은 심장은 무지막지한 손아귀에 사로잡혀 터질 듯이 나를 죄어오기 시작했다. 감쪽같이 사라진 줄 알았던 강박관념이 끝내 돌아오고야 만 것이었다. 심장에서 시작된 통증이 가슴 중앙으로 길게 퍼져 나가고 있었다.

집 밖으로 조용히 나간 은수가 저 앞으로 천천히 걸어나갔다. 거센 밤바람에 출입문이 계속 삐거덕거렸다. 은수가 멈춰 서더니 내 쪽으로 얼굴을 돌렸다. 은수와 시선이 마주쳤다. 은수가 나를 향해 고개를 까닥 숙이고 나서 다시 어둠 속으로 걸어가기 시작했다. 창문에 들어온 은수의 뒷모습이 희미해져 갔다.

「강박관념」 END.

목련이 피었다

서미애
1994년 스포츠 서울 신춘문예 추리소설 부문 「남편을 죽이는 서른 가지 방법」 당선. 『인형의 정원』으로 2009년 한국추리문학 대상 수상. 장편 『잘 자요, 엄마』, 작품집 『세기말의 동화』(공저), 『남편을 죽이는 서른 가지 방법』, 『반가운 살인자』 등을 발표.

1

모든 것이 기억 속의 모습 그대로다.

졸업 후 5년의 시간이 흘렀지만 그 시간은 이 학교에서 어떤 힘도 발휘하지 못한 듯하다.

우습게도 버스 정류장에서 잠시 길을 잃을 뻔했다. 정류장에 내려 학교를 향해 걸어가는 학생들이 길잡이가 되어주지 않았더라면 학교로 오르는 길을 찾느라 한참을 헤매었을 것이다. 3년 동안 자신이 다니던 모교라는 게 믿어지지 않을 정도였다. 그러나 바뀐 것은 버스 정류장 주변의 상가와 학교를 오르는 길 초입에 있던 가게들뿐이다.

가게들이 사라지고 오로지 학교로 오르는 언덕길만 있는 곳에 다다르자 그곳은 5년의 세월도 감히 건드릴 수 없는 성역인 듯 모든 것이 예전 그대로였다.

유경은 혹시 자신이 다시 학생이 된 게 아닌가 싶었다. 고개를 숙여보니 다행히 교복을 입고 있지는 않다. 괜한 상상력에 쓴웃음이 새어 나왔다.

꿈을 꾸지 않고도 뒤틀린 시간의 터널을 빠져나와 갑자기 과거의 그때로 돌아와 서 있는 느낌. 돌아가고 싶지 않은 과거와 마주 보고 있는 기분은 낯설고 불편했다.

산모퉁이를 끼고 오른쪽으로 발길을 돌리자 교문까지 길게 이어진 비탈진 가로수길이 보였다. 알 수 없는 긴장감에 굳어진 손가락을 주무르며 크게 심호흡을 했다.

저주받은 언덕.

그때 학생들은 이 길을 그렇게 불렀다. 버스 정류장에서 자그마치 20분을 걸어 올라가야 하는 산중턱에 자리한 학교. 그곳에 오르기 위해 매일 아침 거친 숨을 몰아쉬며 걸어야 했던 길. 이 학교에 다니는 동안 건강을 얻는 대신 각선미를 잃어버린다는 우스개가 있었다. 유경은 씁쓸한 기억을 떠올리며 지옥의 문으로 향하는 듯 무거운 발걸음을 떼고 있는 아이들의 뒷모습을 바라보았다.

오랜만에 다시 오른 언덕길은 힘겨웠다. 콧등에 땀이 맺히고 호흡이 가빠졌다. 3년을 다니는 동안에도 결코 익숙해지지 않던 길이다.

'겨우 이 정도 가지고 뭘 그래?'

은우는 발걸음이 가벼웠다. 버스 정류장에서 만나 언덕을 올라오다 교문이 보일 즈음이면 늘 유경의 가방은 은우의 손에 들려 있었다.

'가볍게, 리듬을 타듯이 가볍게 무릎을 굽히고, 하나 둘, 하나 둘……'

은우의 목소리가 귓가에 들리는 듯했다. 유경은 눈을 감고 그 소리에 귀를 기울였다. 무거웠던 두 발이 조금은 가벼워지는 느낌이다. 마치 은우가 곁에 서서 한 걸음 한 걸음 발을 옮기는 유경에게 힘을 불어주고 있는 것 같다.

그 목소리를 따라 걸음을 옮기다 고개를 들자 어느새 교문이 눈앞에 있었다.

진원 고등학교.

교문 기둥에 새겨진 낡은 명패 옆에 '진원 중학교'라는 새 명패가 붙어 있다.

이마에 맺힌 땀을 닦아내며 교정 안으로 들어서자 산허리를 깎아 만든 황량한 운동장이 보였다. 운동장을 중심으로 산 쪽으로 고등학교, 아래쪽으로는 중학교가 자리 잡고 있다.

그제야 기억이 났다. 유경이 학교를 다닐 때 한참 기초공사를 하고 있던 건물들. 운동장 아래 중학교가 완공되어 이제 학생을 받고 있는 모양이다. 어쩐지 학교로 올라오는 무리 중에 덩치가 작아 보이는 학생들이 끼어 있다 싶었다.

체육 시간이면 아래쪽으로 내려가 돌을 날랐던 기억이 떠올랐다. 뼈대만 간신히 서 있던 모습을 본 게 마지막이라 마치 누가 마술을 부려 뚝딱 그곳에 건물을 가져다 놓은 것 같았다.

중학교 건물이 유경이 졸업한 지난 5년 동안 얼마나 많은 것들이 바뀔 수 있는지 보여준다면 산 쪽으로 자리 잡은 고등학교는 5년의 세월은 그다지 긴 시간이 아니라는 이야기를 하고 있다. 시간이 비껴간 듯 모든 것이 그대로인 풍경이 오히려 낯설게 느껴졌다.

운동장에 서서 학교 건물을 바라보고 있자니 가슴에 서늘한 바람이 지나갔다.

그동안 애써 잊으려고 하던 곳이다. 눈을 감고 외면하려던 곳이다. 눈앞에 실체를 보고서야 사실은 그게 그리움이었다는 것을 깨달았다. 가슴이 뻐근해졌다.

물끄러미 건물을 바라보다 걸음을 옮기려는 순간 운동장 한편에서 엄청난 모래 먼지가 몰려들었다. 갑작스레 불어온 흙바람에 눈을 제대로 뜰 수가 없었다.

유경은 얼른 소매로 얼굴을 가리고 학교 건물을 향해 뛰었다. 교사 입구에 도착해서야 바람을 피할 수 있었다.

겨우 한숨 돌리고 옷의 먼지를 털어내려고 할 때, 무언가 툭— 유경의 앞으로 떨어졌다. 목련꽃이다.

고개를 들어보니 거기, 커다란 나무 한가득 눈부시게 흰 목련꽃들이 탐스럽게 빛나고 있었다.

머릿속 어둡던 기억의 방에서 찰칵, 불 하나가 켜졌다. 까맣게 잊고 있던 또 하나의 기억이 어둠 속에서 등불처럼 떠올랐다.

봄이 되면 학교는 온통 목련꽃과 벚꽃으로 가득했다. 목련꽃이 조금 일찍 피고 그 꽃이 질 때쯤이면 벚꽃이 뒤를 이었다. 봄철 내내 학교 뒷산은 목련과 벚꽃으로 장관이었다.

은우는 목련을 좋아했다. 그 크고 눈부신 꽃잎을 황홀하게 바라보며 서 있는 모습을 본 게 한두 번이 아니다. 넋을 잃고 한참을 바라보다 꽃잎이 떨어지면 손수건을 펼쳐 바닥에 떨어진 꽃잎을 한 장 한 장 조심스럽게 주워 담곤 했다. 그렇게 모은 꽃잎으로 목련차를 끓여주었다.

은우 덕분에 처음으로 꽃차의 향기로움을 알았다.

목련 꽃잎을 컵에 담고 끓인 물을 부은 다음 향이 우러나기를 기다리면 된다. 목련차는 녹차보다 맑고 담백한 맛에 은은한 꽃내음이 담겨 있다. 그 차를 마시면 입 안 가득 그윽하게 풍기는 향기에 몸속의 더러운 것들이 다 씻기는 기분이었다.

'그거 알아? 이 목련은 말이야. 나무에 피는 연꽃이래. 그래서 목련(木蓮)이야.'

은우의 말을 듣고 보니 목련은 연꽃을 닮아 있다. 진흙 속에서 피어나지만 단 한 방울의 더러움도 허락하지 않는 꽃.

가지 끝에 매달려 흔들리는 목련꽃 위로 은우의 하얀 얼굴이 떠올랐다.

아픈 기억들을 지우기 위해 소중했던 추억들도 같이 묻었다. 지난 5년 동안 그 기억들을 깊은 우물 속에 가라앉히고 뚜껑을 덮은 후 한 번도 꺼내보려 하지 않았다.

이곳에 있는 동안 그 기억들은 이렇게 예고도 없이 불쑥, 하나씩 떠오르겠지.

이미 바람이 잦아들었는데 다시 꽃잎 하나가 유경의 어깨를 스치며 떨어진다. 생각에 잠겨 있던 유경은 그제야 정신을 차리고 얼른 바닥에 떨어진 꽃잎을 주워 들었다.

왜 갑자기 이곳에 올 용기를 냈는지 모른다. 하지만 이미 되돌릴 수 없다. 움츠러들지 말자. 무엇이 과거와 마주 볼 힘을 주었는지 모르지만 이대로 메워지지 않는 어둠을 안고 살 수는 없다. 무엇을 찾게 될지는 시간이 해결해 줄 것이다.

그렇게 생각을 다지자, 한결 마음이 편해졌다. 유경은 손바닥에 올려놓은 목련꽃잎을 조심스럽게 손수건에 싸서 가방 속에 집어넣으며 교무실로 향했다.

교무실은 학교에 다닐 때와 마찬가지로 뒷건물 2층에 자리하고 있었다.

운동장 쪽을 향해 있는 교사는 1, 2학년들이 사용하는 교실이 들어차 있고 산으로 둘러싸인 뒷건물은 3학년 교실과 교무실이 있다. 일층은 매점과 식당, 행정실과 양호실 등이 나란히 들어서 있다.

2층으로 올라간 유경은 교무실 문을 열기 전에 깊게 숨을 들이마셨다. 이곳에만 들어가면 지은 죄도 없이 가슴이 옥죄던 시절도 있었다. 하지만 이제 더 이상 재학생의 신분이 아니다. 그래도 왠지 모르게 움츠러드는 기분을 숨길 수 없다.

문을 열고 안으로 들어서던 유경은 교무실 안의 익숙한 풍경에 왠지 마음이 놓였다. 사립학교라 오래 근무하는 경우가 많아서 선생들 중에 낯익은 얼굴도 꽤 보였다. 처음엔 눈길도 주지 않던 시선들이 하나씩 낯선 침입자에게 모아지기 시작했다.

선생도 아니고 그렇다고 교복을 입은 학생도 아니다. 낯선 방문자에게 이질감을 느낀 선생들이 호기심 어린 눈으로 유경을 쳐다보았다. 유경은 누구에게 말을 걸어야 하나 싶어 두리번거리다 아는 얼굴을 발견했다. 학교 다닐 때 국어를 가르치던 차문주 선생이다.

유경은 얼른 다가가 깊게 고개를 숙이고 인사를 건넸다.

"안녕하세요. 이번에 교생실습을 나오게 된 신유경입니다."

그 말에 유경을 주시하던 선생들의 얼굴이 한꺼번에 밝아지며 분위기가 달라졌다. 낯선 이가 들어오든 말든 책상에 앉아 자기 일에 빠져 있던 선생들도 교생이란 말에 고개를 들었다. 주위에서 서성이던 선생들이 하나둘 관심을 보였다.

"교생실습은 다음 주부터라고 하지 않았나?"

"미리 인사 온 거겠지. 그래, 전공이 뭐야?"

거침없는 질문들이 여기저기서 튀어나왔다. 다행히 유경은 자신에게 던져진 질문을 놓치지 않았다.

"네, 국문학 전공이에요."

"그래서 차 선생을 찾았군."

"좋겠어, 한 달간 이렇게 보필해 줄 조수가 생기다니 말이야."

익숙한 목소리에 시선을 돌려보니 늘 아이들에게 심부름을 시키던 수학 선생이었다. 그는 변함없이 모든 인간관계를 종속개념으로 정리하고 있다.

"근데 내가 국어 담당인 건 어떻게 알았지?"

"저, 실은 이 학교 졸업생이에요. 1학년 때 선생님께 배웠구요."

유경의 대답에 차 선생의 눈이 조금 커졌다. 다시 한 번 유경의 얼굴을 유심히 들여다보며 기억을 끄집어내려 하는 것 같았다.

"오, 그래? 여기 졸업생이야?"

또다시 선생들의 표정이 밝아졌다. 모교에 교생실습을 온 졸업생이라, 조금 전과는 또 다른 분위기가 퍼져 나갔다. 이 학교 졸업생이라는 말에 남다른 친밀감을 느끼는 듯했다.

"지금 대학 4학년이니까, 그럼 08년에 졸업했겠구나?"

"아니에요. 07년에. 일 년 학교를 쉬었어요."

차 선생은 유경이 잘 기억나지 않는 듯 선생들과 이야기를 주고받는 유경을 바라보며 이따금 고개만 끄덕거렸다. 마른 몸매에 차가워 보이는 인상은 예전과 다르지 않았다.

이상하게 차 선생은 여학생들에게 인기가 많았다.

총각선생도 많았건만 B사감이라는 별명에 어울리는 차가워 보이는 인상과 냉정한 말투의 차 선생이 훨씬 여학생들의 관심을 끌었다. 차분하고 무심해 보이는 냉정함이 오히려 도도해 보여 차 선생을 자신들의 롤모델로 생각했는지도 모른다.

은우도 차 선생을 좋아했다. 차 선생의 책상에 꽂혀 있는 책은 따로 제목을 적어놓고 구해보기도 하고 책에 관한 질문을 하기도 했다. 좋아하는 남학생이 생기면서 차 선생에 대한 애정이 줄어들었지만 1학년 때는 은우의 우상이나 마찬가지였다. 물론 차 선생은 그런 은우의 마음을 전혀 몰랐다. 그저 많은 학생들 중 한 명이었을 뿐이겠지.

누군가 뒤에서 유경을 불렀다.

"신유경! 너, 신유경이지?"

돌아보니 2학년 때 담임이었던 고충희 선생이 서 있다.

"어떻게 고 선생은 이름까지 정확히 알고 있어?"

"이 녀석 담임이었는데 그걸 기억 못하겠어요?"

"에이, 설마. 난 지금 우리 반 녀석들 이름도 다 모르는데요?"

유경을 처음 보는 선생이 너스레를 떨었다.

다른 선생들의 농담에 따라 웃으며 고 선생을 바라보다 눈이 마주쳤다. 오랜만에 제자를 만난 고 선생의 얼굴에는 반가움과 씁쓸한 그림자가 함께 섞여 있었다. 그의 표정을 읽은 유경은 고 선생도 같은 기억을 떠올리고 있다는 것을 깨달았다.

'선생님도 잊지 않고 계시는군요.'

'…어떻게 잊겠니?'

어차피 인사만 하러 온 터라 유경은 곧 선생들과의 자리에서 벗어나 교감과 학생주임에게 인사를 하고 다음 주부터 있을 교생 실습에 대한 주의사항을 들었다.

인사를 마치고 교무실을 나오는데 복도에 고 선생이 기다리고 있었다.

"…이렇게 다시 만나게 될 줄 몰랐다."

"네……."

"혹시… 그 뒤로 무슨 소식 없니?"

고 선생의 목소리가 조심스러워졌다. 어느 쪽이든 좋은 소식일 수는 없을 거라는 불안감으로 목소리가 흔들리는 것 같았다. 유경은 대뜸 은우의 이야기부터 꺼내는 담임의 심정을 이해하면서도 마음이 스산해졌다.

"…네."

"……."

담임은 다음 말을 잇지 못하고 가만히 고개만 끄덕였다. 긴 침묵이 유경의 기분을 가라앉게 만들었다. 은우 때문에 유경의 이름을 기억하는 담임은 은우의 소식을 들을 수 없게 되자 더 이상 할 말이 없는 듯했다. 어색한 침묵을 참기 힘들어 유경이 먼저 인사를 하고 돌아섰다.

여전히 마음 한편에 자리 잡고 있는 원망을 들키고 싶지 않았다.

생각해 보면 힘들었던 기억들도 많지만 소중한 추억도 많았던 곳이다. 하지만 졸업하면서 머릿속에서 지워 버리려 했던 곳이다. 되돌아보는 게 고통스러워 두 번 다시 오고 싶지 않던 곳이다. 제 발로 다시 찾을 거라고는 생각도 못했다.

이곳에 교생실습을 신청한 것은 은우 때문이다.

은우는 고2 봄에 행방불명되었다.

2005년 3월 29일. 황사가 불고 밤부터 비가 내린 날이다. 그날의 일이라면 무엇이든 기억한다. 뿌옇게 흐리던 시야와 바람에 위태롭게 흔들리던 목련꽃까지.

은우는 학교에 등교한 뒤 가방을 그대로 내버려 둔 채 사라졌다. 점심시간이 끝나갈 무렵 복도에서 잠깐 마주쳤었다. 곧 수업이 시작될 텐데 어디 가느냐는 물음에 은우는 금방 돌아올 거라며 말을 얼버무렸다. 그렇게 나간 은우는 오후 수업시간 내내 돌아오지 않았다.

종례시간까지도 은우의 자리는 비어 있었다. 몇 번이나 문자를 보냈지만 답이 없었다.

"거기 누구야? 정은우 아냐? 어디 갔니?"

종례를 하러 들어온 담임이 은우의 빈자리를 보며 물었다.

행방을 모르는 반 아이들은 서로의 얼굴을 보며 고개를 꺄웃거리다 도리질을 했다. 그제야 빈자리가 있다는 것을 알게 된 친구도 있다. 자리가 비어 있어도 주위에 있는 아이들이나 알까, 자기 일이 아니면 관심을 보이지 않는다.

"양호실 간 거 아닐까요?"

"뒤에 누구, 양호실 좀 다녀와."

그 말에 교실 뒤편 출입문에 가장 가깝게 앉아 있던 남학생이 일어나 나갔다.

별 주의사항이 없는 종례는 5분도 못 되어 끝났다. 양호실에 간 친구는 아직 돌아오지 않았다.

"오늘 종례는 이것으로 끝. 그리고⋯ 정은우 오면 교무실로 오라고 해."

담임이 나가자 아이들은 곧 가방을 들고 교실을 빠져나가기 시작했다. 누구도 은우의 빈자리를 신경 쓰는 아이는 없었다.

목련이 피었다

양호실에 갔던 반 친구가 돌아왔다. 이미 종례가 끝나고 아이들이 나가고 있는 모습을 보자 조금은 황당한 얼굴이었다.

유경은 얼른 일어나 그에게 다가가 물었다.

"은우는?"

"양호실에 안 왔다는데? 혹시나 싶어 도서실까지 가봤는데 없어."

도서실은 수업을 빼먹는 아이들이 몰래 들어가 책장을 엄호 삼아 낮잠을 자는 곳이다. 거기까지 둘러봤다면 할 만큼 한 것이다.

"알았어. 담임한테는 내가 가볼게."

반 친구는 어깨를 으쓱해 보이고 가방을 들고 교실을 나갔다. 요란한 소리를 내며 아이들이 모두 빠져나가자 교실에는 흐트러진 책상과 의자만 남았다. 갑자기 정적이 찾아왔다.

유경은 혹시나 싶어 교실을 떠나지 못하고 자리를 지켰다. 은우의 가방을 쳐다보면 수십 번도 더 은우의 핸드폰에 전화를 걸고, 문자를 보내고, 음성메시지를 남겼다. 하지만 은우에게선 아무런 답이 없었다.

'어디 있는 거야? 왜 안 오는 거야?'

황사로 뿌연 창밖을 바라보며 자꾸만 커져가는 불안감에 초조해졌다. 유경의 마음을 알기라도 하는 듯 황사 바람에 창문이 덜컹거렸다. 마음속으로 버석버석 모래 같은 이물질이 끼어들었다. 주인 잃은 가방을 만지작거리며 기다리는 동안 해가 지고 교실로 석양빛이 들어왔다. 그제야 정신이 들었다.

유경은 얼른 은우의 가방을 챙겨 교무실로 향했다.

진작 담임과 상의를 했어야 한다. 이제야 그런 생각이 들다니. 하지만 담임의 자리는 비어 있었다. 이미 퇴근하고 없었다. 야자를 감독하는 3학년 담임들만 몇 남아 있을 뿐이다.

유경은 담임이 자신만큼이나 초조하게 은우를 기다릴 거라고 생각했었다. 은우가 돌아오지 않았는데, 자신의 반 아이가 가방을 둔 채 사라졌는데 아무렇지 않게 퇴근을 하다니, 믿을 수가 없었다.

담임의 자리에 있는 비상연락망을 통해 핸드폰으로 전화를 걸었다. 전화를 받은 담임의 목소리는 은우의 일은 이미 기억에도 없는지 여유롭기만 했다.

"뭐야? 아직도 학교에 남아 있었던 거야? 지금이 몇 신데? 곧 돌아오겠지. 너도 얼른 집에 가."

담임의 목소리 너머로 왁자지껄 요란한 소리들이 들려왔다. 술을 받으라거나, 건배를 외치는 소리가 들리는 걸 보아 회식이라도 하는 모양이었다. 그 태평스러움에 화가 났다. 설명할 수 없는 불안감으로 손발이 후들거리는데 어떻게 지금 술이나 마시며 놀 수가 있지? 하지만 담임에게 화를 낼 수는 없었다. 유경은 아무 말도 못하고 전화를 끊었다.

두 개의 가방을 들고 어두워지는 학교 언덕길을 내려오며 아침마다 자신의 가방을 들어주던 은우의 모습을 떠올렸다. 이런 느낌이었구나, 문득 자신은 은우의 가방을 처음 들어본다는 것을 깨달았다. 왜 한 번도 은우의 가방을 들어줄 생각을 해보지 않았을까? 유경은 애써 다른 생각을 하며 불안감을 떨쳐 내려

애썼다.

그래, 집에 가보자. 혹시 가방은 잊고 바로 집으로 갔을 수도 있어. 유경은 서둘러 은우의 집을 찾아갔지만 은우의 집은 굳게 닫혀 있었다. 아직 엄마도 돌아오지 않은 듯했다.

밤이 되면서 빗방울이 떨어지기 시작하자 하는 수 없이 집으로 돌아왔다.

그때까지도 점심시간, 학교 복도에서 스치듯 지나쳤던 모습이 마지막일 거라는 것은 상상도 하지 못했다.

담임과 헤어져 현관으로 나오는데 앞 건물에 은우와 함께 사용하던 2학년 교실 창문이 보였다.

가슴 저 깊은 곳에 꾹꾹 눌러두었던 기억이 다시 고개를 내밀었다. 아물었다고 생각했던 상처는 기다렸다는 듯 갈라지고 터져 피가 배어 나왔다. 6년 전 그날의 불안함은 두려움으로 변했고 무거운 돌이 되어 유경의 가슴 깊은 곳에 박혔다. 그 무게에 눌려 울음을 터뜨린 적이 한두 번이 아니다.

'이젠 더 이상 도망가지 않아.'

유경은 애써 감정을 억누르며 입술을 깨물었다.

2

창문을 열자 아직은 차가운 바람이 뺨을 스친다. 비가 온 뒤 차가워진 아침 공기는 오히려 기분 좋은 청량감을 느끼게 한다.

차문주 선생은 깊은 호흡으로 모처럼 깨끗해진 봄의 공기를 마음껏 들이마셨다. 지난 밤 내린 비로 며칠째 서울 하늘을 점령하던 황사가 말끔히 씻겨 사라졌다. 한 주 내내 뿌옇게 흐려 있던 교정은 방금 물청소를 끝낸 유리창처럼 투명하다.

2층 교무실 창가에서 바라보는 풍경은 이상하리만큼 비현실적으로 느껴졌다. 티끌 하나 보이지 않는 선명한 시야 덕분에 학교 건물로 들어오는 학생들의 교복에 적힌 이름표까지 읽을 것 같았다. 멀리 산으로 오르는 오솔길이 손에 잡힐 듯 가까이 다가온다.

차 선생은 햇살이 비치는 창가에서 지그시 눈을 감고 주위에서 들리는 소리에 귀를 기울였다. 아이들의 재잘거리는 소리와 복도를 오가는 부산한 발소리가 기분 좋은 아침을 느끼게 했다. 수업이 시작되려면 아직 십 분 정도 여유가 있다.

느긋하게 아침 시간을 즐기고 있는데 누군가 뒤에서 차 선생을 불렀다. 돌아보니 이번에 교생실습을 나온 유경이 찻잔을 들고 서 있다.

"……?"

"차 좋아하세요?"

국문과 전공이라 자신이 담당하게 된 교생이다. 이번 교생실습에는 모두 9명이 참가했다. 첫날의 교생들은 바짝 긴장한 모습이었다. 학생들의 과도한 관심에 어쩔 줄 몰라 하고, 손에 익지 않은 선생님의 역할에 당황하는 모습이 어설퍼 보였다. 하지만 시간이 지나면서 허둥대던 모습은 조금씩 사라지고 아이들의 당돌한 질문도 적당히 받아치는 여유가 생겼다.

교생들 중 가장 주목을 받고 있는 것은 유경이다. 아무래도 모교다 보니 낯설지 않아 그런지 적응도 빠르고 선생들에게도 싹싹했다. 학생들은 학생들대로 선배인 유경을 더 친근하게 느끼는 듯했다.

"그거, 나 주려고?"

"네, 목련차예요."

유경이 조심스럽게 찻잔을 건네주었다.

안을 들여다보니 흰 목련꽃잎이 한 장 들어 있다. 적당히 우려진 차는 푸르스름한 빛이 감돌았다.

"드셔보세요. 향이 좋아요."

"좋지. 봄 되면 나도 가끔 마시는 걸?"

"그래요?"

차 선생도 가끔 마신다는 말에 유경의 눈이 반짝였다.

언제 알게 됐더라? 기억을 더듬어보지만 잘 떠오르지 않는다. 책에서 읽었는지, 누군가 가르쳐 준 것인지 아무튼 꽤 오래전부터 알고 있었다.

"근데 넌 어떻게 알고 있지?"

"…친구가 알려줬어요."

"그래? 고마워. 잘 마실게."

목련차가 좋다는 건 알고 있지만 마실 기회는 흔치 않다. 봄철 목련이 활짝 피었을 찰나의 짧은 시간을 놓치면 다음해 봄을 기다릴 수밖에 없다. 유경 덕분에 올해는 그 찰나를 놓치지 않았다.

차 선생이 차를 한 모금 마시자 유경은 만족스러운 표정으로 눈인사를 하고 수업준비를 위해 교생들이 있는 곳으로 걸음을 옮겼다.

햇살을 받으며 차에서 풍기는 은은한 꽃내음을 맡고 있자니 손으로 전해지는 따스한 온기도, 혀끝으로 느껴지는 그윽한 맛도 봄날에만 누릴 수 있는 호사처럼 느껴졌다.

차 선생은 기분 좋게 남은 차를 마시고 돌아서다, 갑자기 온몸을 휘감는 한기를 느꼈다.

머릿속에서 얼음이 깨지는 소리가 들리는 듯했다. 생각났다. 차 선생은 얼른 고개를 돌려 유경이 있는 곳을 바라보았다.

유경은 출석부가 있는 곳에 서서 창밖을 보고 있다. 차 선생의 시선도 유경을 따라 창밖을 향했다. 그곳에는 산으로 이어지는 오솔길이 보였다. 산 여기저기 서 있는 목련 나무에 흐드러지게 매달린 꽃들이 바람에 후둑 후누둑 떨어지고 있다.

한기로 서늘해진 머리 한쪽이 찌를 듯 아파왔다. 신경이 예민해지면 늘 편두통이 생긴다. 아이의 얼굴이 떠오르고 곧 이름도 생각났다.

실종된 아이. 정은우.

목련으로 차 끓이는 방법을 알려준 사람은 은우였다.

은우는 차분하고 감성이 풍부한 아이였다. 시를 쓰고 싶다며 책을 추천해 달라고 해서 몇 번 이야기를 나눈 적이 있다. 그때 은우가 목련꽃잎을 담은 상자를 건네주며 차 만드는 법을 알려주었다. 설탕에 재워 저장하거나 꽃잎을 말리는 방법도 있지만 가장 향이 좋은 건 이제 막 딴 꽃잎이라고 했다.

차 선생은 집에 돌아가 은우가 알려준 대로 차를 만들어 마셨다.

유경은 은우를 알고 있을까?

빠르게 년도를 계산해 보았다. 유경이 졸업한 해가 07년이라고 했다. 은우가 실종된 것은 2005년 봄이다. 그때 은우는 고충희 선생의 반 학생이다. 유경이 인사를 오던 날 고충희 선생이 유경의 담임이었다고 했다.

유경과 은우는 한 반 친구였다.

그것을 깨닫는 순간, 발끝에서 머리로 순식간에 소름이 올라왔다. 들고 있는 찻잔이 부들부들 떨렸다. 차 선생은 얼른 다른 손으로 떨리는 팔을 움켜잡았다. 불안하게 주위를 두리번거렸지만 다들 수업 들어갈 준비로 바빠 보였다.

누구도 차 선생에게 신경을 쓰는 사람은 없었다.

숨이 턱 막혀왔다. 우연이겠지. 그래, 아무것도 아닐 거야. 그런데 몸은 그런 생각을 거부하고 제멋대로 움직여 대고 있다. 심장이 터질 듯 두근거렸다. 다시 고개를 돌렸을 때 교무실을 나서는 유경과 눈이 마주쳤다. 유경은 아무렇지 않은 얼굴로 가볍게 인사를 하고 복도로 나갔다.

'뭐지? 저 미소는?'

불안감이 안개처럼 스며들었다. 생각지도 못했던 일이다. 아니, 언젠가 이런 날이 올지도 모른다고 생각했다. 세상에 비밀이란 없는 법이니까.

'뭘 알고 있는 거지?'

아니라고 고개를 흔들고 싶었지만 자꾸만 불온한 생각들이 들불처럼 퍼져 나갔다. 그러고 보니 다른 선생들도 있는데 자신에게만 목련차를 가져다준 게 아무래도 이상했다. 초조함에 자신도 모르게 손톱을 깨물었다.

6년 동안 입을 다물어 왔다. 그 일을 아는 사람은 많지 않다. 사실 차 선생조차도 정확하게 무슨 일인지 모른다. 다만 자신이 아는 것을 발설하지 않겠다는 다짐을 했던 일만은 생생하게 기억하고 있다.

학생이 학교에서 실종되었다는 것이 교무실까지 알려진 것은 은우가 사라진 다음날 오후였다. 은우의 어머니가 직접 학교로 찾아와서야 아이가 집에도 돌아오지 않았다는 것을 알았다. 담임이던 고충희 선생은 예상도 못했던 듯 얼굴이 굳어졌다.

전날 은우가 가방만 남겨놓고 사라졌지만 대수롭지 않게 여겼다.

이따금 가방도 팽개치고 수업을 빼 먹는 학생들이 있다. 그때마다 소란을 피울 수는 없는 일이다. 고 선생은 은우도 그렇게 가볍게 생각했다. 하지만 그날 밤 집에도 돌아오지 않고 휴대폰도 꺼져 있다는 말에 그제야 뭔가 심상치 않다는 것을 깨달았다.

반 아이들 중 마지막으로 은우를 본 사람을 찾아 수소문을 했지만 점심시간 이후부터의 행적이 확인되지 않았다.

초조해하는 고 선생과 달리 다른 선생들은 잠시 근심 어린 시선을 보이다 곧 관심을 거두고 자기 일로 돌아갔다. 은우를 잘 알지도 못하거니와 이런 경우 실종보다는 단순 가출일 가능성이 더 많다는 생각이었다.

수많은 학생을 상대하다 보면 별별 아이가 다 있다. 아이들을 잘 안다고 생각하지만 사실 그 아이들이 무슨 생각을 하는지, 학교 밖에서 무슨 일을 하고 다니는지 알지 못한다. 아니, 교실 안에서조차 학생들 사이에 어떤 일이 벌어지는지 알지 못한다. 자신들이 할 몫만 끝내면 굳이 아이들의 세계를 알려고 하지도 않는다. 그러니 사라진 아이에 대한 관심도 짧은 순간일 뿐이다.

다른 선생들과 달리 차 선생은 쉽게 시선을 거둘 수가 없었다. 자신이 마지막으로 은우를 본 게 아닌가 싶었기 때문이다. 하지만 누구에게도 쉽사리 말할 수 없었다. 괜히 잘못 이야기를 꺼냈다가 엉뚱한 학생이 피해를 보게 될지도 모른다. 그보다 정확히 무슨 일이 있었는지 잘 모르기 때문이기도 했다. 우선 자신이 본 게 어떤 의미인지 확인할 필요가 있다. 확인하고 난 뒤 이야기를 해도 늦지 않으리라 생각했다.

지나는 말로 고 선생에게 물어보니 은우의 집에서는 실종신고를 미루는 눈치였다. 경찰에 실종신고를 했다가 만에 하나 단순 가출인 경우 괜히 일이 커져 은우나 학교에 피해가 갈까 봐 걱정하는 모양이었다. 일 년 전 부모가 이혼을 한 뒤 엄마와 갈등이 있었다고 했다. 선뜻 경찰에 신고하지 못할 사연이 있는 듯했다.

다음날도 은우는 학교에 오지 않았다.

차 선생은 하교 시간에 맞춰 남학생 한 명을 상담실로 불렀다. 상담실로 들어온 학생은 생각지도 못한 호출에 얼떨떨한 표정이었다. 이동욱. 차 선생이 알기로 동욱은 은우의 옆 반이다.

차 선생은 어리둥절해하는 동욱을 맞은편 의자에 앉히고 빤히 그의 얼굴을 바라보았다.

채 여물지 않은 얼굴에는 여드름 자욱이 남아 있고 코 밑에는 솜털과 이제 막 나기 시작한 좀 더 굵은 수염이 섞여 있었다. 소년이라고 하기엔 너무 커버렸고, 남자라고 하기엔 아직 어린 17살의 얼굴에는 초조함이 흘렀다.

차 선생의 시선이 부담스러웠는지 동욱은 똑바로 차 선생을 바라보지 못했다. 동욱의 시선이 허공을 헤매는 모습을 바라보며 어떻게 이야기를 꺼낼까 망설이던 차 선생은 간결하고 명확하게 물어보기로 했다.

"은우 알지?"

던지 그 말만 했을 뿐인데 동욱의 안색이 창백해졌다. 뭔가 있구나 싶었다. 이럴 땐 차가워 보이는 인상과 냉담한 듯 차분한 목소리가 도움이 되는 모양이다.

"…지금 어디 있니?"

"뭐, 뭐가요? 전 아무것도 몰라요."

하지만 늦었다. 핏기가 가신 얼굴로 말을 더듬고, 아무것도 모른다고 중얼거리는 건 이미 은우에게 무슨 일이 있는지 알고 있다는 것을 의미했다.

차 선생은 동욱이 허둥거리는 모습을 보며 다시 질문을 던졌다.

"너희 둘이 같이 있는 걸 봤는데도 시치미를 뗄 거야?"

동욱의 눈이 휘둥그레졌다. 차 선생을 쳐다보며 뭐라 할 말을 찾는 듯 입을 달싹거렸지만 쉽게 말을 꺼내지 못하고 주춤거리다 결국 오리발을 내밀었다.

"…어, 언제요? 그런 적 없어요"

차 선생이 기대했던 답이 아니다. 동욱은 마지막까지 버텨볼 심산인 모양이다.

이틀 전 점심시간이 끝나고 5교시를 알리는 수업종이 쳤을 때였다. 대부분의 선생들이 수업에 들어가고 교무실에는 몇 명의 선생만 남았다. 창가에 앉아 있던 차 선생은 졸음도 쫓고 환기도 시킬 겸 창문을 열다가 우연히 산으로 오르고 있는 학생을 발견했다.

'저 녀석, 수업 시작했는데……'

또 누군가 수업을 빼먹고 담배라도 피우러 가나 보다 싶었다. 산으로 오르는 오솔길은 공공연한 아이들의 흡연 장소였다.

덩치가 커버린 아이들은 더 이상 선생을 두려워하지 않는다. 학생부 주임 앞에서나 조심할까, 차 선생처럼 여자 선생인 경우에는 담배를 피우다 걸려도 빤히 바라볼 뿐이었다. 뭐라고 지적을 하고 야단이라도 치고 싶지만 쉽지 않았다.

아무렇지도 않게 자신을 향해 침을 뱉고 욕설을 날리는 아이를 경험한 뒤로 차 선생은 아이들을 지도하기보다 외면하고 거리를 두는 쪽을 택했다.

그대로 모른 척 고개를 돌리려고 했지만 나무에 가려 보이지 않던 여학생의 모습이 보이자 시선을 돌릴 수가 없었다. 얼굴 윤

곽이며 걸음을 옮기는 동작이 왠지 낯익은 모습이었다. 얼른 책상에 놓여 있던 안경을 쓰고 누군지 얼굴을 확인했다.

남학생은 동욱이었고 동욱의 뒤를 따라가는 것은 은우였다.

동욱은 주위를 의식한 듯 앞서서 성큼성큼 걸어가며 은우가 잘 따라오고 있는지 확인이라도 하듯 이따금씩 뒤를 돌아보았다. 뒤따르는 은우 역시 사람들의 시선을 피하듯 조심스럽게 걸어가고 있었다.

'둘이 좋아하는 사이였던가?'

문득 그런 생각이 스쳤다. 이런 시간에 둘만 산에 오르는 것도 수상한데, 둘의 몸짓은 꼭 은밀한 둘만의 장소를 찾고 있는 연인처럼 보였다.

남녀 공학이다 보니 심심치 않게 연애 문제가 발생한다.

복도에서 대놓고 팔짱을 끼고 다니거나 누가 누구를 좋아한다더라 하는 이야기가 선생들의 귀에까지 들리기도 한다. 가끔 호기심과 몸에서 일어나는 욕망을 누르지 못하고 사고를 쳐 보다 심각한 문제를 만드는 학생도 있다.

산을 오르는 동욱과 은우가 나무에 가려 보이지 않자 차 선생은 초조해졌다. 이대로 외면하고 아무것도 못 본 척해야 하나, 아니면 누구라도 불러 함께 가봐야 하나 머리가 복잡했다. 누구를 부르기도 망설여졌다. 괜히 섣부른 판단을 했다가 상상하던 것과는 전혀 다른 상황을 만나게 될 수도 있다. 성급한 판단이 아이들에게 상처를 줄 수도 있다.

이러지도 저러지도 못하고 있는 사이, 다시 나무들 사이로 동욱의 모습이 보였다.

동욱은 누군가에게 쫓기듯 서둘러 오솔길을 내려오고 있었다. 은우의 모습은 보이지 않았다. 둘 사이에 무슨 일이 있는지는 모르지만 차 선생이 걱정하던 일은 없어 보였다. 그제야 안심이 되었다. 은우도 곧 내려오겠지 싶었다. 그 뒤로 동창에게 걸려온 전화를 받으며 어느새 머리 한편에 남아 있던 은우에 대한 걱정은 희미해졌다.

은우가 실종되었다는 것을 알기 전까지 그 일은 차 선생의 머릿속에서 이미 지워진 일이었다.

"은우를 데리고 산에 갔었지? 그리고 넌 곧 내려왔고. 처음부터 다 지켜봤어."

동욱은 입을 벌린 채 아무 말도 하지 못했다. 차 선생은 끈기 있게 동욱의 대답을 기다렸다. 은우에게 무슨 일이 생겼다면 동욱과 함께 있을 때였거나 동욱이 내려온 뒤일 것이다.

은우에게 무슨 일이 생긴 것인지 들을 수 있을 거라 생각했지만 동욱은 쉽게 입을 열지 않았다. 기다리다 결국 차 선생이 다시 입을 열었다.

"은우하고 무슨 일 있었어?"

"……."

"동욱아."

"전 몰라요. 그냥 거기 데려다 주고 왔을 뿐이에요."

"데려다 줘? 누구한테?"

동욱은 자기가 뱉은 말에 놀라 입을 틀어막더니 불안한 시선으로 차 선생을 바라보았다. 동욱의 흔들리는 눈빛은 차 선생의 마음까지 불안하게 만들었다. 어떻게든 대답을 듣기 위해 다그치려 하는데 갑자기 동욱이 자리를 박차더니 밖으로 뛰쳐나가 버렸다. 갑작스런 돌발 상황에 어이가 없었다. 동욱을 잡으려던 손은 허공에서 주춤거렸다.

데려다 주다니, 산 위에서 무슨 일이 벌어졌던 것일까? 점점 더 궁금해졌다.

다음날 다시 동욱을 만나봐야겠다고 생각했지만 생각지도 않았던 방향으로 일이 흘러갔다.

차 선생은 출근하자마자 교장실에 불려갔다. 부임한 뒤로 단독으로 교장의 호출을 받아본 적은 처음이었다. 도무지 무슨 일인지 짐작도 할 수 없었다.

교장은 근무에 불편한 점은 없는지, 필요한 것은 없는지 물으며 쉽게 핵심으로 들어가지 않았다. 갑작스럽게 불려온 것치고는 너무 시간을 끌고 있다. 도대체 무엇 때문에 이러나 싶어 괜히 머릿속을 뒤적거려야 했다.

"…거, 지금 문제 학생이 하나 있다고 들었는데…….''

누구 얘긴가 싶었다.

"아무래도 뒷산으로 올라가는 길에 철조망이라도 쳐야지 원, 안 그래요? 왜 거길 그렇게 올라가는지…….''

그제야 교장이 하려는 이야기가 뭔지 깨달았다. 새로운 의혹이 솟아났다.

동욱을 불러 했던 이야기를 교장이 어떻게 알고 있는 것일까?

교장과 동욱은 무슨 관계이기에 자신을 불러 이렇게 뜬금없는 소리를 해대는 것일까?
"무슨… 얘기신지?"
"차 선생도 알다시피 우리 학교가 설립된 지 얼마 되지 않은 신생 아닙니까? 이제 막 좋은 이미지를 쌓아가고 있는데, 괜히 이런 불미스런 일이 밖으로 새나가면 좋을 게 없어요."
불. 미. 스. 러. 운. 일. 그 단어가 귀에 확 들어왔다.
"……"
"무슨 일인지 제대로 밝혀질 때까지는 어떤 억측도 하지 말고, 이 일에 대해 누구에게도 이야기하지 말라는 겁니다. 알겠습니까?"
"…사실 잘 모르겠습니다."
"허 참, 답답하시네."
교장선생은 뭐가 못마땅한지 가자미눈으로 차 선생을 쳐다보았다.
"그 학생만 돌아오면 모든 게 해결되지 않겠습니까? 곧 돌아올 겁니다."
이해가 되지 않았다. 교장의 말은 도무지 앞뒤가 맞지 않았다. 자신은 모르는 내막을 알고 있는 듯했다. 하지만 더 캐물을 수는 없다. 뭔지 모르지만 접근금지라는 큼지막한 붉은 글씨가 차 선생의 앞을 가로막고 있다. 거기다 한 발이라도 더 다가가면 위험할 거라는 경고등이 차 선생의 머릿속에서 깜빡였다.
"차 선생이 우리 학교에 몸담고 있는 이상, 학생이나 학교의 명예를 가장 먼저 생각해야겠죠? 안 그렇습니까? 괜한 분란을 만들면 선생 입장도 난처해질 겁니다."

그 말은 차 선생의 함구를 요구하는 협박과 다를 바 없었다.

이 학교에 있는 이상 조용히 해라라는 말은 결국 혹시라도 이 일로 분란을 일으킬 경우 학교를 그만두게 하겠다는 얘기였다.

임용고시를 준비하던 3년 동안의 시간이 떠올랐다. 졸업한 뒤 몇 년 동안이나 직장을 구하지 못하다 친척의 소개로 어렵게 들어온 학교다. 괜한 호기심으로 안정적인 직장과 월급을 포기할 수 없다. 결국 교장이 원하는 대로 입을 닫을 수밖에 없다.

"그렇지 않아도 차 선생 능력은 내가 주시하고 있었어요. 학생들에게 평도 좋고, 앞으로 기대를 많이 하고 있어요."

이번에는 회유책이다. 정색을 하고 하는 칭찬은 협박보다 더 무섭게 느껴졌다.

그는 언제든 자신을 차버릴 수도, 달콤한 사탕을 줄 수도 있다는 것을 말하고 있다. 괜히 뇌관을 건드려 되돌릴 수 없는 사태를 자초할 필요는 없다. 지금은 물러날 때라는 생각이 들었다.

차 선생은 자신은 아무것도 모르는 일이며 본 것도, 들은 것도 없다는 말을 하고 조용히 교장실을 나왔다. 은우만 무사히 돌아온다면 사실 별문제가 되지도 않는 일이다.

그 뒤 다시 동욱을 부르는 일도 없었고, 그 일에 대해 말하지도 않았다. 그저 은우의 소식을 기다렸다. 자꾸만 고 선생에게 물어보는 것도 이상한 것 같아 은우의 반 아이에게 슬쩍 물어보기도 했다.

며칠 안에 돌아올 거라고 스스로에게 되뇌었지만 은우는 끝내 돌아오지 않았다. 최악의 상황이 떠오를 때마다 고개를 저었다. 그런 생각을 하고 있는 자신이 싫었다. 교장의 말대로 꼭 돌아오리라 믿고 싶었다. 그래야 조금은 마음이 편해질 것 같다.

초조함과 답답함을 억누르며 시간을 보내던 차 선생은 문득 의아한 생각이 들어 동욱의 주변을 주시하기 시작했다. 동욱의 집은 교장을 움직여 입막음을 할 정도의 배경을 가진 가정이 아니다. 그렇다면 교장의 입막음은 동욱을 위한 게 아니다. 자신이 알지 못하는 커다란 무엇인가가 물속에 잠겨 있을 거라는 생각이 들었다.

동욱은 빙산의 일각일 뿐이다. 눈에 보이는 빙산은 바다 깊은 곳에 잠겨 있는 빙산에 비하면 아주 작은 부분일 뿐이다. 그 깊은 바다에 잠겨 있는 것이 무엇인지 궁금해졌다. 그렇다고 다시 동욱을 부를 수는 없다. 괜한 호기심으로 또다시 교장의 심기를 건드리는 일은 안 된다.

차 선생은 상담실에서 동욱과 나누었던 대화를 떠올려 보았다. 몇 마디 주고받지 않았지만 뭔가 마음 한편에 걸려 찜찜하게 남아 있는 것이 있었다. 은우의 일을 물었을 때 동욱의 대답이 떠올랐다.

은우를 누군가에게 데려다 주고 내려왔다고 했다. 산 위에 다른 누군가가 있었다는 얘기다.

교장이 보호하려고 했던 사람은 동욱이 아니다. 동욱이 은우를 데려다 주었다는 그 누군가 때문에 교장이 직접 나섰다는 생각이

들었다. 그렇게 생각하자 이해하기 어려웠던 교장의 행동도 충분히 납득이 갔다.

누구를 보호하기 위해 교장이 그렇게 노골적인 협박을 했는지 궁금해졌다. 그것을 확인하기 위해서는 동욱을 지켜보는 수밖에 없었다.

며칠 지나지 않아 차 선생은 자신의 추측이 맞았다는 것을 확인했다.

동욱은 종혁의 패거리들과 어울리고 있었다. 조금만 더 주의 깊게 지켜보면 어울린다기보다는 종혁과 아이들이 일방적으로 동욱을 괴롭히고 있다는 것을 알 수 있다. 동욱은 종혁이 시키는 대로 심부름을 하거나 구타를 당하면서 끈에 묶인 강아지처럼 아이들의 손에서 벗어나지 못하고 있었다.

종혁은 이 학교 이사장의 아들이자 교장의 조카였다.

3

꿈 때문이었다.

실종되고 나서 다시는 만나지 못했던 은우. 꿈에서라도 만나고 싶었지만 6년 동안 단 한 번도 얼굴을 보여주지 않던 은우가 꿈에 나왔다.

제주의 협재해수욕장이었다. 수학여행을 갔던 곳. 푸른빛의 바다가 보였고 교복을 입은 아이들이 한 손에 신발을 들고 발가락을 간질이는 파도에 까르르 웃으며 몰려다니고 있다. 그 아이들 사이에 멀리 수평선을 보고 서 있는 은우가 보였다. 무엇엔가 홀리듯 바다 안으로 자꾸 들어가는 은우를 보고 목이 터져라 소리를 질렀다.
'나와, 들어가면 죽어. 얼른 나와.'
하지만 유경의 목소리는 은우에게 닿지 않았다.
바다를 향해 달렸다. 은우의 팔을 잡아채서 백사장으로 나오고 싶었다. 하지만 은우에게 달려가다 걸음을 멈추었다. 은우는 이미 너무 깊은 물속으로 들어가고 있다.
가슴까지 물에 잠겨 유경을 돌아보던 은우가 손을 내밀어 더 이상 오지 말라는 손짓을 했다. 은우의 표정을 보자 덜컥 겁이 났다. 더 이상 다가가면 파도에 휩쓸려 갈 것 같았다. 갑자기 한 걸음 앞의 바다가 천길 깊이나 되는 것처럼 느껴졌다.
발을 내밀어 은우에게 가고 싶었지만 두려움에 몸이 움직이지 않았다.
'미안해. 은우야, 미안해.'
왈칵 눈물이 쏟아졌다. 검푸른 바다 밑으로 가라앉는 은우를 그저 바라볼 수밖에 없었다.
눈을 뜨고 정신을 차린 뒤에야 자면서도 꺼이꺼이 울고 있었다는 걸 알았다. 뺨을 만져 보니 볼을 타고 흘러내린 눈물 때문에 얼굴이 싸늘하게 식었다. 가슴은 뻐근하고 금방이라도 울음이 터져 나올 것 같았다.
다시 잠자리에 누웠지만 잠들지 못하고 뒤척이다 아침이 돼서야 얼핏 잠이 들었다. 문자메시지를 알리는 소리에 깨었다.

과사무실에서 보낸 문자였다. 교생실습 갈 학교를 정해서 신청하라는 내용이었다.

그제야 왜 갑자기 은우가 꿈에 나타났는지 알 것 같았다. 6년 만에 은우가 다시 학교로 오라고 손짓을 하며 부르고 있다.

교실 뒤편에서 수업 참관을 하는 유경의 눈에 학교에 인사 오던 날 보았던 커다란 목련나무가 보였다. 따뜻한 봄 햇살을 받은 꽃잎들은 눈이 시리게 빛나고 있었다.

이상하게 수업에 집중하지 못하고 마음이 심란했다. 차 선생의 목소리도 귀에 들어오지 않았다. 50분의 수업이 5시간처럼 느껴졌다. 수업을 마치는 종이 울리자 자신도 모르게 긴장이 풀려 한숨이 새어 나왔다.

교실을 나서는 차 선생의 뒤를 따라가다가 목련나무 앞에서 걸음을 멈추었다. 앞서 가던 차 선생이 유경을 돌아보았다.

"그냥… 너무 눈이 부셔서요."

유경의 말에 차 선생은 지그시 유경의 얼굴을 쳐다보다 고개를 끄덕이더니 먼저 교무실로 들어갔다.

그때 은우가 바라보던 나무가 이것이었던가, 생각이 나지 않는다. 어디에든 목련이 있으니 은우는 길을 가다가도 걸음을 멈추고 고개를 들어 허공에서 떨고 있는 꽃들을 바라보았다.

학교에 오자 시간이 갈수록 은우에 대한 기억들이 더 많이 떠올랐다.

어디에든 은우와 함께 했던 장소들이 눈에 밟혔다.

고등학교에 들어와 처음 사귄 친구였다. 중학교 때는 친구들과 말 한마디 제대로 못하던 숫기 없던 유경이 아이들과 재잘거리는 즐거움을 알게 된 건 은우 덕분이었다. 은우는 생각이 깊고 차분하고 또 상대의 말에 귀를 기울일 줄 아는 친구였다. 유경이 어떤 이야기를 해도 은우는 재미있게 들어주고 받아주었다.

학교는 5년 전 모습 그대로인데 은우가 없다는 사실이 자꾸 가슴을 시리게 했다. 더 있다가 괜히 울컥할 것 같아 얼른 발걸음을 옮겼다.

교무실로 돌아온 유경은 가라앉은 기분을 감추기 위해 부산하게 움직였다. 교생들의 책상을 정리하고 쓰레기를 버리고 컵도 씻었다. 더 할 일이 없을 때까지 분주하게 몸을 움직이다 자리에 앉았다.

휴대폰을 확인하려고 가방을 열다가 못 보던 편지봉투를 발견했다. 뭔가 싶어 살펴봤지만 봉투에는 아무것도 적혀 있지 않았다. 별 생각 없이 봉투를 열고 안에 든 종이를 꺼내 펼쳤다. 첫 단어를 보자, 숨이 턱 막혔다.

컴퓨터 프린터로 인쇄된 종이에는 딱 한 줄의 문장이 적혀 있었다. 편지는 사무적이고 건조했다. 하지만 그걸 보는 유경의 마음속에는 광폭한 회오리가 일기 시작했다.

은우에게 무슨 일이 있었는지 알고 싶으면 이동욱을 찾아.

무슨 뜻인지 선뜻 머리에 들어오지 않아, 몇 번이나 같은 문장을 읽고 또 읽었다.

'은우에게 무슨 일이 있었는지 알고 싶으면'이라는 글이 유경의 평상심을 흔들었다.

은우에 대해 생각할 때마다 상상하고 싶지 않은 것들이 머릿속에 피어올라 스스로를 질책했다. 무엇도 확인되지 않았는데 자꾸 부정적인 생각만 하는 자신이 싫었다. 은우에게 너무 미안했다.

편지지에 적힌 그 문장은 은우에게 무슨 일인가 있었다는 것을 의미한다.

은우에게 생긴 일. 자기 가방을 그대로 교실에 버려둔 채 갑자기 사라져 버리고, 다시는 집으로 돌아오지 않는 이유를 이동욱이라는 사람은 알고 있다는 얘기다. 온몸에 돋은 소름은 쉽게 진정되지 않았다.

유경은 마음을 진정히기 위해 두 팔로 어깨를 감싸 안고 생각에 잠겨 있다 문득 고개를 들어 주위를 둘러보았다. 평소와 다름없는 교무실 풍경. 하지만 지금 그 풍경은 더 이상 평온한 일상의 모습으로 보이지 않았다.

누굴까? 5년 전 멈춰 버린 시계가 갑자기 째깍째깍 돌아가기 시작한다. 누가 시곗바늘을 움직이고 있는 것일까? 누군가 그날 무슨 일이 있었는지 알고 있다. 그리고 이제 유경에게 그 이야기를 전하려고 하고 있다.

이제 은우가 왜 사라졌는지 알게 되는 것인가.

그것도 궁금했지만 은우의 실종과 이동욱이 어떤 연관이 있기에 그를 찾으라고 하는지도 의문이었다. 그러다 문득 접어둔 기억의 갈피가 펼쳐졌다.

이동욱. 5년의 시간이 지났어도 마음의 그물망에 담아두었던 이름이다. 누군지 알 것 같다. 편지에 적힌 그 사람이 동명이인이 아니라면 이동욱은 은우가 좋아하던 남학생이다.

이 편지를 누가 썼는지, 왜 이제야 보냈는지는 나중에 생각하기로 했다. 지금은 무엇보다 이동욱을 찾아야 한다. 그를 만나게 되면 은우에게 무슨 일이 있었는지, 은우가 왜 사라졌는지, 왜 그동안 침묵하고 있었는지 알게 되겠지. 지금은 그게 더 중요하다.

유경은 얼른 자리에서 일어나 교무실 한편에 있는 책장으로 달려가 졸업앨범을 찾았다.

유경이 졸업했던 07년도 졸업앨범을 꺼내 반을 찾았다.

2학년 때 동욱은 옆 반이었다. 이따금 복도에서 옆 반을 기웃거리던 은우의 모습이 떠올랐다. 하지만 3학년으로 올라가면서 몇 반이 되었는지는 알지 못한다. 1반부터 찾아보는 수밖에 없다. 다행히 사진 밑에 이름이 적혀 있어 어렵지는 않았다.

찾았다. 이동욱. 기억 속의 얼굴과는 조금 달랐지만 그가 틀림없다. 무표정하게 정면을 바라보고 찍은 졸업 사진은 생기가 없어 보였다.

유경은 얼른 반을 확인하고 앨범 맨 뒤쪽을 펼쳐 반별로 나와 있는 주소를 찾았다. 주소를 적고 집 전화, 휴대폰 번호도 챙겼다. 5년이면 주소와 전화번호가 바뀌었을 가능성도 있지만 일단 확인해 보기로 했다.

본인이 직접 받는 게 좋을 것 같아 휴대폰으로 전화를 걸었다.

통화 버튼을 누르고 자신도 모르게 깊은 숨을 들이마셨다. 온몸에 힘이 들어가는 게 느껴졌다. 하지만 휴대폰은 이미 없는 번호라는 안내가 나왔다. 기운이 빠졌다.
 하는 수 없이 집으로 전화를 걸었다. 이것도 바뀌어 있으면 어떡하지? 하지만 다행히 집 전화는 그대로였다. 유경은 고등학교 총동창회라고 둘러대고 동욱의 바뀐 휴대폰 번호를 물었다.

 카페에 앉아 동욱을 기다리는 동안 유경의 머릿속에는 수천, 수만 가지 상상과 억측이 비누거품처럼 부풀어 올랐다 터졌다. 생각할수록 머리만 복잡해질 뿐이다. 결국 세차게 머리를 흔들고 동욱을 만나기 전까지 어떤 생각도 꾹꾹 눌러두기로 했다.
 약속 시간이 조금 지나고 동욱이 들어왔다. 사진의 모습보다 머리가 길었고 안경을 쓰고 있었지만 쉽게 알아볼 수 있었다.
 유경의 얼굴을 모르는 동욱은 카페 안을 두리번거리며 혼자 앉아 있는 여자들을 쳐다보다가 자신을 향해 손을 흔들고 있는 유경을 발견하고 어색한 폼으로 쭈뼛거리며 다가와 앉았다. 유경은 우선 그를 만나기 위해 했던 거짓말부터 사과했다. 잠깐 멍해서 쳐다보던 동욱은 고개를 끄덕거렸다.
 "…이상하다는 생각은 했어. 동창회 같은 건 이메일로 알리거나 하지, 전화를 하는 경우는 드물잖아. 더구나 미리 만나자고 하는 것도 말이 안 되고."
 유경의 두서없던 시나리오는 허점투성이였던 모양이다. 그런데도 그는 유경과 만나기로 약속을 하고 스스럼없이 나왔다.

왜?

의아해하는 유경의 표정을 읽었는지 동욱의 눈가에 장난기가 스쳤다.

"그냥 궁금했어. 그렇게 말도 안 되는 이유를 대면서 날 만나자고 하는 이유가 뭘까 하고."

그의 얼굴에 호기심이 흘렀다. 어느새 앉는 자세도 여유롭게 바뀌었다.

입이 쉽게 떨어지지 않았다. 막상 동욱이 눈앞에 앉아 있는 모습을 보니 누가 쓴지도 모르는 편지 한 장을 믿고 그에게 은우의 실종을 따져도 되는 것인지 확신이 서지 않았다. 하지만 5년 만에 찾아온 단서다. 이 지푸라기라도 잡지 않으면 은우가 왜 그렇게 사라졌는지 알 방법이 없다.

유경은 가방 위에 올려놓은 두 손을 꼭 쥐고 용기를 냈다.

"은우… 알지?"

물 잔을 들던 그의 손이 얼어붙었다. 여유롭던 표정도 굳었다. 금세 당황한 기색을 감추고 태연한 척했지만 유경은 동욱의 변화를 놓치지 않았다.

"…은우? 누군데?"

"정은우, 2학년 3반. 2005년 3월 29일 학교에서 점심시간이 끝날 때쯤 사라졌지."

"아… 이제 누군지 생각난다. 그때 그런 일이 있었지. …근데 걔가 왜?"

은우라는 이름을 듣고 당황하던 것을 보면 분명 뭔가 있는 것 같다. 그런데 지금 가면을 쓰고 아무것도 모르는 척한다. 어떻게 하면 이 가면을 벗길 수 있을까?

또다시 어설픈 질문을 던지면 우연히 얻게 된 이 지푸라기는 허공으로 사라진다.

'은우야, 도와줘.'

유경은 모험을 걸어보기로 했다.

"은우가……."

동욱의 얼굴에 다시 긴장감이 돌았다. 그의 목젖이 올라갔다 내려가는 게 보였다. 초조한 기색으로 유경의 다음 말을 기다리고 있다는 걸 느낄 수 있었다.

"은우가… 널 만나라고 했어."

동욱의 눈이 커졌다. 갑자기 상체를 기울이며 유경에게 다그치듯 물었다.

"은우가, 은우가 살아 있어? 정말이야? 돌아온 거야?"

수시로 변하는 동욱의 얼굴은 여러 가지 감정이 뒤섞여 있었다. 뜻밖의 이야기에 놀라움과 기쁨, 안도감이 빠르게 교차했다. 뭔지 모르지만 커다란 짐이라도 내려놓은 듯 표정이 복잡했다.

그런 동욱의 반응을 바라보자 유경은 이상하게 차분해졌다.

동욱은 두 손으로 얼굴을 쓸어내리며 감정을 주체하지 못했다. 무슨 생각을 하는지 혼자 중얼중얼거리기 시작했다.

"…살아 있었구나. 아 정말 다행이다. 그 자식들이 거짓말하는 줄 알았는데……."

흥분해 혼잣말을 하던 동욱은 차갑게 노려보는 유경의 시선과 마주치자 움찔하더니 입을 다물었다. 흥분을 가라앉히고 다시 조심스런 표정으로 돌아갔다.
"…왜 그런 눈으로 봐?"
"왜 은우가 죽었을 거라고 생각했지?"
유경은 최대한 차분한 목소리로 물었다. 낮게 가라앉은 목소리는 비수처럼 날카로웠다.
"……그건."
동욱은 쉽게 말을 꺼내지 못하고 난감한 듯 시선을 피했다.
유경은 자신이 차분하고 평정심을 잃지 않았다고 생각했지만 그건 착각이었다. 마음 깊은 곳에는 차가운 분노가 부글부글 끓고 있었다.
이 자식은 알고 있어. 은우가 왜 실종됐는지, 무슨 일이 있었는지. 그런데 지금까지 입을 다물고 있었던 거야. 그 생각을 하자 발밑에서 끓고 있던 분노가 머리끝까지 치고 올라왔다.
"…은우에게 무슨 일이 있었던 거야? 은우에게 무슨 짓을 한 거야?"
최대한 분노를 억누르고 목소리를 낮추어 서늘하게 물었다.
동욱은 아무 말도 못하고 유경의 얼굴을 보다가 벌떡 자리에서 일어났다. 그대로 자리를 털고 달아나려는 동욱을 보자 의식보다 먼저 몸이 반응했다. 도망치게 내버려 둘 수 없다. 순간적으로 탁자를 밀쳐 내며 달아나는 동욱을 붙잡았다. 그 바람에 탁자 위에 놓여 있던 컵이 떨어져 산산이 부서졌다. 그 소리에 놀란 사람들이 일제히 동욱과 유경을 쳐다보았다. 도망치려던 동욱도 얼어붙었는지 그 자리에 멈춰 섰다. 더 늦기 전에 동욱의 팔을 붙잡았다.

그제야 동욱은 자신의 팔을 잡고 있는 유경을 거칠게 뿌리쳤다. 하지만 분노로 단단해진 유경의 손아귀를 풀 수는 없었다.

"당장 말해. 은우에게 무슨 짓을 했어? 그 자식들이 거짓말하는 줄 알았다는 건 또 무슨 얘기야?"

"놔, 이거 놓으란 말이야. 난 아무것도 몰라."

"무슨 짓을 한 거야? 널 좋아하던 애한테… 무슨 짓을 한 거냐구?!"

소리치는 유경의 기세에 눌린 것인지 동욱의 몸에서 힘이 빠져나갔다. 그는 얼이 빠진 얼굴로 유경을 쳐다보며 중얼거렸다.

"은우가… 날 좋아했다구?"

4

점심시간이 되자 유경은 식당으로 가는 대신, 학교 뒷산으로 발길을 돌렸다.

은우의 일 때문인지 아니면 수시로 산을 오르내리던 학생들 때문인지 학교 뒷산을 오르는 오솔길 입구 나뭇가지에 입산금지 푯말이 매달려 있다. 오래전에 매달아놓은 듯 글씨도 희미해지고 한쪽 철사가 떨어져 비스듬하게 대롱거리고 있었다.

나무에 붙어 있는 작은 판자 푯말은 산을 오르는 자에게 아무런 위협이 되지 못한다. 오솔길은 여전히 사람들의 발길로 잘 다

져진 상태였다. 유경은 폿말을 무시하고 6년 전 그날을 떠올리며 천천히 걸음을 옮겼다.

동욱을 만나 어르고 달래고 그러다 결국 울면서 하소연을 한 끝에야 그날의 일을 들을 수 있었다.

이야기 사이사이 빈 부분이 많았지만 그런 것은 아무래도 좋았다.

동욱이 종혁에게 어떤 괴롭힘을 당했는지는 알고 싶지도 않았다. 남학생들 사이에 어떤 힘겨루기가 있는지는 대충 짐작할 수 있다. 아마도 종혁의 말보다는 종혁이 데리고 다니는 패거리들의 주먹이 동욱을 움직였을 것이다.

우연찮게 동욱의 주변을 맴도는 은우가 종혁의 패거리들 눈에 띈 모양이었다. 그들은 동욱을 협박해 은우를 데리고 오게 했고 동욱은 돌려보냈다. 산 위에서 어떤 일이 있었는지 자신은 알지 못한다고 했다.

"아니, 넌 알고 있었어. 넌, 무슨 일이 있을지 짐작하면서도 그 애들한테 은우를 넘겨준 거야."

유경은 혐오감이 가득한 시선으로 동욱을 노려보았다. 그는 한마디 변명도 하지 못하고 탁자만 쳐다보고 있다가 다시 말을 이었다.

5교시가 지나고 6교시가 끝나갈 즈음 종혁이 교실로 돌아왔다고 했다.

종혁이 아무 일도 없었다는 듯이 남은 수업을 듣고 가버리자 동욱은 그대로 있을 수 없어 다시 산으로 올라갔다고 한다.

"하지만 아무도 없었어. 그 자식들이 있던 장소에 가봤지만 아무도 없었어. …혹시나 싶어 주위를 찾아보았지만 아무도 안 보이기에… 은우도 돌아간 줄 알았어."

마음은 얼음장처럼 꽝꽝 얼어붙었는데 눈에서는 뜨거운 눈물이 흘렀다. 그 뒤로 유경은 아무 말도 안 하고 동욱이 하는 이야기를 듣고만 있었다.

"며칠 뒤에 은우가 없어졌다는 얘기를 듣고 종혁이에게 따졌지만… 자기들도 모른다고……."

"거기서 그 자식들은… 은우에게 …무슨 짓을 한 거야?"

"……."

대답이 없었다. 들을 필요도 없다. 그 침묵이 모든 것을 말하고 있었다.

유경은 깨진 물 잔을 대신해 종업원이 새로 가져다준 물 잔을 들어 동욱의 얼굴에 들이부었다. 물벼락을 맞고도 동욱은 꼼짝하지 않았다. 다시 한 번 카페에 있던 사람들이 유경과 동욱을 쳐다보았다.

아는 욕이란 욕은 다 해주고 싶었지만 그럴 수 없었다. 구역질이 올라와 잠시도 동욱의 얼굴을 참고 볼 수가 없었다. 그대로 카페를 나온 유경은 몇 걸음 가지도 못하고 길거리에 주저앉아 울었다. 두 손에 얼굴을 파묻고 우는 중에 마지막 본 은우의 얼굴이 떠올랐다.

곧 수업종이 치는데도 밖으로 나가던 은우의 얼굴은 차분하던 평소 모습과 달리 들떠 있었다. 무슨 일인지 몰라도 얼굴이 상기되어 조금 설레는 모습이었던 것도 같다.
 그때는 보이지 않던 것들이 어떻게 6년이 지난 지금 생생하게 떠오르는 것일까?

 조금 숨이 차오를 만큼 산을 오르자 오솔길 옆으로 작은 터가 보였다.
 듬성듬성 심어진 나무 덕분에 아이들이 어울려 놀 만한 장소가 몇 개 있었다. 먼저 와 있던 학생 몇이 인기척을 느끼고 돌아보다 유경을 발견하고는 슬그머니 자리를 피했다. 아이들은 다람쥐마냥 잘도 나무 사이를 피해 산을 내려갔다. 순식간이었다.
 아이들이 있던 자리에 가보니 담배꽁초가 들어 있는 음료수 캔이 놓여 있다.
 허울 좋은 푯말만 걸어놓고 마치 할 일을 다한 듯 고개를 돌리고 있는 사이, 아이들은 산으로 숨어들어 담배를 피우고 시간을 보내고 있다. 누군가 제대로 단속만 했다면 아이들이 이곳에 올라올 생각을 했을까? 처음엔 담배를 피우던 장소가 어느새 아이를 때리는 곳으로 변하고 다음에 더 나쁜 짓을 저지르는 공간으로 변한다.
 유경은 교양으로 들었던 심리학 강의가 생각났다. 깨진 유리창 하나를 방치하면 그곳은 우범지역이 된다고 했다. 이곳이 계속 방치되면 앞으로 어떤 일이 생길지 알 수 없다. 은우에게 생겼던 일이 또 일어나지 말라는 법이 없다. 속이 답답해 왔다.
 유경은 음료수 캔과 함께 주변에 떨어져 있는 담배꽁초를 주워 들고 걸음을 옮기다 자신이 올라온 오솔길을 내려다보며 소리쳤다.

"거기 숨어 있지 말고 나오세요."

유경이 바라보는 곳에서는 아무 소리도 들리지 않았다.

"그만 나오세요. 차문주 선생님."

잠시 정적이 흘렀다. 바람 소리와 이제 깨어난 새소리가 멀리 들렸다. 잠시 후 상수리나무 뒤에 숨어 있던 차 선생이 모습을 드러냈다.

유경은 꼼짝도 하지 않고 차 선생이 올라오는 것을 지켜보았다.

"어떻게 나란 걸 알았니?"

유경의 곁에 다가온 차 선생이 물었다.

"며칠 전부터 저만 쳐다보고 계신 걸 알고 있었어요. …그 편지도 선생님이 보내신 거죠?"

"…동욱이 얘기했니?"

유경은 고개를 저었다.

"조금 생각해 보니 누군지 알겠더라구요."

유경은 담임이 자신을 처음 봤을 때 대뜸 은우에 대해 물었던 일을 떠올렸다.

유경이 은우의 친구였다는 것을 뒤늦게 알게 된 선생들은 모두 그 일을 떠올리고 유경에게 그 후의 일을 물었다. 은우가 돌아왔는지 궁금해했다. 하지만 딱 한 사람, 차 선생만은 아무것도 묻지 않았다.

차 선생은 은우가 실종되었을 당시 유경을 일부러 복도로 불러내 은우의 소식을 물었던 적이 있다. 그때를 기억하고 있는데, 정작 이제 와서 아무런 관심을 보이지 않는다는 게 조금 부자연스러웠다. 그렇다고 금방 알아챈 것은 아니었다.

차 선생이 뭔가 숨기고 있다는 것을 느낀 것은 목련차를 건네주고 난 뒤였다.

은우는 유경에게 함께 목련꽃잎을 주워달라고 했었다. 상자에 가득 꽃잎을 담으며 차 선생님에게 드릴 선물이라고 했다. 유경은 마지못해 줍는 시늉만 했다. 교실로 돌아와 상자에 함께 넣을 거라며 메모지에 목련차 끓이는 방법을 적을 때도 옆에 있었다.

"지극 정성이다. 이런 거 좋아하기는 하겠니?"

"녹차도 안 마시던 너도 좋아하게 됐잖아?"

차 선생은 가끔 목련차를 마신다고 했다. 은우가 선물한 상자를 기억한다면 은우의 소식이 궁금하기도 할 텐데, 여전히 말이 없었다.

차 선생이 이상한 반응을 보인 건 그날부터였다. 자꾸 유경의 표정을 살피고 눈이 마주치면 시선을 돌렸다. 유경이 알던 차 선생의 모습이 아니었다.

결정적인 건 편지였다.

교무실에 놓아둔 유경의 가방에 접근해서 어색하지 않게 편지를 넣을 수 있는 사람은 많지 않다. 선생들이나 교생밖에 없다. 교생들이 6년전 이 학교에서 있었던 은우의 실종에 대해 알 리 없고, 이동욱이 누군지는 더더욱 모를 것이다. 남은 것은 선생들

뿐이다.

유경의 머릿속에 제일 먼저 차 선생이 떠올랐다.

"선생님도 알고 있었군요."

"……."

"그런데 왜 그때 아무 말도 안 하셨어요?"

차 선생은 유경의 말이 들리지 않은지 학교 쪽을 내려다보았다. 끝내 유경의 질문에는 답하지 않았다.

"결국 종혁이 때문이었겠군요. 협박이라도 당하셨나 보죠?"

"…은우가 돌아올 거라고 생각했기 때문이라면 …믿겠니?"

"……."

"내가 생각해도 참 …구차한 변명이다."

차 선생은 자조하듯 씁쓸한 미소를 지어 보였다.

유경은 동욱보다 차 선생에게 더 화가 났다.

차라리 모르고 있는 게 나았다. 불온한 상상으로 자신을 질책할지라도 아무것도 모른 채 그리워하며, 잠 못 이루고 뒤척이며 그렇게 지내다 차츰 희미해지는 게 나을 뻔했다.

동욱을 만나서 해결된 건 아무것도 없다. 종혁은 유학이라는 이름으로 도망쳐 버렸다. 설령 종혁을 보게 된다고 해도 사라져 버린 은우의 행방은 찾을 수 없을 것이다. 6년 전에 이미 자신이 가진 모든 것을 이용해 완벽하게 묻어버린 일이다. 이제 와서 다시 파헤칠 수 있을까?

차 선생은 알고 있었다. 그때 한마디만 했더라면 은우의 행방을 찾는 일은 성과가 있었을 것이다. 6년 동안 침묵으로 일관하다 유경에게 단서를 던져 주었다. 그것도 아무리 발버둥 쳐 봐야 마지막엔 벽에 부딪칠 걸 알면서 유경이 그 벽을 직접 만지게 만들었다. 그 냉정함에 치가 떨렸다.

"이거 아세요? 전 그동안 은우가 어딘가에 살아 있을 거라고 생각했어요. 가끔 정말 나쁜 생각이 들었지만 그런 생각을 하는 나를 욕하면서 분명 어딘가에서, 세상 어딘가에서 살아 있을 거라고 생각했어요. 그런데……."

유경이 입을 다물고 말이 없자 차 선생이 고개를 돌렸다. 유경의 다음 말을 기다리고 있었지만 유경은 쉽게 입을 열지 못했다.

생각에 잠겨 있던 유경은 깊은 한숨을 내쉬며 내뱉듯 어렵게 말했다.

6년 동안 애써 머릿속에서 지우려고 했던 생각. 절대 그럴 일은 없을 거라고 도리질을 했던 생각.

"그런데, 이젠 …은우가 죽었을 거라는 생각이 들어요."

"……."

"은우를 죽인 건, …선생님과 동욱이 두 사람이에요."

은우는 누구보다 두 사람을 좋아했다. 그런데 은우가 좋아하던 그 두 사람이 모두 은우를 외면했다. 아니다. 외면만 한 게 아니라, 은우를 짓밟던 그 누구와 함께 은우에게 비수를 들이대고 있었다.

좋아하던 남자아이와 만날 생각으로 올라갔던 산속에서 낯선 남자들에게 남겨진 은우는 무슨 생각을 했을까? 육체에 가해진 폭행보다 자신을 버려두고 가버린 동욱 때문에 더 끔찍한 고통과

절망을 느꼈을 것이다.

차 선생도 마찬가지다.

차 선생은 은우의 실종을 막을 수도 있었다. 아니, 어쩌면 은우에게 아무 일도 안 생기게 할 수도 있었다. 차 선생은 자신을 지키기 위해 은우를 버렸다. 침묵으로 은우를 묻어버렸다.

그나마 은우가 그 사실을 모르는 게 다행이라고 해야 하나?

유경은 은우가 가여워서 견딜 수가 없었다. 차 선생의 이기심에 분노가 일었다.

"그래도 목련을 따서 차를 마셨나요? 그 차를 마시기가 두렵지 않던가요?"

"……."

"해마다 목련이 피었죠. 그때마다 은우를 생각했어요. 하지만 이제 전 당신을 생각할 거예요. 당신이 저지른 일을 생각할 거예요."

유경의 말을 들은 차 선생의 얼굴이 창백해졌다. 물끄러미 차 선생의 얼굴을 쳐다보던 유경은 대답도 듣지 않고 다시 산으로 걸음을 옮겼다. 등 뒤에서는 아무 움직임도 느껴지지 않았다.

높지 않은 곳이라 곧 능선에 도착했다.

산 위에 올라서니 비로소 산 너머에 뭐가 있는지 보였다.

아파트 단지와 상가, 도로들이 지평선을 따라 펼쳐져 있었다. 거리를 두고 멀리 보는 풍경은 시멘트와 콘크리트로 이루어진 건물 같은 것밖에 없다. 그 안에 살고 있는 사람들의 온기와 숨결과 웃음은 보이지 않는다. 은우가 마지막으로 바라보았을 풍경이다.

고개를 돌려 산 아래 학교를 내려다 바라보았다.
여기저기 은우가 넋을 잃고 바라보던 목련나무들이 자리 잡고 있었다. 그 나무들마다 크고 탐스런 목련꽃이 피어 있다. 바람이 불자 꽃잎들이 툭툭 떨어졌다.
시들지도 않은 꽃들이 바람에 스러지고 있다.
은우가 그렇게 사라졌듯이.

눈물에 꽃잎이 흔들렸다.

「목련이 피었다」 END.

ZOMBIE, 2011 in seoul

설인효
2007년 「최면」으로 계간 《미스터리》 신인상 당선. 단편 「데스노트」, 「그리고 아무도 없었다」 등을 발표.

사는 게 무섭다. 오후에 또 빚쟁이들이 다녀갔다. 혼자 사는 고등학교 동창 집에 숨어들었는데도 말이다. 그들이 내가 어디 있는지를 알아내는 데는 채 3일이 걸리지 않았다. 다음번에는 반드시 목숨을 받아가겠다고 했다. 이번엔 어금니 하나를 빼갔다.

두루마리 한 통을 다 쓰도록 피가 멎지 않았다. 그나마 친구 얼굴을 볼 면목이 없어서 문이 잠기지 않은 건물 화장실을 찾아 헤맸다. 화장실을 찾아 두루마리로 이가 빠진 부위를 지혈시키려 할 때는 이미 붉은 선혈이 입 안 가득 고여 있었다.

빚진 자에게 법이란 없다. 파산 선고를 받거나 경찰에 신고하면 가족은 물론 사돈의 팔촌까지 모두 죽여 버린단다. 이제까지 당한 걸로 봐선 충분히 그러고도 남을 놈들이다. 날 살려두는 것도 오로지 돈을 마련해 오도록 하기 위해서일 뿐이다. 제법 잘 돌아가는 줄 알았던 세상이 저런 놈들로 가득 차 있었다니 생각만 해도 소름이 돋는 일이다. 결국 인생은 적당히 안 볼 건 안 보고, 잊을 건 잊으며 살아가는 것이었나 보다.

처음 의대를 졸업했을 때는 내가 세상의 주인이 된 기분이었다. 긴긴 의대 재학 시절, 아버지는 다니시던 회사에서 명퇴를 당하고 나의 졸업을 위해 기꺼이 동네 학원에서 청소 일을 하셨다. 본과에 들어가면서부터 학비가 더 올랐고 결국 어머니도 파출부로 나서셨다. 어머니가 동네 창피하다고 애써 먼 곳으로 일을 나가시던 것을 생각하면 지금도 눈물이 고인다.

나 역시 치열한 의대 공부를 하고도 주말에 집으로 돌아가면 아침부터 저녁까지 동네 아이들 과외에 시달려야 했다.

그렇지만 이 모든 서러운 시간들의 보상으로 나도 개업이란 걸 했다. 선배들 말에 따르면 한 20년 전에는 일단 개업만 하면 개업 첫 해에 모든 설비 투자비를 회수하고, 다음 해에 병원 세 든 자리를 사고, 그다음 해에는 한 층을, 4년이면 그 건물을, 5년이면 그 옆 건물을 사게 되는 것이 '개업의'라 했다. 그러나 이제 그것은 완전히 옛말이다.

개업 첫 해에 빚은 네 배가 되었다. 요즘 의사들이 너무 많이 배출돼 동네마다 같은 의원이 서너 곳씩 된다. 그나마 수완 좋은 의사들이 손님을 독점한다. 나 같이 책과 학교 외에는 모르던 사람들은 경쟁에서 밀리기 십상이다.

처음 병원을 열었을 때 한 달 만에 한국 사람들이란 그저 며칠 집에서 푹 쉬면 나을 것으로 병원을 찾는 경우가 대부분이란 사실을 알았다. 의대에서 배운 대로라면 '그저 좀 쉬시면 됩니다'가 의심할 여지없는 최선의 처방이었다.

한 달 만에 손님이 10분의 1로 줄었다. 1층에 있던 약국도 문을 닫았고 그 결과 사람들은 약조차 짓기 어려운 우리 병원을 더욱 외면했다. 우리 동네 인근은 항생제 처방을 가장 잘해주는 한 이비인후과가 싹쓸이를 했다. 사람들은 그 병원에 가면 감기가 하루 만에 낫는다 하여 그 병원을 '하루병원'이라 부르며 좋아했다.

담보물이 모자라 사채를 끌어다 쓴 것이 잘못이었다. 부모님은 우리 아들이 의산데 무슨 걱정이냐며 큰소리를 치셨다. 나도 그런 부모님의 모습을 보는 것이 싫지 않았다. 그렇지만 그것이 이토록 처참한 결과를 초래하게 될 것이라고는 꿈에도 생각지 못했다.

결국 1년 6개월 만에 이자조차 갚지 못하는 신세가 되었다. 간호사 하나를 내보냈을 때 명색이 수간호사라는 사람이 방에 들어와 제발 장사 좀 되게 해보자고 하소연을 했다. 자기도 일하는 것 없이 월급을 타 가는 게 미안했던 모양이다. 그렇지만 마침내 나는 내 자존심을 꺾을 수 없었다. 사람이란 결국 자기 생긴 대로 살게 되어 있는 것이다.

빚쟁이들이 병원으로 들이닥쳐 소란을 피우고 난리를 치자 더 이상 병원 영업도 할 수 없게 되었다. 그래도 의사 아니냐며 돈을 구해오라고 협박을 할 때는 의사가 된 것이 차라리 저주스러웠다. 의사가 아니었다면 진짜 돈이 없어서 그러니 믿어달라고 말이라도 해볼 수 있었을 텐데 말이다.

일차 담보물인 집이 날아갔다. 집이라야 방 두 칸짜리에 허름하기 이를 데 없는 것이지만 부모님에게는 본인들의 평생을 바쳐 얻은 훈장과도 같은 것이었다. 집도 절도 없는 처지가 된 가족은 뿔뿔이 흩어졌고 건강이 좋지 않으신 어머니가 먼저 앓아누우셨다. 어머니 약값이라도 벌겠다고 공사판을 전전했지만 요즘은 외국인 노동자들이 대부분 자리를 꿰차고 있어 일할 자리조차 얻기가 힘들었다.

희망이 없다. 하늘이 무너져도 솟아날 구멍이 있다는데 나처럼 한 길밖에 모르고 살아온 사람에게는 그 길이 막히자 다른 길이란 없었다. 하루하루를 내 걱정으로 사실 부모님을 생각하면 차라리 내 존재가 없던 것이라면 좋겠다는 생각을 하게 된다. 질긴 목숨, 끊기도 쉽지 않더라.

그러다가 재민이를 만났다. 서울역 무료 점심 배급소의 긴 줄에 서 있을 때였다.

"어! 성민이 아니야?"

"재민이?"

의대를 졸업하고 근 10년 만이다. 인턴 1년과 레지던트 4년, 군 생활 3년 동안 연락 한 번 주고받지 못했지만 둘은 꽤 친한 사이였다. 첫 눈에 녀석도 나와 별반 다를 바 없는 처지라는 사실을 알았다.

급식을 받고 자리에 앉아 한동안 김이 모락모락 나는 국물만을 바라보고 있자니 저절로 눈물이 고였다. 내가 먼저 내 처지를 말하자 그는 말없이 상의를 끌어 올려 배에 난 수술 자국을 보여주었다. 신장을 판 것이었다.

나와 비슷하게 재민이도 집안 사정이 좋지 못했다. 다른 아이들에게는 말하지 못했지만 둘은 모두 주말이면 끊임없는 아르바이트에 시달려야 했다. 동병상련이랄까. 재민이와 나는 잘 통했다.

요즘은 돈 많은 집 애들이 공부도 잘해서 의대 주차장에 값비싼 외제 스포츠카가 주차되어 있기 일쑤다. 그런 친구들은 3, 40만 원을 호가하는 와인 바가 새로 생겼다며 주말 약속을 잡기 바빴다. 그때 재민이와 나는 둘이 돈을 모아 주말 저녁 의대로 복귀하기 전에 중국집엘 함께 갔다. 당시로서는 그것이 최고의 호사였던 것이다.

정신없이 탕수육을 먹다 마지막 하나가 남았을 때의 일은 지금도 잊지 못한다.

"네가 먹어."

"아니야, 인마. 네가 먹어!"

"아 됐어 이 자식아, 네가 나보다 키도 큰데 더 먹어야지."

"야 인마. 네가 아까 500원 더 냈잖아. 이게 그 값이야. 네가 먹어!"

둘이 그렇게 싸우다 결국 재민이가 먹기로 했고 재민이의 젓가락이 고기에 닿았을 때 고기는 두 토막이 났다. 튀김이 서로 붙어 있었던 것이다.

"종우 소식 좀 듣냐?"

재민이가 말했다.

"뭐? 종우? 야, 그래. 종우 어떻게 지내냐?"

"하, 그 자식 엉뚱한 건 여전하지 뭐. 개업하고 병원 말아 먹은 건 그 자식도 마찬가지고."

"하긴 종우 눈에 병원이 들어나 왔겠냐?"

종우는 천재 과였다. 날밤을 새워도 부족한 의대 공부를 늘 두세 시간 만에 끝내놓고 영어와 일어로 된 소설을 읽거나 혼자서 연구와 실험을 하곤 했다. 본과 4학년이 끝나갈 무렵 웬만한 선배뿐 아니라 교수들도 그의 지식을 당하지 못했다.

"종우가 날 초대했어."

"뭐? 초대?"

종우는 다른 아이들과는 전혀 어울리지 않았지만 우리와는 곧잘 어울렸다. 녀석 역시 집안 사정이 좋지 않기는 마찬가지였다. 그래서 우리가 몇 차례 중국집 탕수육 파티에 녀석을 데려갔고 그 답례로 녀석은 우리에게 시험 문제를 알려주곤 했다.

"너도 같이 가자. 종우도 좋아할 거야."

"나도?"

"그래. 종우 말로는 큰 돈벌이를 할 기회가 있다는 거야. 그래서 나도 한몫 끼워준다고. 그 옛날 탕수육 값이라나? 그럼 너도 끼어야지. 그때 너도 돈 냈잖아."

돈벌이를 할 기회라. 이건 구세주가 따로 없다. 정말 그런 게 있기만 하다면 말이다. 염치고 뭐고 따질 형편이 아니었다. 우리는 이런저런 이야기를 나누다 저녁이 되어 지하철에 몸을 실었다.

"종우가 대체 뭘 하려는 걸까?"

나는 애써 참고 있던 궁금증을 털어났다.

"그 자식도 얼마 전까지 빚쟁이들한테 쫓기고 있었는데. 뭐 병원이랍시고 차려놓고 제대로 들여다보지도 않았겠지. 워낙 괴짜였잖냐."

"그래. 안 봐도 훤하다."

"그러다 빚은 쌓이고 학벌 믿고 시집왔던 마누라도 도망가고. 아유, 난리도 아니었다더라."

"음."

"그런다고 뭐 꼼짝이라도 할 놈이냐. 근데 그 빚쟁이 놈들이 아마 그 자식 어머니를 찾아갔던 모양이야. 종우가 원래 홀어머니 밑에서 컸잖아. 다른 건 몰라도 효심하난 지극했고."

"그래. 그랬지."

"그 뒤로 아마 어떻게든 돈을 벌어보겠노라고 모진 결심을 한 모양이야. 혹시 처인 종합병원이라고 알아?"

"뭐 처인?"

"그래, 왜 우리학교 협력 병원이었던."

"잘 알지 네가 인턴 거기서 했는데."

"그래? 종우는 거기서 레지던트를 한 모양이던데?"

"그랬구나. 서로 엇갈렸네."

"그러게."

한 자리가 나자 재민이를 앉혔다. 그러자 냄새가 나는지 옆 자리의 여학생도 일어났고 덕분에 우리는 나머지 거리를 앉아서 갈 수 있었다.
"거기 병원이 재작년에 본관을 신축했대. 원래 구관이 지상 2층의 작은 건물이었다며? 대신 지하가 좀 넓고."
"그래 맞아. 건물도 오래되고 했지."
"예산이 안 맞아서 아직 구관 건물을 철거하지 못하고 있대. 지상 층 짐들 중에 좋은 것들은 다 신관으로 옮기고 낡은 것들은 지하로 내려 보낸 다음, 지하로 통하는 문을 한 곳만 남기고 모두 폐쇄해 두었다고 하더라고."
"그래? 그래서?"
"상우가 레지던트할 때부터 거기 경비 아저씨랑 워낙 친했다고 하더라."
"녀석, 원래 사람이 좋잖아."
"그러게. 그래서 그 아저씨 덕분에 구관 지하에 실험실을 차린 모양이야."
"뭐라고?"
너무 큰 소리를 낸 바람에 승객들의 시선이 순간 나에게 쏠렸다.
"그 안에서 실험을 하고 있다고?"
"그래, 그런 모양이야."
"대, 대체 무슨 실험인데?"
"그건 나도 모르겠다. 그 녀석 속을 어떻게 알겠니. 오늘 가봐야 알 것 같아."

안국역에서 내린 우리는 버스로 두세 정거장 거리를 그냥 걸었다. 밤이라 봄의 한기가 아직 남아 있었다. 옷이 부실해서인지 자꾸 몸서리가 쳐졌다. 생니가 빠졌으니 미열이 남직도 하다.

"열두 시까지 기다려야 할 거야."

"뭐? 아니 왜?"

"그때가 돼야 아저씨가 와서 문을 열어준대. 아무리 낡았어도 의료 장비들이다 보니 보안을 철저히 하는 모양이야. 뭐 지하실이라 핸드폰도 안 터지고, 전기다, 전화다 다 끊어져 있대. 종우도 아마 자체 발전을 해서 전력을 사용하는 모양이더라."

두 사람은 꼼짝 없이 병원 정원에서 시간을 때울 수밖에 없었다. 그 흔한 자판기 음료 하나 뽑아 마시지 못하는 신세가 세삼 서러웠다.

"시간이 다 된 것 같아. 이제 가볼까?"

"그러지."

구관으로 이어지는 길부터는 눈에 익었다. 젊은 시절의 한때를 보냈던 이곳저곳이 추억과 함께 상기되었다.

"자네들 왔구먼. 종우가 얘기했지. 난 내일 아침 여섯 시에 다시 와서 열어줄 거야. 종우가 있는 방이 거의 끝이니 이걸 가져가게. 내일 다시 가져오고."

아저씨는 친절하게도 랜턴 하나를 건네며 말씀하셨다.

"그럼 잘들 있다 가게."

"예. 감사합니다. 수고하십시오."

"그, 그럼 여섯 시까지는 밖으로 나올 수 없는 건가?"

아저씨가 말을 못 들을 만큼 멀어졌을 때 내가 재민에게 물었다.
"그렇지. 입구를 여기 한곳만 남겨두고 열쇠도 아저씨 한 사람만 가지고 있으니."
"그래? 어째 으스스한데."
"하하. 으스스하다고? 그래도 의학을 배운 사람이 귀신이라도 나올 것 같다는 거야 뭐야? 어서 내려가 보자."
끼기깅.
기분 나쁜 쇳소리가 나며 낡은 철문이 열렸다. 아래로 깊게 뻗은 돌계단이 보였다. 이 문은 지상에서 지하 창고로 연결되는 문이다. 창고의 반대편 문을 열면 지하층으로 통한다. 현재는 지상층과 통하는 모든 문을 봉쇄하고 이 문만 남겨둔 모양이었다.
지하층으로 통하는 문을 열자 지하실의 서늘한 한기가 우리를 급습했다. 햇빛이 오래도록 들지 않은 곳에서 나는 특유의 곰팡내가 사방에 진동했다. 랜턴을 앞으로 비추자 끝이 보이지 않게 멀리 뻗은 것이 흡사 거대한 동굴의 앞에 선 기분이었다.
"자 들어가 보자고. 종우는 저 끝 쪽에 있다고 하니까 그쯤 가서 한 번 불러보지 뭐."
"그러자."
둘 모두 내키지 않는 걸음을 때었다. 두 사람의 발소리가 고요한 지하 통로의 멀리까지 울렸다.
"우으으으."
"훗. 뭐, 뭐지?"

어둠 속 저 멀리에서 무슨 신음 소리 같은 것이 나지막이 들렸다.

"조, 종우냐!"

재민이가 꽤나 놀란 듯 다급하게 소리를 질렀지만, 공간을 울리는 메아리만 있을 뿐 종우의 대답은 없었다.

"자, 잘못 들었나?"

"글쎄, 아니, 왜 그래? 의학을 배운 사람은 두려움을 모른다며?"

"누, 누가 두렵다고 그래. 그냥 놀랐을 뿐이야."

랜턴 불빛이 좌우를 휘저을 때 오래된 병원 기물들이 방금 전 기이한 소리 덕분에 더 기괴하게 보였다.

"저, 저게 뭐야!"

"왜 그래?"

랜턴 불빛이 지날 때 분명히 무언가가 스쳐 지나갔다.

"대체 뭔데 그래."

재민이는 이제 제대로 겁에 질렸는지 자리에 주저앉으려 했다. 랜턴을 빼앗아 오른쪽 귀퉁이를 비췄다.

―이야옹.

제법 살이 찐 고양이가 맹랑하게 우리 쪽을 똑바로 바라보고 있었다. 얼굴을 비추자 두 눈이 랜턴 불빛을 강하게 반사했다.

"휴. 십년감수했네. 왜 저런 녀석이 여기 있지. 여긴 바깥하고도 차단되어 있는데 말이야."

"저거 종우가 키우는 거 아냐. 종우가 원래 동물을 좋아 했잖아."

"그래. 그러고 보니 그러네. 아유, 재수 없어. 이런 곳에서 고양이라니."

"재민이 너, 이제 보니까 제법 겁이 많구나?"

"거, 겁은 무슨."

결국 내가 랜턴을 들고 앞장을 서게 되었다. 이곳 구조에 더 익숙하다는 것이 표면적인 이유였다. 복도를 따라 이동하면서 방방마다 묻어 있는 추억들이 새록새록했다.

병원의 공식 수술실은 모두 2층에 있었다. 그러나 지하실에 연습생들이 쓰는 일명 '수술 방'이 있었다. 그곳에서 주로 수술 실습이 이루어졌고 또 수술실이 부족할 때는 급한 대로 실제 수술을 하기도 했다. 수술 방은 지하실의 반대편 끝에 있다. 종우는 십중팔구 그곳에 있을 것이다.

한 2, 3분쯤을 더 걸어 겨우 끝 부분에 도착했다. 아니나 다를까 끝 방에서 약한 불빛이 새어 나오고 있었다. 종우 녀석, 괴짜인 줄은 알았지만 이런 암흑의 공간에서 잘도 살아가고 있다니 정말 이해가 되지 않는다.

"우어어어."

"뭐, 뭐야!"

그때였다. 문 앞에 거의 다다랐을 때쯤 아까 들었던 이상한 신음 소리가 더 크게 들렸다.

"조, 종우냐? 종우야!"

종우는 불러도 대답이 없었다. 이 자식 장난을 하는 건가? 아니면 어디가 아프기라도 하단 말인가?

"어, 어떡하지?"

"뭘 어떻게? 빨리 들어가 봐야지."

"그, 그럴까?"

드드륵.

내가 앞으로 나서 여닫이문을 힘껏 밀어젖혔다.

"우어어!"

"으악! 이게 뭐야."

문이 열리자 갑자기 어떤 형체가 재민이를 덮쳤다. 나는 옆으로 밀리고 재민이는 바닥에 쓰러졌다. 정신을 차려 랜턴을 비춰 보니 웬 남자였다. 남자는 쓰러진 재민이 위에 올라탄 채 목을 조르려는 것처럼 보였다.

"뭐야! 저리 안 가."

"흑."

내가 발로 차자 남자는 짧은 비명과 함께 옆으로 쓰러졌다. 재민이가 기겁을 하여 일어나며 내 뒤로 숨을 때 랜턴이 남자의 얼굴을 비췄고 우리 둘 모두 제자리에 얼음처럼 굳어버렸다. 남자의 얼굴은, 피 범벅이었다.

"으악!"

본능적인 비명이 터져 나왔다. 나와 재민은 누가 먼저랄 것도 없이 반대편으로 뛰었다.

"우아아아! 억."

놈이 뛰어오는 소리가 들리다 넘어지는 것 같은 소리가 들렸다. 그제야 우리 둘은 걸음을 멈추고 랜턴을 뒤로 비췄다. 놈이 넘어졌다가 벽을 잡고 다시 몸을 일으키고 있었다.
"뭐, 뭐지 저게? 대, 대체 저게 뭐 하는 놈이야?"
"재정신이 아닌 것 같아. 아까 눈빛. 눈빛이 풀려 있더라고."
"얼굴에 피."
"그래. 나도 봤어. 종우, 종우는 어떻게 된 걸까?"
종우 이야기를 하자 재민과 나는 잠시 서로를 쳐다보았다. 다시 랜턴을 비췄을 때 절룩거리며 우리 쪽으로 오고 있는 놈의 모습이 보였다.
"놈을 피하던, 쓰러뜨리던 종우한테 가봐야겠어."
"저, 저놈한테 다시 가자고?"
재민은 아까 놈에게 깔리면서 제대로 질렸는지 거의 정신을 차리지 못하고 있었다.
"잘 봐. 다리를 절뚝거리고 의식도 제대로 있는 것 같지 않아. 뭔가 놈을 쓰러뜨릴 걸 찾아보자."
재민이도 그제야 정신이 드는지 주변을 둘러보았다. 마침 옆에 이동식 선반 하나가 보였다.
"이걸로 밀어버리자. 밀어서 한쪽으로 보낸 다음 종우가 있는 방으로 가는 거야."
눈빛으로 다짐을 받아내고 랜턴을 재민에게 맡겼다. 아무래도 내가 나서야 할 것 같았다.
"에잇."
선반에 몸의 무게를 실어 밀어붙였다.
"우억."

선반은 보기 좋게 놈의 중심을 무너뜨렸고 놈은 벽면에 팅기며 쓰러졌다. 그사이 재민과 나는 복도를 통과하여 종우가 있을 수술 방에 다다랐다. 방에 들어가자마자 문을 닫고 잠가 버렸다.

"놈은 의식이 불분명해. 아까도 문을 열지 못해 밖으로 나오지 못한 거야. 이제 방으로 들어오진 못할 거야. 어디 전등 스위치는 없어?"

나는 재민에게 말을 하며 랜턴을 뺏어 들었다. 문 옆에 스위치가 보였다.

"여, 왔나, 친구?"

종우의 목소리에 깜짝 놀랐다. 그러나 그것은 진짜 종우의 목소리가 아닌 화면 속 종우의 목소리였다. 스위치를 올리자 불이 켜지는 대신 프레젠테이션이 시작되었다. 종우가 준비해 둔 것일 터였다. 녀석, 의대 시절부터 컴퓨터며 기계며, 못 다루는 것이 없었다.

"오늘 역사적인 이 순간을 자네와 같이 할 수 있게 되어서 기쁘군. 우리의 또 한 친구 성민도 함께 했더라면 더 좋을 텐데 말이야."

재민과 내가 잠시 눈빛을 교환했다.

"우리 모두 순진한 의학도들일 뿐 돈 버는 일에는 젬병들이었지. 그래도 세상 사는 데는 돈 없이 안 되는 일이 너무 많더라. 서럽고 더러운 일도 생기고 말이야."

화면 속 종우가 서 있는 곳은 분명 이 수술 방이었다. 그럼 저건 언제 찍은 것일까? 종우는 어디에 있나? 저 괴물 같은 인간은 뭔가?

"까짓것 돈 좀 벌기로 했지. 뭐 남한테 피해 안 주고 사람들이 필요로 하는 걸 만들어 팔면 되는 거잖아. 그래서 실험에 착수했어. 그동안 내가 구상했던 몇 가지 아이디어 중에 하나지. 바로 '심폐 소생 응급 주사' 야."

"심폐 소생 응급 주사?"

종우의 말이 저절로 되뇌어졌다.

"갑작스럽게 심장이 멈추는 죽음, 즉 심장사란 누구에게나 예외 없이 찾아올 수 있는 위급 상황이잖아? 그런데 심장이란 일단 멈춘다 해도 일정한 충격을 주면 다시 뛸 수 있지. 병원에서 심장에 전기 충격을 가해 죽은 사람을 살리는 모습을 한 번이라도 보지 않은 사람은 없을 거야. 문제는 누구나 그 위급한 순간에 병원에 있을 수 없다는 거고."

재민이가 침을 한 번 삼키는 소리가 화면 속 소리가 끊긴 사이에 크게 들렸다.

"만일 전기 충격과 동일한 효과를 갖는 시술을 간단한 주사 하나로 해결할 수 있다면, 마치 사람들이 집에 소화기 하나씩을 비치해 두듯 누구나 하나씩 살 수밖에 없지 않을까?"

재민과 나는 모두 힘차게 고개를 끄덕였다. 종우가 대단한 녀석이란 건 알았지만 정말 이 정도일 줄은 몰랐다.

"그래서 연구에 착수했지. 한 3개월쯤 되었나. 병원 식당에서 잔반을 받아다 먹으며 난방조차 잘 되지 않는 이 토굴 속에서 지난겨울을 보냈어. 많은 재료들을 이곳에서 얻을 수 있었지만 자가발전을 위한 기름도 필요했고, 이것저것 사야 할 것이 많긴 했지. 그래서 지난달부터는 환자도 받기 시작했고 말이야."

"뭐? 환자?"

재민이 중얼거렸다.

"의료 보험이 없어 병원 진료를 받지 못하는 외국인 노동자들을 대상으로 진료를 시작했지. 뭐 서울역 무료 급식소에 나가면 그런 친구들을 하루에 수십 명도 더 만날 수 있으니까. 지난주까진 소문이 꽤 퍼져서 밤 12시가 되면 지하실 문 앞에 외국인 노동자 대여섯이 줄을 서기까지 했더랬지. 아저씨 입장도 있고, 지난주부턴 환자를 받지 않았지만 말이야. 실은 더 중요한 이유가 있었어. 실험이 끝나가고 있었거든."

화면 속의 종우는 침대에 눕혀져 있는 환자에게 다가서서 환자 옆에 설치된 기계장치에 버튼을 눌렀다.

"그러면서 나는 쓸 만한 환자 열 명을 추렸지. 병이 좀 중해서 며칠 이상 입원해야 하는 친구들로 말이야. 실험의 완성을 위해서는 임상이 반드시 필요했으니까. 난 자신 있어. 이 친구들, 지금 여기서 당장 죽는다 해도 다시 살릴 수 있다고 말이야."

뭐? 임상실험? 사람을 죽인다? 서, 설마. 나는 종우의 말을 도무지 믿을 수가 없었다. 화면 속 종우는 드디어 상당히 커 보이는 주사 하나를 들어 보였다.

"이 주사 안에는 화학 에너지를 전기 에너지로 전환시키는 용액이 들어 있어. 이미 오래 전에 개발된 것인데 이런 식으로 응용할 줄을 몰랐지. 주사액이 인체에 주입되는 순간 인체 내부의 고

유물질과 화학작용을 일으키게 되고 그때 발생하는 화합물이 다시 주사액의 특수물질과 반응을 일으켜. 그 과정이 연쇄적으로 반복되면 순간적으로 강한 전기적 충격이 발생하게 되지."

재민이의 침 삼키는 소리가 다시 들렸다.

"물론 이런 화학작용으로 발생시킬 수 있는 전기력에는 한계가 있어. 대신 주사는 심장의 동방결절에 직접 작용한다는 장점이 있지. 더불어, 이것이 지난주에 이루어낸 성과인데, 몸의 교감신경계를 극도로 자극하여 흥분치를 최대로 끓어 올려두면 심장에 가해지는 자극이 배가되어 실제로 200줄, 최대 300줄의 충격을 준 효과를 거둘 수가 있다는 거야. 그렇게 되면 병원에 가지 않고도 전기충격을 이용한 심폐 소생술의 효과를 거둘 수 있는 거고."

종우는 환자의 가슴팍을 한 손으로 지그시 누르며 나머지 한 손으로 주사기를 겨냥했다. 환자를 자세히 보니 과연 거무스름한 피부의 필리핀계였다.

"자. 저 심장 박동기를 봐. 분명히 멈췄지? 방금 심장을 멈추도록 하는 약물 주입으로 환자는 사망했어. 자 이제 이렇게."

종우는 환자의 왼쪽 가슴 정중앙에 주사기를 세차게 꽂고 주사액을 주입했다.

"우, 우."

환자의 몸이 미세하게 떨리며 입에서 약한 신음 소리가 새어 나왔다. 종우는 한 걸음 물러서 환자의 모습을 유심히 바라봤다.

"우, 우, 우, 우, 우."

잠시 후 환자의 몸이 들썩거릴 정도로 떨리며 신음 소리도 거세졌다.

"일어나! 어서 일어나!"

종우는 흔들리는 환자의 몸을 내리 누르며 얼굴 쪽을 향해 소리를 질렀다.

"우워!"

환자가 벌떡 일어났다. 몸의 경련도, 신음 소리도 멈췄다. 환자는 잠시 휴식을 취하려는 듯 고개를 숙이고 있었다. 환자를 바라보는 종우의 눈빛이 빛났다.

"자, 좀 어떠세요."

종우는 환자의 어깨에 부드럽게 손을 올리며 다가섰다.

"우웨!"

그 순산이었다. 갑자기 스프링처럼 몸을 튀어 올린 환자는 순식간에 종우를 쓰러뜨리고 그 위로 뛰어올랐다. 그러면서 두 사람의 모습이 화면에서 사라졌다.

"으아, 왜, 왜 이래? 마르코 씨, 왜 이러는 거요? 왜 이러는 거예요? 저, 저리 가요! 저리가! 으아아아!"

화면은 빈 공간만을 비치고 있는데 종우의 비명 소리가 처참하게 울렸다.

"재, 재민아! 으아, 으아. 재민아, 으, 머, 멈춰야 돼, 멈춰야 돼, 빨리."

공격이 계속되는지 종우의 비명 소리가 이어지면서 종우는 재민에게 무언가를 말해보려 노력하고 있었다. 우리 둘은 모두 어느 새 두 주먹을 불끈 쥐고 있었다.

"7번방, 7번방에, 흑, 아홉 명의 환자가 더 있어. 으. 네, 네가 올 시간에 맞춰 모두 동일하게, 으아, 심폐 소생 주사가, 으, 주입되도록, 되어 있다. 으, 으악! 머, 멈춰야 돼. 실험은 실패야. 악! 지나친 아드레날린 분비가 사람을, 읍! 미치게 하나 봐. 어서 멈추고, 윽, 여길 떠나, 12시 20분에 작동하도록, 읍, 해놨."

종우는 끝내 말을 끝맺지 못했다.

"으으으."

조금 뒤 화면으로 얼굴 하나가 떠올랐다. 재민과 나는 그제야 아까 본 남자의 얼굴이 피 범벅인 이유를 알았다.

"지금 몇 시지?"

재민이의 말에 정신이 돌아왔다. 주변을 둘러보자 벽시계 하나가 보였다.

"12시 18분!"

"7, 7번방이 어디야."

"저쪽이야."

누가 먼저랄 것도 없이 주변 기물 하나씩을 들었다.

드르륵.

"우와! 억."

아니나 다를까 놈은 문 앞에서 우리를 기다리고 있었다. 종우로 인한 분노 때문인지 재민이 힘차게 놈의 머리통을 날렸다.

"이쪽이야!"

내가 복도로 내달리며 소리쳤다. 랜턴 불빛이 미친 듯이 날뛰는 속으로 우리는 몸을 날렸다.

드르륵.

"아차!"

아무것도 없었다. 기억이 잘못된 것인가? 너무 오래된 일이기도 하다. 어쩌면 그사이 방이 바뀌었는지도 모른다.

"우어어어어."

"우웨에에."

올바른 방이 어딘지는 금방 알 수 있었다. 우리 바로 뒤에서 여러 괴물들의 신음 소리가 들려왔기 때문이었다.

"문, 문을 막아!"

내가 소리쳤고 재민이가 몸을 날렸다.

"문만 막으면 놈들을 막을 수 있어!"

니도 합류하여 힘을 합쳤다.

"으악."

그러나 그것은 두 사람의 소박한 희망사항일 뿐이었다. 우리는 엄청난 힘에 밀려 문과 함께 뒤로 날아갔다.

"우웨에에에."

눈이 풀린 살아난 시체들이 줄지어 문을 나서고 있었나.

"뛰어!"

재민과 나는 뒤도 돌아볼 것 없이 미친 듯이 수술 방으로 뛰었다.

"마르코인지 뭔지 하는 놈이 있잖아."

"쟤네들 보단 낳겠지."

랜턴으로 수술방의 문을 비추자 절뚝거리는 마르코가 문 앞에서 우리를 기다리고 있었다.

"에잇!"

엉겁결에 내가 마르코의 가슴팍을 발로 찼다.

"우워!"

마르코가 뒤로 밀리며 옆 벽 쪽으로 쓰러졌다.

"문을 잠가!"

드르륵.

재민이가 문을 닫은 후 잽싸게 관건 장치를 내렸다.

"뭐든 문을 막자!"

우리는 책상과 철제 캐비닛 등, 보이는 대로 문 앞에 쌓아 올렸다.

"우와와!"

"어우!"

놈들이 한꺼번에 문을 미는 바람에 다시 몸이 밀렸다.

"자 여기!"

재민이가 제법 무거워 보이는 침대를 끌고 왔고 우리는 그것을 문 쪽으로 엎어버렸다. 몇 차례 흔들림이 있었지만 이제 문은 쉽게 열리지 않을 것 같았다.

"서, 성민아!"

"왜?"

"종우."

침대가 치워지자 자리에 쓰러진 종우가 나타났던 것이었다. 막상 명을 달리한 친구의 모습을 직접 보니 저절로 고개가 숙여졌다.

우리는 깨끗해 보이는 이불을 찾아 종우를 덮어주었다. 잠시 고개를 숙이고 추도의 시간도 가졌다. 그제야 벽에 등을 기대고 앉아 숨을 돌릴 수 여유를 가질 수 있었다.

"일단 놈들을 막긴 했는데 이따 나갈 일이 문제다."

"우워워, 우워워."

가끔 발악을 하는 듯한 놈들의 소리가 문밖에서 울렸다.

"그러게. 여섯 시에 못 나가면 또 밤 열두 시까지 기다려야 하는데. 그나저나 저놈들 대체 왜 우리한테 덤비는 거지?"

"종우 말대로일 거야. 심장에 가해지는 자극을 키우기 위해 아드레날린 분비를 극대화했는데, 그게 다시 정상 수준으로 돌아오지 않나 봐. 그리고 과다한 분비가 뇌를 손상시켰을 수도 있고. 지적 수준은 떨어지면서 공격적인 본능만 남게 된 거지."

"나 원, 좀비가 따로 없구먼."

"좀비는 좀비지. 원래 좀비라는 게 서양인들이 노예무역을 할 때 노예를 약탈하기 위해 강항 향정신성 물질을 먹여 가사상태에 빠뜨린 다음 묘지에 묻었다가 밤에 다시 파내서 데려갔다는 설에서 비롯된 것이거든. 그 후 좀비란 죽었다가 다시 살아난 괴물 같은 존재를 통칭하게 된 것이니까. 서양인들이 좀비 이야기를 그토록 반복하면서 두려움의 대상으로 삼는 것은 그런 내면에 깔린 원죄의식이 있어서인 것이고."

"그렇구먼. 어쨌든 영화에나 나올 법한 저런 좀비들에게 진짜 갇히게 되다니, 대체."
재민도 나도 잠시 할 말을 잃었다.
"아, 그렇지!"
갑자기 추억 속의 무엇인가가 떠올랐다.
"뭔데?"
"너 배고프냐?"
"그럼. 아까 점심 이후로 제대로 먹은 게 없잖냐."
"어디 한 번 찾아볼까?"
나는 수술 방 한 귀퉁이로 가서 바닥을 조심스럽게 두드렸다.
"뭐 해?"
"그런 게 있어."
사는 게 전쟁 같던 인턴 시절, 규모는 작기만 한 병원에 환자는 넘쳐 났다. 게다가 인간성 더러운 선배 하나가 후배들을 붙잡아 두고 밖에 잘 나갈 수조차 없게 했다.
"여기 있다!"
그럴 때마다 수술 방은 유일한 해방구였다. 수술 방에 들어가 있으면 누구도 터치하는 사람이 없었기 때문이었다. 한 동기가 아이디어를 내 과자며, 사발면이며 간식거리들을 사서 비축하기 시작했다. 선배의 눈을 피할 기막힌 장소를 알려준 것은 가장 나이가 많던 수간호사였다. 그리고 갑작스레, 당시 근무하던 인턴들은 1년 만에 모두 근무지를 옮겼다.

"이야, 이게 뭐야? 왜 여기 이런 게 있어."
　재민과 나는 배가 부르도록 과자와 음료를 먹었다. 알코올램프를 켜고 물을 끓여 사발면도 먹었다. 유통기한이 몇 년은 지난 것들이지만 상관없었다. 따뜻한 국물이 몸을 덥혀주자 더 부러울 것이 없었다. 두런두런 어려웠던 시절의 이야기를 나누는 동안 시간이 어떻게 가는 줄도 몰랐다. 가끔 종우 얘기가 나올 때마다 잠시 말을 잇지 못했지만 말이다.
　"다섯 시가 넘었다. 어떻게 나가지? 놈들이 문 앞에 죽치고 있으니."
　"미끼를 써야 할 것 같아."
　"미끼?"
　"그래. 아까부터 천정에서 나는 소리 들었어?"
　"뭐? 아, 그 바닥 긁는 소리. 그거 고양이가 그러는 거 아니야?"
　"맞을 거야. 저 좀비들, 우선 식욕에 의해서 움직이는 것 같아. 아까 종우도 그렇고."
　"음."
　"고양이를 잡아서 미끼로 던져 주면 잠시라도 시선을 돌릴 수 있어. 그리곤 뛰는 거지."
　"근데 고양일 어떻게 잡아. 좀 빨라야지."
　"이러면 될 것 같아. 저기 환풍구 보이지."
　"그래."
　"거기에 과자를 두고 고양이가 먹으러 오면 이렇게, 줄을 연결해서 환풍구를 떨어뜨려 잡는 거야."

"그래, 선택의 여지가 없다. 해보자."

재민이와 나는 책상을 놓고 올라가 환풍구에 과자를 올려두고 내려왔다. 그리고는 환풍구에 연결한 줄을 잡고 구석 쪽에 가서 조용히 앉았다.

꽤 시간이 흘렀다.

"빨리 미끼를 물어야 할 텐데."

재민이가 시계를 보면서 걱정스런 눈빛으로 말했다.

툭.

그 순간 환풍구가 살짝 움직였고 나는 재빨리 줄을 잡아 당겼다.

―이야옹.

과자와 고양이가 동시에 떨어졌다.

"재민아!"

재민이가 뛰어가 고양이를 끌어안았고 누가 먼저랄 것도 없이 시계로 눈이 갔다. 10분이 채 남지 않았다.

"자, 문을 열고 고양이를 반대편으로 던진 다음 뛰는 거다."

"응."

재민이가 차마 말이 나오지 않는지 고개를 연신 끄덕였다.

덜컹, 드드륵.

"에잇!"

"우웨에에."

"우우우아."

문이 열리자 문 앞에 기대고 있던 좀비들이 와르르 넘어졌다. 재민이가 고양이를 그 위로 던졌다. 마침 고양이는 반대편 쪽 방으로 들어갔고 잠시 뒤 몸을 일으킨 좀비들은 고양이가 던져진 쪽으로 몸을 움직였다.

"지금이야!"

재민이와 나도 달렸다. 긴 복도는 끝없이 길게만 느껴졌다.

"자, 잠깐만."

심장이 터질 것만 같았다.

"잠깐만 쉬자, 재민아!"

"그래."

뒤에서 별다른 소리가 들리지 않자 우리는 급한 숨을 몰아쉬며 잠시 벽에 기대 쉬었다. 몇 차례 숨을 내쉬고는 랜턴을 들어 수술 방 쪽으로 비췄다.

"우워어어."

"우웨에에."

고양이는 다 먹어 치운 것인가, 놈들이 막 문밖으로 뛰어나와 우리 쪽을 향하고 있었다.

"에잇, 제기랄. 뛰어!"

재민과 나는 또 다시 뒤도 돌아보지 않고 뛰었다.

"어이쿠."

그때 재민이가 어둠 속에서 앞에 있던 기물을 보지 못해 무엇인가에 걸려 넘어졌다.

"재, 재민아, 일어나! 빨리!"

재민이를 일으켜 세우려 했지만 넘어질 때의 충격이 컸는지 재민이는 몸을 잘 가누지 못했다.
"재민아, 어서! 서둘러야 돼!"
재민이를 채근하며 다시 랜턴을 비췄을 때 이미 거리는 절반 이상 좁혀져 있었다. 반대편을 비추자 창고로 통하는 문이 10여 미터 앞에 보였다.
"에잇."
나는 랜턴을 들고 좀비들을 향해 뛰다가 간호사실 문을 열고 들어갔다.
"우웨에에."
렌턴 빛을 밖으로 비추니 아니나 다를까 좀비들이 안으로 들이닥쳤다.
"저리 가! 이 새끼들아!"
간호사 실은 안으로 넓었다. 나는 안쪽 공간으로 놈들을 유도하며 닥치는 대로 기물들을 쓰러뜨려 놈들이 나에게 접근하지 못하게 했다.
"우웨에."
덩치가 좋아 보이는 놈이 내게 덤벼들었다.
퍽.
나는 얼굴을 보기 좋게 내리찍고는 놈이 잠시 주춤하는 사이 공간을 돌아 문밖으로 나왔다.
드르륵.
간호사실 문을 닫았다. 그렇지만 미닫이문이 얼마나 버텨줄지는 몰랐다.

"재민아!"

재민이를 비추니 녀석이 정신을 차리고 일어서고 있었다.

"빨리 가자."

재민이와 나는 창고에 도착해 창고 문도 굳게 닫아버렸다. 때마침 아저씨가 오셨는지 돌계단 위로 불빛이 새어 나오고 있었다. 둘은 한 걸음에 계단을 뛰어올랐다.

철문을 닫아 잠그고 재민과 나는 자리에 주저앉아 급한 숨을 몰아쉬었다. 상쾌한 새벽 공기가 폐 속 깊숙이 파고들었다.

"아니 뭔 일 있었나? 뭘 그리들 급히 나와?"

그런 모습을 아저씨는 의아한 듯 바라보고 있었다.

"아, 예, 예, 조금."

둘은 제대로 대답도 못하고 고개를 숙인 채 계속 숨을 몰아쉬었다.

겨우 숨을 고른 뒤 고개를 들어 건물 사이로 떠오르는 태양을 바라보았다. 그러나 거기에는 어떠한 희망도, 벅차오름도 없었다. 어금니 빠진 자리가 뻐근하게 저려오면서 세상에 대한 기억들이 하나둘씩 떠올랐기 때문이다.

악마 같은 좀비들을 피해 세상에 나왔지만 여기에는 사랑하는 사람도, 그들과 누려야 할 행복도 없었다. 오직 사랑하는 사람들이 고통받는 모습을 지켜봐야만 하고, 사랑하는 사람들에게 고통을 줘야만 하는 지옥 같은 세상이 있을 뿐이다.

"아, 아저씨."

떨리는 목소리로 신관으로 돌아가고 있는 아저씨를 다시 불렀다.

"응? 아니 왜?"

"저 문, 다시 한 번 열어주시겠어요?"

"뭐? 방금 나왔는데 다시 들어가려고?"

"예."

잠시 머뭇거리다 결국 대답했다.

"허 참, 희한하네. 그 어둔데 뭐 볼 게 그리 많다고 그래. 하여튼 알겠네."

"그리고 아저씨. 이따 밤에 문 열었을 때 아무도 안나오면 그냥 다시 잠그고 가시면 돼요."

"뭐? 그건 또 뭔 소리여? 그럼 어떻게 하려고. 아예 거기서 살게?"

"아, 아니에요. 종우가 아마 따로 열쇠를 마련하고 다른 사람에게 맡겨두었다나 봐요. 아저씨 자꾸 귀찮게 해드리는 게 죄송하다고."

그제야 재민이도 내 뜻을 알아차렸는지 나를 거들었다.

"어, 그래? 그래도 열쇠가 또 있다는 걸 알면 위에서 난리가 날 텐데. 글쎄 그러지 말라니까, 참. 여튼 알아서들 하라고. 난 갈 테니깐."

"예, 감사합니다."

멀어지는 아저씨의 뒷모습을 보면서 세상이 우리에게서 떠나가는 것을 보았다. 바깥세상보다는 차라리 안이 낫다는 생각에는 변함이 없었다. 재민과 나는 손을 잡았다. 그리고 문을 열었다.

2011년 서울. 지금 이곳은 좀비보다 무섭다.

「ZOMBIE, 2011 in Seoul」 END.

그녀는 알고 있다

손선영
2008년 「제비둥지 섬의 살인」으로 계간 《미스터리》 신인상 당선. 장편 「합작」, 단편 「누가 내 라면을 먹었는가」, 「서명합니다」 등을 발표.

그녀는 알고 있다. 한겨레신문 오늘자 사회면에 실린 살인 피해자의 이름을.

그녀는 가만히 눈을 감고 토스터의 타이머가 멈추기를 기다린다. 뭉크의 절규와 같은 소리없는 침묵. 보이나 들리지 않는.

결혼 생활만큼 햇수를 더한 식탁 의자에서 그녀를 쳐다본다. 외면. 타이머의 부저와 함께 고개를 드는 식빵에 시선이 모였다 뭉그러진다. 말없이 내미는 접시. 적당히 구워진 토스트가 침묵의 결정체인 양 내 앞에 이 단으로 쌓였다. 사과잼 뚜껑을 열려다 신문을 그녀에게 내민다. 그러나 그녀는 모른 체한다.

수많은 유령 같은 언어가 눈빛과 몸짓 사이에서 모였다 부스러지기를 수차례, 그녀가 샤넬 숄더백을 집어 들고 등을 보인다. 대치는 그렇게 끝이 난다. 소금기 없는 잼처럼 싱겁게. 그러나 잼처럼 달콤하지 않은 끝 맛으로.
 그녀는 멀어졌다. 결혼 십일 년 만에. 연애와 결혼의 다른 점을 교과서로 가르쳐 주었다면 오히려 소설을 쓰는 내게 지침서가 되었을 테다. 붉고 강렬한 케첩이 점차 바닥을 드러내면 결국 누를 때마다 남는 것은 피식거리는 바람 소리뿐이라는 걸, 그 즈음이면 결혼도 빛깔을 잃어 닳아진다는 걸 소설로는 알 수 없었다. 그녀가 현관을 나설 때 스카프로 목을 가렸다는 사실을 그제야 알았다. 인생도, 그녀도, 차마 알 수 없게만 변해간다.
 윈도우의 시작음이 나를 깨우기까지 서재 컴퓨터에 앉았다는 사실을 인지하지 못했다. 이제 시간의 대부분을 습관이 지배한다. 그녀를 대면하는 것마저도. 모니터 사이, 내가 끼워두지 않았던, 그녀의 일기장이 보인다. 이제 지옥과 같아져 버린.
 그녀와 몸을 나눈, 그녀의 눈가에 네 개쯤 주름이 보이지 않았던 스물세 살 생일의 다음날, 그녀가 내게 내민 것은 일기장이었다. 이미 절반 이상 활자로 들어차 있었다. 아쉬운 작별 뒤로 자취방에 틀어박혀 그것을 읽었다. 현대 시문학 강의를 듣던 중 나는 오른 대각선 앞자리에 앉은 그녀의 왼팔에 포스트잇을 붙였다. '커피 한 잔 하죠'라고 적힌. 김소월의 '팔베개 노래조'를 목청 돋워 설명하던 강사가 잠시 고개를 숙이자 '무슨 커피'라는 노란 종이가 되돌아왔다. '자판기'라고 꾹꾹 눌러쓴 종이는 '싫어요'라는 말로 변했다. '캐러멜 마끼야또'라는 생소한 글자가 되기까지 두 번 더 강사의 눈치를 보아야 했다. 일기장은 그날부터 시작된 그녀와 나의 소소한 일상이 델 것 같은 사랑으로 변한 육 개월을 기록해 놓은 것이었다. '남은 빈 곳을 채워줘'라고 적힌 마지막 글씨. 손에 잡힌 일기장은 사랑이었다. 구체적으로 변한 행복이었다. 나는 그것을 채웠다. 사랑이라고 믿으며.

모니터 사이에 낀 일기장을 보자 사랑이 아닌 한숨이 끼어든다. 소설을 쓰는 나보다 기록하는 것을 좋아하는 그녀. 감정을 담지 않으려 모니터로 시선을 고정하지만 증오가 가래처럼 들러붙는다. 보이지 않는 곳에 저것을 던져 버리고 싶지만 손을 대는 것도 이제 싫어졌다. 사랑은 십일 년 만에 증오로 변했다. 그러나 오늘자 신문으로 증오마저 끝이다. 그녀가 부추기지만 않는다면. 창문을 열고 증오를 내뱉고 싶다. 기침으로 가래를 떼어내듯, 그렇게.

휙, 바람 한 점이 머리를 건드린다. 아래에서 불어왔는지 13층을 향해 머리카락이 잠시 떠오른다. 아직 찬 기운을 떨쳐 내지 못한 삼월의 기운에 쿡, 기침이 터진다. 그러나 증오는 떨어지지 않는다. 12층에서 내려다본 아래에 사람들이 움직인다. 조금 큰 개미만큼 분주히, 그러나 열을 맞추지 않은 채 각자의 사탕을 향해.

그들도 일기를 쓸까. 아니라면 상대의 목을 죄는 무언가가 있을까.

생각이 눈을 돌리자 개미의 움직임과 아파트 경계 사이에서 검은색 BMW M5가 보인다. 그녀처럼 멀리서도 알아볼 수 있는 그녀의 차. 출근하지 않은 것일까.

삼월에 곤해진 피부가 소름을 드러낸다. 창문을 닫자 그녀의 차도 사라진다. 모서리를 장식한 기역자 책상에 앉는다. 네이버를 열고 메일을 확인한다. 그러나 글자가 말하는 의지를 알아차릴 수 없다. 출근하지 않았다면 그녀는 어디로 간 것일까. 부르르 아랫도리가 떨린다. 내 의지가 아닌 타인의 의지가 기계에 전해진다. 폴더를 열자 주부만세의 편집장이 영상통화로 뭐야, 하고 큰소리를 낸다. 메일함을 다시 열어 편집장의 이름에 칼처럼 커서를 쿡 찌르고 첨부파일을 보낸다. 퇴고가 안 됐을 거야, 미안. 짧은 내용이지만 프로답지 못한 모습에 괜스레 화가 난다. 그것도 그녀 때문이다.

보란 듯 멈추어선 자동차. 모니터 사이에 낀 일기장. 편집장의 독촉전화. 단면이 모여 내게 클레임을 건다.

답답함에 고개를 돌려 창문을 연다. 담배를 물지만 찬바람에 포기하고 만다. 그러나 그녀만큼은 포기할 수 없다. 보라고 끼워 놓은 일기장에 결국 의지가 승복한다.

그녀의 일기장. 연옥을 넘어선 지옥. 그것을 다시 열고만 박약함. 의지는 잠식되고 정신은 부유한다. 역시 열지 말았어야 했다. 한 번 열어버린 판도라 상자 속에 더 이상 희망은 없다. 그녀는 알고 있다. 내가 그곳에 갇혀 버린 사실을.

지옥의 시작도 일기장이었다. 소설에만 매달려 경제력을 상실한 나는 그것을 베스트셀러라는 로또로 항변했다. 언젠가는 될 거야. 알아, 믿어. 두 문장이 그녀와 나 사이에 반복될수록 그녀의 의지는 약해졌고 믿음 역시 의지와 비례했다. 하지만 그것은 내 의지와 믿음이라는 사실을 깨닫지 못했다. 두서없는 소설처럼 구차하고 비루해지는 나와 달리 사회적 주체로서 그녀는 가히 성공적이었다. 광고회사의 말단이었던 그녀가 칠 년 만에 광고계의 총아처럼 군림하기까지 어떤 일들이 벌어졌는지 나는 알지 못한다. 다만 그녀의 숄더백이 명품으로 바뀔수록 꼬리처럼 들러붙는 남자의 향기를 느꼈을 뿐이다. 그녀가 처음으로 외박을 했던 날 처음으로 그녀의 일기장을 펼쳤다. 부여잡고 싶은 사랑 때문이었는지, 아니라면 불신에 대한 확인을 원했던 것인지 알지 못했다. 그저, 그것이라도 하지 않으면 이빨이 빠져 버린 블록처럼 쌓아 온 무언가가 무너질 것만 같았다. 그즈음 그녀의 믿는다는 말은 내가 말하는 베스트셀러처럼 아무 감흥도, 어떤 변격도 없는 하이쿠와 같았다. 단조로운, 밋밋했던, '믿는다'와 베스트셀러. 그러나 그녀의 일기는 달랐다. 몇 줄 지나지 않아 베토벤으로도 설명할 수 없는 파괴의 교향악으로 변해갔다. 덤덤히 등장했던 남자의 이름이 내 소설조차 묘사하지 못했던 살아 숨 쉬는 듯한 섹스의 모습으로 바뀌자 이내 분노하고 말았다. 남자의 이름은 이재성이었다. 대한그룹 본사의 삼십대 마케팅 총괄부장. 네이버는 그가 명문대를 나와 고속승진 중이라는 필요 없는 설명까지 덧붙였다.

마시지 않던 양주를 꺼냈고, 폭탄을 삼키듯 갈색 액체를 부어 넣었다. 아픈 머리를 흔들며 주방으로 향했을 때는 하루가 지난 오후였다. 탁자 위에는 웬일이야, 하는 노란 포스트잇과 함께 북엇국을 볼 수 있었다.

그래, 까짓것.

모른 척하기로 했다. 가면 하나쯤 쓴다고 세상이 달라지진 않는다. 실수라고 치부하자. 하루에도 얼마나 많은 남자들이 거리에서 맴돌던가. 가장인 그녀를 위해 어쩌면 눈 감아야 할 일이다. 나였다면 더했을지 모르니까. 그렇게 일기를 덮자 분노가 사그라지는 것을 알아차릴 수 있었다.
그래, 그녀의 일기장만은 앞으로도 펼치지 말자. 내 의지는 한동안 결심에 굴복했다.
재작년쯤이었을까. 부쩍 해외 출장이 잦아진 그녀를 기다리다 다시 그것을 건드리고 말았다. 지옥을 불러들이는 헬레이저의 퍼즐상자와 같은 그것. 열지 말아야 했다는 후회는 늦었다. 그리고 의미가 된 그것들이 내 눈에서 영상을 만들었다. 생면부지 타인의 살갗을 내 것처럼 부여잡았을 그녀를 떠올리자 쉽게 세상은 암흑으로 변했다. 부록처럼 따라붙은 술도 함께 내 속으로 빨려들었다. 잊었던 이름 뒤에 하나가 덧붙었다. 미래여행사 사장 김광규. 이재성에 이은 두 번째.
그날 밤, 가장 세상살이를 잘한다는 친구를 불러냈다. 일백만 원 범위 내에서 세상을 보여달라고 하자 녀석은 날개 달린 천사처럼 행동했다. 강남에서 가위질로 일가를 이루었다는 달인의 삼겹살 가게를 소개할 때는 노련한 영업인 같았고, 클럽에서 부킹을 주선할 때는 물 찬 제비 같았다. 육십만 원이 남았다는 사실을 확인하자 주저 없이 선릉역 주변의 룸살롱으로 향했다. 그가 보여준 세상은 그곳에서 정점을 찍었다. 벗고 노는 것에 그치지 않고 성관계까지 시연했다. 그를 관찰하며 망설임 없이 혼란을 접었다. 내가 바깥에서 가장으로 나돌았다면 몇 번의 유혹 앞에 굴복했을 테니까.

'백만 원이 아니라 천만 원이라도 좋아. 그러니 앞으로 사람도 좀 만나고 그래라, 보기 좋아.'

포스트잇이 그녀를 대변했다. 흐뭇하진 않아도 참아줄 수는 있었다. 그러나 지옥의 퍼즐상자 같은 그녀의 일기장에 대해서도 용인한 것은 아니었다. 오히려 철저히 기만했다. 나는 그것을 바탕으로 〈여성 CEO의 사생활〉이란 중편소설을 썼다. 그녀의 이름과 직업은 바꾸었지만 그들마저 바꿀 수는 없었다. 그것은 일종의 경고이기도 했다. 글이 실린 문예지를 건네자 그녀는 고생했네, 라며 오랜만에 외식을 제안했다. 외식은 침대까지 이어졌지만 결국 외면하고 말았다.

그날 밤, 서재 모니디에 비친 내 모습은 셰익스피어였는지 모른다. 수백 수만 번 햄릿을 창조했다.

죽일 것인가!

고민 앞에 침실에서 잠든 그녀를 수십 번 내려다보았다. 살기 위해 택한 그녀의 선택이 죽음에 이른다는 역설 앞에 섹스와 다른 의미로 침대를 외면했다.

백지로 펼쳐진 한글 프로그램 사이에 딸깍 하는 오토도어락 소리가 끼어들었다. 잠을 깨고 거실로 나가자 예의 주방 탁자에는 포스트잇이 있었다.

'서재에서 자는 것 같아서. 소설 잘 읽을게.'

몇몇 문예상에 노미네이트되고 실제 문학상을 탄 여섯 달 동안 그녀는 소설에 대해 언급하지 않았다. 상패와 상금으로 여섯 달 전 외식했던 레스토랑 생 클레어에서 같은 시간, 같은 메뉴를 먹는 동안에도 하마 소설에 대해 무심하기만 했다. 그래도 잊지는 않았던 듯 침실로 들어가며 오늘도 그날처럼 혼자겠네, 하고 그녀는 속삭였을 뿐이다.

나는 그녀가 놓아둔 일기장을 펼치고 말았건만 그녀는 내 소설을 읽지 않았다는 뜻일까. 육 개월이나 지났는데도. 일기장과 소설의 대치, 결론은 나의 굴복이었나.

그날 밤, 수없이 햄릿을 썼다 지우기를 반복했다. 생식능력도 의식에 잠식되고 생존능력조차 사회에 잠식된 비루한 소설가. 그런 나에게 그녀는 라 트라비아타의 비올레타일까. 아니라면 내가 알프레도에 지나지 않을까. 오페라의 장엄한 음악보다 나를 짓누르는 컴퓨터의 팬 소리.

죽이고 싶은……

컴퓨터를 죽이며 그날 밤은 그녀 곁에서 잠들기로 했다. 돈을 던져 모욕했던 알프레도처럼 나는 소설을 던져 그녀를 모욕하지 않았던가. 사죄라도 하듯 그녀를 꼭 보듬었다. 그녀는 잠든 중에도 어미 새에게 파고드는 새끼처럼 내 품을 찾아들었다. 그런 그녀에게서 나는 처음으로 소름이 돋았다. 사랑이 아닌 본능, 어쩌면 그녀는 그런 본능을 따라 둥지를 찾아다닌 새끼 새가 아니었을까.

눈을 감자 본능을 다하지 못한 어미 새는 날아가지 못했다. 저 곳, 저 먼 곳으로. 식은 땀. 날아야 하건만. 몸부림, 그리고 추락.

둥지에서 떨어져 버린 어미 새. 꺾어진 날개는 피투성이 손으로 변했다. 그것은 나였다. 피투성이가 되어 사지가 부서진.

무언가 해야만 한다고 느낀 것은 그로부터 일주일 뒤였다. 그녀의 숨소리가 지워진 서른세 평 아파트가 식어갈 때 그녀는 쇼핑백들을 들고 나타났다. 무심히 그녀와 눈을 맞추자 그녀는 미소를 지을 뿐이었다. 일주일 전 써놓았던 포스트잇에는 유럽 출장이야, 라고만 적혀 있었다. 유럽의 부산물들이 거실에 내려앉자 안도감보다는 한숨이 앞섰다.

날지 못하는 피투성이 새. 사정하지 못하는 남자. 일기장에도 지고 마는 소설. 하마 다하지 못한, 아니, 다할 수 없는. 그녀 앞에서.

그녀를 외면한 채 아파트를 나왔다. 사회성을 잃어가는 내게 집 밖은 미노타우루스의 미궁과 나를 바 없었다. 친구를 부를까 했지만 효용 가치를 잃은 구식 휴대폰일 따름이었다. 아파트 근처인 천호동을 헤매다 한강에 다다랐다. 흐르는 한강 물을 내려다보고 싶어 천호대교를 따라 걸었다. 한동안 강물을 바라보았다. 짙은 남색의 일렁임이 가고 오지 않는 것들을 부추겨 깨웠다. 군살도 주름도 없던 어머니. 짝사랑했던 여자 교생. 반합에 끓이던 라면. 제대 후 처음 보았던 캠퍼스. 후광이 비치던 그녀까지. 그러나 그것들은 강물처럼 가버린 뒤 오지 않을 것이다. 망각이라는 이름으로. 난간을 잡은 채 야, 하고 고함을 질렀다. 그러나 들리지 않았다. 되받아줄 무언가가 없는 탓에 메아리마저 강물에 묻어 흘렀다. 그러다 난간에 적힌 글자들을 보게 되었다. 그녀가 내게 건네는 포스트잇처럼 단면적으로 쓰인 글자들.

'나 여기서 그만 삽니다.', '서른아홉 김** 잘살다 갑니다.', '신발을 벗어두어 미안합니다.'

그날 밤, 나는 그곳에 신발을 벗어두었다. 그러나 미안하지 않았다. 택시를 타고 집으로 돌아오며 그녀를 생각했다. 오랜만에 섹스가 생각나는 밤이었다.

현관에 들어서자 자동 점멸등이 나를 반겼다. 그림자를 잔뜩 묻힌 그녀의 샤넬 숄더백이 거실 소파 위에 헤벌어져 있었다. 그 안으로 보이는 그녀의 일기장. 멈칫거리는 사이 현관 등이 꺼졌다. 움직일 것인가. 아니라면 저것과 대치할 것인가. 이대로 암흑 속에서 악마의 퍼즐상자와 날이 새기를 기다린다면. 그러나 그것은 오래가지 않았다. 내가 한숨을 내쉬며 어깨를 들척인 순간 현관 등이 점등되었기 때문이다. 그 순간, 웃으며 나를 기다린 듯한 일기장의 모습이 둔각의 그림자와 맞물려 있었다. 멸등과 점등, 섹스가 의미를 잃어버린 그 두 번의 시간 사이 나는 숄더백에서 일기장을 꺼내고 말았다.

대기업 수주를 받을 정도의 규모가 아닌 회사 크기 탓에 그녀는 KH건설의 광고 입찰에 밀착 마케팅을 시도했다. 모든 인연과 연줄을 동원해 개인별로 만났다. 그러던 중, 은밀하게 유럽 여행을 제안한 KH건설회사의 대표 박상진의 뻔뻔함에 나는 끙 탄식이 터졌다. 그는 그녀를 '호건과 사라'에 등장하는 설리 맥클레인의 전성기와 비교했다고 한다. 일기장과 함께 서재로 돌아온 나는 셜리 맥클레인의 전성기 사진을 검색했다. 미소가 닮았다. 무언가를 담은 듯, 그러나 말하지 않는. 확실히 닮았다. 그녀는 유럽에서 그와 함께 여덟 번의 섹스를 나누었다고 묘사했다. 젖어들게 만드는 그의 마력에 잠시나마 흔들렸다는 내용과 함께 사업이 아닌 사랑이 될 뻔한 절묘한 섹스가 마음에 들었다는 것까지 써놓았다.

소설 같은.

이런 순간, 오히려 냉정해지는 나 자신에게 화가 치밀었다.

'몇 년만 참으면 남편과 행복한 노후를 누릴 수 있다.'

그녀는 한국으로 돌아오는 비행기 안에서 적은 마지막 글로 유럽에서 구입한 일기장 열두 페이지를 끝냈다.

몇 년만 참다니! 나의 묵인인가, 아니라면 그녀의 기만인가. 그러나 더는 내가 참을 수 없었다. 이제 행동해야 할 때다. 그렇지만 에둘러 가기로 했다. 그녀가 아닌 그들에게. 대한그룹 마케팅부장 이재성, 미래여행사 사장 김광규, KH건설사 대표 박상진에게. 결국 그녀는 내 경고를 알게 될 것이다.

여독이 풀리지 않았을 그녀를 깨우기 싫어 탁자 위에 포스트잇으로 '이제 그만 일하면 안 돼?' 하고 썼다.

공복을 느끼고 늦은 아침을 위해 눈을 떴을 때 탁자 위에는 '삼 년만 참자. 당신 소설 그만두고 일할 수 있어?' 하고 되물은 쪽지가 보였다. 완곡한 거절이다. 그녀 말처럼 삼 년을 참은 뒤 결단을 내린다? 아니, 그러기에는 너무 늦다. 나는 하루하루 인내심이 메마르며 파삭파삭 죽어가고 말 것이다. 성경의 한 구절처럼 때가 이른 것이다, 심판의 때가.

　나는 대한그룹 마케팅부장인 이재성을 관찰했다. 서툴렀던 탓에 출근하는 그를 놓치는 것은 빈번했다. 내가 사회생활이 서툴렀고, 그의 생활 반경을 알지 못하는 탓에 모든 것이 생경했다. 그가 다니는 멤버십 바, 스카이라운지 레스토랑, 영어 이니셜 J만이 적힌 룸살롱까지. 그러나 두 주일 만에 그에 관한 대부분을 파악하고 기록할 수 있었다. 소설을 쓰면서도 몰랐던 일이다. 인간의 관계란 게 결국 거기서 거기였다. 그리고 그녀의 일기장을 참고했다. 이재성은 어떤 인간인가, 라는 심리와 내면적인 것들을 그녀는 잘 포착해서 기록했다. 약간은 소심하며 능동적이라기보다 수동적인 채 고생 없이 살아왔다는 내용, 그것을 읽으며 그가 폭력에 약할 것 같다는 인상을 받았다.

　결단은 빠를수록 좋고 주저하지 않을수록 빛난다던 어느 인문서의 문구가 생각났다. 나는 그에게 폭력을 사용하기로 했다. 그렇다고 물리적인 폭력을 말하는 것은 아니다. 소위 장돌뱅이처럼 굴러먹지 못한 인간들은 오히려 정신적인 폭력에 약한 법이다. 그를 관찰한 지 칠 주째에 접어든 토요일, 결단을 감행했다. 그는 부산 해운대의 한 콘도에서 마케팅 관련 세미나에 참석하고 있었다. 그날 밤, 콘도 옆 바에서 양주를 마신 그는 12시가 넘어서야 7층 콘도로 돌아왔다. 그를 뒤따르던 내가 그녀의 이름을 끙끙거리며 말하자 문은 쉽게 열렸다. 나는 그의 얼굴을 애써 외면했다. 망각에라도 남을 잔재를 두고 싶지 않았다. 무릎을 꿇은 그는 남자 대 남자로 한 번만 용서해 달라고 했다. 고개를 끄덕인 나는 대신 제안을 했다. 내가 부르는 대로 써달라는 부탁이었다. 나 역시 상기되었다. 목소리가 떨리며 새나왔다. 많은 불륜을 저질러서 미안합니다. 그들 모두의 남편에게 사죄합니다. 그는 정신적인 폭력 앞에 주체하지 못하며 눈물을 흘렸다. 얼마 간 시간이 흐른 뒤 그는 당신이 이러면 안 되잖아, 미안해 라고 말했다. 내가 나타나지 않았다면 미안한 생각조차 없었을 수동적인 인간이. 그는 나를 보며 수동적인 미안함이 생겨났던 것에 지나지 않았다. 담배 한 대 하자며 그를 베란다로 내보냈다. 잠시 내게 눈길을 주던 그는 바다로 눈길을 돌렸다. 그때 나는 그의 뒷다리를 붙잡아 들었다. 사십대 가장의 몸은 생각보다 가볍게 베란다 너머로 사라졌다. 짧은 찰나였다. 비명 소리조차 없었다. 둔탁한 파열음이 일 초가 되지 않아 들려왔다. 몸을 숨긴 나에게 약 이삼 분의 시간이 주어졌을 것이다. 내가 호텔 안에서 건드린 것이 있었던가. 그것을 확인한 뒤 나는 그가 썼던 글을 콘도 탁자 위에 놓았다. 그 순간, 그가 사라진 베란다에서 십일월의 찬바람이 커튼을 스쳐 펄럭거렸다. 바람에 눈길을 주자 오히려 저 멀리 바다에 비친 몇몇 배의 점등이 그것을 대신했다. 아무도 없는 베란다 바깥이 아름다웠다. 재떨이로 유서를 눌러두는 마지막 작업이 끝나자 알 수 없는 희열이 느껴졌다.

좋은 것도 좋지 않은 것도 아닌, 목적과 이유를 알 수 없는 희열에 괜스레 숙연해졌다. 그냥 하나를 끝냈다는 먼지 하나가 어깨에서 털어졌을 뿐이었다.

죽음은 대대적으로 보도될 줄 알았다. 기대와 달리 며칠이 지나도록 그의 죽음은 보도되지 않았다. 그가 죽은 이틀 후 사회면 부고란에 한자로 적힌 그의 이름 석 자를 확인했을 따름이었다.

나는 그녀가 볼 수 있도록 부고란 그의 이름 아래에 볼펜을 놓아두었다. 그녀가 그것을 알아차릴까. 토스트를 굽고 수프를 만들자 신기한 듯 그녀가 바라보았다. 탁자에 앉은 그녀의 눈길이 볼펜과 신문 사이 어디쯤에서 방황하고 있기를 기도했다. 끓인 수프를 들고 돌아서자 그녀는 신문을 뒤로 덮었다. 나는 다시 그것을 되돌려 수프 깔개로 사용했다. 그녀가 숟가락을 들 때마다 부고란이 보이도록 위치한 채.

잔인했는가. 알아차렸는가. 당신은 어떻게 생각하는가.

수프를 한 숟갈씩 뜰 때마다 그녀에게 눈으로 물었다. 그러나 그녀는 어떤 대답도 없었다. 대신 조금 어색한 반달 모양의 눈짓으로 내게 미소를 보냈다. 부고란 이름 석 자보다 노란 수프가 잘 보인다는 듯. 그래서 너무 고맙다는 듯.

이상하게도 그다음 일주일은 어떤 사념도 없이 창작에 매진할 수 있었다. 그렇고 그런 부인의 불륜에 역정이 난 남편이 부인을 액살한다는 내용이었다. 영화나 소설처럼 칼도, 그렇다고 야구방망이나 총조차 사용되지 않는 죽음은 그저 밋밋하기만 했다. 소설 역시 밋밋해졌다. 그러나 죽음에는 굳이 그런 것이 필요하지 않다는 사실을 내 손으로 확인했다. 그러고 보면 밋밋한 것은 소설이 아니라 감정이었다. '끝'이라는 단어를 써넣은 뒤 그 소설을 삭제했다. 어차피 쓰레기 같은 글이었으니까. 그러나 기다릴 수 없었다. 미래여행사 사장 김광규, 그가 버젓이 숨 쉬고 있다. 그녀가 그를 기억한다면 그가 그녀를 기억하지 못하게 하는 수밖에 없다. 말하지 않는 기억은 망각이나 다름없으므로. 그리고 그녀가 말하지 않는다면 그가 말하게 하는 것밖에 도리가 없다.

여행사 사장인 김광규는 직업처럼 다이내믹했다. 좀체 그의 인생을 몇 줄의 기록으로 도식화하기가 쉽지 않았다. 임계점에 다다른 분자처럼 어딘가를 끊임없이 뛰어다니는 듯한 그를 보며 폭력이 먹히지 않을 거라고 결론 내릴 수 있었다. 그렇다면 임기응변적으로 짧은 틈새를 노릴 수밖에 없다는 뜻인가. 일주일 만이었다.

아침형 인간을 신봉하는지 그는 일곱 시면 회사로 출근했다. 대신 여섯 시면 칼 퇴근. 그런 뒤 피트니스 센터에 들렀다. 그러나 그것도 일주일에 두세 번뿐, 보통 2박 3일의 일정으로 여행을 떠나곤 했던 것이다. 때론 가이드로, 때론 예약 취소된 회사 매출을 위해 자비를 들인 여행으로.

찬바람이 오리털 점퍼를 밀고 들어왔던 일월의 하순, 나는 무작정 그를 뒤따르고 있었다. 그때 나는 그의 차종과 똑같은 검은색 에쿠스 2007년 식을 렌트해 동해안 국도를 내달리고 있었다. 다행이라면 일반적인 사람들이 이런 미행이나 노출에 매우 둔감하다는 사실이었다. 하지만 딱 한 번 그가 나를 응시한 순간은 아찔했다. 마치 나를 아는 듯, 아니, 정말 귀찮다는 듯 인상을 찌푸린 탓이었다. 그 뒤로 줄곧 그를 차로 미행했다.

지금도 그것이 기회였다고 생각하지는 않는다. 그냥 우발적이었을 뿐이다. 동해안 칠 번 국도를 따라 하조대 근처에 이르렀던 것 같다. 대시보드에 깜빡이는 시간은 11시 36분. 나는 오른쪽 아래가 낭떠러지라는 사실을 인지하자 주저 없이 액셀러레이터를 꾹 밟았다. 물론 도로가 왼쪽으로 굽어진다는 것에도 착안한 결정이었다. 차는 굉음을 냈다. 렌터카에 설치된 블랙박스는 잠시 꺼두었다. 그런 조합이 맞아떨어지며 김광규가 몰던 에쿠스 승용차는 중심을 잃고 가드레일을 들이받았다. 팔십 킬로미터가 넘는 속도로 운전하는 자동차에게 철판 가드레일은 그저 종이 쪼가리에 불과하다는 사실을 눈으로 확인했다. 그러나 그에게 그녀를 말하게 하지는 못했다. 어쩌면 그는 차가 낭떠러지로 굴러 눈앞에 이른 죽음을 체험하는 종국까지 생각할 겨를도 없었을 것이다. 그런 그에게 이재성처럼 그녀와 나눈 섹스에 대한 확인절차는 사치였는지도 모른다.

　블랙박스를 켜고 한 시간을 더 달렸다. 서울에 미치지 못한 양평 인근에서 나는 어어, 브레이크가, 하는 말을 덧붙이며 앞차를 들이받았다.

　나는 타인에게 기쁜 마음으로 몸을 굽실거렸다. 그런 기분은 태어나 처음이었다. 조수석 여인은 끝내 내리지 않았다. 운전석에서 내린 남자는 역시 미덥지 못한 드라이버였던 듯 얼른 사고 합의를 하자고 했다.

　다음날, 내 어깨와 목 부근은 통나무 하나를 얹어놓은 듯했다. 그러나 기쁜 마음은 쉽게 사그라지지 않았다. 신문 사회면에 여행사 사장 김씨의 죽음이 졸음운전으로 활자화되어 있던 탓이었다.

이 개월 전 그날처럼 나는 신문에 볼펜을 두었다. 이번에는 부고란이 아니라 사회면이었다. 기뻤다. 내가 한 일이야, 이거. 그녀가 알아주겠지. 토스트를 굽고 수프를 끓였다. 이번에는 양파와 당근도 썰어 넣었다. 그들의 목을 치는 심정으로 칼을 내리쳤다. 소리가 날 정도로 수프를 떠먹던 그녀는, 그러나 신문에 눈길조차 주지 않았다. 내가 이룬 것인데. 그 순간 날아갈 것 같던 기분이 땅으로 주저앉았다.

그래, 두고 보자.

나는 남은 수프와 토스트를 음식물 쓰레기통에 부어넣으며 마지막 결심을 굳혔다. 이번에는 타살로 마무리하자. 결국 찾아낼 수 없는 미결 사건으로.

이재성과 김광규에게 덕칠 죽음을 준비하며 내가 주목한 것은 변사자였다. 한 해, 대한민국에는 삼만 명에 조금 못 미치는 변사사건이 발생한다. 죽음도 가지각색, 누군가는 바다를 떠돌다 해안가로 밀려오기도 하고, 누군가는 토막사체가 된다. 누군가는 절벽 낭떠러지에서 삶을 마감하기도 하며 화장실에서 큰일을 보다 자신의 혈압을 이기지 못해 사망하기도 한다. 심지어 차가운 산에서 뜨거운 국물을 마시려고 후후, 불어대다 사망한 사람까지 있었다. 그런 그들이 며칠이 지나 발견될 때, 또는 죽음에 대한 원인이 명확하지 않을 때 그들을 변사자로 처리한다. 그들 삼만 명 중 절반에 가까운 상당수는 자살로 처리된다. 외적요인이니 내적 사망요인이니 하는 법의학적 정의를 떠나 그들이 죽음에 이른 실체적인 요인이 무엇인가를 밝힐 수 없기 때문이다. 아니, 그것을 밝힐 인력과 시간이 없기 때문이다. 경찰은 그들에게 자살이라는 사망확인서를 발부한다. 그리고 유족의 저항에도 상관없이 공권력의 폭행이 되어 그의 호적은 말소된다. 내가 이재성과 김광규에게 노린 것도 그것이었다. 짧은 유서 같은 문구, 그리고 칠 층에서 떨어져 내린 죽음, 112신고를 받거나 119구급대의 호출로 출동한 경찰은 그 죽음을 밝힐 원천적인 판단근거가 부족하다. 드라마 속 CSI는 드라마 속 CSI일 뿐이니까. 영화 속 슈퍼맨이 영화 속에서만 존재하듯. 김광규의 죽음도 마찬가지였다. 오 미터의 낭떠러지에서 추락해도 대부분 사망하는 것이 교통사고다. 나는 글을 쓰며 내재된 내 안의 지식으로 삼십 미터가 넘는 낭떠러지라고 판단한 순간, 생각은 우발적 행동으로 발현했다. 결국 우발(偶發)이라는, 우연에 따른 행동도, 인간이 가진 뇌의 바운더리 안에서만 작용하는 행동기제였던 셈이다. 그리고 그것은 신문 사회면이 졸음운전이라는 정의를 내렸다. 그것이면 되지 않는가. 그러나 이번만큼은 그녀가 확실히 인지해야 했다. 그것은 내가 애초 생각했던 그녀에 대한 경고와 맞물린다. 그녀는 나의 경고를 여전히 모르거나 무시하고 있다. 그래서는 안 된다.

　이번에는 잡문을 쓰는 일 따위는 하지 않은 채 곧바로 박상진에 대한 작업에 착수했다. 먼저 증권사를 돌며 KH건설에 대한 공시자료를 입수했다. 대학 동기는 KH건설 역시 여느 건설사들처럼 구리게 시작한 곳이라고 덧붙였다. 그것은 조직폭력이나 세금 포탈, 뇌물공여와 하도급 비리 등 거의 전반적인 건설회사의 부정을 담고 있었다.

박상진에 대해서도 함께 조사를 병행했다. 그러나 그를 뒤따르거나 캐내는 것은 쉽지 않았다. 늘 경호원이 함께했고, 외부에 노출되는 일이 없었다. 그제야 느낀 것은 많은 죄를 저지른 범죄자일수록 또 큰 죄를 저지른 범죄자일수록 많은 담을 쌓고 산다는 것이었다. 그것이 두려움인지, 아니라면 그 자신을 위한 정의나 구실인지 나는 알지 못한다. 그렇지만 그에게 쉽게 접근해서는 안 된다는 아우라를 단번에 알아차렸다.

그를 좇는 것보다 준비가 먼저라는 판단에 도서관을 향했다. 범죄수사학이나 범죄수사론, 과학수사론 등의 개념서들을 뒤졌다. 눈길을 끈 것은 수사에 대한 정의 중 하나였다. 수사는 진실 규명을 위한 창조적인 활동이이야 한나는 것이다. 내가 박상진에게 가하려는 것은 일종의 단죄였다. 수사는 아니지만 범죄라고 생각하지도 않는다. 그렇지만 창조적인 무언가가 필요한 것은 사실이었다. 어떻게 그녀가 저런 녀석과 어울려 일주일이나 살을 맞댔단 말인가. 그 생각이 뇌리를 건들 때마다 욕지기를 참지 못하고 토악질을 했다. 참을 수 없는 것은 참아서는 안 된다.

그를 단죄하기 위해 머릿속을 멈추지도 않았고, 그를 추적하는 일을 게을리 하지도 않았다. 그러다 가능성을 보았다. 아니, 가능성은 그것밖에 없었다. 그가 애인으로 둔 세 명의 여인 중 강슬기라는 여인에게서 묵는 하룻밤.

가능성을 현실로 바꾸기 위해 팔 개월을 준비했다. 그 팔 개월 동안 어긋나지 않도록 연기했다. 몇 번이나 그만둘까 생각하기도 했다. 이재성에서 시작해 김광규를 거쳐 박상진에 이르는 길은 그만큼 지난했다. 정확히 일 년이 걸렸으니까. 그러나 육 개월째에 접어들며 확신이 서자 결행할 날짜만을 숨죽여 기다렸다.
정확히 십 일 전이었다.
박상진의 보디가드가 역삼동 640번지 'ㄴ'자 형태의 골목길에 차를 세우고 강슬기의 원룸 현관문을 두드린 시간은 오전 11시였다. 이미 스케줄 하나가 펑크 난 탓에 어쩔 수 없이 근처에서 대기하던 보디가드가 박상진을 깨우려 했던 것이다. 눈을 비비며 문을 연 강슬기는 사장님 없는데요, 하며 뿌루퉁한 눈길을 보냈다. 보디가드는 의아해하며 박상진에게 전화를 걸었다. 그러나 묵묵부답. 좀 이상해요, 하며 강슬기가 방 안을 가리켰다. 보디가드가 강슬기의 방을 살피기 위해 들어갔을 때 그는 무언가 잘못됐다는 것을 직감했다. 박상진의 지갑과 벗어놓은 옷가지가 그대로였고, 무음으로 된 휴대전화마저 침대 아래에 놓여 있었기 때문이다. 보디가드는 서열 2위인 상무에게 재빨리 전화를 걸었다. KH건설 전체에 비상이 걸린 것이다. 조직의 습성상, 그들은 은밀하게 타 조직을 살폈고 심지어 상대파인 M개발을 습격하기까지 했다. 자체적으로 박상진을 수소문하다 실종 삼 일째 그들은 경찰에 도움을 청했다. 그러나 삼 일이 지난 시점에서 경찰이 할 일은 없었다. 그저 기다리자는 말밖에. 경찰은 조직 간에 벌어진 암투라 판단하고 때를 기다리려 했는지도 모른다. 그게 경찰과

조직 간의 생리이니까.

신문기사와 함께 소설가적인 상상과 덧붙인 정황으로 내가 추정한 것들이다. 물론 직접 들은 정보도 상당수이고.

박상진은 보란 듯 용인 부근에 있는 진천의 한 저수지에서 떠올랐다. 그것이 삼일 전이었다. 경찰은 살인사건으로 규명하고 즉시 사법해부를 국과수에 요청했다. 그러나 국과수는 익사체의 폐라고 단정했다. 혈액검사에서 경구 투여한 것으로 추정되는 수면유도제 성분인 미다졸람이 소량 발견되기는 했지만 그것과 익사 폐를 연관시키기 어렵다는 견해를 보였다. DNA모발검사에서 마약성분이 검출되었다. 필로폰 상습복용으로 추정되었고 그에 대한 수사는 별도로 진행되었다. 결국 미다졸람도 그가 투약한 마약의 한 분야로 취급되었다. 경찰은 열쇠를 쥔 강슬기가 마약 복용으로 인해 잠적한 것으로 추정했다. 최종적으로 경찰은 그를 변사처리할지 아니라면 살인사체로 판단할지 여전히 고심 중이었다.

박상진이 대표로 있던 KH건설은 표면적으로는 덤덤했다. 안타깝지만 사체가 떠오른 뒤 강슬기는 어디론가 사라졌다. 그것은 차마 내가 생각하지 못했던 부분이다. 조직에게 납치나 감금된 것이다. 그녀가 어떤 고통을 당할지는 당장 묻어두기로 했다. 사건 관계자인 만큼 그녀의 목숨을 빼앗는 따위의 행동은 하지 않을 거라 짐작했다. 그러나 KH건설 내부는 전쟁을 준비하고 있는지도 모른다.

문이 잠긴 원룸에서, 또 강슬기와 함께 있는 박상진을 사라지게 하는 것은 일견 어려워 보였다. 밀실이라면 밀실에서 일어난 사건이었으니까. 나는 박상진을 단죄하기 위해 지난 팔 개월 동안 소설가의 지위를 십분 활용했다. 집에서 멀리 떨어진 구로구에 위치한 위내시경 전문 내과의 한 사람과 호형호제하게 되었고 영업인인 친구의 주민등록증을 빌렸다. 경기 불황으로 월세가 높은 편인 강남구 역삼동에는 빈 원룸이 수두룩했다. 그러나 강슬기의 옆집이 비기를 기다리는데 육 개월이 지나갔다. 그것을 기다리기가 힘들었다. 몇 번이나 포기하자고 다짐했지만 아내를 볼 때마다 그녀에게 경고를 해야만 한다고 나 자신을 다독였다. 이 개월 전 기다리던 방이 매물로 나오자 친구의 주민등록증으로 그곳을 계약했다. 그런 뒤 이만칠천구백 원이면 구입 가능한 집음기로 옆집을 감시했다. 물론 넷북으로 우아하게 창작활동에 매진하면서. 내가 계획을 실행에 옮기기 위해 직접적으로 가한 물리력은 원룸 사이에 이어진 화재용 베란다 방호벽을 열었다 닫을 수 있게 한 것뿐이었다.

그녀가 읽지 않았던 한겨레신문 오늘자에는 KH건설 박상진에 대해 자살이라는 견해를 뒤엎었다는 내용과 중요 제보로 인해 살인사건 수사로 전환되어 수사본부가 설치되었다는 짤막한 내용의 두 줄 기사가 실려 있었다.

그래, 내가 원한 것이다. 자살로 묻히기에는 너무 많은 공을 들였다. 그녀가 반드시 알아야 한다. 아니, 그녀는 알고 있다. 그렇지만 모니터 사이에 낀 저 일기장에는 또 무슨 화마가 도사리고 있을까. 한참을 고민하다 나는 그것을 펼쳤다. 그 사이에서 편지

한 장이 똑 떨어졌다. 포스트잇이 아닌 편선지.

당신은 변했어, 알지? 당신이 쓰던 일기장을 보지 않았더라면 나조차 놀랐을 거야. 당신이 벙어리라서 적어두는 말이 아니야. 이혼하자는 말은 더더욱 아니고.

벙어리라는 말은 사과할게. 그러나 당신은 변했어. 아니, 당신 안에 또 다른 누군가가 들어앉아 있는 것 같아. 어느 순간 당신은 나에게 너무 집요해졌고 그런 뒤에는 조울증 환자처럼 굴어.

일기장 얘기도 할까? 당신은 말을 하지 못하는 동안에도 세 번이나 바람을 피웠다고 일기에 적었어. 내게 보라고 일부러 그것을 두었고. 그런데 왜 그 대상이 남자이지? 당신이 여자라도 된다는 거야? 당신이 군에서 당했던 성폭력으로 한동안 정신과 치료를 받았고, 그것으로 인해 지금까지 실어증에 걸렸디는 것노 알고 있었어. 그렇지만 이게 뭐냐? 당신이 여자처럼 굴다니!

일기장! 그래, 일기장. 모든 건 당신 때문에 참아주었던 거야.

글쓰기 힘들다는 건 알아. 나와 당신이 어느 순간 노란 포스트잇만으로 대화하고 있다는 사실도 알고. 그것조차 당신을 위한 배려였어. 당신은 말을 하지 못하니까. 나를 처음 만난 국문학 수업부터 지금까지.

내가 그랬잖아, 당신이 베스트셀러 쓸 때까지만 사업하겠다고. 그게 힘들면 지금까지 모아둔 돈으로 귀농해서 살아도 돼. 당신만 원한다면. 그리고 이제 일기는 제발 그만 써. 무섭고 신물 난다. 제발!

가만, 가만. 이게 무슨 소리지.

나는 그녀의 편지에 당황하기 시작했다. 분명 그녀의 글씨였다. 일기장을 내던지고 벌떡 일어나 서재를 나섰다. 대각선 맞은편에 위치한 침실 문을 밀자 그녀가 침대 위에 누워 있었다. 싸늘하게 식은 그녀. 목에는 스카프를 감고 있었다.

이게 어떻게 된 건가.

그 순간 편린의 기억들이 스쳐 갔다. 그녀에게 올라타 무릎으로 두 팔을 제압한 뒤 목을 짓누르던. 그녀의 목을 잡았던 남자 같던 손. 파닥거리던 그녀는 결국 오줌을 지렸다. 목에 손자국이 남고 말았다. 스카프를 매주자 가만히 잠자는 여인처럼 다소곳했다.

이불을 갈아주고……. 가만, 이게 내 기억이었던가. 아니라면. 아니었다. 이건 아내의 기억이다. 아니, 나의 기억인가.

그녀의 일기장을 펼칠 때마다 느꼈던 검은 의혹이 나를 덮쳤다. 무서웠다. 저 지옥이 다시 나를 삼키면 나는……. 내가 아닌. 그녀도 아닌. 지옥 속의 또 다른. 희망이 빠져 버린 판도라의 상자에 갇힌, 그건 누구인가.

잠시 눈을 감았다.

편린.

유리 조각 같은 부서진 기억. 멍이 든 목을 다시 누르고.

뒤바뀐 시간.

암전.

그녀의 자궁에 기대 눈물을 흘리던. 블랙홀 같은, 또 다른 암

전. 가만 그게 어째서. 두 개의 기억. 두 사람의 기억. 그것이 왜 나에게. 아니, 그것이 하나였던가.

벌벌 손이 떨려왔다. 어쩌면 눈을 감는 것은 내가 할 수 있는 가장 손쉬운 저항이었다. 저 깊은 어딘가에서 자꾸만 나를 긁는 일기장이 소리쳤다. 감은 눈에 더욱 힘을 주었다. 그러나…….

눈을 뜨고 눈을 감고. 눈을 뜨고 다시 눈을 감고.

심호흡을 하고 눈을 뜨자 그녀가 있었다. 가만히 눈을 감은 그녀의 목에는 스카프가 매져 있었다. 내가 맨 것은 아닌데. 남편이 매주었나?

저 여자, 남편의 여자.

그녀는 남편과 바람을 피웠다. 버젓이 아내인 내가 있는데. 나를 두고 바람을 피우며 집사람처럼 집 안 곳곳에 사진까지 걸어 놓았다. 마치 그녀가 사랑하는 내 남편의 아내라는 듯.

그녀는 마지막 순간 턱, 막히는 숨소리로 내게 말했다. 여보, 왜 그래, 라고. 나는 그녀에게 미친년, 하고 말하고 싶었다. 그러나 목구멍에서 바람 새는 소리가 그것을 대신했다. 왜 그런 건지는 알 수 없다. 어버버. 어버버. 그래, 내가 그녀를 죽였다. 그녀는 죽어 마땅했다. 베스트셀러 소설가가 꿈인 남편을 휘저어 정욕의 구렁텅이에 빠뜨린 그녀를 내가 죽였다.

마지막 그녀의 눈동자에 비친 남편의 모습은 환상이었을까.

나는 그것을 모른다. 그러나 그녀는 알고 있다.

나와 남편에 관한 모든 것들. 그녀는 알고 있었다. 잠시 후면 그녀는 스카프를 맨 채 숄더백을 집어 들고 이곳을 나갈 것이다.

내가 버티어 선 이 집에 그녀의 자리는 없다. 이제, 그녀는 아무 것도 모른다.

「그녀는 알고 있다」 END.

섬머 킬러는 슬프다

이상우

1961년 『신임꺽정전』을 신문에 연재하면서 문단 데뷔. 장편 추리소설 『악녀 두 번 살다』로 1987년 한국 추리문학상 대상 수상. 『화조 밤에 죽다』, 『북악에서 부는 바람』, 『신의 불꽃』 등 30여 편의 장편과 1백여 편의 중단편을 발표. 1987년부터 2004년까지 한국 추리작가협회장을 역임.

1. 의문의 피살체

"지연아! 지연아! 홍지연……."

침실 초인종을 여러 번 눌러도 대답이 없자 송혜민은 도어를 주먹으로 탕탕 치면서 홍지연을 불렀다. 그러나 아무 대답이 없었다. 카드키를 쓰는 문은 잠겨 있었다.

송혜민은 홍지연과 단짝처럼 지냈다. 조금 전에도 식당에서 아침밥을 다 먹을 때까지 홍지연을 기다렸다. 그러나 밥을 다 먹을 때까지 홍지연은 나타나지 않았다. 송혜민은 카카오톡으로 문자를 날렸다.

―벌써 8시야. 아침 먹으러 내려와.

그러나 응답이 없었다.

송혜민은 핸드폰 통화 버튼을 눌렀다. 그러나 신호만 갈 뿐 아무 응답이 없었다.

송혜민은 홍지연이 투숙 중인 2층 202호실로 찾아갔다. 그러나 문을 두들겨도 응답이 없었던 것이다.

송혜민은 문득 불길한 예감이 머리를 스쳤다. 2년 전에도 이 연수원에서 여름휴가를 보내던 여사원이 갑자기 죽은 일이 있었기 때문이었다.

송혜민은 허둥지둥 계단을 내려와 팀장이 있는 연수원 사무실로 갔다.

"송혜민 씨, 아침식사는 잘했나요?"

정무성 팀장이 언제나처럼 굵은 목을 움츠리며 싱글싱글 웃었다.

"팀장님, 홍지연이 못 보셨어요? 안 보여서요."

"홍지연? 단짝이 모르는데 내가 어떻게 알겠어요? 가만있자, 지금까지 자고 있지는 않을 것이고……."

정 팀장은 핸드폰을 눌러 시간을 들여다보며 말했다.

"지연이 방은 잠겨 있는데요."

"그럼 일찍 일어나 해변에 산책이라도 갔겠지요. 워낙 부지런하고 깔끔하잖아."

정무성 팀장 밑의 팀원 4명은 회사 연수원을 빌려 여름휴가 겸 MT를 위해 어젯밤 오후에 도착했다. 동해안 치고는 비교적 해변이 얕아 수영하기도 좋고, 경치도 빼어난 곳이었다. 그룹 차원에서 운영하는 연수원이라 계열사의 다른 사원들도 여러 팀 와 있었다.

정무성 팀은 어제 도착, 각자 방을 배정받았다. 짐을 푼 후 해변에 잠깐 나갔다가 연수원에서 1킬로 정도 떨어진 마을로 내려가 횟집에서 저녁 겸 소주 한 잔씩을 하고 일찍 들어와 모두 침실로 들어갔다.

아침 9시부터 소회의실에서 팀의 과제에 대해 잠깐 토의를 하도록 되어 있었다. 정무성 팀은 회사에서도 가장 엘리트들이 모여 진행하고 있는 중동팀이었다. 중동 지역 국가들을 상대로 스마트폰에 관련된 소프트웨어 기술 판매를 위한 준비를 하고 있었다.

그런데 9시가 넘었는데도 홍시연이 나타나지 않았다.

"방문을 열고 들어가 봐야 하지 않을까요?"

팀원들이 모두 걱정을 하기 시작했다. 송혜민은 자꾸 몇 년 전 사건이 생각나 점점 더 불안해졌다.

마침내 정무성 팀장이 관리 사무실에서 가서 마스터키를 가지고 와서 2층으로 올라갔다. 송혜민도 함께 따라갔다.

정무성이 키로 도어를 열었다.

"악! 이게 무슨 일이야?"

팀장이 소리를 질렀다.

"윽!"

송혜민은 너무 놀라 비명도 제대로 지르지 못했다.

침대 위에는 홍지연이 피투성이가 된 채 누워 있었다.
"홍지연 씨!"
정 팀장이 달려가 홍지연을 들여다보았다. 얼굴은 자는 듯이 평온했으나 가슴에서 피가 흘러나와 잠옷을 모두 벌겋게 물들이고 침대 한 켠도 온통 피로 범벅이 되어 있었다.
"죽었어."
정 팀장이 탄식하듯 말했다.

관할 경찰서에 연수원 살인 사건 수사본부가 설치되었다. 추병태 경감이 수사 반장으로 임명되었다. 50대로 보기에는 너무 늙어 보이는 추 경감은 강력반에서 살인수사만 30년을 해온 살인 수사의 달인이었다. 항상 평온한 주름투성이 얼굴은 형사라기보다는 마음씨 좋은 이웃집 아저씨처럼 보였다. 상사로부터 늘 심약하다는 핀잔을 받아온 추 경감은 실제로 끔찍한 살인 현장을 보면 고개를 돌리고 외면하는 경우가 많았다. 서울 변두리에서 27평짜리 임대아파트에서 외동딸과 함께 사는 추 경감은 작년 초에 이곳 경찰서로 자원해서 부임했다.
해변을 끼고 있는 한적한 지역이라 좀 한가하게 지낼 것이라고 생각했는데 느닷없이 살인 사건 수사 책임을 맡게 되었다.
"죽은 홍지연과 어젯밤 함께 있었던 사람들 명단은 작성되었나?"
사건 현장에서 과학수사팀이 현장 검증을 하고 있는 동안 연수원 사무실에 앉아 있던 추 경감이 막 들어오는 강 형사를 보고 물었다. 강 형사는 오랫동안 추 경감과 한 팀으로 살인 사건을 수사해 온 부지런한 노총각 형사였다. 항상 발로 뛰는 모든 수사는 강 형사의 몫이었다.

추 경감은 강 형사가 물어다 주는 수사 자료만 가지고 판단을 내리는 경우가 대부분이다. 두루뭉술하고 날카로운 면이라고는 전혀 없어 보이는 추 경감이지만 범인을 추리해 내는 두뇌 회전이나, 용의자에 대한 날카로운 질문은 명탐정 푸아로를 뺨친다.

강 형사가 손때 묻은 수사 수첩을 넘겼다.

"젊은 사람이, 아직도 그 구닥다리 수첩에 기록하고 다니나? 노트북이나 스마트폰에 기록하고 사진을 저장하는 것이 훨씬 효과적이야."

추 경감이 핀잔을 주었다.

"반장님, 말끝마다 젊은 놈, 젊은 놈 하는데, 저 젊지 않습니다. 올해 마흔이라니까요."

"아직 장가도 안 간 놈이 그럼 늙은이냐? 빨리 명단이나 대봐."

"예. 연수팀을 인솔해 온 사람은 정무성 중동팀 팀장입니다. 38세, 서울 대치동에 아내와 외동아들이 있습니다. 서울대 항공 공학과 출신이고 공채, 입사한 지 10년 차입니다. 팀원은 모두 4명입니다. 피살된 홍지연 외에……."

"피살자라니? 누가 살해됐다고 결론 내렸나? 사고사나 자살이 아니라고 누가 그랬어?"

추 경감이 핀잔을 주었다.
"아이, 반장님 장사 하루 이틀 합니까? 가슴을 흉기로 찔려 피범벅이 된 시체가 웅변하고 있습니다. 살인사건이라고……."
강 형사가 목청을 높였다.
"빨리 보고나 해."
"홍지연 외에 송혜민, 박정형, 신정신입니다. 박정형만 남자고 나머지는 여자입니다. 모두 입사 5년 미만 사원들입니다."
"홍지연과 가장 친한 사람은 누구야? 입사 동기라든지……."
"예. 입사 동기는 송혜민입니다. 홍지연이 수석으로 입사했고 송혜민은 학교 추천으로 들어왔다고 합니다. 학교는 서로 다르고요."
"신정신은?"
"신정신은 이 그룹 회장 사모님의 친척이라고 합니다. 다른 자회사에 있다가 이쪽으로 온 지 얼마 안 되었다고 합니다."
"남자는 정 팀장 외에……."
강 형사가 얼른 말을 이었다.
"박정형인데요. 송혜민보다 1년 선배라고 합니다. 별명이 박정희라고 합니다."
"왜? 이름이 비슷해서?"
추 경감이 입가에 미소를 띠었다.
"이름도 이름이지만, 말이 없고 행동이 군인처럼 단정하답니다. 키는 작지만 몸이 다부지게 생겼더군요."
"과학 수사팀의 의견은 뭐야?"

"어젯밤 12시경 사망한 것으로 추정합니다. 흉기로 심장을 찔려 순식간에 목숨을 잃었다고 합니다."

"흉기는 칼인가?"

"글쎄요. 그게 좀 애매합니다. 칼은 아닌 것 같다고 합니다."

"칼이 아니면 총이란 말인가?"

"그것도 아닌 것 같답니다. 흉기는 현장에 없었는데, 상처 모양이 칼은 아니라고 합니다. 부검을 해보아야 흉기에 대한 정확한 정보를 얻을 것 같습니다."

추 경감은 일어서서 사무실을 왔다 갔다 하면서 생각에 잠겼다가 입을 열었다.

"어젯밤 네 사람의 알리바이는 확인했나?"

"예."

강 형사가 의자에 앉으며 소사해 온 것을 천천히 설명했다.

2. 네 명의 용의자

정 팀장을 비롯한 일행 다섯 명이 연수원에 도착한 것은 전날 오후 3시께였다.

우선 각자 방을 배정받고 모두 자기 방으로 가서 짐을 풀고 옷을 갈아입었다. 정무성 팀장은 2층 바다가 보이는 특실에 배정이 되어서 홍지연과 같은 층이었다. 그러나 홍지연은 정 팀장과는 반대쪽이어서 바다가 아닌 산이 내다보이는 방이었다.

나머지 박정형과 송혜민, 신정신은 모두 3층에 배정되었다.

가벼운 차림으로 옷을 갈아입은 일행은 5시께 로비로 모였다. 여자들은 모두 화려한 모자를 쓰고 원색 찬란한 차림이었다. 홍지연은 피부가 희고 몸의 균형이 잘 잡혀 어디를 가나 사람들의 시선을 모았다. 송혜민과 신정신도 빠지는 인물은 아니었으나 홍지연 때문에 빛을 보지 못하는 편이었다.

"박정희 선배 수영복 차림 좀 보여주세요."

청바지에 체크무늬 티를 입고 온 박정형을 보고 송혜민이 말을 걸었다.

"걸기대. 박정희 식스팩."

신정신이 거들었다. 박정희는 운동을 좋아해서 체력이 단단했다. 키는 작지만 근육질로 뭉쳐 운동선수처럼 균형이 잡혔다. 박정형은 사내 체육대회 같은 행사 때에는 언제나 두각을 나타냈다. 해병대 출신으로 특히 스킨스쿠버를 좋아했다. 작년 해변 캠핑 때는 전복도 따오고, 작살 총으로 우럭도 잡아와서 푸짐한 생선회 잔치를 했었다.

"이번에도 횟감은 걱정 안 해도 되겠는데요."

송혜민이 정 팀장을 보고 말했다. 정 팀장도 박정형과 어울리면서 스킨스쿠버 클럽에 들어가 그 방면 솜씨가 보통 아니었다.

일행은 바닷가로 나가 전망이 좋은 횟집에서 소주를 곁들인 회식을 즐겼다. 해가 완전히 떨어진 뒤에야 일행은 연수원으로 돌아왔다.

그리고 여덟 시가 넘어서야 각자 행동으로 들어갔다.

"아무래도 정무성 팀장, 박정희, 아니, 박정형, 신정신, 송혜민 중에 범인이 있지 않을까요?"

언제나처럼 강 형사가 먼저 성급한 의견을 내놓았다.

"어째서 그렇게 생각하나?"

"우선 물건이나 돈이 없어지지 않았으니 강도는 아닐 것이고요……."

"그리고?"

"부검이 끝나야 알겠지만 얼른 보기에 강간을 당한 것은 아닌 것 같고요……."

"그리고?"

"방문이 안으로 잠겨 있어서 자살이라는 추측도 할 수가 있지만, 유서가 없잖아요. 그리고 도어 잠금 장치가 카드식이라 밖에서 잠그기 쉽고요."

"이 바보야. 여기 도어는 모두 닫으면 자동으로 잠겨. 요즘 그렇지 않은 도어 보았어?"

"그, 그렇긴 하네요."

강 형사는 핀잔에도 빙그레 웃으며 머리를 긁적거렸다.

"네 사람 중에 범인이 있다면 가장 의심스러운 사람이 누구야?"

추 경감이 담배 한 개비를 입에 물고 불도 켜지지 않는 고물 지포 라이터를 철거덕거렸다. 그가 추리를 할 때 하는 버릇이었다.

"그야, 남자겠죠. 남자라면 우선 이해관계나 상하 갈등 관계가 성립될 법한 정무성 팀장이 일 번이고, 힘깨나 쓸 만한 박정형이 두 번째, 뭐 그런 순서 아닐까요?"

"꼭 남자가 범인이라는 생각부터 버려."

추 경감이 다시 핀잔을 주었다.

"여자가 그런 잔인한 방법을 썼을까요?"

"어쨌든 먼저 해야 할 일은 네 사람을 차례로 불러 어젯밤의 자세한 행동에 대해 알아보는 거야. 우선 정 팀장을 불러."

강 형사가 수첩을 보며 핸드폰으로 정무성 팀장을 불렀다.

"본사에서 내려온 사람들과 얘기가 끝나면 곧 온답니다."

"본사서 벌써 사람이 왔어?"

추 경감이 다소 의외란 듯이 물었다.

"예. 죽은 홍지연의 오빠도 왔답니다."

그때 정 팀장이 지친 얼굴로 들어왔다.

"찾으셨습니까?"

정 팀장이 추 경감이 있는 연수원 사무실로 들어와 부동자세로 선 채 물었다.

"이거 바쁜데 죄송합니다. 그러나 절차상 물어볼 것이 좀 있어서요."

추 경감이 될 수 있는 대로 부드럽게 말하면서 의자를 권했다.

정 팀장은 약간 겁먹은 얼굴로 얌전하게 의자에 앉았다.

"어젯밤에 회식이 끝나고 들어와서 곧장 침실로 갔습니까? 침실이 홍지연이 있는 같은 2층이던데……."

"같은 2층이지만 방 배정은 우리가 오기 전에 연수원 직원이 해놓은 것입니다. 제가 그 방을 택한 것은 아니고요."

정무성이 의외로 방에 대해 민감한 반응을 보였다.

"방 배정이 문제가 있다는 것은 아닙니다. 방 배정과 이 사건은 관계가 없는 것 같습니다."

추 경감은 우선 정무성을 안심시켰다.

"연수원으로 들어오다가 먼저 와 있는 자회사의 동기를 만났습니다. 그래서 다시 나가 소주 한 잔을 했지요. 그리고 12시경 들어와 제 침실로 가서 잤습니다."

"자회사 동기생은 누굽니까?"

"조재룡이라고 회계팀 팀장입니다. 자회사 사람들은 오늘 새벽 서울로 돌아갔습니다."

"12시경 침실로 돌아갈 때는 술이 거나했겠군요?"

강 형사가 물었다.

"소주 다섯 병을 둘이서 마셨는데… 그 정도로 취하지는 않습니다."

"12시경이라는 것은 어떻게 알았습니까?"

"들어오자마자 핸드폰 문자와 카카오톡을 열어보았습니다. 그때 얼핏 본 시간입니다."

"가지고 온 짐은 사무실에 그냥 놓여 있던데 왜 침실로 가져가지 않았습니까?"

강 형사가 물었다.

"아닙니다. 제 방에 가져가서 옷을 갈아입었는데요."

정무성이 손을 저으면서 강하게 부인했다.

"거짓말 마세요. 조금 전까지 이 사무실에 당신 명찰이 붙은 배낭이 저기 있었어요."

강 형사가 구석에 있는 빈 책상을 가리켰다.

"아, 그거 말입니까? 그건 제 스킨스쿠버복과 작살총 등 잠수장비였어요. 오늘 쓰려고 그냥 여기 두었다가 조금 전에 제 침실에 가져갔습니다. 어차피 잠수하기는 글렀고요."

"홍지연은 왜 죽은 것 같습니까?"

추 경감이 의중에 있던 질문을 했다.

"흉기로 가슴을 찔려 죽은 것 아닙니까?"

정무성이 눈을 둥그렇게 떴다.

"물론 그게 사인입니다만, 누가 무슨 이유로 죽인 것 같냐는 말입니다."

정무성은 한참 생각하다가 대답했다.

"그걸 알면 제가 형사 하지요."

추 경감은 기습을 당했다고 생각하고 빙그레 웃었다. 바보는 아닌 것 같다.

정무성이 돌아가자 이번에는 송혜민을 불렀다.

"어젯밤 회식 끝나고 들어와서 곧바로 침실로 갔나요?"

동료 사원의 처참한 죽음을 보아서인지 송혜민은 얼굴이 핼쑥해 보였다. 눈 쌍꺼풀이 더욱 깊어져 미인형 얼굴을 돋보이게 했다.

"예. 그냥 들어가서 TV 좀 보다가 잤어요. 회식 때 마신 소주가 좀 과했나 봐요. 그냥 쓰러져 잤는데 눈 떴더니 7시가 훨씬 넘었더군요."

"연수원으로 들어올 때 누구 낯선 사람을 본 일은 없나요?"
강 형사가 물었다.
"아뇨."
"평소 홍지연 씨와 가장 가까웠다는데 요즘 홍지연 씨 신변에 특별한 일은 없었나요?"
"글쎄요. 개인적인 일은 잘 기억하는 편이 아니라… 그런데……."
송혜민이 무엇인가를 말하려다 입을 다물었다.
"무슨 이야기인지 안심하고 해보세요."
추 경감이 나직하게 말했다.
송혜민은 한참 뜸을 들이다가 입을 열었다.
"사귀는 남자가 있는 것 같았어요."
"회사 내 사람입니까?"
"누군지는 몰라도… 아마도……."
"정무성 팀장과의 사이는 어땠습니까?"
"그게……."
송혜민이 다시 입을 다물었다.
"말해보세요. 무엇이든지 수사에 참고가 될 것입니다."
"정 팀장이 가끔 지나치게 야단을 칠 때가 있었어요. 한 번은 야단을 맞고 혼자 우는 것도 보았어요."
"무슨 일로 야단을 맞은 것 같았나요?"
"잘 모르겠어요. 두 사람 다 말을 하지 않아요."

3. 의문의 스킨스쿠버

"정무성은 들어와서 그냥 잤다는 것인가?"
대강의 동정을 파악한 추 경감이 다시 물었다.
"그렇습니다. 12시쯤 2층 침실에 가서 잤다고 합니다."
추 경감은 뒷짐을 지고 실내를 몇 바퀴 돌면서 생각에 잠겼다. 강 형사가 다시 수사 수첩을 들여다보고 있을 때 추 경감이 옆에서 곁눈질로 같이 들여다보다가 입을 열었다.
"이번 사건의 명칭이 그거야? '섬머 바캉스 살인사건'이라고?"
"예. 사건명 근사하지요?"
강 형사가 어깨를 으쓱하며 말했다.
"그냥 옛날대로 해. 연수원 살인사건."
"수사가 현대적 과학수사라면 명칭도 첨단적으로 달아야 하는 것 아닙니까?"
"쓸데없는 소리 하지 말고 다섯 사람의 소지품 검사 한 것 좀 보자."
강 형사가 다른 수사 자료를 가방에서 꺼내주었다. 한참 들여다보던 추 경감이 강 형사를 보고 물었다.
"정무성과 박정형 두 사람 모두 스킨스쿠버복과 작살총을 가지고 왔단 말이지."
"예. 박정형은 자기 침실에 가지고 갔고 정무성은 아래층 사무실에 두었던 것입니다."

"그런데 정무성의 작살총은 화살촉이 끊겨 나가고 없단 말이지? 왜 그런 장비를 가져왔을까?"

"본인에게 물어보았는데 전번에 쓰고 점검을 안 하고 그냥 두었다가 가져와서 잘 모르겠다고 합니다. 읍내 나가면 쉽게 구할 수 있다고 합니다."

추 경감은 소지품 목록을 자세히 살폈으나 특별히 의심이 갈 만한 물건이 없었다.

하루 종일 과학수사팀을 비롯한 여러 수사관이 노력했으나 별다른 단서를 잡지 못했다. 물론 흉기를 찾기는커녕 어떤 종류의 흉기를 사용했는지도 알 수 없었다.

"현장 검안팀의 소견은 흉기로 가슴을 찌른 뒤 그것을 도로 빼낼 때 조직이 많이 찢겨 나갔다고 합니다."

"화살촉 같은 것 말이지? 그래 맞아. 작살총 촉이다!"

추 경감이 어린아이처럼 손뼉을 쳤다.

"정무성이 작살총으로 홍지연을 살해하고 그 화살촉을 끊어서 어딘가에 버렸을 수도 있어. 그렇다면 정무성이 밤중에 홍지연의 방에 어떻게 들어갔느냐 하는 것이야."

추 경감이 혼잣말처럼 웅얼거렸다.

"방 안에 들어가지 않고도 작살총으로 쏠 수가 있습니다. 창밖에서 창문으로 쏘고 화살촉을 다시 회수할 수도 있지요."

"작살총의 화살은 끈으로 묶여 있으니까 잡아당기면 회수할 수도 있겠군."

"박정형이나 정무성의 작살총에 묶인 끈의 길이는 약 1.5미터 정도입니다. 창문과 침대 거리는 약 1미터."

"이층인데, 창밖 창문에 어떻게 올라갔을까?"

두 사람은 누가 말하지도 않았는데 급히 연수원 밖으로 함께 나갔다. 홍지연이 피살된 방의 창문 아래서 위를 쳐다보았다. 도저히 사람이 올라갈 수는 없어 보였다.

"반장님, 저겁니다."

강 형사가 담장에 세워져 있는 작업용 사다리를 손가락으로 가리켰다.

"연수원 관리실에서 어제부터 방충망 설치를 하기 위해 사다리로 작업을 했다고 합니다."

"정무성은 저 사다리를 가져다 놓고 올라가서 방충망 창을 열고 작살총을 쏜 거야."

추 경감과 강 형사 등 수사팀은 정무성이 가장 유력한 범인이라는 생각을 굳혔다. 그러나 아직 확실한 물증은 아무것도 잡지 못했다. 우선 범행의 동기가 밝혀지지 않았다. 사람이 사람을 죽이자면 그만한 이유가 있어야 하는데, 정무성과 홍지연의 사이는 때때로 야단치는 정도밖에 없었다고 한다. 살인 동기로서는 수긍하기 어렵다고 생각했다.

그날 오후였다. 어젯밤 12시 전후 연수원 근방의 CCTV 여섯 대의 기록을 분석하던 과학 수사팀에서 새로운 제보를 해왔다.

"반장님, 이거 한번 보십시오. 좀 수상합니다."

과학 수사팀의 조영하 경장이 노트북을 들고 와서 CCTV에서 담아온 화면을 보여주었다.

어두운 해변에서 까만 그림자가 연수원 쪽에서 나와 해변으로 달려갔다. 그림자는 바다로 풍덩 뛰어들어 몸을 물속으로 감추었다. 그리고 2, 3분이 지난 뒤 그림자가 바닷물 속에서 걸어나왔다. 그런데 평상복 차림도 아니고 해수욕복 차림도 아니었다. 이상한 옷을 입고 있었다.

"저거 스킨스쿠버 복장 같은데……."

옆에서 보고 있던 강 형사가 소리쳤다. 어두워서 잘 보이지는 않았으나 스킨스쿠버 복장이 맞는 것 같았다.

"이 밤중에 혼자서 바닷물 속에는 왜 들어갔을까? 저 화면 몇 시에 찍힌 기야?"

추 경감이 약간 흥분한 목소리로 질문했다.

"화면 밑에 시간이 나옵니다."

조영하 경장의 말대로 녹화된 시간이 0시 03분으로 나와 있었다.

"틀림없어. 저놈이 정무성이야."

강 형사가 흥분했다.

"아냐. 정무성이가 저렇게 키가 작지는 않아. 박정형일 수도 있어."

"박정현의 체격이 저렇게 허약하지는 않지요."

강 형사가 추 경감의 말을 반박했다.

"왜 이 시간에 스킨스쿠버복을 입고 물에 들어갔을까? 정무성, 박정형 두 사람이 스킨스쿠버복을 가져왔지? 저거 자진 제출 받아 국과수에 감정 보내."

추 경감이 지시했다.

"작살총도 함께 보내겠습니다."

강 형사가 메모를 하면서 말했다.

수사반에 포착된 이상한 단서는 그것만이 아니었다.

"반장님, 반장님. 어젯밤 11시 50분경 홍지연의 방에 들어갔다가 나온 사람이 있습니다."

강 형사가 호들갑을 떨면서 사무실로 들어왔다.

"무슨 소리야? 그것도 CCTV에 녹화되어 있나?"

"아닙니다. 카드키를 사용할 때마다 관리 컴퓨터에 기록이 남습니다. 몇 번 키로 몇 시에 어느 방에 들어갔느냐 하는 것이 남아 있습니다."

"홍지연이 자기 방 키로 그 시간에 밖에 나갔다 올 수도 있는 것 아니야? 그 카드키가 증언하는 것은 그것밖에 없잖아. 그 키를 정무성이나 박정형이 가지고 갔더라도 기록은 그렇게 나올 뿐이야."

추 경감이 핀잔주듯이 말했다.

"정무성이 몰래 키를 훔쳐 가지고 있다가 들어가서 죽이고 나올 수도 있지요."

"그것은 억측이지 수사가 아니야."

4. 복수

'섬머 바캉스 살인사건' 수사가 시작된 지 일주일이 흘렀다. 서울 남대문 경찰서 조사실에 출장 온 추 경감과 강 형사는 사건 수사를 계속했다. 남대문 서 조사실을 빌린 것은 이 사건은 동해 안에서 일어났고, 수사본부도 그곳에 있지만 회사의 소재지가 남대문 경찰서 관할이었기 때문이다.

"자, 이제 모든 걸 자백하지요. 다 털어놓고 나면 속이 시원해집니다."

임의동행 형식으로 경찰서까지 온 정무성 팀장에게 추 경감은 부드럽고 조용한 목소리로 말했다. 옆에 서 있는 강 형사는 증거물을 하나하나 다시 살피고 있었다.

"전 정말 지연이를 죽이지 않았습니다. 믿어주세요."

"그렇다면 이 스킨스쿠버복에서 나온 혈액은 무엇을 말하는 것입니다. 유전자 감식 결과 홍지연 씨의 혈액이란 말입니다. 그리고 이 작살총에 촉이 없어진 것은 무엇으로 설명합니까? 당신이 이 작살총으로 홍지연을 쏘고 다시 뽑아서는 증거를 없애기 위해 바다에 버렸지요? 연수원에서 한 번도 쓴 일이 없는데 왜 작살총 촉이 없어졌나요?"

"정말 나는 모르는 일입니다."

정무성이 시치미를 딱 떼었다. 추 경감은 정무성이 하도 완강하게 부인하니까 혹시 잘못 짚은 게 아닌가 하는 생각도 들었다.

"당신은 그날 일부러 스킨스쿠버복과 작살총을 침실에 가져가지 않고 사무실에 두었다가 밤 12시께 슬그머니 나가 스킨스쿠버복을 입고 작살총을 가지고 홍지연 씨 침실로 갔던 거야. 그리고는 방 안으로 들어가 홍지연의 심장을 겨냥하고 작살총을 쏜 거야. 피가 엄청나게 튀었겠지."

추 경감이 말을 계속했다.

"당신은 홍지연 씨를 죽이기 전 강제로 홍지연과 섹스를 한 뒤 엎드려 울고 있는 홍지연을 작살 총으로 쏜 뒤 화살촉을 억지로 뽑아내 황급히 침실을 나온 거야. 그리고 바닷물로 들어가 스킨스쿠버복에 묻은 피를 모두 씻어낸 거야. 하지만 아무리 씻어도 피의 흔적은 완전히 없어지지 않아."

강 형사의 설명을 정무성이 반박했다.

"여보시오. 말도 안 되는 소리 하지 마시오. 엎드려 울고 있는데 작살총을 가슴에 쏘아요? 등에다 쏘았다면 모를까."

"심야에 홍지연 씨의 침실을 찾아간 것은 맞잖아. 당신의 DNA가 홍지연의 몸속에서 나왔단 말이야. 이건 어떻게 설명할 거야?"

"……."

정무성은 한참 동안 말을 하지 않았다.

"설명해 보세요."

추 경감이 낮은 목소리로 말했다.

"연수원 오기 전날 밤 둘이서 술 한 잔하고……."

"그래서?"

강 형사가 재촉했다.

"정말 둘이 다 술이 취해서 무슨 짓을 하는지도 모르고 실수한 것입니다."

"그걸 말이라고 하는 거요? 남녀가 몸을 섞는 것이 얼마나 엄숙한 일인지 아세요?"

강 형사가 둘이 잤다는 얘기를 듣자 갑자기 흥분했다. 그러나 정무성은 일관되게 모든 사항을 부인했다.

"기가 막혀서. 나는 살인 사건은 전혀 모르는 일입니다. 절대로 내가 죽이지 않았어요."

"딱 잡아떼 보아야 소용없어요. 왜 죽였는지 동기만 말해봐요."

"죽일 이유가 하나도 없어요."

"요즘 홍지연과 사무실에서 여러 번 다툰 것을 본 사람이 많아요. 신정신, 박정희, 아니, 박정형, 송혜민이 모두 증언했어요."

추 경감이 조용한 목소리로 말했다.

"그야 직장에서 부하를 나무랄 수도 있는 것이지요. 업무 때문에 야단친 일은 있을지 몰라도 다툰 일은 없습니다."

"당신은 판촉비로 나온 돈을 여러 번 혼자 독식하고 그것을 항의하는 홍지연을 우격다짐으로 무마시키려고 한 것 아니요? 업무 추진비 횡령을 상부에 알리겠다고 하니까 죽인 것 아닌가요? 동기가 딱 떨어지네."

강 형사가 빈정대듯이 말했다.

"업무 추진비는 함부로 쓰지 못하게 내가 보관하고 있었던 겁니다. 필요할 때는 주었어요."

"그럼 지금도 당신 개인통장에 수천만 원이 들어 있던데 그건 회사 돈 아니요?"

"잠시 보관한 것뿐입니다."

"회사 돈을 왜 당신 개인통장에 보관해요?"

"그야……."

정무성은 입을 다물었다.

추 경감은 정무성의 진술을 받는 동안 이 사람이 범인이 아닌 것 같다는 감을 느꼈다. 오랜 수사 경험에서 오는 생각이었다.

자백을 받지 못한 추 경감은 정무성을 일단 돌려보냈다.

며칠 동안 생각에 잠겨 있던 추 경감이 밝은 모습으로 강 형사를 불렀다.

"송혜민을 좀 데리고 와."

"예? 송혜민이 범인이라고 생각하시나요? 전혀 잘못 짚으신 겁니다."

강 형사가 콧방귀를 뀌면서 말했다.

"잔말 말고 데리고 와봐."

추 경감이 짜증 섞인 말투로 명령했다.

"알겠습니다."

두 시간 뒤 강 형사와 송혜민이 경찰서 조사실로 들어왔다.

"송혜민 1991년 1월 11일생. 주소 마포구 성산동……."

추 경감이 인적 사항을 확인했다. 피의자 조서를 쓰는 필수 절차였다.

"송혜민 씨. 당신을 홍지연 살해 혐의로 체포합니다."

추 경감이 엄숙한 목소리로 말했다.

"예? 반장님, 지금 무슨 말씀을 하시는 겁니까. 홍지연이 죽어 가장 가슴 아픈 사람은 단짝 친구인 접니다. 그런데 제가 지연이를 죽였다고요? 어디 증거를 한번 내놓아보세요."

송혜민은 완강하게 반박했다.

"증거는 많습니다. 확실한 증거지요. 당신은 그날 회식이 끝난 뒤 홍지연 씨와 함께 2층 홍지연 씨 방으로 갔지요. 거기서 잠깐 머뭇거리다가 방을 나왔지요. 당신은 나오면서 침대 머리맡 탁상에서 카드키를 슬쩍 들고 나왔지요."

"말도 안 돼요."

송혜민은 약간 풀 죽은 목소리로 말했다.

"물론 그 카드키에 송혜민 씨 지문은 없습니다. 카드키를 알뜰하게 손수건으로 닦았더군요. 그런데 그것이 실수 중의 하나입니다. 그 카드키에는 당신이 쓰는 일본 시세이도 화장품의 분말이 묻어 있었어요. 홍지연 씨는 국산 화장품만 쓰거든요. 이거 당신 손수건 맞지요? 이 손수건에서 묻은 것입니다."

추 경감이 비닐 봉투에 들어 있는 증거물 하나를 꺼내 보여주었다.

"시세이도 화장품을 저만 쓰나요."

송혜민이 조금 풀이 죽었다.

"그리고 이 스킨스쿠버복 기억나지요?"

추 경감이 다시 증거물 보따리에서 스킨스쿠버복을 꺼내 보여주었다.

"이것은 정무성 팀장의 스킨스쿠버복입니다. 당신은 홍지연이 잠들 때를 기다렸지요. 11시 40분쯤 아래층 사무실로 갔지요. 정무성의 배낭을 뒤져 스킨스쿠버복을 꺼내 입었어요. 그리고 작살총의 화살촉을 끊어가지고 2층으로 갔지요."

추 경감이 다시 작살총을 꺼내 보여주었다. 촉이 끊겨 끈만 보였다.

"당신은 2층 훔쳐 둔 카드키를 써서 홍지연 씨 방으로 갔지요. 그리고 세상모르고 잠들어 있는 홍지연의 가슴을 단 한 방으로 찔러 살해했어요. 화살촉에는 미늘이 있어 잘 뽑히지 않았을 겁니다. 당신이 억지로 촉을 뽑아내는 바람에 살이 뜯겨 나왔어요. 그리고 스킨스쿠버복은 피투성이가 되었지요."

추 경감이 말을 잠깐 끊고 송혜민의 얼굴을 들여다보았다. 조금 전의 기세등등하던 것과는 달리 하얗게 질렸다.

"당신은 피를 씻어 증거를 없애려고 해변으로 달려나가 스킨스쿠버복을 입은 채 바다에 뛰어들어 피를 씻어냈지요."

"아무리 씻어도 완전 없어지지는 않지요. 이 옷 속에서 홍지연의 피 흔적뿐 아니라 당신의 DNA도 찾아냈어요."

강 형사가 거들었다.

"당신의 그 이상한 해수욕이 CCTV에 찍힌다는 것은 몰랐지요? 녹화된 그림을 분석한 결과, 얼굴은 분명히 안 보였지만, 체격, 키가 당신과 같았어요. 당신 키 1미터 59센티잖아요."
"두 사람은 이 세상에서 없어져야 해요."
송혜민이 마침내 눈물을 주르륵 흘리면서 말했다.
"말해보세요. 왜 죽였어요?"
한참 동안 아무 말도 않고 멍하니 앉아 있던 송혜민이 결심한 듯 입을 열었다.
"다 말씀 드릴게요. 커피 한 잔 주세요."
송혜민은 모든 것을 체념한 듯했다. 강 형사가 종이컵에 커피를 받아다 주었다. 커피를 한 모금 마시고 난 송혜민이 입을 열었다.
"정무성은 나쁜 인간입니다. 본처와 이혼하고 나와 결혼하겠다고 입만 열면 맹세를 했습니다. 나는 그 말을 믿고 모든 것을 다 바쳤지요. 그런데 언제부턴가 나는 거들떠보지도 않고 홍지연과 놀아나더군요. 지연이는 나보다 좋은 학교를 나왔고, 인물도 나보다는 낫잖아요. 그래서 나는 단짝 친구지만 항상 경계를 해왔는데 내 앞에서 친구를 배신하고… 나는 더 참을 수 없었어요. 몇 달을 잠도 못 자고 복수의 계략을 짰어요. 한꺼번에 두 사람을 지옥에 보내는 방법이 무엇일까……."
"흠, 한 사람은 죽이고 한 사람은 살인범으로 몰고."
강 형사가 혀를 내둘렀다.
"그래서 속이 시원하던가요? 그때 심정을 말해보세요."

"가장 가까운 친구를 죽이고, 한때 내 생명보다 더 뜨겁게 사랑하던 남자를 잃게 되고… 정말로 슬프더군요. 살인은 슬픈 일이에요."

「섬머 킬러는 슬프다」 END.

독거미의 거미줄

최종철
장편추리소설 『뉴스메이커』, 추리단편집 『네미시스의 자주빛 포도주』, 『미스테리 카페』, 『영혼의 산책』 등이 있으며, 단편 「호수여행」, 「한계령」, 「살풀이」, 「우연+우연=필연」 등을 발표.

동우가 결혼한다는 소식에 모두 놀랐다. 놀라면서 정말 축하해 줄 일이라고 생각했다. 특히 그동안 동우의 인생을 염려해 온 친척과 친지들의 축하 속에는 불행 중 다행이라는 안도감이 짙게 깔려 있었다.

불과 일 년 전에도 동우는 결혼을 발표했었는데 결혼식 직전에 파혼을 맞고 말았다. 그 파혼의 내막과 동우의 슬픔과 고통을 걱정스럽게 지켜본 사람들로서는 참으로 안도할 일이 아닐 수 없다.

그 시련을 그리도 빨리 극복하고 동우가 이제는, 정말로, 장가를 가게 되는구나!

동우는 37세의 노총각이다. 재산도 빵빵한 부모 덕에 유복하게 자라 중간 정도의 실력으로 대학도 졸업했다. 남들처럼 군복무도 마쳤고, 그럭저럭 빈둥빈둥 지내다 일찍부터 아버지가 경영하는 전자제품 대리점에서 일했다. 이제는 거의 손을 뗀 아버지를 대신해 대리점을 도맡아 경영하고 있다.

이런 동우가 남들 다 가는 장가도 못 가고 아직 노총각으로 남아 있는 데는 그만한 사연이 있다. 어찌 보면 전적으로 부모의 책임이라고 말할 수도 있다. 유복한 집에서 흔히 있는 일이지만 일남일녀 중 외아들인 동우는 부모의 지나친 과잉보호가 문제였다. 어려서부터 먹는 것, 입는 것, 구애받지 않고 자라서일까. 얼굴빛이나 살갗은 우윳빛처럼 하얀데 팔다리, 엉덩이, 배 등이 뚱뚱하여 과체중이다. 얼굴 생김새는 나름대로 통통한 정도라 밉상은 아니지만 걸음걸이가 뒤뚱거릴 만큼 몸은 누가 봐도 뚱뚱보다. 거기다 체력을 유지하기 위해서인지 엄청 먹어댄다. 잘 먹어 뚱뚱한지 아니면 뚱뚱해서 잘 먹는지 지금껏 뚱보다.

반면, 그럭저럭 길렀던 동우 누나는 얼굴은 역시 하얗지만 몸은 결코 과하지 않다. 오히려 볼륨 있게 날씬하다 할까. 벌써 십여 년 전에 시집가 잘살고 있다. 그래서 동우의 뚱뚱함이 DNA가 아닌 과잉보호 때문이라 여기는 것이다. 부모는 나름대로 그 점을 후회하고 있고, 친지들은 여태껏 장가를 못 가고 있는 뚱보 동우를 측은한 눈길로 지켜보고 있던 참이다.

물론 동우 자신은 체중을 줄이기 위해 피나는 노력을 해왔다. 학교 다닐 때에 왕따를 당했고, 성장하여 선을 보는 자리에서 여자들로부터 수도 없이 외면당하는 자신의 처지를 왜 모르겠는가. 헬스클럽에서 뛰기도, 먹는 양을 줄이기도, 굶기도 해봤지만 100kg에서 110kg 사이를 오르내릴 뿐 100kg 아래로 내려간 적이 없다. 오히려 다이어트 기간에는 못 먹는 고통 때문인지 이미 지병이 돼버린 혈압만 상승하고, 천식기도 되살아나 감기로 콜록거리기 일쑤였다.

천성이 착하고 여려서—이것도 부모의 과잉보호 탓이라고 모두들 생각한다—독한 마음을 먹지 못해 다이어트도 포기했다. 먹고 싶은 대로 적당히 먹고, 열심히 움직이는, 뚱보로 그냥 살기로 마음먹었다.

마음을 비워서였나. 동우의 마음을 확 휘어잡은 여인이 있었다.

각종 가전제품을 다 취급하는 대리점이라 매장에 판매사원 대여섯은 필요하다. 낮은 기본급에 판매실적에 따라 봉급이 차등되어 어지간한 판매 수완 없이는 오래 근무하기 어렵다. 결원이 생기면 그때그때 필요에 따라 채용하는데, 대부분 기존 사원이나 같은 업종에 일하는 사람들에게서 정보를 듣고 찾아온다.

김미정도 이력서를 들고 찾아왔었다.

약간 마른 듯 후리후리한 키에 얼굴도 갸름한데, 눈이 동글동글 영리하게 보이는 인상이었다. 나이 29세, 고졸, 미혼, 주로 백화점 의류코너 판매사원으로 오래 근무했고, 모 회사 정수기 판매 경력도 있다.

이력서를 보며 동우 아버지가 물었다.

"여자들 옷 파는 거와는 다를 텐데. 자신 있어요?"

"옷은 유행과 사치를 팔지만 가전제품은 꼭 필요한 것을 파는 거잖아요. 더 쉽지 않나요?"

김미정이 즉각 대답했다. 둥근 눈으로 동우 아버지를 빤히 쳐다보며. 상대의 눈뿐 아니라 마음까지 들여다보는 또렷한 눈빛이었다.

"그럼 잘해봐요."

동우 아버지가 즉각 채용했다.

김미정의 판매실적이 눈에 띄게 증가했다. 신혼 고객이든 교체 고객이든(낡은 제품을 바꾸려는) 여기저기 비교한 후 다시 찾아오게 만드는 수완이 있었다. 입사한 지 5개월 만에 판매원 5명 중 판매실적 1위를 기록하더니 계속 톱을 지켰다.

어느 날 퇴근 후 김미정이 동우를 치킨집으로 불러냈다.

"봉급도 탔겠다. 점장님께(동우를 대리점 점장이라 부른다) 한 턱 쏴야죠."

"이러지 않아도 되는데……."

이미 치킨 한 마리 시켜놓았다. 후라이드 반 마리, 양념 반 마리.

동우가 군침을 삼키며 후라이드 치킨에 손을 댔다. 천성적으로 매운 것보다 구수한 튀김에 구미가 당길 수밖에.

게걸스럽게 먹어대는 동우 옆으로 김미정이 왔다.

"겉껍질 기름 덩어리는 떼고 먹어요. 몸에 안 좋은 건데."

김미정이 손으로 치킨의 두툼한 기름 부분을 떼어주었다.

"에잇! 그걸 떼면 무슨 맛이야?"

동우가 덥석 김미정의 손을 잡았다.

그때 스파크가 일었다. 동우의 작은 눈이 김미정을 내려봤고, 김미정의 동그란 눈이 동우를 올려봤다. 거구인 동우의 심장이 쿵쾅거렸다. 순간 김미정이 얼굴을 들어 동우의 입술에 입술을 댔던 것이다.

그 이후 모든 것이 예쁘고 마음에 들었다. 판매수당을 더 받기 위해 고객에게 지나치게 허풍까지 떨어대는 끈질김도 기특해 보였다. 여자로서 키에 비해 빈약한 히프선과 밋밋한 젖가슴선마저 날씬하게 보였다. 자신처럼 뚱뚱보에게는 이렇게 후리후리한 여자가 어울리는 것이 음양의 이치요 천생연분이란 생각도 들었다.

두 사람은 항상 붙어 다녔다. 동우가 김미정이 사는 원룸에도 드나들었다. 이제 모두가 두 사람이 연인 사이임을 인정했다. 동우의 부모도 김미정을 받아들이는 눈치였다. 신분이 가난하고(1남 2녀 중 믹내로 오빠가 충남 서천에서 홀어머니를 모시고 농사짓고 산다고 했다) 내세울 것이 없지만 인물이 그만하면 반반한 편이고, 영리하고 매사에 똑똑하다. 더구나 아들이 푹 빠져 있으니 이제야 장가를 가나 보다, 라고 생각했다.

드디어 신호가 왔다. 김미정이 동우의 아이를 임신했다는 것이다. 소문은 소리없이 퍼졌고 동우 부모는 내심 기뻐서 결혼을 서둘렀다. 강남에 사십 평대 아파트도 마련했고, 결혼식을 치르면 대리점도 동우에게 완전히 넘겨줄 요량이었다.

결혼식 날을 확정하고 예식장 예약까지 마쳤다. 어느 날, 동우 아버지가 얼굴이 붉으락푸르락 노발대발하여 두 사람을 불렀다.

"미스 김! 이런 못된 년! 결혼까지 해서 아들까지 둔 년이 처녀

행세를 해? 당장 꺼져! 앞으로 동우나 내 앞에서 얼씬거리면 사기죄로 감방에 쳐 넣어버릴 거다."

동우 아버지가 서류뭉치를 두 사람 앞에 던졌다.

청천벽력을 맞은 동우가 더듬더듬 서류를 펼쳐봤다. '제적등본'이란 서류 두 통이었다. 한 통은 서천에 사는 김미정의 오빠 이름의 제적등본인데, 누이 김미정이 배우자 박경일과 혼인신고를 했다는 날짜가 나와 있었다. 또 한 통은 박경일 이름의 제적등본으로, 처 김미정이 아들(자) 남수를 낳아 출생신고한 날과 그 뒤 이혼신고한 날도 표시되어 있었다.

동그란 눈에 하염없이 쏟아지는 눈물을 손등으로 훔치다 말고 김미정이 자리에서 일어섰다. 일언반구 말도 없이 고개를 숙여 꾸벅 절을 한 다음 그 자리에서 사라졌다. 그 뒤 대리점에 다시는 나타나지 않았다.

몸져누운 것은 동우 자신이었다. 이틀을 꼬박 자기 방에 틀어박혀 나오질 않았다. 거구의 체격에 먹지 못해 한계를 느꼈는지 퉁퉁 부은 얼굴로 기어나와 소주를 들이켰다. 집 냉장고를 뒤져 안주거리를 찾아 닥치는 대로 먹어댔다. 양주도 꺼내 벌컥벌컥 마시다 취하면 자고, 깨나면 또 취하고.

그런지 열흘. 동우가 작심을 하고 밤에 김미정의 원룸으로 찾아갔다.

문을 열어준 김미정이 뚱보 동우의 넓은 가슴으로 뛰어들었다.

"보고 싶었어, 오빠! 와줘서 고마워."

배신을 따지러 왔던 동우의 마음이 금방 누그러져 버렸다.

김미정이 고백했다. 진즉 말했어야 했는데 미루다 보니 차마 밝힐 수가 없었다고.
"오빠와 결혼이 깨질 것이 두려워서가 아니야. 정은 이미 들었고. 오빠 마음에 상처를 줄 것이 뻔한데, 어떻게 말할 수 있었겠어. 정말이야. 이렇게 되고 보니 오빠와의 결혼은 인연이 아닌가 봐. 미안하고 죄송해! 마지막으로 꼭 이 말을 해주고 싶었어. 이제는 나 같은 것 잊고 새 출발해! 여자는 많아. 오빠는 마음이 착해 좋은 여자 만날 거야. 행복하길 바라. 진심이야."
김미정이 측은하다 못해 안타깝게 보였다. 동우 자신도 안타깝기는 마찬가지지만 오죽하면 저렇게 말할까.
동우가 우람한 두 팔로 김미정을 꼭 껴안아주었다.
"하지만 뱃속의 애는 어떻게 하니? 너와 내가 끝낸다고 간단히 정리될 일이 아니잖아!"
"걱정 마. 이미 지웠어."
"뭐라구?!"
"내 뱃속의 애를 병원에 가서 지웠다고. 오빠를 위해 그렇게 했어. 그래야 오빠가 마음을 깨끗이 정리하고 나를 떠나 새 출발할 수 있지. 안 그래?"
동우가 품에서 김미정을 밀쳐 냈다. 어떻게 열흘이 넘도록 고민하고 고민하고 또 고민했던 일을, 이렇게 별 망설임이나 거리낌도 없이, 간단히 지워 버릴 수 있단 말인가. 수도 없고 끝도 없이, 괴로웠고 궁리했고 번민했던 일이 아니던가.
김미정의 동그란 눈에 비치는 눈물이 측은이 아니라 매정으로 보였다. 뱃속의 애가 지워졌다는 사실에 김미정의 몸뚱이가 텅 빈 껍데기로 보였다. 그동안 두 사람이 쌓아온 수많은 추억과 정나미가 몸에서 깡그리 빠져나간 느낌이었다.

더 이상 할 말도 없었고 공허함과 허무 그 자체였다.

말없이 돌아서는 등 뒤에서 김미정이 소리쳤다.

"착한 오빠, 괴로워하지 마! 괴로워해 봤자 자신만 손해야. 인생 그게 그건데 이왕이면 즐겁게 살아야지. 잘 가, 오빠. 안녕!"

참 신기하게도 김미정이 마지막 남긴 말이 그 후 동우에게 진리로 다가왔다. 매정하게 떠나 버린 여자나 지워진 핏줄을 두고 한탄하고 괴로워해 봤자, 술잔만 비고 몸만 망가질 뿐, 해결책도 없는 공허함만 되풀이된다는 사실을 깨달았다.

그래 이왕이면 즐거운 인생이다.

동우는 일상으로 되돌아왔다. 일생일대의 고민과 시련의 긴 터널을 지나온 느낌이었다. 세상의 모든 것이 달리 보였다. 좋고 아름다운 것 이면에는 추하고 지저분한 요소도 내재되어 있음을 깨달았다. 모든 것을 있는 그대로 받아들이되 가능한 한 좋고 긍정적인 쪽으로 사는 것이 즐겁지 않겠는가.

지병인 혈압을 다스리기 위해서는 과음은 금물이라고 의사가 권유했다. 꼭 마셔야 한다면 소주나 양주 등 도수 높은 술은 피하고 맥주 두세 잔 정도가 오히려 혈액순환에 좋다고 말했다. 과체중에는 운동이 필수적이니 먹는 만큼 움직이는 길밖에 없다고도 했다.

동우는 일과를 마친 후 매일 헬스클럽에 들렀다. 열심히 밀고 당기고 올리고 흔들고 뛰었다. 거구에 바람 빠진 풍선처럼 주름져 늘어진 뱃살을 흔들어대며 뛰는 모습이 거울에 비치면 자신이 보기에도 민망했다. 하지만 남의 눈 의식할 일 있나. 한 시간가량 흠뻑 땀을 빼고 샤워를 하고 나면 몸도 마음도 개운했다. 그 기분으로 가까운 맥주집에 들렀다.

혼자라서 스탠드에 앉아 맥주를 마시는데 저만치 떨어진 자리에서 역시 혼자 맥주를 마시고 있는 여자가 눈에 들어왔다. 어디서 본 듯해 생각하니 이따금 헬스클럽에서 눈에 띄는 여자였다. 긴 생머리에 얼굴이 동그란데 몸매가 볼륨이 있어 그녀가 뛰는 운동기구 주위에 건장한 남자들이 모였었다. 그 남자들 틈에 동우 자신은 낄 엄두도 못 내고 그저 동물의 왕국 쇼 구경하듯 바라보는 처지였다.

여기는 맥주집이고 이미 한 잔 마셨다. 저 여자도 혼자다.

동우가 맥주병과 잔을 들고 여자 옆으로 갔다.

"여기 앉아도 되겠습니까?"

여자가 동우를 보더니 피식 웃었다. 비웃음이다. 세상에 이런 뚱보마저 자신을 넘보다니, 하는 표정.

"앉으세요. 빈자린데 임자 있나요? 대신 술값은 아저씨가 내기에요. 아셨죠?"

약간 취기가 있었다.

"아가씨가 원하면 얼마든지."

동우가 쾌활하게 말하며 옆자리 스툴에 앉았다.

가까이 보니 이목구비가 또렷하다. 미인은 미인인데 얼굴에 살이 없어 어딘가 빈약한 듯한 미인. 코가 오뚝하고 입술이 조그마해 고집이 센 인상이다.

이번에는 여자가 빙그레 웃었다.

"얼마든지, 라구요? 참 재밌는 아저씨네. 좋아요. 아저씨가 맘에 들어요."

"맘에 든다니 고맙구만!"

"우리 한잔해요."

여자가 동우의 잔에 맥주를 따랐고 동우도 여자의 잔에 채워주었다. 쨍, 잔을 맞대고서 쭉 들이켰다.

"아저씨가 왜 내 맘에 든지 아세요? 아저씨는 착해 보여서에요. 아저씬 나를 어떻게 해보겠단 생각 안 할 것 같아요. 그렇죠? 아저씬 헬스에서 본 그놈들 있잖아요. 그놈들관 분명 달라요. 그 새끼들은 잘난 체 뻐기며 얼마나 귀찮게 치근대는지… 내가 모를 줄 알아요? 나를 어떻게 하고 나서는 언제 보았더냐 할 뻔한 놈들이라고요. 하지만 아저씬 착해서 그런 생각도 안 할 거고. 그래서 좋아요."

노골적인 말이다. 뚱보니까 무시하고 있음을 대놓고 표현한 것이다. 사내로서의 차별과 무시에 듣기 좋은 말은 분명 아니다. 허나 거의 사십대 가까이까지 살면서 한 여자와의 막장까지 갔던 연애경험으로 동우는 불쑥 성숙해 있었다. 특히 여자의 말뿐 아니라 마음까지도 이해하게 되었고, 따라서 여자를 다루는 자신감까지 생겼다 할까.

"나도 아가씨가 좋아. 얼굴도 예쁜데 재잘거리기까지 하니 귀엽구만! 자 한잔해, 귀여운 아가씨!"

"좋아요. 착한 뚱보 아저씨! 뚱보라 불러도 되죠?"

"그럼. 뚱보는 뚱보니까. 대신 앞에 꼭 착한 뚱보라고 붙여주면 고맙고."

의기투합하듯 두 사람은 또 잔을 비웠다.

여자는 취해서인지 아니면 평소에도 수다쟁이인지 말이 많았다. 묻지도 않았는데 자신에 관한 얘기를 거리낌 없이 털어놓았다. 이름은 안소영, 나이는 27세. 대전서 태어나 고등학교까지 졸업했고, 서울로 와 여러 회사에서 일했는데, 현재는 '창수건업'이란 작은 건설회사 경리 파트에 있단다. 그 회사 사장 한창수는 여자만 보면 다 잡아먹으려는 야수인데, 안소영 자신도 먹히려는 판에 사장 마누라가 눈치챈 덕에 간신히 모면했고, 지금은 오히려 한창수가 자신의 눈치를 살핀단다. 한창수가 바람피는 상황을 소상히 파악하고 있는 안소영이 혹시 마누라에게 귀띔할까 조심해야 한다나. 한창수도 그렇고 남자란 십중팔구 오직 그 짓만을 위해 살고 있는 동물로 보면 틀림없단다.

"잘난 체하지만 속은 다 지저분해요. 그런 저질 짐승들을 상대하느니 차라리 혼자 사는 게 편하지."

"독신주의신가?"

"꼭 그런 건 아니지만 가깝다고 할 수 있죠. 태어나서 지금까지 쭉 혼자였는데 앞으로도 그럴까 생각 중이에요."

"태어나 쭉 혼자였다니?"

"난 고아예요. 부모가 누군지 몰라요. 보자기에 싸서 대전의 고아원에 버려져 고향이 대전으로 알고 있고. 안씨 성은 당시 고아원 원장님이 안씨라 이름을 안소영이라 지었데요. 나 참! 착한 아저씨! 그런 눈으로 보지 마세요."

"응? 내 눈이 어떤데?"

"내가 고아라니까 금방 측은하고 안타까운 눈빛으로 변해 나를 보고 있잖아요. 정말 어쩔 수 없는 착한 아저씬가 봐. 하지만 측은하게 생각할 것 없어요. 옛날은 옛날이고 지금은 누구 간섭 받을 것 없이 혼자 벌어 혼자 쓰고, 혼자 살기에 얼마나 편하고 좋은 세상인데요. 이렇게 착한 뚱보 아저씨와도 한잔하고. 우리 가끔 이렇게 술친구 해요. 알았죠?"

두 사람은 급속도로 친해졌다. 헬스클럽에서 만나면 꼭 같이 나와 맥주도 마시고 저녁도 먹었다. 동우의 마음속에서 김미정과 얽힌 기억이 차츰 지워지고 안소영이 자리를 차츰 넓혀가기 시작했다. 마음먹기 나름이어서일까? 무엇보다도 인생이 즐겁다고 느껴졌다. 아무리 친해도 뚱보 아저씨와 귀여운 아가씨로 거리를 유지하면서 서로 다가가지 않는 것이 스릴 있고 묘미가 있었다. 안소영이 영원히 독신주의로 남는다면, 동우도 결혼 않고 혼자 살면 그뿐, 그 역시 즐거울 거란 생각까지 했다.

그러다 안소영은 역시 여자였다. 어느 날 그녀가 말했다.

"나 그 개창수(그녀는 회사 사장 한창수를 그렇게 불렀다) 땜에 회사 그만둘까 봐. 아직도 틈만 있으면 집적대는데 더 이상 버티기도 뭐 하고. 아니, 그 인간뿐 아니라 사내란 사내놈들 죄다 귀찮게 하는데 시달리기도 지겹고. 그래서 하는 말인데, 뚱보 아저씨! 내

말 잘 들어요. 나 아저씨와 확 결혼해 버릴까?"
"진심이야?"
"진심이야."
"그럼 내 이 넓은 가슴에 안겨봐!"
안소영이 처음으로 동우의 가슴에 안겼다. 호박이 덩굴째 굴러 들어 온 거다. 동우가 품에 안긴 그녀를 우람한 팔로 꼭 껴안았다. 어떻게 이 기쁨과 즐거움을 말로 표현할 수 있단 말인가.
결혼은 순조롭게 진행되었다. 동우의 부모는 그녀가 고아라는 것도 눈감아주었다. 별도로 뒷조사를 했는지 안 했는지는 모르지만, 지난번처럼 제적증명 같은 것을 내놓지도 않았다. 똘보 동우가 시련을 극복하고 더 예쁘고 더 젊은 여자를 아내로 맞이한다는 소식은 지인들 사이에 큰 화제가 아닐 수 없었다. 모두 기쁘게 결혼식에 참석해서 두 사람의 행복을 진심으로 축원해 주었다. 한창수와 그 일행도 안소영의 직장동료로서 축하했음은 물론이다.
신혼여행은 평소에 안소영이 가고 싶어 했던 하와이로 다녀왔다. 강남의 부촌 밀집지역에 이미 마련해 두었던 그 40평대 아파트에 드디어 입주하여 동우의 신혼생활이 시작되었다.
미끈한 이태리제 연홍색 대리석바닥과 고급내장제와 고급 외제 가구로 장식된 아파트 거실에서, 안소영은 예쁜 눈을 반짝거리며 조그만 입술을 연신 다물지 못했다. 한강 물줄기가 내려다 보이고 멀리 북한산 자락이 한눈에 보이는 거실 창가에 서서, 그녀가 동우의 목에 팔을 감고 폴짝 뛰어올랐다.

"오빠! 평생 나만 사랑해 줄 거지?"

"고럼! 말이라고?"

"바람피면 죽어. 알았지?"

동우가 그녀의 몸을 팔로 가볍게 안아 올리며 반짝이는 예쁜 눈을 내려다봤다.

"고것도 말이라고?"

그녀가 헤벌어진 입술로 동우의 입술에 포갰다.

동우는 신데렐라처럼 기뻐하는 아내가 한없이 귀엽고 사랑스러웠다.

꿈같은 신혼이었다. 동우는 자신이 뚱보라는 자격지심마저 까맣게 잊을 정도로 행복하게 대해주는 아내가 고마웠다. 역시 생각하기 나름인가. 동우로서는 즐거운 인생이 아닐 수 없었다.

동우의 부모는 관악산 자락 빌라에 살고 있고, 대리점은 가까운 신림역 근처다. 아내는 부모 집에 자주 들러 며느리로서의 역할을 잘해냈다. 태생이 고아라 친정이 없어서 그럴 거라고 생각할 수도 있지만, 요즈음의 젊은 새색시로서는 흔치 않은 일이라, 동우의 부모는 날이 갈수록 흡족해하는 눈치였다. 동우의 누나마저 어머니에게 은근히 올케를 칭찬했다.

"엄마, 동우가 그래도 복은 있나 봐. 저렇게 눈치 있는 여자를 만났다니. 동우도 복이지만 엄마도 복이요. 역시 여자는 한 단계 아래에서 들이는 게 집안이 편하다는 말이 맞아. 그치?"

드디어 아내가 임신을 했다. 동우는 물론이요 집안 모두의 경사가 아닐 수 없는 일이다. 아내는 한 단계 격상된, 귀중한 보물로 간주되었다.

자신의 위치를 확인했다는 뜻인지 아내는 대리점 영업에도 이것저것 관여하기 시작했다. 회사 경리파트 근무경험을 살려 회계 시스템 개선에 관해 조언했는데 동우 아버지는 이 귀중한 보물 며느리의 조언을 흔쾌히 수용했다. 매장의 제품 카탈로그도 열심히 검토한 후 고객을 상대로 실제 판매도 했다. 판매사원, 배달사원, 운전기사, 경리, 청소원, 경비 등 전 직원들과도 친하게 지냈다.

어느 날 아내가 동우에게 말했다.

"판매원들 나이가 너무 많아요. 신제품에 적응하려는 노력도 대충대충이고. 그러니 판매실적이 그만그만이죠. 요즘 젊은 애들이라면 의욕도 넘치고 뭔가 달라도 다를 텐데."

"그래도 노련한 사람들이야. 몇 년을 우리 집에서 일해온 베테랑들인데."

"그러다 발전은커녕 대리점이 망할까 봐 하는 말이죠."

동우가 아내의 조그마한 입술을 뭉툭한 손가락으로 막았다.

"그딴 걱정은 내게 맡기고 예쁘고 귀여운 자기는 뱃속의 애기나 잘 자라는가 걱정하시지?"

아내가 토라진 듯 눈을 흘기며 말했다.

"오빤 마음이 여려 온정주의가 문제야. 나 오빠에게 이런 말 안 하려고 했는데, 오빠 옛 애인이 판매원이었다며? 결혼 직전까지 갔었다며? 착한 마음에 온정으로만 대하다 지금도 혹시 여직원 누구에게 흑심을 품고 있는 거 아니지? 그러기만 해봐! 오빠

죽고 나도 확 죽어버린다!"

"그런 걱정 하지도 마! 나를 어떻게 보고 그런 식으로 말해? 맹세코 그럴 일 없어!"

이렇게 말했지만 동우는 뜨끔했다. 전 여직원과의 사건은 직원들이 소곤거리는 말을 귀담아 들어서 알게 된 것이라 짐작했다. 하지만 자신이 대리점 경영에 별 관심도 없이 여린 마음에 누구에게나 온정주의에 쉽게 빠져 지내왔다는 사실은, 아내가 제대로 본 지적이었다.

"알았어! 명심할게. 앞으로는 자기와 장차 태어날 애를 위해서라도 대리점 경영에 전념할게. 특히 온정주의는 배격하고 철저히 사업 발전 위주로 나갈 거야."

아내는 한술 더 떴다.

"오빠가 그러기 위해서는 먼저 아버님으로부터 독립이 필요해요. 우리 결혼하면 이 대리점 명의를 오빠에게 물려주기로 하셨다니 그렇게 하고 아버님은 물러나시게 해야 해요. 그래야 오빠의 뜻을 마음대로 펼칠 수 있어요. 내가 오빠를 그렇게 만들 거예요."

아내는 적극적으로 대리점 경영에 관여하기 시작했다. 동우를 조종하여 이것저것 바꾸고 개선하게 만들었다. 동우와 시아버지 사이에서 나름대로의 수완과 그때그때의 재치를 발휘하여 아버지가 아들을 믿게 만들었다.

동우 아버지는 오래전부터의 계획대로 동우에게 대리점 관련 모든 것을 물려주고 완전히 손을 땠다. 대리점 경영권과 건물 소유권 등 모든 것이 동우에게 넘어왔다. 38년의 생애 동안 대부분 뚱보라는 자격지심에 시달려 온 동우가 드디어 경영주로서 소신 껏 사업에 전념할 수 있는 기반이 마련된 셈이다. 더구나 예쁜 아내가 옆에서 보필해 주니 그야말로 보람찬 인생이 아닐 수 없다.

아내의 배가 서서히 부풀어 올랐다. 동우의 차로 산부인과에 다녀와서 뱃속의 아기 사진을 보여주며 아내가 말했다.

"병원에 자주 가봐야 하는데 별도로 내 차가 하나 있어야겠어요."

"그래? 그럼 자기 이름으로 한 대 뽑지 뭐?"

"그래서 말인데, 이왕 살 거면 외제차로 할까 봐요. 우리 사는 아파트 봐요. 죄다 외제만 타는데 우리만 구닥다리 국산을 끌고 다니니 쪽팔리잖아요."

동우의 차는 5년이 넘은 그랜저다. 여러 신형차와 외제차가 쏟아져도 차를 바꾸지 않은 것은 아버지가 10년이 다 되어가는 구닥다리 에쿠스를 아직 타고 있기 때문이었다. 그때는 그랬지만 명실상부 대리점 사장이 된 마당에 이제는 사정이 다르다. 아내의 말대로 아파트단지의 외제차 홍수 속에서 자신의 낡은 국산차는 스스로도 초라하다고 생각하고 있었다. 거기다 아내가 장차 태어날 예쁜 아기를 태우고 미끈한 외제차를 운전하는 모습을 상상하니 즐거워졌다.

"좋아. 이왕이면 고급으로 뽑자고."

아내가 원하는 대로 고가의 BMW750을 타게 해주었다. 아내는 윤기가 나는 은색 BMW를 몰고 산부인과도 다녀오고 백화점에도 나다녔다. 대리점에 수시로 나타나 여왕처럼 군림했다. 판매수당을 조정하여 실적이 낮은, 나이 든 판매사원 아줌마를 스스로 물러나게 만들자 드디어 일이 터졌다.

동우 아버지가 대리점에 나타난 것이다. 아들과 며느리를 앉혀 놓고 말했다.

"내 듣자듣자 도저히 참을 수가 없어 나왔다. 동우 너 민숙이가 누구냐. 10년도 넘게 여기서 한솥밥을 먹어온 판매 베테랑 아니냐. 우리 가족이나 다름없는 직원인데 판매고가 낮다고 그냥 쫓아내다니. 아무리 경쟁 사회라 해도 그래서는 안 되는 거다. 동우 너가 민숙이를 찾아가 다시 복직시켜라. 공신을 대접해야 사원 간의 화목이 잘 유지되는 것이다. 내 말 알겠지?"

동우가 말씀은 이해하겠다는 듯 머뭇거리자 아내가 나섰다.

"그건 안 됩니다, 아버님! 가족처럼 귀한 직원이라 해도 경쟁력이 없으면 당연히 내보내야 합니다. 요즘 TV, 냉장고, 휴대폰 등 제품마다 새로운 기능의 신제품이 시시각각 쏟아져 나오고 있는데 민숙이 아줌마 같은 판매직원은 그 기능마저 이해하지 못해요. 젊고 민첩한 직원으로 바꾸지 않으면 우리 대리점은 살아남지 못해요."

동우 아버지가 조그마한 입으로 야무지게 말하는 며느리를 노려보았다.

"너 말 잘했다. 네 말이 당연하고 그렇게 가야 하는 것이 살아남는 길이란 것을 모르는 바 아니다. 허나 일에는 완급이 있는 법인데, 너희 일하는 방식을 두고 이런저런 말이 자꾸 들리니 나도 한마디 하자."

"무슨 말씀을 들으셨는데요?"

"직원들의 단합과 사기는 뒷전에 두고 너희에게 외제차가 뭐냐? 그것도 2억이 넘는 BMW라니. 그리고 특히 너! 너 입고 있는 옷이며 구두, 핸드백 모두 명품이라며? 태어날 애를 위하여 조용히 지낼 것이지 웬 사치로 직원들 구설수에 오르냔 말이다. 내 말은 그 돈이면 네 말대로 유능한 직원 더 뽑고 민숙이도 아울러 같이 살아가는 길이 우선 아니냐 이거다."

아내가 큰 눈을 내리깔았다. 그녀가 입고 있는 레이시한 흑백 투피스는 아르마니, 은색 하이힐은 지미 추, 탁자 위에 놓여 있는 핸드백은 루이비통이니 시아버지의 말이 근거 없는 말은 아니다.

거기다 동우 아버지가 한마디 덧붙이는 것이 화근이 됐다.

"내 말이 틀렸느냐?"

아내가 큰 눈을 번쩍 떴다. 동우는 처음으로 그 눈빛에서 심상치 않은 어떤 것을 본 것 같았다. 아내가 시아버지를 똑바로 보며 말했다.

"서운합니다, 아버님! 퇴직 직원 말만 듣고 그리 말씀하시니 정말 서운합니다. 하지만 한 말씀만 드리겠어요. 저희가 이 대리점을 맡고 나서부터 판매실적이 차츰 증가하고 있는데 그거면 된 것 아닌가요? 일단 저희에게 맡기고 물러나셨으면 더 이상 왈가왈부 말아주십시오. 그럼 저는 이만!"

아내가 탁자 위의 명품 루이비통 핸드백을 들더니 휙 나가 버렸다. 전혀 예상할 수 없었던 며느리로서의 무례하기 짝이 없는 행동이었다. 동우 아버지는 어이가 없어 말이 없었고, 동우 자신은 난감하여 뚱뚱한 몸을 기우뚱거리며 자리를 슬슬 피하고 말았다.

그 일 이후 아내는 한동안 대리점에 나오지 않았다. 자주 드나들던 시댁에도 발길을 뚝 끊어버렸다. 동우 부모와 아내 사이에 냉기류가 형성되었다. 아내를 설득하려 했지만 오히려 동우 자신이 아내 편이 되어 부모와 멀어졌다. 거기다 아내의 배가 동우 배만큼 부풀어 올랐다.

그래, 애가 태어나 손주를 보게 되면, 그땐 분위기가 달라지겠지… 동우는 편하게, 좋은 쪽으로 생각하기로 마음먹었다.

드디어 아내가 분만했다. 딸이었다. 아기라 아직 표가 나지 않아서인지 몰라도 동우는 자기처럼 뚱뚱해 보이지 않고 사지가 멀쩡해서 무엇보다 안심이었다. 부모님도 예쁜 손녀의 탄생을 세상 누구보다도 기뻐했다. 동우 아버지는 손녀에게 '수아'란 예쁜 이름도 지어주었다. 예상했던 대로 아내와 부모님 사이의 냉기류가 언제 그랬냐는 듯 사라져 기뻤다.

산후조리원을 나오자마자 아내는 모유에서 분유로 바꿨다. 아기 곁을 떠나지 않으려는 시어머니에게 기꺼이 아기를 맡겼다. 아내는 다시 대리점 경영에 관여했고 동우 아버지는 손녀 보는 즐거움에 푹 빠진 듯 가타부타 더 이상 부딪칠 일이 없었다. 집안이 평안해졌고 대리점이 원만히 돌아가는 것 같아, 동우는 매일매일이 만족스럽고 즐거웠다.

아기 백일잔치도 벌였다. 태생이 고아라 친정이 없는 아내는 결혼식에 참석했던 전 직장동료들을 이번에도 불렀다. 그 자리에 참석한 한창수 사장이 동우에게 말했다.
"이동우 사장님! 예쁜 딸도 두셨으니 건강관리 잘하셔야겠습니다."
"헬스클럽에서 열심히 뛰고는 있습니다만."
"헬스요? 그보다는 맑은 공기가 낫지 않나요? 꽉 막힌 건물 안보다는 요즘 단풍도 한창인데 등산이 훨씬 좋지요."
"등산이요?"
"그럼요. 건강관리에 그만이죠. 공기도 상쾌하고 단풍도 구경하고. 마침 우리 회사가 운영하는 펜션이 홍천 금학산에 있는데 한번 가보시지요. 기가 막힙니다. 이 사장님이 가신다면 사모님이 우리 회사 직원이셨으니 특별히 무료 이용권을 드리지요."
옆에 있던 아내가 말했다.
"웬 선심이세요, 한 사장님! 진짜죠? 좋아요. 오빠! 골짜기 물도 좋고 산 경치도 기가 막힌 곳이야. 아, 단풍철이라니 한번 가보고 싶다. 오빠, 우리 한번 가자. 아 참! 이번 직원 가을 MT 금학산에서 하면 어떨까?"
사기 진작과 친목을 위해 해마다 봄과 가을에 대리점 직원 단합대회 행사가 있다.
"그럴까? 한 사장님이 편의를 봐주신다면 나도 가보고 싶네."
한창수 사장이 재깍 답했다.
"날짜만 확정하여 알려주십시오. 모든 편의 다 제공하도록 지시해 놓겠습니다."

이렇게 해서 대리점 직원 MT를 홍천의 금학산으로 가게 되었다.

동우 부부를 포함하여 직원 11명이 승용차 세 대에 나눠 타고 출발했다. 백일이 지난 아기는 아침 일찍 시댁으로 가 시어머니에게 미리 맡겨두었다.

경춘고속도로를 달리면서 BMW 운전대를 잡은 아내가 차창을 내렸다.

"와, 저 푸른 하늘. 상쾌한 바람. 오빠! 오늘 날씨 그만이다. 그죠?"

"아니에요, 사모님. 일기예보에 오후에는 흐려지고 소나기가 온다던데요."

뒷좌석에 탄 판매사원 미스 김이 말했다.

"그래? 하지만 그건 서울 지역 얘기잖아. 강원도 산골은 다르겠지. 안 그래, 미스 김?"

"강원도 영서 지역, 그러니까 홍천 지역 일기예보라니까요."

조수석에 앉은 동우가 말했다.

"흐리고 비가 오면 어때? 산골짜기 펜션에서 고스톱에 한잔하는 것도 운치 있잖아. 안 그래?"

아내가 재깍 말했다.

"오빠! 그건 안 돼. 모처럼 나가서까지 고스톱이라니. 술 많이 마시는 것도 싫어."

"그럼 산골에서 처량하게 내리는 비만 쳐다보고 있잔 말이야?"

"가능하면 등산을 해야죠. 거기 가면 등산코스가 얼마나 좋은데. 그리 높지도 않고, 단풍이 빨갛게 물든 산등성이를 따라 정상에 오르면 전망이 끝내줘요. 나 오빠하고 꼭 오를 거야. 오빠도 운동이 필요한 건 잘 알죠?"

애도 이미 출산하여 백일도 지났고, 모처럼 야유회라 아내가 가뿐한 마음에 기분이 상당히 고무되어 있는 것으로 동우는 이해했다.

금학펜션은 경춘고속도로를 빠져나와 이차선 포장도로를 달린 뒤, 개울을 끼고 굽이굽이 비포장 길을 한참을 올라가서 금학산 줄기 중턱에 위치해 있었다.

개울을 끼고 양옆으로 통나무집 대여섯 채가 단풍나무 숲 여기저기 박혀 있었다. 가장 큰 이층 통나무 건물이 본부로 일층에 사무실과 식당과 탁구장, 이층에 객실, 지하층에 노래방과 오락실 등이 있고 앞에 넓은 운동장과 주차장이 배치되어 있다. 별채의 통나무 건물들은 손님 규모에 따라 크기가 다른 방갈로 형으로 각기 주차장과 바비큐 시설들을 갖추었다. 어느 위치에서나 산 아래 굽이굽이 골짜기 사이의 고즈넉한 마을과 끝도 없이 이어진 강원도 산등성이가 시원스레 눈에 들어오는 탁 트인 전망이었다.

계절이 단풍철이라 본부 건물 주차장과 방갈로 옆에 승용차가 여러 대 있었고, 등산객들을 싣고 온 관광버스도 몇 대 보였다.

동우 일행은 12시 무렵 15인용 별채 통나무 방갈로로 안내되었다. 화장실 겸 욕실이 딸린 큰 방이 두 개, 방보다 훨씬 큰 거실에 모든 설비를 갖춘 부엌과 식탁, 응접 세트 등이 넓게 배치되어 있었다. 일행은 남녀로 구분하여 각기 방에 여장을 풀었다.

점심을 먹은 후 모두 등산복 차림으로 모였다. 맑고 푸르른 가을 하늘에 회색 구름 떼가 떠다닐 뿐 당장 비가 내릴 것 같지는 않았다. 등산 가방에 물과 캔맥주, 막걸리와 소주, 요깃거리 등을 준비했고 만일에 대비해 우산과 비옷도 챙겼다.

일찍 산에 오른 사람들은 벌써 내려오고 있었다. 알록달록 원색의 등산복 차림으로 흥에 겨워 떠들며 내려왔다. 어떤 이는 붉게 물든 단풍잎보다 더 빨갛게 취해 뒤뚱거렸다.

원래 동우는 등산을 꺼려 했다. 자신의 비대한 몸뚱이가 뒤뚱이며 산에 오르는 모습을 남에게 보인다는 사실 자체가 싫었다. 군대 생활도 요행으로 서울근교 도시지역 행정병으로 근무했기 때문에 산을 오르내리거나 박박 길 기회도 별로 없었다. 운동이라면 여러 사람의 눈에 띄는 탁 트인 공간이 아니라 막힌 공간인 헬스클럽이나 스포츠센터를 자연스럽게 선호했던 것이다.

허나 이젠 다르다. 어엿한 사업체의 대표요 젊은 아내와 예쁜 딸을 거느린 가장이다. 남과 비교해서 누가 봐도 품위 있고 멋진 인생이지 결코 모자라거나 처진 모양새는 아니다. 누구 말처럼 이제는 건강을 챙겨야 할 판인데 굳이 똥보라는 자격지심으로 남을 의식할 필요는 없다. 더구나 젊고 발랄한 아내를 앞장세우고 뒤따라가는 즐거운 산행길이다.

펜션에서 골짜기를 따라 오르는 등산로는 물도 맑고 바람도 시원했다. 초록빛부터 진홍빛까지 층층이 짙게 물들어가는 단풍나무 숲 자태는 영롱하고 화려한 자연색 그대로 장관을 이뤘다.

경치에 매료되어 상큼한 기분으로 출발했지만 골짜기서 산등성이까지는 가파른 길이었다. 역시 등산은 헬스클럽 운동기구와도 달랐다. 처음 가파른 길을 오르다 보니 숨이 차오고 땀이 줄줄이 흘렀다. 동우는 일행 중 차츰 맨 뒤로 처졌다. 앞서 가던 아내가 동우를 배려해서 기다리고 있다가 보조를 맞춰주었다. 출산 후 몸이 날씬해진 아내는 언제 그랬냐는 듯 사슴처럼 날렵해 보였다. 아내와 산등성이 길로 깔딱 올라설 즈음에는 동우의 몸은 온통 땀으로 뒤범벅이었다. 하지만 기분은 상쾌했다. 탁 트인 산등성이 시원한 바람이 숨이 차 헉헉대던 가슴을 뻥 뚫어내린 듯 후련했다. 몸도 가벼워지고 발걸음도 가뿐함을 느꼈다. 이제는 얼마든지 산을 오를 수 있다는 자신감도 생겼다.

산등성이에서 정상으로 향하는 등산로는 한동안 가파른 곳 없이 오르락내리락 순단한 길이었다. 울긋불긋 단풍 숲으로 물든 골짜기가 내려다보이고, 시원한 바람에 입속에 흐르는 침마저 달콤하게 느껴졌다. 동우는 신이 났다. 경주를 하듯 일행을 한 사람 한 사람 제치고 앞서 가기 시작했다. 사슴처럼 날렵한 아내도 바짝 뒤따라왔다.

드디어 금학산 정상에 도착했다. 흐르는 땀을 훔치며 사방을 둘러보니 발아래 단풍으로 물든 산들이 첩첩이 이어진 모습은 신비롭기까지 했다. 하늘을 올려다보니 푸른 하늘에 검은 구름 떼가 빠른 속도로 모여들고 있었다. 일기예보대로 소나기라도 한차례 퍼부을 것 같았다.

동우가 고개를 들어 하늘의 구름 떼를 쳐다보는 순간 아찔한 현기증을 느꼈다. 온몸에서 힘이 빠지며 피로가 밀려왔다. 너무 무리를 했나? 동우는 그 자리에 주저앉아 잠시 쉬며 몸을 추슬렀다.

모두들 등산 가방에서 요깃거리를 꺼내놓고 빙 둘러앉았다. 술과 음료를 마시며 가을 산의 경치를 즐겁게 떠들어댔다.

배달기사 미스터 장이 동우에게 말했다.

"사장님! 안색이 하얘지셨네요. 어디 편찮으신가요?"

"아니, 괜찮은데."

"아까 앞장서 올라오시더니 땀을 많이 흘리셨군요. 소주를 몇 잔 하시죠. 피로가 싹 풀리실 겁니다."

소주를 석 잔 받아 마시고 나니 동우는 다시 생기가 돌아옴을 느꼈다. 맥이 풀린 듯한 피로감이 가시고 힘도 솟았다. 더 높은 산이라도 얼마든지 더 오를 수 있을 것 같은 기분이었다.

하늘에 구름 떼가 잔뜩 모여들고 있어 일행은 하산을 서둘렀다. 도중에 소나기를 만났다. 각자 비옷을 입거나 우산을 펼쳐 들었다. 나뭇잎에 비 떨어지는 소리가 후드득후드득 요란했다. 가을 산의 메마른 듯 청명한 공기 속으로 차가운 습기가 바람을 타고 밀려왔다. 뒤에 처져 우산을 들고 내려오는 동우가 갑자기 엄습한 추위에 몸을 부르르 떨었다. 오한을 느끼며 기침까지 했다. 벗었던 점퍼도 다 껴입었지만 춥기는 마찬가지였다.

하산 길 도중에 소나기는 그쳤지만 동우는 계속 뼈에 스미는 듯한 한기를 느꼈다. 기침도 콜록콜록 계속했다.

아내가 걱정스런 표정으로 뒤따라왔다.

"괜찮아요?"

"좀 무리를 했나. 감기 몸살이 났나 봐. 천식까지⋯⋯."

산등성이에서 펜션까지의 가파른 길에서는 다리에 힘도 빠져 미스터 장의 부축을 받고 내려왔다.

숙소인 방갈로에 도착해서 뜨뜻한 물로 샤워까지 했는데도 으스스한 몸살에 기침은 계속이었다. 저녁 밥상 앞에서도 식욕이 없어 국물 몇 숟갈 뜨고 말았다.

마침내 아내에게 말했다.

"나 좀 푹 쉬어야겠어. 조용한 방 있나 알아봐 줘. 한잠 푹 자고 나면 괜찮아지겠지. 그리고 이 고질인 천식 땜에 그러는데, 가습기가 있나 부탁 좀 해줘."

마침 가족용 방갈로 하나가 비어 있었다. 침대방 하나에 거실이 딸린 통나무집으로 일행의 숙소에서 오십여 미터 떨어진 조용한 위치였다.

펜션 사무실 근무자들이 드나들며 방에 난방도 조절하고 가습기도 설치해 주었다. 뜨거운 음료와 쌍화탕도 준비해 놓았다.

침대에 눕고 나서 동우가 아내에게 말했다.

"두세 시간 푹 자고 나면 괜찮을 거야. 내 몸은 내가 잘 아니까 내 걱정은 말고. 나 대신 자기가 직원들 나머지 프로그램 진행하고 있어. 나 한숨 자고 나갈게, 알았지?"

"알았어요. 마음 편히 푹 잠이나 자, 오빠!"

"나가면서 출입문 잠그고 나가. 외진 곳이라 나 자고 있는데 누가 들어오면 곤란하니까. 이 방 불도 꺼주고."

방 불을 끄니 붉은빛 침대 탁자 등만 남았다. 방문을 닫고 나간 아내가 방갈로 출입문 실린더를 눌러 닫고 나가는 소리도 들려왔다.

동우는 이내 깊은 잠에 빠져들었다.

그것이 동우의 마지막 잠이었고 더 이상 잠에서 깨어나지 못했다.

이것으로서 착한 풍보 동우의 이생에서의 즐거운 인생이 마감될 줄 누가 알았겠는가.

동우의 주검을 최초로 발견한 사람은 그의 귀여운 아내 안소영이었다.

안소영은 남편의 지시대로 직원들과 그날의 남은 MT 프로그램을 주도해서 진행했다. 밤 8시부터 9시까지 진행된 '직원자유발언' 시간에는 직원들의 각자 불만사항과 요구사항 등을 열심히 경청하여 기록했고, 직원 간의 상충되고 대립되는 이견들도 정리했다. 종합 결론에서는 개선할 점은 확실히 책임지고 개선하겠다고 자신 있게 답변했다. 사장 사모님이라기보다 경영주다운 답변에 모두들 흐뭇하여 박수까지 치고 마쳤다. 9시부터는 모두들 흐뭇한 기분을 살려 본관 지하의 노래방으로 몰려가 여흥을 즐겼다.

밤 10시가 넘어 10시 30분이 되어도 남편은 나타나지 않았다. 저녁 7시 전부터 잤으니 3시간 반 넘게 자고 있는 셈이다. 안소영은 핸드폰으로 남편에게 전화를 걸었다. 신호는 가는데 받지 않는다. 걱정스런 표정으로 배달기사 미스터 장에게 말했다.

"미스터 장, 사장님이 너무 깊게 잠에 빠지셨나 봐. 전화도 안 받으시고. 너무 오래 주무시는 것도 좋지 않고, 모처럼 직원들과도 같이 어울리는 시간인데. 가서 깨워 모셔와야지. 밤길이니 나 혼자 가긴 그렇고, 미스터 장이 같이 가줘. 사무실에 가 방갈로 마스터키 좀 빌려올래?"

"알겠습니다, 사모님!"

미스터 장이 펜션 사무실 직원을 데리고 따라왔다.

안소영이 방갈로 출입문을 두들겨도 안에서 기척이 없자 사무실 직원이 마스터키로 문을 열었다. 거실 불을 밝히고 방문을 여니 붉은빛 침대탁자 등만 보였다. 방 안 전등도 켰다. 아까 나갈 때와 마찬가지로 거구의 남편이 침대에 이불을 덥고 똑바른 자세로 누워 있다.

안소영이 남편의 몸을 흔들었다. 눈을 감고 잠자는 모습 그대로 꿈쩍 않는다. 뭔가 이상하다.

"미스터 장! 이리 들어와 봐! 이이가 이상해!"

미스터 장과 사무실 직원이 방 안으로 들어왔다. 함께 얼굴을 들여다보며 몸을 흔들었다. 얼굴색이 핏기 없이 파르스름하고 귀 언저리 목줄기 혈관도 푸르다. 입과 코에 귀를 대보고 귀밑 목줄기를 손으로 만져 본 미스터 장이 말했다.

"숨을 쉬지 않네요. 돌아가셨나 봅니다."

"뭐— 라고?"

안소영이 눈을 크게 치켜뜨더니 이내 남편의 몸 위에 얼굴을 박고 울부짖었다.

"오빠 뭐야! 오빠, 이게 뭐야! 뭐야, 이건……!"

펜션 사무실 직원이 나섰다.

"사모님! 이러시면 안 됩니다. 경찰이 올 때까지 이 방 이 모습 그대로 보존해야 합니다. 아무것도 손대면 안 됩니다. 자 나가시죠."

안소영은 미스터 장의 부축을 받아 거실로 나왔다.

펜션 사무실 직원이 경찰에 신고를 했고, 밤 11시 50분쯤 홍천 경찰서 형사팀이 도착했다.

반백의 짧은 스포츠형 머리에 이마에 긴 주름이 많은 나이 든 형사가 팀을 지휘하는 조만형 경사였다. 조 팀장이 팀원들과 사고 현장인 방 안을 두루두루 살폈다. 검시의사는 시체의 상태를 요리조리 점검했고, 비닐장갑을 낀 형사는 방 안의 물건 이것저것 점검하여 하나하나 비닐봉지에 수거했다.

조 팀장이 거실에 모여 있는 대리점 직원들과 펜션 사무소 직원들을 상대로 질문했다.

"오늘 낮 12시경 이곳 펜션에 도착했고, 점심 후 2시부터 6시까지 금학산 등산을 마친 후 사망자가 감기몸살기가 있다며 7시 전부터 이곳 방갈로에 혼자 취침했다, 이거죠?"

모두들 시인했다.

"사망자가 취침할 당시 누가 도와줬나요? 그때 상태는 어땠지요?"

배달기사 미스터 장이 대답했다.

"저와 사모님이 사장님을 이곳으로 부축해 왔습니다. 춥다며 몸을 으스스 떨었고 기침을 심하게 하셨습니다. 그래서 펜션 사무실에 난방과 가습기를 부탁했습니다. 방해받고 싶지 않으시다고 해서 이 방갈로 출입문도 잠그고 나왔고요. 밤 10시 30분이 지나도 사장님이 나오시지 않자 저와 사모님이 사무실 직원의 도움을 받아 출입문을 따고 들어와 보니 저렇게 되신 거예요."

"7시 전부터 10시 30분까지 출입문이 잠겨 있었으니 누구도 들어올 수 없었다. 방 창문도 잠겨 있었고. 난방도 뜨뜻한 상태고, 가습기는? 가습기는 현재 정지된 상태인데 누가 언제 껐나요?"

미스터 장이 안소영과 처음 같이 왔던 펜션 직원을 차례로 둘러본 후 말했다.

"아까 처음 발견 시 이미 꺼져 있었습니다. 7시 전 취침 당시에는 켜진 상태였는데 10시 40분경 발견 시에는 분명히 꺼져 있었어요. 우리가 끈 것은 아니고요."

안소영도, 펜션 직원도 머리를 끄덕였다.

팀장이 고개를 갸웃하며 말했다.

"그럼 아무도 들어온 사람이 없었으니 스스로 꺼졌다? 박 형사! 가습기 물통을 점검해 봐. 사망자 자신이 끄지 않았다면 물통에 물이 남아 있는데도 자동으로 정지될 리 없을 테니깐."

형사 팀원인 박 형사가 비닐장갑 낀 손으로 가습기 뚜껑을 열고 9리터들이 플라스틱 물통을 꺼내 흔들어봤다.

"물이 남아 있지 않는데요."

팀장이 고개를 끄덕였다.

"그럼 물통에 물이 얼마 남아 있지 않은 상태에서 가습기를 틀어줬었다는 얘기군. 그렇다면 누가 침입한 흔적도 없고, 외상의 흔적도 없이 잠을 자다 숨이 멈췄다는 것인데, 사망자에게 특별히 지병이 있나요?"

안소영이 서글픈 얼굴로 울먹이듯 말했다.

"고혈압이 있어요. 매일 약을 먹고요. 천식이 있어 감기가 들면 기침도 심하고요. 오늘 등산이 무리였어요. 정상까지 가지 말고 도중에 멈춰야 하는 건데. 제가 정상까지 가자고 고집한 바람에. 몸살에 비까지 내려 감기까지 겹쳤으니. 다 제 잘못인 것 같아요."

미스터 장도 탄식하듯 말했다.

"제가 소주를 석 잔이나 드시게 한 것도 문제였나 봅니다. 산 정상에서 몸 컨디션이 좋지 않으시다고 해서 권해 드렸는데, 혹시 그 때문에 상태가 악화되어 저렇게 되신 것만 같아 죄송할 따름입니다."

팀장이 알았다는 듯 머리를 끄덕였다.

"저런 거구에 고혈압까지 있었으니 등산이 무리일 수 있지. 원장님! 원장님, 소견은 어떠신지요?"

시체를 검사한 검시의가, 형사팀과 같이 온, 홍천의 모 의원 원장이었다.

그가 대답했다.

"상태가 급성심근경색 현상을 전형적으로 보여주고 있습니다. 심폐가 정지되어 피가 통하지 않으니 세포에 산소공급이 차단되어 피부와 점막이 자주색을 띠다 벌써 푸른색으로 변했고. 누운 상태에서 혈관에 남은 피가 아래로 쏠리다 생기는 등 쪽의 시반도 푸르게 변한 상태입니다. 체온으로 측정한 소견으로는 심폐기능이 정지된 지 3시간 반에서 4시간 정도 지난 상태로 밤 8시에서 8시 30분 사이에 사망한 것으로 추정됩니다. 고혈압 환자가 조심해야 하는 것이 급성심근경색인데 컨디션이 좋지 않은 상태에서 무리를 했다면 흔히 있을 수 있는 일입니다."

검시의의 명료한 설명에 조만형 팀장이 잠깐 생각에 잠긴 후 결론을 내렸다.

"심근경색에 의한 자연사란 결론이군. 자, 유족에게 삼가 조의를 표합니다. 이제 고인의 장례 절차를 진행하셔도 됩니다. 저희는 이만 철수하겠습니다."

형사팀이 나기려다 빅 형사가 물었다.

"팀장님! 그럼 이 수거한 물건들은 가져갈 필요 없겠지요?"

조만형 팀장이 몇 개의 비닐봉지에 수거한 물건들을 돌아봤다. 방에 있던 물병, 컵, 쌍화탕 등 음료, 가습기 등이었다. 이마의 옆주름을 깊게 잡고 생각하더니 지시했다.

"아니야! 그래도 일단 가져가 보자고."

조만형 팀장의 주름진 얼굴에는 뭔가 석연치 않다는 표정이 분명 남아 있었다.

119에 전화하니 앰뷸런스가 왔다. 이동우 사장의 불의의 사망으로 대리점 직원들 모두 남은 MT 일정을 취소하고 그 밤중에 앰뷸런스를 뒤따라 서울로 철수해 왔다.
이동우 사장 영안실은 강남의 모 병원 장례식장에 설치되었다.
미망인 안소영은 미리 기다리고 있던 시아버지와 시어머니를 만나자 장례식장이 떠나가도록 소리를 질러대며 한바탕 대성통곡을 했다.
"수아 아빠! 수아 아빠! 나 어떡하라고! 난 어떡하라고! 아버님! 나 혼자 이제 어떻게 살아욧? 어머님! 우리 애기 수아 불쌍해서 어떻게 해! 난 어떡하라고… 어떡하라고… 어떡하라고…….”
졸지에 자식을 잃은 슬픔에 누구보다도 가슴이 뻥 뚫려 버린 듯한 충격에 휩싸여 있는 사람은 사망자의 부모였다. 허나 막상 며느리가 엎드려 허리가 늘어지도록 손바닥으로 바닥을 쳐대며 통곡하는 모습을 대하니, 세상을 오래 산 연장자로서 그저 흐르는 눈물을 훔치며 며느리의 어깨를 토닥거려 위로할 수밖에 없었다.
짧은 인생, 비명에 간 사망자의 영안실을 유일한 자식인, 이제 겨우 백일이 지난 딸 수아를 상복을 입혀 지키게 할 수도 없고… 시아버지 시어머니와 한바탕 대성통곡을 치른 후 미망인 안소영이 분연히 일어나 상복으로 갈아입었다. 검은 상복에 팔에 상주 완장까지 두른 안소영이 혼자서 조문객들을 맞이했다.
이제는 눈물샘도 마른 듯 더 이상 눈물을 뿌리지도 않았다. 이따금 모든 것을 체념하는 표정으로 조그맣고 고집스런 입술을 굳게 다물며 조문객들을 일일이 예를 갖추어 대했다.
이른 새벽부터 밤까지 밀려오는 조문객들을 상대로 영안실을 하루 종일 아무런 흐트러짐도 없이 혼자서 굳건히 지키는 미망인을 보고 모두들 잔잔한 감동과 함께 동정을 표했다. 그 지치지 않는 에너지는 남편을 보내는 미망인으로서의 안타깝고 애틋한 정성 때문일 것이라 여겼다. 꼭 그런 게 아니고, 어쩌면 시부모와 친척들의 눈에 결코 벗어나지 않겠다는 체면 때문일 것이라 해도 그녀의 태도는 칭찬과 동정을 받기에 충분했다.

하지만, 미망인 안소영이 칭찬을 유발할 정도로 진지하고 경건한 몸가짐을 유지할 수 있었던 에너지의 원천은 전혀 다른 데 있었다는 사실은 아무도 눈치채지 못했다.

조문객도 뜸한 한밤중이 되자 안소영이 시아버지께 말했다.

"아버님! 이제 날이 밝으면 발인인데, 저 잠깐 집에 가 속옷 좀 갈아입고 와도 될까요?"

"그래라. 오늘 하루 얼마나 애썼느냐! 고맙다, 애야! 가 샤워도 하고 눈도 좀 붙이고 천천히 오너라. 여기는 우리가 지키마."

안소영은 영안실을 나와 자신의 BMW를 몰고 장례식장에서 그리 멀지 않는 자신의 아파트로 향했다. 남편은 주검이 되어 장례식장에 누워 있고, 백일 지난 딸 수아는 시가에 가 있기 때문에 아무도 없는 아파트였다. 그런데도 엘리베이터에서 내린 안소영은 아파트 현관문을 키 번호를 눌러 열지 않고 초인종을 눌렀다. 아파트 안에 아무도 없는 것이 아니라 누군가 안에서 자신을 기다리고 있음을 알고 있기 때문이었다.

현관문을 열어준 사람은 몸이 후리후리한 여인이었다.

"어서 와, 소영아!"

"언니!"

두 여인은 깊은 감회의 만남인 듯 서로를 부둥켜안았다. 얼굴을 부벼대다 마주 보며 방긋 웃었다. 드디어 뭔가를 이루어냈다는 만족감과 격려의 웃음이었다.

"지난 1년여 동안 고생 많았지?"

"고생은 무슨. 나보다 언니가 더 긴 세월 이날을 기다렸으면서? 그나저나 펜션에서 언니를 알아본 사람은 없었지?"

"걱정 마! 직원들 눈에 띠지 않게 조심했고, 등산객들 틈에 끼어 살짝 빠져나왔으니까. 자, 한 잔 해야지?"

으리으리한 아파트 거실 탁자에 촛불을 켜놓고 두 여인은 한강 야경의 화려한 불빛을 내려다보며 포도주 잔을 부딪쳤다.

"언니, 이제 날이 밝아 장례식을 마치면 이 아파트도, 대리점도, 모든 재산이 몽땅 우리 것이 되는 거야!"

"정확히 너 안소영 소유가 되겠지."

"언니도 참, 그게 우리 것이란 말이지, 안 그래? 자 우리 이제 새 출발하는 거야. 우리 하고 싶은 것 실컷 하면서 살자. 같이 여행도 다니고."

"니 딸, 수아는 어떻게 하고?"

"나 없어도 이씨 집안에서 금이야 옥이야 잘 키워줄 텐데 뭐. 홍천으로 가기 전에 미리 맡겨 버렸지. 아, 나 언니 품에 안겨 잠깐 눈 좀 붙이고 싶다."

두 여인은 팔로 나란히 허리를 휘감고 침대로 갔다.

돈 많고 착한 뚱보 동우에게 빌붙었던 두 여인은 서로의 몸을 파고들었다.

안소영이 말했다.
"지겹게 무거운 몸뚱이에 짓눌리어 지내다 언니 품에 안기니… 아! 너무도 포근해!"

그 시각.
홍천경찰서 조만형 팀장은 서울로 출장을 보낸 박 형사의 연락을 기다리고 있었다.
그날 아침 눈을 떴을 때, 전날 밤 그의 뇌리에 남아 있던 그 석연찮은 무엇이 여전히 똬리를 틀 듯 자리 잡고 있었던 것이다. 그것이 무엇인지 모른 채 이마의 깊은 주름을 더욱 깊게 모으며 골똘히 생각에 잠겨 있기를 몇 차례. 결국 짧은 스포츠형 머리를 세차게 흔들어대곤 했었다.
아무도 침입한 흔적이 없는 방에서 감기몸살로 잠을 자던 고혈압 환자가 급성 심근경색으로 죽었다. 의사도 그렇게 진단했고, 여러 사람이 그럴 만한 정황을 설명했다. 그렇다면 무엇이 문제란 말인가.
허나, 형사 생활 30년의 직감으로 항상 그 어떤 무엇이 꼭 문제였다. 이번에도 예외가 아닐 것만 같다.
그 석연찮은 무엇은 조만형 팀장이 그날 점심을 먹은 후 밝혀졌다. 식당 카운터 커피 자판기 옆에서 가습기가 잔잔히 가동되고 있었다. 감기 때문에 항상 가습기를 옆에 끼고 산다는 식당 주인에게 물었다.
"이 가습기 물을 한 번 보충하면 얼마나 오래가나요?"

"쎄게 틀어도 하루는 훨씬 넘게 틀어요."

조 팀장이 주름진 이마를 자신의 손바닥으로 탁 쳤다.

바로 그거였다.

손님이 기침이 심해 특별히 가습기를 요청했는데 어떻게 기껏 두세 시간만 가동될 물만 남은 가습기를 가져다 가동시켰단 말인가?

조 팀장은 급히 사무실로 돌아와 박 형사에게 지시했다.

"어젯밤 수거한 가습기를 들고 당장 서울로 가! 국과수에 들러 가습기 물통에 남은 찌꺼기에 무슨 성분이 들어 있는지 검사의뢰하고. 다음, 가습기, 특히 물통 부위의 지문 흔적을 철저히 수집하여 경찰청 과학수사과 지문계로 달려가 지문의 주인이 누구인지 검색 의뢰해!"

오후 6시경 박 형사로부터 전화가 왔다.

[물통 찌꺼기에서 아코니틴(aconitine)이란 유독성분이 나왔습니다. 투구꽃이라는 화초의 뿌리를 빻아서 물에 탄 것이랍니다. 치사량은 20mg 정도면 충분하고요. 몸속으로 유입되면 신경세포 안으로 대량의 나트륨이온을 유입시켜 신경전달물질인 아세틸콜린의 분비가 정지된답니다. 그렇게 되면 몸속의 신경계가 마비되고 심폐가 정지되어 결국 급성심근경색에 이른답니다.]

"그러면 그렇지! 지문은? 가습기에서 검출한 지문은 몇 개나 나왔나?"

[또렷한 것 7개, 흐릿한 것 4개를 검출했습니다. 경찰청 지문계 담당자의 말로는 새벽까지면 지문대조가 모두 끝날 것이랍니다.]

전 국민이 주민등록시 등록한 지문자료와 가습기에서 검출한 11개의 지문을 대조하는 컴퓨터가 밤새도록 돌아가고 있었다.

가습기에 손을 댔던 지문의 주인 세 명의 이름이 확인되었다.

그중 한 명은, 바로 그 시각에 미망인 안소영을 꼭 껴안고 있던, 언니 독거미 김미정이란 여인이었다.

「독거미의 거미줄」 END.

포인트

현구
2010년 「칼송곳」으로 제12회 여수 해양문학상 수상. 단편 「마트로시카」 등을 발표.

1

"오빠, 난데. 나 지금 거기 좀 갈게."

느닷없이 걸려온 전화, 손명우는 한숨을 가볍게 내쉬었다. 그녀는 언제나 그런 식이다. 요즘 말로 터프하다고 해야 하나, 그의 대답을 듣지도 않고 일방적으로 통보를 하니 말이다. 하지만 그렇다고 오지 말라고 할 수도 없었다. 공공도서관은 누구나 방문할 수 있는 곳인데 어떻게 하랴.

과연 몇 분 후, 가벼운 옷차림에 포니테일 모양으로 머리를 묶은 은미가 도착했다.

"잠시 시간 좀 돼? 지금은 사람도 별로 없는데."

"야, 그렇다고 경찰수첩 들이밀면 도서관 사람들이 내가 경찰서 드나드는 줄 알 거 아니겠냐, 나도 좋은 소리 못 들어."

"그럼 나와. 공적인 일로 온 거니까."

쳇, 누군지 몰라도 나중에 이 여자랑 결혼하면 꽉 쥐여 살겠군 하는 생각을 하였다. 다행히 마침 점심시간이라 손명우는 잠시 후 도서관 식당에 가 있었다.

"오빠, 밀실 살인에 대해서 알고 있어?"

손명우의 눈이 커졌다.

"아직 공식적인 발표는 없었는데, 뉴스 같은 데서 봤지? 어느 원룸텔에서 일어난 사건."

은미는 설명을 시작했다.

"세상에, 맙소사."

"저 집, 흉가라더니 결국 또 일이 터졌구만."

어느 원룸텔 앞에 이른 아침부터 모인 사람들끼리 웅성이고 있었다. 은미는 사람들을 헤치고 경찰 저지선을 넘어 현장에 들어갔다.

"어, 정 형사, 이제 왔어?"

오 경감이 불렀다.

"목격자는요?"

"이 건물 주인이랑 피해자 딸이야."

오 경감은 건물 한편에 완전히 미동도 않은 채 앉아 있던 두 사람을 가리키며 말했다. 두 사람 모두 표정은 달랐지만 넋이 나갔다는 점은 마찬가지였다.

은미는 현장을 보자마자 그들이 왜 넋이 나갔는지 금방 짐작할 수 있었다. 우연인지 아닌지는 몰랐지만 피해자는 푸른 옷(죄수복을 연상시키는)을 입은 채 흰 용수(사형수의 얼굴에 덮어씌우는 두건)를 쓴 채 올가미에 목이 감겼고 손발은 완전히 결박되어 있었기 때문이다. 영락없이 사형대를 재현한 모습이었다. 방 안에는 싸구려 책상 하나, 접이식 간이침대, 붙박이장 하나가 가구의 전부였다. 책상 위에는 노트북 컴퓨터 한 대와 교도소 관련 서적 네댓 권이 있었다.

"저기, 박지희 씨라고 했나요?"

은미는 건물 주인 옆에 있던 젊은 여성에게 물었다. 그녀는 은미보다 두세 살 아래로 보였으니 아마 대학생일 것이다.

"네."

"어떻게 시체를 발견하셨죠?"

"아빠가 어제 들어오지 않으셨어요."

그녀가 벌벌 떨며 대답했다. 피해자 박기준은 최근까지 작은 사업을 하였지만 사업은 점점 기울고 건강도 나빠져 은퇴를 선언하고 사업도 정리한 뒤 이 원룸텔에 작은 방을 하나 얻고 출퇴근하며 책을 쓰는 데 힘을 기울이고 있다고 했다. 무슨 책인가 물으니 피해자가 교도관이었을 때의 이야기를 기록한 일종의 자서전으로 사형제 폐지 운동을 위한 글이었다. 하지만 평소에 책을 그리 좋아하지도 않았던 그가 갑자기 책을 쓴다고 해서 가족들도 의외의 일로 여겼다.

앞서 언급한 대로 사건 전날 밤 피해자는 집에 돌아가지 않았다. 방에 간이침대도 있으니 여기서 자는 줄 안 피해자 가족들은 연락하지 않았다. 그런데 나중에 전화해도 답이 없었기 때문에 이상히 여긴 박지희가 이 원룸텔에 와서 결국 건물 주인에게 부탁해 문을 열자 문에는 쇠사슬까지 채워져 있었다. 그런데 열린 틈으로 보니 방 한가운데에 누군가가 손발이 밧줄에 단단히 묶인 채 간이침대에 누워 있었다. 그래서 경찰을 불러 쇠사슬을 끊고 들어갔다.

"그런데, 이 사람은 자살한 겁니까?"

건물 주인이 오 경감에게 물었다.

"정황상 자살은 아니고 타살입니다. 자살했다면 발판이 있거나 어디 매달려야겠죠. 발판도 없는데다 저항한 흔적도 있고요. 사망 시간은 밤 12시 정도쯤 되겠군요."

검시관이 대답했다.

"타, 타살이요? 누가……?"

옆에 있던, 박지희가 비명을 지르며 말했다.

"그건 그렇고, 타살이라면 조금 이상한데요? 누가 자루까지 뒤집어씌우고, 그것도 뒤에서 목을 조르는데 가만히 있었을까요?"

은미가 물었다.

"일부러 수면제라도 먹였다가 목을 졸랐겠죠. 아마 검출되기 힘든 클로르포름 같은 걸 썼거나. 그런데 그저 목을 졸라도 됐을 텐데 왜 용수를 뒤집어씌우고 올가미까지 씌웠는지는 모르겠습니다. 혹시 사형장을 연출하려는 거 아닌가?"

검시관이 말하는 동안, 건물 주인은 허탈한 표정으로 담배에 불을 붙이며 푸념을 시작했다.

"벌써 몇 번째야. 확 집에 불을 질러 버리든지 해야 되나……. 그건 그렇고 정말 집값 또 떨어지겠네. 무당 불러서 굿까지 했는데 말이야. 오죽했으면 이젠 흉가 소문이 나서 흉가 동호회 사람이 오지를 않나, 원."

"장한철 씨, 어젯밤 12시쯤에 뭐 하셨죠?"

반장이 건물 주인에게 물었다.

"텔레비전 보고 있었죠. 혹시 밤에 이상한 소리가 들렸냐고 물으시겠다면 모른다는 말밖에는 할 말이 없습니다. 우리 집은 5층이고 여긴 지하실이니까 여기 일에 대해서는 뭘 보지도 듣지도 못했으니까요."

건물 주인이 귀찮은 듯 대답하였다. 오 경감은 무슨 프로고 어떤 내용이었는지 다시 물었다. 건물 주인은 적당히 대답하였다.

"그런데 뭔가 수상한 점은 느끼지 못했어요?"

반장이 건물 주인에게 물었다. 그는 고개를 흔들었다. 하긴, 수상했다면 오히려 이상할 노릇이다. 자신이 세입자 하나하나의 습관 등을 다 기억할 일이 있겠는가. 이 원룸텔에 한두 명이 세 들어 살지도 않는데.

잠시 후, 오 경감과 은미는 근처에 있던 중국집으로 향했다. 박지희가 아침에 처음 이곳을 방문했을 때, 누군가가 막 그 지하실 방에서 나오고 있는 모습을 목격하였다. 처음에는 그 사람이 용의자가 아닐까 했으나 그는 근처의 중국집 주인으로 다음날 출근

전에 그릇을 찾으러 그 방에 갔던 것이다.

어차피 중국집 주인 역시 목격자 중 하나라고 할 수 있었으니 미리 뭔가 물어보는 편이 좋으리라. 그는 사건 이야기를 듣자마자 뭔가 충격을 받은 듯 비틀거리며 말했다.

"사람이 또 죽었다고요? 정말 안 되겠네. 흉가가 따로 없다니까. 그 건물 주인이 벌써 송장만 얼마나 치웠는지 몰라요. 정말 무서워서 그 집 근처에도 못 가겠어요."

"어제 저 건물에 자장면을 배달했나요?"

오 경감이 물었다.

"네, 그 지하방에 있는 분이 가끔 여기서 자장면 시켜 먹었죠. 점심때는 가끔 왔고, 저녁때는 시켜 먹었어요. 그래서 오늘 아침에 출근하는 길에 그릇 찾으러 갔는데. 그릇이 밖에 있어서 그냥 들고 왔죠. 나는 대체 그 사람이 왜 그 흉가에 방을 얻었나 궁금했지만 그걸 가지고 내가 뭐랄 수도 없고."

"어제 몇 시에, 몇 인분이나 시켰죠?"

"8시쯤에 자장면 한 그릇 시켰죠."

오 경감은 잠시 생각한 뒤 다시 물었다.

"두 명 이상이었으면 최소 두 그릇은 시켰을 테고, 사망 시간은 밤 12시니 이 중국집이랑은 관련이 없군. 하지만 외부 침입 흔적이 없는 점으로 미루어보아 면식범임은 확실하고… 좋습니다. 그 건물이 흉가가 된 이야기를 좀 자세히 해주실 수 있나요?"

중국집 주인은 자리에 앉았다.

"25년쯤 전엔가, 어떤 사람이 술에 취해 그 집 반 지하방에 들어가 어린아이, 그것도 자기 조카들을 망치로 때려 죽였어요. 그 다음부터 바로 그 방에서 벌써 20년 동안 여섯 명, 아니, 자살한 사람까지 합하면 일곱 명쯤 되나? 죽었죠, 자살에, 집단 학살에… 그래서 무당 불러다 굿까지 했어요. 그런데도 또 이런 일이 나다니."

"기억을 잘 하시는군요?"

은미가 묻자, 주인은 움찔하더니 대답했다.

"그걸 어떻게 잊겠습니까, 그날 그 사람—그 조카 죽인 살인범 말이죠—이 일 저지르기 전에 바로 이 집에서 술을 마시고 갔으니 기억하죠. 보니까 선량해 보이던데, 술이 원수죠. 강소주에 배갈 몇 병을 정말 차에 기름 넣듯 들이붓더니… 솔직히 잊고 싶지만 똑똑히 기억납니다."

"그래요. 최근 피해자, 즉 박 사장님이 이상한 행동을 하거나 하지는 않았습니까?"

경감의 물음에 주인은 은미 쪽을 물끄러미 보았다.

"그건 잘 모르는데, 아, 그제였죠 아마… 박 사장님이 웬 젊은 아가씨랑 둘이서 여기서 식사했어요. 나는 딸인 줄 알았는데……."

은미의 눈이 크게 떠졌다. 피해자에게 자식은 박지희 하나뿐인데, 그녀는 전날에는 이곳에 온 적이 없다.

"둘이 분위기가 어땠던가요?"

오 경감이 물었다. 주인은 둘이 꽤 심각한 이야기를 하고 있는 눈치였고 피해자가 뭔가 공책에 적은 것을 그녀에게 보여주고 있었다고 말했다. 김 형사가 그녀의 인상착의를 묻자, 나이가 20대 초중반 정도 되어 보였고 단발머리에 키가 꽤 작은 편이었으며 검은 옷을 입고 있었다. 박지희와 비슷한 나이지만 그녀는 단발이 아니다.

그런데 문제는 또 있었다. 그날 현장 감식 결과, 현장에는 외부 침입 흔적이 전혀 없고 문도 창문도 완전히 잠겨 있었으며 문에는 쇠사슬, 창문에는 쇠창살까지 걸려 있었다. 그런데도 문제는 앞서 언급했듯이 자살이 아니라 분명히 타살이었다는 점이다. 즉 간단히 말하면 밀실 살인이었다.

2

"그래서 나를 찾은 거니?"

"응, 잘해서 해결하면 오빠한테도 단단히 쏠 테니까, 오빠가 괜히 '도서관의 홈즈'겠어?"

은미는 기대에 찬 눈으로 손명우를 보았다. '도서관의 홈즈'라, 손명우의 직업이 사서라 오 경감은 그를 그렇게 불렀다. 오 경감과 손명우는 전에 어느 사건을 통하여 만났고, 그 뒤 미궁에 빠질 수도 있었던 사건을 몇 번이나 손명우의 도움으로 해결하였다.

은미는 처음으로 손명우를 만났을 때 신기하기만 했다. 겉보기에는 여윈 샌님 스타일이고 늘 자상한 미소를 지어주는 그 남자가 그 잔혹하고 어려운 사건들을 경찰 뺨치게 해결하다니, 은미는 점점 그에게 개인적인 관심을 갖게 되었고 이제는 스스럼없이 그를 대할 수 있었다.

"그건 그렇고 밀실 살인이라, 밀실 살인이야 따지고 보면 간단해. 문제는 '어떻게' 보다는 '왜' 라고 묻는 편이 낫겠는데? 왜 밀실을 만들었을까? 아니, 밀실은 그렇다 쳐도 노트북이 있었다고 했지? 그 안에 뭔가 중요한 게 있다면 범인이 가져갔을 텐데, 왜 그대로 뒀을까? 누가 손을 댄 흔적은 없어?"

손명우도 사건에 흥미를 느꼈는지 말을 시작하자 은미는 회상에서 현실로 돌아와 대답하였다.

"음… 노트북에 누가 손을 댔는지는 몰라. 지문도 피해자 것밖에 없었고 암호도 걸려 있지 않았어. 그런데 피해자 딸이 그러는데 피해자가 가지고 있던 수첩이 없어졌대. 참, 노트북에 있던 파일을 인쇄해 왔는데 볼래?"

은미가 서류봉투 하나를 조대현에게 내밀며 말했다. 그 원고는 피해자가 쓴 일종의 자서전으로, 〈교도소 24시〉라는 제목이 붙여져 있었다.

"피해자 전직이 교도관이었기 때문에 이런 책을 쓴 건 그렇다 쳐도 왜 퇴직하고 사업한 지 20년 가까이 되면서 이제 와서 그 글을 썼는지 궁금한데."

그러고 보니 피해자는 그 점에 대해서는 가족에게도 전혀 아무 말도 하지 않았다고 했다. 손명우는 그 글을 읽기 시작했다.

(전략)1997년 12월 30일에 마지막 사형이 집행되었고, 1998년 김대

중 정부가 들어서면서 한국에서는 한 번도 사형이 집행되지 않았다. 물론 법적으로 완전히 사형제가 폐지되지는 않았으므로 법원에서 사형 판결을 받은 죄수는 아직 있다. 그 때문에 사형제를 완전히 없애자는 주장과 존속시키자는 주장이 아직도 팽팽히 맞서고 있다.

사형제를 존속시키자는 주장의 근거는 첫째, 가해자의 인권은 피해자의 인권보다 중요하지 않다. 둘째, 그렇게 흉악한 범죄를 저지른 범죄자들에게 무기징역을 선고하면 그들을 국민의 세금으로 먹이고 재우는 셈이 되므로 이는 세금 낭비일 뿐이다. 셋째, 사형은 범죄를 예방하는 효과가 있다는 점이다. 이런 퀴즈도 있지 않은가, "A국에서 두 명을 죽이고 B국에서 세 명을 죽인 범죄자가 양국의 국경에서 두 나라의 경찰에 완전히 포위되었다. 투항 외에는 방법이 없었다. 그런데 이 범죄자는 B국의 경찰에 투항했다. 왜 그랬을까?" 답은 B국은 사형이 폐지된 국가였기 때문이다.

반면, 사형제를 반대하는 이들의 주장은 다음과 같다. 첫째, 신이 주신 생명을 빼앗을 권리는 누구에게도 없고, 둘째, 나중에라도 무죄가 증명될지 모르는데 죽인다면 돌이킬 수 없게 되며, 셋째, 사형을 집행하는 교도관들이 사형을 통하여 합법적인 살인자가 되므로 그들의 양심과 정서에 큰 악영향을 주게 되며, 넷째, 독재 정권 등에 의해 악용될 수 있다 등이다. 양쪽 다 충분히 근거 있는 주장을 하고 있으니 뭐라고 하긴 어렵다.

우선 내 생각을 말해본다면, 나는 어렸을 때 사형제 존속을 찬성했지만 지금은 아니다…(중략)…….

"사형제라······."
손명우는 글을 계속 읽었다.

(전략)이제, 내가 처음으로 사형 집행을 했을 때의 이야기를 하려고 한다. 사실 그날이 내 부임 다음날이었다. 사형수의 죄목을 보자 분노가 치밀어 올랐다. 어린아이, 그것도 자신의 조카 둘을 망치로 때려죽인 이 인면수심(人面獸心), 아니, 인면마심(人面魔心)의 살인범, 그는 교수형도 아깝고 쳐 죽이든지 광화문 네거리에 매달아서 말려야 된다는 생각이 들었다. 그래서 사형 집행 지원할 때 서슴지 않고 손을 들었다.

그런데 정작 그 사형수의 얼굴을 보았을 때, 나는 분노보다 먼저 놀라움을 느끼지 않을 수 없었다. 그는 내가 태어나서 본 누구보다도 선량한 얼굴을 하고 있었다. 그는 죽는 순간까지 사회도, 나나 교도관들을 원망하지도 않았다. 반대로 교도관들 모두, 심지어는 집행을 하던 내게도 축복을 빌어주고 조용히 죽음을 맞았다. 그러는 동안 내가 처음 그의 죄목을 보았을 때의 분노는 어느새 사라지고 도저히 지금도 설명할 수 없는 야릇한 감정에 온몸이 떨렸다. 사형수의 얼굴에 씌우는 용수는 죄수보다는 교도관들을 위해 있다는 말이 있는데, 그 말이 맞는 모양이다. 사형수와 눈이 마주치지 않기 위함이니까.

처음으로 '포인트(사형수의 발판을 떨어뜨리는 레버)'를 당긴 순간의 느낌을 나는 지금도 잊을 수 없다. 그날, 나는 집행 보너스를 들고 사형 집행에 참여했던 교도관들과 함께 술자리를 가졌다. 그렇게 말이 없는 술자리는 장례식에서도 보지 못했다.

그런데 선배 한 명이 넋두리인지, 아니면 그새 그 사형수의 변호사가 되었는지 그날 죽은 이의 사연을 이야기해 주었다. 그는 직장에서나 가정에서나 성실한 직원이자 자상한 남편·아버지였다. 그러나 형제 복은 없는지 그의 형은 중증의 도박 중독자였다. 형이 자기도 모르게 자신을 보증인으로 삼아 빚을 진 뒤, 떼어먹고 도망쳤다고 한다. 그래서 자신마저 거리에 나앉을 신세가 되고 설상가상으로 아직 갓난아기였던 딸이 폐렴에 걸렸는데도 병원비마저 댈 수 없게 되었다. 그래서 도망 중인 형이 집에 가끔 들르겠지 하고 형의 집 근처에서 잠복하고 있다가 형이 귀가한 줄 알고 쫓아 들어갔는데, 하필 그때 술에 크게 취한 상태였다. 그런데 집에 조카들만 있는 모습을 보고 갑자기 아픈 딸이 생각났는지, 조카들이 형으로 보였는지, 나중에 정신을 차리니 조카들이 피투성이가 되어 쓰러져 있었다고 한다. 그 사연을 듣고 나는 연민을 금할 수 없었다. 그 후로 며칠 동안, 내 꿈속에서는 그가 매달렸을 때 떨고 있던 다리가 떠나지 않았다…(중략)…….

몇 년 동안 나는 사형 집행에 계속 참여했고, 많은 이들의 목을 매달았다. 하지만 사형을 집행한 날, 그날만은 술, 아니, 수면제 없이는 잘 수 없었다. 어쩌다가 그런 엄청난 죄를 짓고 그렇게 되었을까, 거기다 내 손으로 보낸 죄수 중 사후 무죄가 증명되기도 한 이도 있다. 그래서 교도관들이 죄수, 특히 사형수들과 너무 친해지지 말라는 말이 나온 건지도 모른다. 언젠가는 친해진 사람을 내 손으로 묶어야 할지도 모르니까…(중략)…….

도살업자도 계속 짐승을 잡다 보면 태연해진다는데, 사람을 매다는 일은 아무리 해도 적응이 되지 않았다. 하지만 지금도 여론을 보면 사형 집행에 찬성하는 이가 많다고 한다. 그들에게 말하고 싶다. 당신이 한 번 사형수들과 이야기를 해보고, 나중에 직접 포인트를 당겨보라고…(중략)…….

무엇보다도, 내 일이 나와 내 가족에게 영향을 준다는 사실은 견디기 어려웠다. 한 번은 딸이 울면서 내게 왔다. 자신이 다니는 성당 신부님이 사형 폐지 운동가였는데 그 영향을 받은 주일 학교 아이들이 '네 아빠는 살인자'라고 놀렸다고 한다. 아이가 다시는 성당에 가지 않겠다고 떼를 써서 말리느라 혼났다…(중략)…….

갑자기 손명우의 눈이 날카로워지며 어느 대목을 가리켰다. 은미 역시 그쪽을 보았다. 마지막 대목, 아니, 미완성 원고니 마지막이 아닐지도 몰랐지만.

어젯밤에도 그 형제의 꿈을 꿨다. 먼저는 동생, 다음은 형, 대체 그게 무슨 인연일까? 형제가 모두 사형수가 되고, 둘 다 내가 집행관이 되다니, 잠들기가 무섭다. 아니, 이젠 길을 가다가도 그의 얼굴이 보인다. 과연 망령은 있는 것일까? 나는 지금까지 유령을 믿지 않았는데 내가 틀린 걸지도 모르겠다. (이하 없음)

"형제를 사형시키다니?"
손명우가 물었다.
"조사해 봤는데 아까 말했던, 자기 조카들을 죽이고 사형당한 죄수야. 이름은 최찬혁이고. 최찬수는 그 형인데, 그도 도박단 네

명을 죽이고 사형을 당했어. 그런데 무슨 악연인지 둘 다 피해자가 사형을 집행했고, 거기다 이번에 피해자가 죽은 곳도 같은 건물이야. 이게 무슨 우연인지 모르겠어."

"가만있자, 그렇다면 조카들을 죽이고 사형당한 사람이 동생이고, 그렇다면 그 형도 살인을 한 건가?"

"응, 최찬수는 도박 빚 때문에 그 지하방으로 온 가족이 쫓겨나고 말았거든. 졸지에 동생과 자식을 잃고 그 일로 부인까지 자살한데다가 불법 도박으로 자기 자신도 교도소에 갔어. 그런데 최찬수는 출감한 다음에 얼마 있다가 그 지하방으로 도박을 한다는 핑계로 다시 가서 도박 단원 네 명 전부를 블랙잭(가죽 주머니에 모래나 금속을 채워 만든 흉기)으로 때려죽이고 돈을 빼앗아 달아났어. 전에 중국집 주인이 말한 '집단 학살'이 바로 그 사건이야."

손명우의 표정이 심각해졌다.

"덧붙이자면, 나중에 최찬수가 체포된 다음에 훔친 돈을 어떻게 했는지 몇 번이나 물어도 전부 태워 버렸다고 대답했어."

"그건 거짓말이 분명하다."

손명우는 단정 짓듯 말했다.

"그렇지? 그건 경찰도 그렇게 생각했대. 블랙잭으로 때리면 강한 타격을 받아도 겉으로 상처가 나지는 않으니까, 피가 자기나 돈에 튀지 않으려고 그런 짓을 한 거잖아. 그래서 계속 돈을 어떻게 했는지 물었지만 대답을 끝까지 하지 않았어."

"그래서?"

"그런데 최찬수가 교도소에서 여러 차례 자기 제부, 즉 최찬혁의 아내에게 편지를 보냈어. 혹시 마지막으로 양심이랍시고 제부에게 그 돈을 숨긴 장소를 알려준 게 아닐까 생각하고 조사해 보았는데 편지를 보낼 때마다 그 제부는 그 자리에서 다 찢어버렸다고 해. 그래서 우리도 몰라."

은미가 물을 한 모금 마시고 말했다.

"그렇다면 지금, 용의자 리스트에는 몇 명이나 올라 있어?"

"두 명, 한 명은 건물의 주인인 장한철. 외부인에게 눈에 띄지 않고 이 건물, 혹은 피해자의 방에 드나들 수 있는 이는 건물 주인뿐이야. 그리고 피해자 외에 방 열쇠를 가진 사람도 주인뿐이지. 하지만 그에게는 피해자를 죽일 동기가 없잖아."

"문이야 열쇠로 잠그면 그만이지만 문 쇠사슬을 밖에서 채울 수는 없었을 텐데."

"그게 골치아. 그리고 두 번째 용의자는 아까 중국집에서 피해자랑 만났다는 그 여자, 그전부터 피해자의 집에 누군가가 익명으로 편지를 보냈대. 그런데 피해자 딸한테 물어보니까 그 편지를 받고 얼마 지나지 않아서 피해자가 바로 그 방을 얻고 글을 쓰기 시작했대. 그리고 건물 주인한테 물어보니 중국집 주인이 말한 인상착의랑 건물 주인이 본 여자 인상착의가 거의 비슷했고."

"건물 주인도 그 여자를 봤대?"

"그, 뭐냐 '흉가 동호회'라고 온 여자 있잖아. 웬 여자가 그 원룸텔 사진을 찍어서 주인이 붙잡았는데 그렇게 대답하드래. 그래서 그 여자를 지금 잡아서 경찰서에서 조사하고 있는데 결정적인 증거가 잡히지 않아. 그 여잔 범행을 부인하고 있고."

3

그 '흉가 동호회' 출신이라 한 여자를 찾기는 의외로 쉬웠다. 그녀가 피해자와 통화한 기록이 있어서 핸드폰 위치 추적을 했기 때문이다.
"국적은 미국, 아기 때 입양되었다고 해요. 한국 이름은 최현진입니다."
그때, 뒤에서 중년 여인과 칠순이 넘어 보이는 노부인이 달려왔다. 둘 다 그녀를 보자 울부짖으며 달려왔다.
"아니, 이 녀석아, 요 며칠 나가 있더니 왜 여기 있어?"
"어, 엄마……."
최현진은 울기 시작했다. 오 경감은 그들에게서 그동안의 이야기를 들을 수 있었다.
최찬혁이 사형당하고 집도 파산했을 때, 최찬혁의 딸은 폐렴에 걸려 매우 위험했지만 겨우 회복한 후 해외로 입양되었다. 즉, 최현진이라는 여인은 최찬혁의 딸이었다. 해외로 입양된 그녀는 성장한 후 친부모를 찾아 한국으로 돌아왔다가 친어머니를 만나 모든 사연을 알게 되었다.
그런데 그녀는 자신의 외조모에게서 편지 이야기를 듣게 되었다. 앞서 언급했지만 도박에 빠져 자기 자신은 물론 그녀의 가족까지 파탄으로 몰고 간 원흉, 최찬수는 교도소에서 그녀의 어머니에게 몇 차례 편지를 보냈다. 그녀의 어머니는 편지를 받을 때마다 뜯어보지도 않고 갈기갈기 찢어버렸다. 하지만 편지는 계속 왔고, 그녀의 어머니는 편지를 찢은 조각을 봉투에 넣어서 교도소로 다시 보냈다. 이 편지만 보면 가슴이 찢어져서 읽고 싶지도 않다는 문장도 함께 넣어서였다. 그러나 현진의 외조모는 최찬수에게서 받은 편지 중 하나를 현진이 돌아와 사실을 알게 될 때를 대비하여 간직하였다.

현진이 그 편지를 보니, 겉봉에 "이 편지마저도 찢어버릴 거라면 차라리 불에 태워 버리십시오."라는 글이 적혀 있었다. 정작 그 편지를 보니 이렇게 된 건 전부 자기 때문이다, 미안하다는 상투적인 사과 편지일 뿐이었다. 그런데 불에 태워 버리라는 말이 이상하다는 생각이 들어 그 편지를 촛불로 그을려 보았다. 그랬더니 비밀 글자가 나타났다. 과일즙으로 글을 써서 말린 뒤 열을 가하면 글자가 나타나는, 이른바 비밀 잉크였다.

그런데 문제는 그 내용이었다. 최찬수는 교도소에서 우연히 동료 죄수를 통하여 그들 가족에게 비극을 가져온 사건에 대하여 알게 되었다. 최찬수의 아들 둘을 죽인 이는 최찬혁이 아니라 도박단의 한 일당이었다. 그들이 술에 취해 쓰러진 최찬혁의 손에 망치를 쥐어주고 도망쳤으며, 나중에 그 사실을 알게 된 최찬수는 복수를 위해 도박단 패거리를 모두 없애고 돈을 빼앗아 현진과 그 어머니에게 주려고 했다고 한다. 하지만 그 현금을 그대로 현진과 그 어머니에게 주면 경찰에 압수당할 수도 있었기에 돈을 다이아몬드로 바꿔 뒷산에 숨기고 그 위치를 비밀 잉크로 적어서 줬던 것이다.

"그런데 그 사건이 이번 살인 사건이랑 무슨 상관이죠?"
은미가 물었다.
"박기준 교도관 말예요! 그 사람이 그 돈을 빼돌렸어요!"
"무, 무슨······?"
"큰아버지는 과일즙으로 쓴 편지를 여러 번 보냈거든요. 그런데 그 교도관이 아마 과일즙으로 편지 쓰는 걸 봤거나 해서 그 편지를 몰래 읽었을 거예요! 그리고 그 돈을 가져갔어요!"
은미는 머릿속에서 뭔가가 터지는 느낌이 들었다.
"난 그 비밀 잉크로 쓴 편지에 나온 장소를 몇 번이나 뒤졌어요. 그러다가 교도소에 찾아가서 담당 교도관을 보려고까지 했죠. 그런데 보니까 이미 은퇴했대요. 혹시나 해서 흥신소에 부탁해서 조사해 봤는데 우리 큰아버지 사형당한 다음에 곧 교도소 그만두고 사업을 시작했던 거예요! 사업 자금을 어디서 마련했겠어요?"
최현진은 반은 우는 듯한 목소리로 말했다.
"그렇다고 사람을 죽이면 됩니까?"
오 경감이 큰 목소리로 말했다.
"난 죽이지 않았어요! 솔직히 소송을 걸고 싶지만 큰아버지의 그 돈도, 강도에 살인까지 해서 빼앗은 돈이잖아요! 또 소송 걸어도 공소시효가 지난 지가 언젠데 그렇게 해요? 하지만 박 사장님한테 편지를 보내고 직접 만나서 이야기도 해봤는데, 그분은 순순히 인정하셨어요. 하지만 그분도 누가 25년 전에 제 사촌오빠들을 죽이고 우리 아버지한테 그 누명을 씌웠는지는 몰랐어요.

단지 도박단 사람이라고만 했지. 저는 그분에게 모든 걸 용서할 테니까 대신 우리 아빠 누명을 벗기는 일을 도와달라고 했어요. 그래서 그분은 그 건물에 방을 얻고 글을 쓰시겠다면서 건물을 조사했어요."

"저, 저런······."

은미는 놀라지 않을 수 없었다.

"전 아빠 얼굴도 못 봤어요. 살인자, 그것도 자기 조카를 죽인 살인자의 딸이란 걸 아는 게 어떤 기분인지 아세요? 그런데 편지에 아빠가 무죄라는 말이 나왔어요. 그래서 저는 그게 사실인지 알아보고 싶었어요."

"그게 다야? 혹시 적외선 카메라로 발자국을 검사하거나 하지 않있어?"

손명우가 물었다.

"요즘 수사드라마가 하도 많아서 오빠도 금방 짐작했구나? 맞아, 감식반 불러서 적외선 촬영을 했어. 그런데 현장에서 비밀 통로가 발견됐어."

"역시."

손명우는 그리 놀라지도 않았다. 그 방은 비밀 도박장으로 쓰였던 곳이니 단속을 피해 비밀통로를 만들든지 할 수도 있다.

"모든 물체는 적외선을 방출하기 때문에 그 공간이 비어 있는지 차 있는지도 적외선 카메라로 보면 알 수 있거든. 발자국을 따라가니까 붙박이장 쪽으로 향하더라. 그래서 찾아보니 비밀 통로가 하나 있었어. 뒷산으로 통하는."

"그렇다면 밀실이 아니네."

손명우가 말했다.

"맞아, 그 때문에 용의자로 몰린 최현진이 결국 구속됐어. 지금도 무죄를 주장하고 있지만 그런 상황이라면 어쩔 수 없잖아."

손명우도 고개를 끄덕였다. 비밀 통로의 발견에 따라 결국 현진은 살인 혐의로 기소되었다. 그녀는 혐의를 부인했지만 그녀의 알리바이가 확실하지 않다는 점, 그리고 그 최찬수가 조카인 자신에게 준 돈을 피해자인 박기준이 빼돌렸다는 점으로도 동기는 충분했다. 그녀가 피해자를 죽인 뒤 문을 잠그고 비밀 통로로 나갔으리라. 그리고 문을 잠그고 간 뒤 자신은 미국으로 돌아가면 그만이다.

"하지만 그 최현진이라는 여자가 범인이고 밀실을 만들었다고 해도 왜 현장을 사형장처럼 꾸미는 연출을 했을까?"

"그걸 모르겠어."

손명우는 잠시 생각한 뒤 은미를 보았다.

"이번 사건이 이제 와서 일어난 이유가 최현진에게 있다는 점만은 확실해. 최현진은 방금 말한 사건 전개 과정 중 두 번째 단계에서 미국에 입양되었다가 25년 만에 한국에 돌아와서 모든 것을 알았고, 사건도 거의 그 시점에 발생했고, 그리고 최현진 씨는 최찬수가 보냈다는 편지도 가지고 있어. 그런데 최현진이 정말로 그 박기준 교도관을 죽였다면, 왜 굳이 그 방에 자리를 얻게 했을까? 집 밖에서 잠복하고 있다가 으슥한 밤에 뒤에서 몽둥이로라도 한 대 때리면 그만이지."

"그걸 나한테 물어보면 어떻게 해?"

그날 은미는 손명우가 퇴근하자마자 살인 현장으로 데려갔다. 손명우가 보기에도 이상했다. 그 최현진이 범인이라 해도 어떻게, 왜 밀실을 만들었고 범행 현장에 사형장과 같은 연출을 할 필요가 있었는지 알 수 없었기 때문이다. 다시 찾아간 현장은 경찰 저지선만 있을 뿐 한산했다.

"혹시 피해자의 방 열쇠가 복사할 수 없는 특수 열쇠는 아니야?"

"오빠, 여긴 그냥 주택인걸?"

"차라리 강도로 위장하는 편이 낫고, 문을 열고 가는 편이 좋을 텐데. 그리고 다른 사람에 발견될 시간을 늦추려면 피해자의 열쇠로 문을 잠그기만 하고 가도 무방할 텐데. 하지만 현장에서 방 열쇠는 발견됐지?"

은미는 고개를 끄덕였다.

"피해자를 처음 발견했을 때 피해자의 머리가 베개 위에 있었어, 없었어?"

손명우가 물었다. 은미는 잠시 생각한 뒤 고개를 저었다.

"없었어. 꼭 침대 끝이랑 머리 사이에 베개를 끼운 것처럼 보였어."

"그리고 이 문 쇠사슬은 쇠사슬 고리를 잡아 뺐다가 다시 끼우거나 하면 밀실을 만들 수 있지 않을까?"

손명우가 다시 물었지만 은미는 고개를 저었다.

"그랬으면 쇠사슬에서 범인의 지문이 나왔어야지. 장갑 끼고 고리를 끼웠다 뺄 수는 없잖아. 그리고 어떻게 밀실을 만들었는지 나도 많이 고민했다고. 처음에는 핀셋이나 집게를 잠금장치에 고정시킨 다음에 밖에서 끈으로 당겨서 잠그고 끈을 계속 당기면 결국 그 핀셋도 빠지고 핀셋은 우유 구멍으로 회수하면 되겠다고 생각했어. 하지만 이 방 우유 구멍은 막혀 있고 집게나 핀셋이 들어갈 틈도 없더라."

"하지만 가느다란 낚싯줄이라면 문틈으로 나갈 수는 있겠지. 하지만 낚싯줄로 쇠사슬 자물쇠를 채울 수는 없었을 텐데."

손명우가 문틈을 보며 말했다. 그때 갑자기 문 쪽에서 목소리가 들렸다. 돌아보니 건물 주인인 장한철이었다.

"오늘은 안 나가셨나요?"

은미가 물었다.

"조퇴했습니다. 자꾸 신경이 쓰여서요, 원. 이제 이 건물 사려는 사람도 없고, 주민들도 나가려고 하는 것 같아서 원."

건물 주인은 이 원룸텔 임대업 외에도 회사에 다니고 있으며, 이 건물 임대업은 주로 그의 아내가 하고 있다고 한다.

"그런데 그쪽 분도 형사슈?"

건물 주인이 손명우를 가리키며 물었다.

"사건 감식 전문가세요. 참, 장한철 씨, 사건 당일 열두 시에 나가지 않고 집에만 계셨다고 했는데, 저기 편의점 CCTV에 당신이 찍혔던데요?"

은미가 말했다. 그런데 예상 외로 건물 주인은 당황하지 않았다.

"아, 그거요? 사실 그것 때문에 경찰에서도 왔어요. 조금 겁이 나서 말하지 않았는데… 사실, 제가 금연 중이거든요. 그게 끊기가 정말 어렵더군요. 그래서 토크쇼 2부 시작하기 전, 마누라가 샤워하는 틈을 타서 몰래 편의점에 담배 사러 갔어요. 그런데 마누라가 내 생각보다 일찍 나와서 그 쇼프로를 보고 있었죠. 그래서 그만 마누라에게 담배 피운 거 들키고 말았지만요. 하지만 지하방에서 무슨 일이 있었는지는 나도 모릅니다. 반장님한테도 똑같이 말했으니까 뭣 하면 확인해 보세요."

건물 주인은 고개를 흔들며 말했다. 하긴, 건물 주인은 텔레비전의 심야 토크쇼 내용을 정확히 기억하고 있으니 알리바이가 있다고 할 수 있다. 건물 주인이 자기 집으로 올라가자 손명우가 은미에게 말했다.

"그 피해자 딸한테, 아버님이 결벽증이 심하시거나 아주 정리정돈을 잘하는 습관이 있었는지 물어봐 줄 수 있어?"

"왜?"

은미가 물었다. 하지만 손명우가 뭔가를 발견했는지도 모른다는 생각이 들어 그의 말대로 했다. 전화를 한 결과 그렇지 않다는 대답이 돌아왔다.

"이 쇠창살은 녹이 슬기는 했지만 말끔하게 닦여 있어서 그래. 피해자가 결벽증이 심하지 않다면 말끔하게 청소할 리가 없는데. 아, 그리고 웬만하면 저 주인 아저씨랑 좀 이야기를 할 수 있을까?"

 다행히 저녁이 조금 지난 시간이라 건물 주인을 만날 수 있었다. 은미는 건물 주인이 비밀 통로를 몰랐다는 사실이 약간 의아했지만, 알고 보니 지금의 건물 주인은 이 건물을 사촌 형에게서 물려받았다고 한다. 그 사촌 형은 문제의 사기 도박단 두목이었고 최찬수에게 살해되었다. 그건 그렇고, 주인의 집으로 가보니 허름한 외관과는 달리 그 집은 꽤 깨끗하게 단장되어 있었다.
 "조만간 이 건물이 팔리지 않더라도 다른 데에 집을 하나 얻기라도 해야 되겠어요, 원······."
 건물 주인이 소파에 앉으며 말했다.
 "저도 그렇게 생각해요. 그나저나 여보, 과연 누가 거기에 비밀 통로를 뚫었을까?"
 주인의 아내가 쟁반에 찻잔을 얹어 들고 오며 말했다.
 "사촌 형이 뚫었겠지. 아마 단속이라도 뜨면 도망치려고 만들었을 거야··· 원, 도박이 뭔지··· 솔직히 나로서는 떠올리기 싫은 기억이고, 형한테 가족이 없어서 내가 이 건물 물려받았지만 흉가라고 애물단지만 되고 있으니 문제지. 그나저나 내가 살인 혐의를 덮어쓰지 않아서 다행이지만요. 알죠? 내 알리바이는 확실한 거."
 건물 주인은 속이 후련하다는 투로 말했다. 현장에서 발견된 비밀 통로는 뒷산으로 통하고 있었기 때문이다. 건물 주인이 범인이고 범행 후 그 비밀 통로로 나갔다면 산길로 돌아서 귀가해야 한다. 하지만 형사들이 직접 시험해 본 결과 그 방법대로 하면 이 건물로 돌아오는 데에만 30분은 걸리고, 눈에 띌 수도 있다. 더욱이 사건이 일어난 시간은 한밤중이다. 하지만 그는 계속 집에 있었고 편의점에 가느라 집 비운 시간도 10여 분 남짓이며, 집에서 본 텔레비전 프로의 내용도 정확히 기억하고 있다.

"그래도 전에 실수로 그 방을 그 가족한테 빌려주는 바람에……."

부인이 말했다.

"가족이라니요?"

"거기, 어린애들 죽고 애 엄만 자살한 가족이요. 이이의 사촌 형수님이 그 가족에게 싼 값에 지하방을 빌려줬대요. 그런데 그 문제로 사촌 형님이랑 크게 싸웠다고 해요. 왜 그런지는 저도 모르겠는데."

"그런 이야기는 뭐 하러 해?"

건물 주인이 약간 신경질적으로 말했다. 은미는 멍하니 있던 손명우를 쿡 찔렀다. 손명우의 눈은 무엇 때문인지 부엌에 있는 물건 걸이와 온갖 광고 전단이 가득 붙은 냉장고를 향해 있었다.

"아 참, 그나저나 이제 사건이 종결되었으니 현장 저지선도 치워야겠군요. 그런데 그 방은 다시 내놓으실 건가요?"

손명우가 화제를 바꿨다.

"아, 그놈의 비밀 통로를 어떻게 하든지 해야죠. 아마 틀어막아야겠죠? 하지만 솔직히 그 방을 다시 세를 줄 수 있을지 모르겠습니다. 한두 명이 죽었어야죠."

주인이 대답하는데 손명우는 핸드폰을 꺼냈다.

"이런, 문자가 왔네. …아, 그건 그렇고 범인인 그 아가씨도 정말 끔찍하더군요. 태어나자마자 아버지 잃고, 집안 잃고, 사실 경찰 생활 오래 하다 보면 범인에게 동정이 갈 때도 많습니다."

손명우는 최현진이 한 말을 건물 주인에게 간단히 설명해 주었다. 피해자가 최찬혁의 무죄를 증명할 증거를 찾기 위해 이 건물을 얻었다는 사실을.

"그런데 이제 찾는다고 찾아지겠어요?"

건물 주인이 말도 안 된다는 목소리로 말했다.

"그런데 조금 이상하거든요, 피해자가 뭔가 찾아내긴 한 모양이거든요. 비밀 통로 여는 문이 녹슬어 있긴 했지만 기름칠까지 누가 최근에 했어요. 그리고 피해자의 USB가 아직… 읍! 아, 아닙니다. 우, 우린 이만 가보겠습니다."

손명우가 서둘렀다.

"USB라니요?"

"아, 아무것도 아닙니다. 내일 감식반이 한 번 더 올 것 같습니다."

손명우는 갑자기 허둥지둥하면서 은미를 끌고 집을 나섰다. 은미는 손명우가 허둥대는 모습을 보고 약간 의아해했지만 건물 밖으로 나온 후, 손명우는 은미를 꽉 잡았다.

"오빠 내일 감식반 온다는 말을 왜 했어?"

"형장에서 사형수의 발판을 내리는 장치를 '포인트'라 부르지?"

"응?"
"포인트가 바로 그 힌트였어."
손명우는 대답도 않고 말했다.

4

그날 밤, 손전등을 든 사람 한 명이 불을 켜고 현장의 비밀 통로 저지선을 넘었다. 그는 손전등 불빛으로 통로의 바닥과 벽을 핥듯이 샅샅이 뒤지기 시작했다. 그는 침착하지만 필사적으로 곳곳을 뒤졌는데, 아무리 봐도 통로에는 그가 찾던 물건이 없는 모양이다. 그는 통로에서 나선 뒤 뒷산에 있던 입구 주변을 살펴보았다. 그리고 등산로로 나섰는데 주변을 보니, 은색으로 반짝이는 물건이 하나 보였다. USB였다. 그가 그것을 집는 순간, 뭔가가 그의 팔을 잡았다.
"장한철 씨?"
은미였다. 건물 주인은 흠칫 놀랐다.
"여기서 뭐 하세요? 사건 현장은 아직 건드리지 말라고 했는데."
"아, 한 번 와본……."
"당신을 박기준 살인 혐의로 체포합니다."
그는 팔을 뿌리치려 했으나 그 뒤에도 여러 명의 형사들이 있었다.
"무슨 소리야!"

"뭐긴요, 우선 제 USB나 돌려주시죠."

은미가 말했다.

"아까 저녁에 댁에 갔을 때, 저는 최현진 씨보다는 당신이 범인일 확률이 높다고 여겼죠."

"이봐요, 내가 그를 죽였다고? 난 알리바이가 확실해! 여기 비밀 통로에서 우리 집까지는 산길로 돌아서 가기 때문에 30분도 넘게 걸린다고!"

"물론 그렇죠. 당신은 비밀 통로를 처음부터 이용하지도 않았으니까요. 당신은 그 문으로 나갔어요. 당신이 첫 번째 용의자가 될 수밖에 없는 이유 중 하나가 당신이 저 건물의 모든 열쇠를 가지고 있다는 점입니다."

"열쇠는 있지만, 그래, 체인은 어떻게 걸었어?"

"현장에 가서 볼까요?"

은미는 조금도 흔들리지 않고 대답했다.

"지금부터 당신이 어떻게 밀실을 만들었는지, 당신이 그날 무슨 행동을 했는지 보여 드리지요. 그날 아홉 시경 당신은 피해자를 찾아갔어요. 그대로 가면 피해자가 경계할 수도 있으니 아마 집으로 가려고 그 방을 나설 때 습격했을 수도 있죠. 그리고 기회를 봐서 클로르포름 등으로 마취시킨 뒤 미리 용수도 씌우고 손발도 묶었죠. 다음에는 간이침대를 반쯤 접어놓고 각목으로 가운데를 받쳐 펴지지 못하게 둔 뒤, 피해자를 그 위에 눕혔어요. 그리고 올가미를 피해자의 목에 걸고, 다른 쪽은 피해자의 발목에 묶어두죠. 막대기에도 낚싯줄을 묶어둔 다음에 한쪽 끝은 쇠창살에 매뒀죠."

현장에서, 은미는 밧줄의 매듭을 지었다. 보니 접힌 침대를 받치고 있는 막대기에는 가느다란 낚싯줄이 묶여 있었다.

"그리고 당신은 그대로 귀가한 다음에 텔레비전을 보면서 기다렸지요. 그리고 부인이 샤워하는 동안 담배 사러 슬쩍 내려갔다가 집 밖으로 나갑니다. 다음에는 밖에서 미리 쇠창살에 매뒀던 낚싯줄을 잡아당기면(자신이 직접 끈을 당겼다), 각목이 넘어지면서 피해자의 몸무게로 인해 침대가 펴지고, 올가미는 자동으로 당겨지면서 피해자의 목을 조르게 되죠. 사냥용 올무와 비슷한 방법이라고 보면 되나요? 이 막대기가 교수형의 발판을 내리는 일종의 '포인트' 노릇을 한 셈이죠. 물론 집밖에서 잠시 어슬렁거리는 척 이걸 당기는 데는 5초도 걸리지 않고요. 큰길에 있는 편의점으로 담배를 사러 다녀오는 데 15분 정도 걸릴 테고, 돌아오면 이미 피해자는 죽은 다음이죠. 그리고 당신은 문을 열쇠로 열고 들어간 다음에 끈을 잘랐겠죠. 피해자의 손발을 묶은 건 사형장과 같은 연출에도 목적이 있지만 이 방법을 들키지 않기 위해서였어요."

"……."

"그리고 이 방법을 쓰면 침대에 피해자의 머리가 부딪힐 수 있습니다. 그래서 일부러 베개를 머리와 침대 벽 사이에 놓아서 혹등이 생기지 않게 했죠. 그리고 그렇게 하면 머리 모양이 흐트러지니까 일부러 용수를 씌웠겠지요. 용수를 씌우면 용수를 벗길 때 자연스럽게 머리 모양이 흐트러지게 되니까요. 즉 연출 자체가 위장이었습니다."

은미의 설명이 이어짐에 따라 건물 주인의 얼굴 표정이 점점 달라졌다.

"잠깐, 밀실은? 이 사람이 열쇠가 있으니 문을 잠가도 쇠사슬까지 걸 수는 없었을 텐데?"

오 경감이 이의를 제시했다.

"그것도 간단해요, 이거 하나면요."

은미는 너트를 하나 들어 보이며 말했다.

"이건 강력한 영구 자석인 네오디움이에요. 대형 문구점에만 가도 쉽게 구할 수 있죠. 이렇게 너트도 여러 개 붙일 수 있어요."

그 조그만 자석에는 너트가 네 개나 차곡차곡 쌓이듯 붙어 있었다. 은미는 약간 힘을 줘서 그 너트들을 자석에서 떼어낸 후 방의 문을 향했다.

"이 정도 두께라면 쇠문 밖에서도 통하겠죠. 먼저 이 방문 바깥 쪽 위에 벽 부착용 만능 걸이를 붙입니다. 이 걸이는 타일 등에 붙이면 공기가 빠지면서 압축기 같은 효과를 내죠. 그리고 그 걸이에 낚싯줄로 만든 고리를 다시 걸어둔 다음에 그 고리의 끝은 쇠사슬의 고리에 매두는 거죠."

건물 주인의 얼굴에서 핏기가 완전히 가셨다.

"그렇게 되면 쇠사슬 고리가 구멍 앞에 정확히 닿게 됩니다. 그리고 밖에 나와서 문을 닫은 다음에 정확히 그 자리에다 네오디움을 대기만 하면……."

찰칵, 소리와 함께 쇠사슬 고리는 정확히 구멍에 꽂혔다.

"다시 문을 열고 마지막 확인 수단으로 쇠사슬을 이렇게 끝까지 당기기만 하면 나머지는 오케이죠. 밖에서 고리를 걸기는 어렵지만 쇠사슬을 당기는 건 쉬우니까요. 그리고 쇠사슬 고리에 매뒀던 낚싯줄은 자르면 되고 문은 열쇠로 잠갔고, 보시다시피 이렇게 하는 데에는 많은 시간이 걸리지도 않았어요. 이 방법을 연습할 시간이 가장 많은 사람도 주인 아저씨뿐이지요. 비밀 통로로 나갔다면 집까지 돌아오는 데에도 30분이 넘게 걸리니, 비밀 통로가 발견되면 오히려 자신의 알리바이가 증명되겠죠? 범행에 사용한 도구들도 이때 전부 회수했다가 쓰레기 수거 날짜에 맞춰서 버리면 그만이고, 아니, 일부러 쓰레기 치우는 날에 범행을 저질렀다고 하는 편이 더 옳은가요?"

"어떻게 그걸 알았지?"

건물 주인이 으르렁대며 말했다.

"댁에는 문을 살펴보러 갔을 뿐이죠. 그 원룸텔 건물의 문 구조는 전부 똑같더군요. 주인집마저도, 즉 이 모두 트릭을 연습할 공간이 당신에게는 충분합니다. 그 USB 이야기도… 제가 그 사람한테 부탁해서 말한 거예요."

"빌어먹을……!"

건물 주인은 털썩 바닥에 주저앉았다.

"이런 젠장, 이제는 깨끗하게 살고 싶었는데……."

건물 주인은 모든 걸 자백했다. 그의 사촌 형은 도박단의 두목이었고 현재 건물 주인 자신도 사실 한 패거리였다. 25년 전, 이들은 이 건물 방 하나를 도박장으로 쓰려고 했으며 일당 중 몇몇을 건물에 입주시킨 뒤 사람들을 끌어들여 도박을 하기로 했다. 그 와중에 걸린 이가 바로 문제의 남자인 도박 중독자 최찬수였다. 당시 도박단 두목은 최찬수의 동생인 최찬혁의 재산도 노리고 있었기 때문에 그마저 끌어들이기 위해 일부러 최찬수의 가족에게 방을 싼 값에 임대해 주었는데, 그의 아내가 실수로 그 도박용 아지트로 쓰는 방을 그들에게 주고 말았다.

그리고 25년 전 문제의 그날, 우연히도 최찬수의 두 아들이 비밀 통로를 발견하자 건물 주인은 엉겁결에 두 아들을 죽인 뒤 술에 취해 찾아온 최찬혁의 손에 망치를 쥐어주고, 자신은 비밀 통로로 달아났다. 그 자리에 피의자가 있었고 정황상 모든 게 확실한데다, 최찬혁 역시 너무 취해 자신이 죽였는지 아닌지도 몰랐기 때문에 결국 그는 근친 살인죄로 사형당하고 말았다. 그리고 최찬수는 도박 혐의로 잡혀가고 그 부인은 그 방에서 자살했는데, 그 일로 사람들이 그 건물에 입주하기 꺼려 했으므로 은밀히 도박장으로 쓰기에는 더욱 좋아졌다.

그런데 어떻게 그 사실을 알았는지는 몰라도 최찬혁의 형인 최찬수가 그 도박장에 다시 왔고 그는 미리 준비한 흉기로 도박단 일당을 모두 죽이고 돈을 빼앗아 달아났다. 졸지에 조직을 잃고 돈도 잃었지만, 건물 주인에게만은 혐의가 돌아오지 않았기 때문에 그는 그때부터 계속 흉가를 안고 살게 되었다.

"그런데 그 박기준 그놈이 내 뒤를 캐고 다녔소이다. 이젠 나이도 있고 해서 손 씻고 조용히 살려고 했는데……."

"죄를 짓고 계속 살 수 있을 거라 믿었던 겁니까? 그리고 25년이면 공소시효가 지난 지도 오랜데 왜 죽였죠?"

오 경감이 물었다.

"나는 이 흉가에서 가족들까지 데리고 살고 있는데, 내가 이 건물에서 살인에 도박, 사채까지 했다는 걸 가족들이 알게 하기가 싫었죠. 그래서……!"

5

"솔직히 전에는 나도 사형제에 찬성했는데 이번 사건을 보니 조금 그렇더라, 만약에 무기형이었다면 그 최찬혁이라는 사람은 풀려났을 텐데. 요즘 법적으로 원한이나 우발적으로 사람을 죽였으면 사형은 면할 수 있다고 했는데 그 당시엔 아니었나 봐."

은미가 말했다. 두 사람은 손명우가 근무하는 도서관 근처의 작은 카페에 앉아 있었다.

"나중에 박지희 씨가 그러더라, 자기 아빠가 교도소 그만두고 이사하고 새 사업도 시작했을 때 자긴 뭣도 모르고 좋아했대. 그런데 알고 보니 아빠가 사업하기 위해 남의 돈에 손을 댄 게 자기 때문인 것 같고, 그래서 최현진한테도 미안하다더라."

"뭐, 별수 없지."

손명우는 시큰둥하게 대답했다.

"오빤 사형제 존속에 찬성해?"

"글쎄, 나는 찬성하지도, 반대하지도 않는다. 그게 범죄의 예방 수단이니 일종의 필요악인지, 혹자는 사형 제도가 범죄자들이 진심으로 뉘우치는 기회를 준다고 하지만, 솔직히 모르겠어. 찬성 측도 반대 측도 다 나름대로 근거가 있으니까 뭐라고 할 수가 없네."

찬성도 반대도 하지 않는다니? 손명우는 곧 은미의 생각을 읽은 듯 말을 이었다.

"맞아, 모순된 답이지. 이는 어떻게 보면 영원한 화두가 될지도 몰라. 하지만 한 가지 확실한 게 있어. 교도관들은 결코 살인자가 아니야."

손명우는 박기준의 원고를 펴 보이며 말했다.

(전략) "만약 사형이 도덕적으로 정당한 것이라면 논리적으로 사형 집행인의 직업은 훌륭한 직업이 돼야 한다. 그런데 많은 열정적인 사형 존치론자가 이러한 인간을 혐오하고 교제대상에서 배척한다는 사실은 그들 스스로 사형이 명백하게 도덕적으로 비난받아야 함을 안다는 점을 나타낸다." 로이 칼바트라는 이가 〈20세기의 사형〉이라는 책에서 한 말이다. 그의 말은 옳다고 생각한다. 거의 모든 문화권에서 사형 집행관은 불가촉천민으로 간주되었다. 그리스나 로마에서 사형 집행관은 회의에도 참석할 수 없었다고 한다.

이는 분명히 억울한 일이다. 사형을 선고하는 건 판사인데 판사는 존경받는 직업이고, 우리는 일을 집행한다는 이유로 불가촉천민 취급을 받는다. 판사는 양반이고 교도관은 머슴, 아니, 백정이 된 기분이다…(후략)……

은미는 고개를 끄덕이기만 했다.

"참, 오 경감님이 이번 사건 오빠가 해결한 거 다 아시더라."

그야 당연한 일이다. 손명우는 은미보다 오 경감과 먼저 만났고 이를 통하여 경찰과의 인연도 이어졌기 때문이다.

"오빠 정말 대단해. 그거 한 번 본 거 가지고 밀실 자석 트릭도 그 자리에서 풀어냈고 범인 잡을 함정까지 파다니. 정말 오빠를 경찰에 특채해도 되겠다. 생각 없어?"

은미가 생글생글 웃으며 말했다.

"난 도서관이 좋다."

"그래도. 오빠 때문에 경찰 체면이 말이 아니게 됐다고 그러던데."

"뭐, 사건 설명은 다 네가 했으면서 뭘 그러냐."

손명우가 웃으며 말했다. 은미는 손명우를 볼 때마다 신기했다. 이렇게 평범한 샌님처럼 보이는 여윈 남자가 그 많은 흉악 사건을 가볍게 해결해 낼 줄이야. 정말 추리소설에 나오는 탐정이 따로 없었다.

"그런데 오빠 어떻게 하다가 이렇게 경찰 뺨치게 범인을 잘 잡는 법을 익혔어?"

은미는 정말 궁금해서 물었지만, 순간 손명우의 눈에서 뭔가 빛이 났다. 그 눈빛을 본 은미는 입을 다물 수밖에 없었다. 잠시 동안 은미가 아니라 누구라도 얼어붙을 만큼 차갑고도 섬뜩한 눈을 하던 손명우는, 곧 평소의 부드러운 얼굴로 돌아왔다.

"그럴 만한 일이 있었어. 이런, 나 내일 출근해야 되니 이젠 가야겠다. 너도 출근해야지?"

손명우는 그대로 카페를 나섰다. 은미는 점점 그가 궁금해졌다. 경찰에서 신원 조회를 해보았지만 손명우는 전과는커녕 어렸을 적부터 전혀 특이한 경력 없이 똑바르게 자라온, 보통 남자일 뿐이었다. 하지만 은미는 서두르지는 않기로 했다. 아무리 그래도 손명우가 현재로서 경찰에 가장 든든한 조력자임은 분명하므로.

「포인트」 END.

브로드웨이의 비명

황미영
1997년 「사랑의 저 편에 선 천사」로 일간스포츠 신춘 대중문학상 수상. 단편 「슬픈 단죄」, 「차가운 복수」, 「브로드웨이의 비명」 등을 발표.

시월의 마지막 밤, 까만 브로드웨이 하늘은 불꽃놀이로 아름다웠다. 미국의 역대 대통령 가면들과 드라큘라, 피에로, 프랑켄슈타인, 마녀와 마법사 등 할리우드 영화에서 보았던 괴물들과 유령들이 브로드웨이를 활보하고 있었다. 바리케이드를 쳐 놓은 길 양쪽에서 할로윈 퍼레이드 행렬을 환호하는 사람들조차 할로윈 복장으로 멋지게 분장해 즐거움을 더해주었다.
"배가 정말 아파……."
"당연하지! 니 배는 내 칼집이 되었거든. 으하하하!"
기괴하게 일그러진 스크림 가면의 입술을 비집고 나오는 종혁의 웃음소리가 스산하게 들렸다. 주위의 많은 사람들이 종혁의 웃음소리를 흉내라도 내듯 기괴한 소리를 만들어냈다. 앤디가 옆구리를 움켜쥐며 주저앉았다. 앤디의 연기에 웃음을 참지 못한 해성이 '풋' 하고 짧게 웃으며 앤디를 부축해 일으켰다. 앤디의 몸이 한쪽으로 기울어졌다. 종혁이 앤디의 다른 한쪽 팔을 잡아 자기 어깨에 걸쳤다. 앤디의 몸이 무겁게 늘어졌다. 마리화나 연기에 절은 그들의 발걸음은 휘청거렸다. 소피아는 그들의 장난이 유치하다고 했고, 해성과 종혁은 앤디의 익살스러움을 재밌어했다.

"쿨럭쿨럭! 배에 진짜 구멍이 뚫린 거 같아."

기침이 잦아지는 앤디의 검은 가운은 끈적이는 할로윈 물감으로 젖어들었다. 앤디의 몸부림은 주위 사람들까지 물감으로 물들이고 있었다.

"어휴, 무거워! 이제 그만하자."

"그래, 정말 무겁다."

종혁이 자기 어깨에 둘렀던 앤디의 팔을 놓았다. '큭' 하며 기침을 삼키는 앤디의 몸이 무겁게 바닥으로 떨어졌다. 부축하던 해성도 함께 바닥으로 비스듬히 쓰러지며 앤디의 어깨에 깔렸다.

"도대체 물감을 몇 봉지나 쏟은 거니?"

앤디 밑에 깔린 해성이 힘들게 손을 빼내며 장갑을 벗었다. 흰 장갑은 검붉은 물감으로 푹 젖어 잘 벗겨지지 않았다. 해성의 얼굴에 얹어진 스크림 가면 아래로 터지는 목소리가 갈라졌다.

"앤디! 앤디!"

해성이 앤디의 스크림 가면을 벗겼다. 스크림 가면만큼이나 일그러진 앤디의 입에서는 검붉은 액체가 기침과 함께 울컥울컥 쏟아졌다. 무겁게 감겨 있는 앤디의 눈꺼풀 사이로 흐르는 눈물이 희극 같았다.

"경찰! 911(미국의 119)!"

"911!"

경찰과 응급 911을 외치는 해성의 울부짖음이 까만 브로드웨이 밤하늘을 울렸다. 주위의 모든 사람들이 장난스레 같이 소리쳤다.

"경찰! 911!"

앤디의 신음과 몸부림으로 나와 친구들 주위로 둥그런 빈 공간이 만들어지고 있었다. 재미와 호기심으로 힐끔거리던 행렬의 주춤거림은 술렁임으로 시끄러워졌다. 경찰들의 호루라기 소리가 음악 소리를 비집으며 가까이 들렸다. 나와 친구들은 모두 스크림 가면을 써서 누가 누구인지 모르는 서로를 바라보았다. 할로윈의 공포가 느껴졌다.

가면을 쓰고 분장을 해서 누가 누구인지 알아볼 수 없는 할로윈이 살인하기에는 가장 좋은 날이라며 죽이고 싶은 사람이 있으면 할로윈에 죽일 거라고 장난 삼아 떠들던 앤디. 바로 그가 죽어가고 있었다, 할로윈 밤에.

브로드웨이는 순식간에 NYPD(뉴욕경찰)로 가득했다. 일 년 중 살인 사건이 가장 많은 할로윈 퍼레이드는 다른 퍼레이드와 달리 뉴욕경찰이 모두 동원된다는 말이 거짓은 아닌 것 같았다. 주위는 쏟아지는 불빛으로 대낮같이 밝아졌다. 나와 친구들은 퍼레이드 행렬보다 더 많은 NYPD 틈에 갇혀 버렸다.

앤디는 911 응급차에 실려 떠났다. 해성과 종혁, 소피아 그리고 나는 경찰 버스에 올라탔다. 버스 안에는 우리 주위에 있던 많은 이들이 이미 타고 있었다. 가면을 벗은 이들의 얼굴에는 호기심과 두려움이 엇갈렸고, 할로윈 메이크업을 한 이들의 얼굴은 기괴해 보였다.

박물관같이 웅장한 건물의 센트럴 스퀘어 경찰서 앞에 버스가 도착했다. 차례로 내린 우리 일행은 질서정연하게 경찰서로 들어갔다. 많은 일행만큼 많은 경찰들이 한 명씩 배정되었다. 경찰은 할로윈 물감인지 진짜 피인지 모를 붉은색으로 물든 옷이나 가운에 주인의 이름과 주소를 적은 쪽지를 붙여 수거해 갔다. 해성과 종혁 그리고 나와 소피아의 가운, 장갑, 가면을 담은 비닐에는 다른 이들과 달리 앤디와의 관계도 상세하게 적혀졌다.

앤디의 말은 사실이었다. 앤디의 오른쪽 옆구리에 진짜 총알이 박혔다. 앤디의 손바닥 모양의 피 자국이 메디슨 스퀘어 부근 17가에서부터 발견되었다고 한다. 아마도 앤디가 처음으로 주저앉았던 곳인 것 같다. 그곳에서 1km 정도를 더 가서 앤디가 쓰러졌다. 이미 너무 많은 피를 흘려서, 병원에 도착하자 숨을 거두었다고 한다.

모두는 앤디의 몸부림 연기에 감탄하며 즐거워했었다. 뒤늦게 신음 소리가 이상하다고 느낀 해성이 가면을 벗은 앤디의 입에서 피가 쏟아지는 걸 확인하고 911 응급을 소리쳤다. 결국 우리들의 장난기와 부주의가 앤디를 죽음으로까지 몰아간 것이다.

NYPD 강력계 총기 담당 형사가 나와 친구들을 찾아왔다. 그는 우리가 미국영화에서 흔히 보아오던 멋진 백인 형사가 아니었다. 그는 장동건보다 약간 부족한 잘생긴 중국계 미국인으로 자신을 제임스 츄라고 소개했다. 그의 중국식 영어발음은 같은 아시아계라는 친근함을 느끼게 해주었다.

"앤디는 바로 옆에 서 있던 사람의 총에 죽었습니다. 앤디의 가운에 화흔이 묻어 있었어요."

나와 친구들은 제임스 츄의 그 말이 뜻하는 의미를 알았다. 우리 중 누군가가 쐈을 수도 있다는 뜻이었다. 우리 모두는 침을 삼키며 숨을 죽였다. 제임스 츄는 하나하나의 눈에 자신의 시선을 맞추며 범인을 찾는 듯했다. 섬뜩한 침묵이 흘렀다. 제임스 츄는 종혁의 오른쪽에 서서 옆구리에 검지를 들이대며 총을 쏘는 시늉을 해보이며 말했다.

"범인은 총구를 오른쪽 옆구리에서 이렇게 75도 각도로 세워서 쐈어요. 총알이 옆구리에서 사선으로 뚫고 올라가 폐에 박힌 거죠."

"앤디의 오른쪽이라면, 난데……."

"나도 오른쪽에 섰었는데."

"나도……."

제임스 츄는 나와 친구들을 무표정하게 바라보았다. 그의 과장된 무표정이 언짢아진 소피아가 교포 2세다운 영어로 말했다.

"우리 모두 한 번씩은 앤디의 오른쪽에 섰었어요. 언제인지 정확히는 모르지만 걸으면서 계속 자리가 바뀌었으니까요."

"그렇겠죠. 그 상황에선 퍼레이드 참가자 대다수가 앤디의 오른쪽에 한 번은 섰을 겁니다. 문제는 사건 당일 경찰서에 온 사람 대부분의 손이나 장갑에서 화약 성분이 검출되었다는 겁니다."

종혁과 해성, 그리고 소피아와 나는 제임스 츄의 말을 이해할 수 없어 서로를 보았다.

"총을 쏜 사람만이 아니라 폭죽놀이를 한 사람들도 손에 화약 성분이 남거든요. 이 중에선 해성만 폭죽놀이를 안 한 것 같더군요. 앤디의 손에서도 화약 성분이 검출되었어요."

우리는 해성을 보았다.

"저도 했는데요."

"해성의 장갑에선 화약 성분이 검출되지 않았습니다."

"아! 제 건 불발탄이었어요."

"맞아! 다 같이 폭죽을 터트렸는데, 해성의 것만 안 터졌어요."

"맞다! 그랬다."

"맞아!"

우리는 불꽃놀이가 시작되기 전에 준비해 간 폭죽을 동시에 터트렸다. 여기저기서 폭죽을 터트렸고 곧이어 밤하늘에서 화려한 불꽃놀이가 시작되었다. 그때 해성의 폭죽만 불발로 터지지 않았던 것이다.

"마리화나로 마취가 된 상태라서 본인은 고통을 잘 느끼지 못했겠지만, 폐가 쪼그라들고 피와 물이 차오르면서 기침을 하고 피를 토했을 텐데, 모두들 몰랐나요?"

"가면을 쓰고 있어서 몰랐어요. 그리고 연기인 줄 알고 그냥……."

"사실 우리 모두 마리화나를 했었거든요."

제임스 츄는 우리들의 감정 변화를 놓치지 않고 살피고 있었다.

"총알을 분석한 결과, 22구경 권총으로 밝혀졌습니다. 사정거리가 10여 미터도 안 되는 파괴력이 적은 총이죠. 피 자국이 처음으로 발견된 17가 메디슨 스퀘어 부근 사방 100m까지 철저하게 수색했지만 탄피는 찾을 수 없었습니다. 그 와중에 탄피를 챙겨갈 수는 없었을 테고 …그렇다면 탄피가 총에 그대로 남는 리볼버 권총이라는 건데. 혹시 총소리를 들은 사람은 없습니까?"

나와 친구들은 동시에 세차게 고개를 저으며 'No', 'Never'를 소리쳤다. 성질 급한 종혁은 확인시키듯 다시 말했다.

"못 들었어요. 너희들도 못 들었지?"

해성과 소피아 그리고 나는 동시에 다시 한 번 'No'를 소리쳤다. 항상 영어의 부정 질문에서 'Yes, No'를 헷갈려 하던 해성과 나는 그 순간 정확하게 'No'를 했다. 제임스 츄의 작은 눈이 더 작아지며 고개를 주억거렸다.

"그날은 음악 소리에 박수 소리, 비명 소리 거기다가 불꽃놀이까지 …총소리가 났더라도 폭죽 소리랑 구별이 됐겠어요?"

종혁은 제임스 츄의 질문이 너무 어이없다는 듯 짜증스레 말했다.

"폭죽 소리와 총소리는 다르죠."

제임스 츄의 말에 우린 다시 할 말을 잇고 서로를 바라보았다.

"한국은 군복무가 의무라고 하던데, 해성과 종혁도 군복무를 하셨나요?"

"네, 전 육군병장 출신입니다."

종혁이 아주 자랑스레 대답했다. 제임스 츄의 작은 눈은 해성의 얼굴로 옮겨갔다. 입술을 오물거리던 해성은 소피아에게 한국말로 물었다.

"보충병은 뭐라고 하지?"

"보충병?"

소피아는 갸우뚱하며 되물었다. 한국말로 주고받는 우리를 염탐하듯 보는 제임스 츄의 눈빛이 날카로워졌다.

"군대 말고 동사무소나 법원 같은 데서……."

"동사무소? 그게 뭐 하는 덴데?"

미국에서 태어나 자란 소피아는 한국말도 서툴렀지만 한국의 실정을 잘 몰랐다. 소피아는 동사무소란 단어 자체를 이해하지 못했다.

"그러니까 마을 일을 보는 사무소야."

"마을 일? 마을이 뭐야?"

"Village office."

"그런 것도 있어? 거기서 뭘 해?"

한글을 완벽하게 읽고 쓰는 소피아와 의사소통이 안 된다는 게 정말 신기했다. 소피아는 한국 소설책을 술술 읽으면서도 내용은 잘 이해하지 못했다.

"그러니까… 덜 건강해서 군대는 못 가고."

"해성이 어디 아파?"

"아니, 그게 아니고 눈이 너무 나쁘다거나, 허리가 약하다거나…….."

"아! 한국 연예인들이 군대 대신 간다는 그거?"

"그래! 맞아!"

"A reservist!"

"그래, A reservist!"

"해성은 보충역 출신이래요."

"보충역은 군인이 아닌가요?"

우리는 제임스 츄의 저의가 궁금하다는 눈빛을 서로 주고받았다.

"군인이긴 한데……."

"보충역은 뭘 하는 겁니까?"

제임스 츄의 질문에 우린 모두 다시 난감해졌다. 해성과 종혁은 제임스 츄에게 보충병이 하는 일을 설명했다.

"보충병은 총기 사용은 안 하고 사무만 보는 겁니까?"

"그런데, 왜 군복무에 대해서 묻는 건가요?"

"살인 도구가 총기라서요."

"군대를 가야만 총을 쏘는 건 아니지요. 미국인은 거의 모두가 총을 쏠 수 있지 않나요?"

평소 다혈질인 종혁이 억울하다는 듯 흥분하며 말했다.

"총은 어느 누구나 쏠 수 있어요. 어린아이도 쏠 수 있는 게 총이죠. 총이 칼보다 쉽지 않나요?"

"그렇죠. 하지만 범인은 총기 사용법을 아주 잘 아는 사람입니다. 폐에 박힌 총알에서 고무와 석면 성분이 검출되었어요. 소음

브로드웨이의 비명 357

기로 쿠션 같은 걸 사용했다는 거죠."
"소음기를 썼다면 총소리가 들릴 리가 없잖습니까? 그런데 왜 우리에게 총소리를 들었느냐고 물었죠?"
순간 침묵이 흘렀다.
"바로 옆에 있었던 사람이라면 혹시 듣지 않았을까 해서죠. 총알이 발사되면서 고무에 불이 붙는 것을 막기 위해 석면까지 넣은 걸로 봐선 총기에 대해 아주 잘 알고 있는 사람입니다. 아주 치밀하게 계획된 살인이죠."
"우린 앤디를 죽일 이유가 없습니다."
"종혁, 당신은 없습니까?"
제임스 츄는 '우리'라는 단어를 사용하는 종혁의 말을 정정하듯 물었다.
"네."
"그럼 다른 분들은 어떤가요?"
소피아와 나는 결백을 확인시키듯 서로의 시선을 맞추며 단호하게 대답했다.
"없습니다!"
"내가 알기엔 소피아 당신은 좀 다른데요. 당신은 살해 동기를 갖고 있어요."
나는 소피아와 앤디의 관계를 알고 있었다. 해성은 알까? 종혁은 확실히 모른다. 제임스 츄는 이미 많은 것을 알고 우리를 찾은 것이다. 소피아가 피식 웃었다. 울 것 같은 일그러진 웃음이었다.
"앤디의 전 연인이 매튜 아니었나요?"

"네, 그랬죠. 하지만 이제 매튜는 과거예요, 제겐."

매튜는 소피아와 일 년 넘게 동거했던 중국계 미국인이다. 매튜와 헤어질 때, 그의 새 연인이 여자가 아닌 남자라는 사실에 소피아의 충격은 더 컸다고 한다. 그때 그녀는 자살소동까지 벌이며 매달렸으나 매튜는 매몰차게 돌아서 버렸다고 했다.

"그런데 내가 좀 이해가 안 되는 부분이 있어요. 소피아가 어떻게 앤디와 친구가 될 수 있었는지가 도대체 이해가 안 되더라구요."

"매튜는 과거라고 말씀드렸을 텐데요."

"도대체 무슨 말이야?"

종혁은 제임스 츄와 소피아의 대화 내용을 이해할 수 없어 답답한 듯했다.

"매튜랑 소피아가 헤어진 것과 앤디랑 소피아가 친구인 것이 뭐가 이해가 안 되는 거죠?"

"내가 전에 말했잖아, 앤디가 게이라구."

"그건 해성과 정희 연결해 주려고 한 말이잖아."

제임스 츄는 우리들의 표정변화를 읽고 있었다. 그의 눈동자가 빠르게 움직이고 있었다. 그의 시선은 해성의 얼굴에 멈췄다.

"그런데 앤디가 게이인 거하고 매튜랑 소피아가 헤어진 거하곤 무슨 상관인데요?"

종혁은 여전히 상황 파악을 하지 못하고 제임스 츄에게 화를 내고 있었다. 제임스 츄가 말하려는데 소피아가 먼저 말을 꺼냈다.

"매튜의 전 연인이 앤디였다구 방금 형사님이 말했잖아."
"그럼 앤디가 진짜 게이였어?"
 종혁은 이제야 상황 파악을 한 것 같았다. 해성의 눈시울이 붉어졌다. 제임스 츄는 여전히 해성의 얼굴을 주시하면서 소피아에게 물었다.
"앤디와는 왜 싸우셨죠?"
"싸운 건 아니에요. 그냥 궁금했어요. 매튜와는 왜 헤어졌는지, 왜 동양 남자만을 원하는지, 그게 하필이면 왜 또 내 친구인지 물었을 뿐이에요. 그러다가 조금 언성이 높아진 거구요."
"그럼, 소피아는 앤디가 누굴 좋아했는지 알겠군요."
"미안해. 앤디가 왜 자기가 게이란 걸 너희들에게 말하지 말아달라고 부탁했는지 그땐 정말 몰랐어. 그의 부탁을 들어준다기보다는 그냥 더 이상 앤디랑 엮이기 싫어서 말을 안 했는데… 그땐 너희들이 앤디랑 친해지기 전이었어. 나중에 앤디가 해성을 좋아한다는 걸 알고는 정희에게 주의를 줬었지."
 모두의 시선은 내게 몰렸다. 제임스 츄도 내 표정변화를 놓치지 않기 위해 가늘게 뜬 눈으로 나를 보았다.
"앤디는 정희를 좋아했었잖아, 안 그래?"
 종혁은 여전히 갸우뚱하며 해성에게 동의를 구했다. 소피아는 어이없다는 듯 웃다가 해성을 보며 표정이 굳어졌다. 해성의 얼굴이 벌게지며 고개를 숙였다.

 해성과 앤디 그리고 나는 진부한 삼류소설 속의 주인공 같은 삼각관계였다. 앤디는 내게 지나치게 다정했었다. 그런 앤디의 다정함이 나는 서양 남자들의 매너라고 생각했고, 해성은 속된 말로 꼬시려는 수작이라고 했다.

해성과 나는 초등학교 동창으로 우연히 유학까지 같이 오게 된 오랜 친구 사이다. 종혁의 말로는 해성이 초등학교 때부터 날 짝사랑해서 미국 유학도 따라왔다고 했다. 나도 해성이 싫지 않았다. 나는 해성이 앤디를 질투하는 모습이 기분 좋았다. 나는 앤디를 우리 모임에 슬슬 끌어들였다. 소피아는 노골적으로 앤디를 무시했다. 그런 소피아를 해성이 좋아하며 함께 편이라도 된 듯 내게 앤디를 모함하기 시작했다. 앤디가 게이라는 소피아의 말을 믿지 않았던 것도 바로 그런 이유에서였다.

해성을 놀리려고 앤디와 친하게 지내던 나는 앤디를 정말 사랑하게 되었다. 앤디도 나를 진심으로 아끼고 사랑했다. 나는 내 감정을 친구들에게 들키지 않으려고 조심했다. 앤디는 자신의 스튜디오(원룸)에 나를 초대해 스파게티도 만들어주었다. 밤새도록 이야기를 해도 끝나지 않을 정도로 히고 싶은 말도 듣고 싶은 말도 많았다. 나는 그의 사랑을 갈구했지만 동양의 유교사상을 잘 알고 있는 앤디는 나의 순결을 지켜주고 싶어 했다. 나의 사랑은 더욱 깊어져 감출 수가 없었다.

앤디를 룸메이트로 끌어들인 건 종혁이었다. 대부분의 유학생들은 미국인과 룸메이트를 하고 싶어 했지만 영어가 서툰 동양인과 룸메이트 하는 걸 그들은 싫어했다. 영어를 배우겠다는 생각에 지나치게 따라다니며 말을 시켜 피곤하다는 것이다. 그러나 나를 좋아하는 앤디는 자신들의 청을 거절하지 않을 거라는 확신을 가진 종혁이 해성을 설득했다. 원수는 바로 옆에 두고 감시하며 견제하고 친하게 지내는 거라고. 그들은 둘이 함께 방을 쓰기로 하고 방 하나를 앤디에게 내주었다. 앤디는 나를 사랑하는 만큼 내 친구들도 소중하게 생각해 주었다. 앤디가 해성과 종혁의 룸메이트가 된 후로는 우리 둘만의 시간을 갖는 게 힘들었다. 언제 어디서나 항상 종혁과 해성이 함께였다.

소피아는 해성과 종혁에게 주의시키려 했지만 그들은 들으려 하지도 않았다. 앤디가 좋아하는 사람은 여자인 정희인데 무슨 말도 안 되는 소리를 하느냐며 소피아를 면박만 주었었다. 심지어 종혁은 친구 해성을 위해서라면 앤디의 애인이 되어서 나를 해성에게 돌려주고 싶다는 농담까지 건넸다.

그때 소피아가 매튜 이야기를 해주었다. 나는 반신반의하면서도 앤디를 향한 사랑을 멈출 수가 없었다. 소피아의 말은 맞았다. 앤디의 사랑은 내가 아닌 해성이었다. 해성의 연인인 내게 접근해서 두 사람의 사이를 먼저 소원하게 만든 것이다. 그리고 해성이 나를 오래전부터 사랑했었다는 말에 진심으로 미안해하며 우정을 택하고 나를 양보한 것이다. 내 감정과는 상관없이 나를 해성에게 넘긴 것이다. 목숨처럼 사랑했던 앤디는 나를 이용했던 것이다, 자신의 사랑을 위해. 아무것도 모르는 종혁과 해성은 앤디의 서양인 같지 않은 의리가 멋지다며 그와 죽마고우가 되었다.

소피아는 앤디의 특이한 취향에 대해 이야기했다. 그는 순수한 남자에게 접근해서 게이로 만드는 재미를 즐긴다는 것이다. 숫처녀만 좋아하는 남자처럼 순수한 남자만 좋아한다는 것이다.

　소피아의 불안이 현실이 되어가고 있었다. 앤디를 바라보는 해성의 눈빛에 따스함이 스며들기 시작했다. 나와 소피아만이 느낄 수 있었다. 종혁은 상상도 하지 못했다. 소피아와 앤디의 다툼이 잦아졌다. 종혁은 소피아가 너무 호전적이라며 싫어했다. 해성도 소피아를 피해 다녔다.

　두 사람의 사이가 이상한 걸 느낄 수는 있었지만 정확하게 둘이 동거하는 게 아니니 뭐라고 말할 수도 없었다. 앤디를 바라보는 해성의 애절한 눈빛에 나는 점점 비참해졌다.

　나는 앤디가 즐기는 마리화나까지 피면서 그에게 여자로 인정받기 위해 옷을 벗었다. 앤디는 실오라기 하나 걸치지 않은 나를 보면서 어떠한 감정의 동요도 없었다. 나는 그의 남성을 깨우기 위해 영화에서 본 모든 방법을 시도했다. 앤디는 혐오스런 벌레 떼어내듯 나를 밀쳐 냈다.

　내가 좋아하던 해성에게 내 사랑을 뺏긴 것이다. 해성이 미웠다. 죽이고 싶었다. 앤디의 사랑을 다시 찾고 싶었다. 아니, 나를 이용해서 내가 가장 좋아하는 해성을 뺏어간 내 사랑 앤디가 미웠다. 죽이고 싶었다. 내 사랑을 비참하게 만든 앤디가 죽이고 싶도록 미웠다.

　한국 명절인 추석이었다. 앤디는 언제부턴가 한국 유학생이 된 듯 유학생 모임에 항상 참석했다. 교포인 소피아도 나와 함께 항상 참석했지만 그날은 가지 않겠다고 했다. 나도 가고 싶지 않앉지만 내가 담당한 잡채를 가져가야 했다. 앤디는 유학생들 사이에서 인기가 있었다. 그의 금발과 유난히 흰 피부하며 파란 눈은 동양인들의 환상을 채워주기에 충분했다. 앤디의 세련된 매너와 적당한 근육질의 몸매는 여학생들 사이에서도 단연 인기였다.
"해성이 요즘 아주 불이 붙었다."
"불?"
"응, 밤을 세워 공부해. 앤디가 개인 과외시키잖아, 요즘."
종혁은 해성이 앤디 방에서 밤을 세우는 일이 많다며 해성이 장학금을 탈 수도 있다고 너스레를 떨었다. 나는 가슴 한구석이 무너짐을 느꼈다. 해성을 보았다. 그가 불안해 보였다. 그의 시선은 앤디를 따라 움직였다. 앤디는 잡채를 좋아했다. 잡채를 먹던 앤디가 해성을 보며 싱긋 웃어 보였다. 해성의 표정이 밝아졌다. 그 순간 나는 정말 죽고 싶었다.

크리스마스는 우울했다. 매년 서배나의 부모님 집에 가서 크리스마스와 신년 연휴를 즐기던 소피아는 나와 함께 뉴욕에 머무르기로 했다. 유학생들 사이에서의 소문은 무섭도록 빠르게 퍼져 나갔다. 해성과 앤디 그리고 나와 소피아, 매튜도 빠지지 않고 삼류소설이 만들어지고 있었다.
제임스 츄는 잊혀질 만하면 아주 가끔씩 찾아와 아리송한 말 한마디씩 던져 놓고 갔다. 하지만 심증만 있을 뿐 물증이 없는 상태에서 제임스 츄는 우리를 더 이상 찾아올 수는 없었다. 앤디의 말은 정말 옳았다. 할로윈 살인 사건은 미해결이 80%라는 말이…….
 얼마 후, 해성이 메이플우드 빌리지로 이사했다는 소문을 들었다. 그곳은 화려한 무지개 사각 깃발이 나부끼는 동성애자 해방촌으로 유명했다. 해성의 새로운 룸메이트는 히스패닉계(남미 스페인 계통) 남자로 뉴욕대학 연출학부의 전임강사라고 했다. 도로 이름에 게이 스트리트까지 있는 그곳은 성 정체성을 당당하게 드러내고 사는 동성애자들의 낙원이라는 얘기를 앤디에게서 들은 기억이 났다.
 그의 동거는 두 달을 넘기지 못했다. 소문에 히스패닉 남자는 자유연애를 원했고, 해성은 일편단심으로 그를 사랑했다고 한다. 그는 해성의 일편단심이 집착이라고 생각했다. 종혁의 아파트엔 이미 다른 룸메이트가 들어와 방이 없었다. 그렇다고 예전처럼 해성과 종혁이 한 방을 쓸 수는 없었다. 해성은 소호에 작은 스튜디오를 구해 이사했다.
 나는 해성이 변해가는 모습을 멀리서 지켜보았다. 그는 밤마다 게이들이 모이는 소호의 워싱턴 스퀘어를 배회했다. 그곳은 게이들의 데이트 장소로 유명한 곳이었다. 그는 혼자 앉은 남자들의 주위를 맴돌았다. 해성은 항상 하룻밤의 파트너로 만족해야 했다. 그는 마리화나로는 견딜 수 없었는지 필로폰을 시작했다.
 종혁은 해성을 진심으로 걱정했다. 종혁은 나와 소피아에게 도움을 청하러 왔다. 그는 혼자 해성을 찾아가기가 껄끄러운 것 같아 보였다. 우리는 해성의 스튜디오를 찾아갔다. 해성은 문도 잠그지 않은 채 깊은 잠에 빠져 있었다. 침대 밖으로 늘어진 그의 왼팔은 온통 주삿바늘 자국으로 시퍼렇게 멍이 들었다. 나는 숨을 쉴 수가 없었다. 눈물이 쏟아졌다. 눈물이 멈추질 않았다. 종혁의 눈시울이 붉어졌다. 소피아는 싸늘한 표정으로 해성을 보았다. 그녀는 냉장고를 열었다. 냉장고에는 생수와 맥주만 가득했다.
"장 좀 봐올게. 집 안 좀 치워놔."
소피아의 말이 떨어지기가 무섭게 종혁이 움직였다. 나는 손가락 하나 까닥할 힘도 없었다. 종혁은 말없이 방 안을 정리했다. 나는 그냥 그렇게 서 있었다. 눈물은 더 이상 흐르지 않았다. 나는 해성만 보고 있었다.
소피아가 장을 봐왔다. 쌀을 씻어 밥을 하고, 감자국을 끓이고, 연어를 구웠다. 종혁이 해성을 일으켰다. 해성의 몸이 무겁게 늘어졌다. 소피아가 달려와 종혁을 도왔다. 나는 그대로 서 있었다.
"해성아, 정신 차려!"
소피아가 소리치며 해성의 뺨을 사정없이 후려쳤다. 해성이 얼굴을 찌푸렸다. 상실의 아픔 속에서도 뺨을 맞는 아픔이 느껴진다는 게 희극 같아 보였다. 그의 아픔이, 외로움이 가벼워 보였다. 소피아가 다시 해성의 뺨을 후려쳤다. 옅은 신음 소리와 함께 해성의 얇은 눈꺼풀이 들어 올려졌다.
종혁과 소피아는 해성을 욕실로 데리고 들어갔다. 소피아는 샤워기를 틀어 해성의 머리 위로 물줄기를 퍼부었다. 정신을 차린 해성이 종혁을 와락 끌어안았다. 흠칫 몸을 빼려던 종혁이 천천히 해성을 안아 다독였다. 해성이 울기 시작했다. 종혁과 소피아는 울지 않았다. 소피아가 마른 수건으로 해성의 젖은 머리와 옷을 닦아주었다. 해성의 울음이 잦아들며 흔들리던 어깨의 움직임이 멈췄다.

종혁은 해성을 부축해 식탁에 앉혔다. 해성은 소피아가 손에 쥐어준 수저로 밥과 국을 먹기 시작했다. 소피아는 연어구이를 발라 해성의 숟가락에 놓아주었다. 해성은 내가 옆에 서 있는 것조차 알지 못했다. 소피아가 해성에게 커피 잔을 쥐어주었다. 종혁이 나를 끌어 침대에 앉혔다. 그리고 커피 잔을 내 손에 쥐어주었다. 커피를 마시던 해성이 나를 보았다. 나는 시선을 떨구고 커피를 마셨다. 커피의 뜨거움이 눈동자에 느껴졌다. 나는 눈을 감았다.

그날, 할로윈 퍼레이드가 있던 날… 발을 헛디뎌 소피아에게 기울어지던 앤디를 그녀가 힘껏 밀쳐 냈다. 앤디는 비틀거리며 내게 넘어지듯 안겼다. 나는 오른손을 옆으로 멘 핸드백에 넣고 때를 기다리고 있었다. 나는 레밍턴사의 22구경 2연발 데린져 리볼버 권총을 오른손에 쥐고 있었다.

지난여름 6월, 소피아의 고등학교 동창 캐시의 아파트에서 파자마 파티를 했다. 일곱 명 모두 엑시터시를 먹은 후라 빨대 사탕이나 생수 병을 물고 몽롱하게 누워 있었다. 갑자기 캐시가 작고 귀여운 권총을 꺼내며 러시안 룰렛을 하자고 했다. 2연발인 작은 총으로 러시안 룰렛을 한다면 둘 중 하나가 죽는다는 뜻이다. 소피아의 배려로 엑시터시를 맛만 본 나는 정신이 번쩍 들었다. 손

브로드웨이의 비명 367

을 뻗어 권총을 뺏으려고 했다. 그러나 내 생각과는 상관없이 내 손은 허공을 허우적거리며 흔들리기만 했다. 캐시도 마음대로 손이 움직이지 않는 것 같았다. 그녀의 손에서 미끄러진 권총이 바닥으로 떨어졌다. 나는 있는 힘을 다해 캐시 옆에 떨어진 권총을 주워 내 가방에 넣었다.

다음날 아침, 우린 각자 집으로 돌아갔다. 나는 지하철을 타기 위해 가방을 열었다. 가방 안에 어제 집어넣었던 권총이 보였다. 소피아에게 전하려고 했지만 긴 여름 방학이 시작되어 소피아는 서배나의 부모님 댁에 가서 두 달 동안 만날 수가 없었다. 캐시도 권총을 찾지 않았다. 권총은 그렇게 모두에게서 잊혀졌다.

그 권총은 지금 내 오른손에 쥐어져 있었다. 나는 방아쇠에 검지를 걸었다. 붉은 할로윈 물감으로 범벅이 된 앤디가 바로 내 왼쪽에 서 있다. 방아쇠에 걸쳐진 검지에 힘을 주었다. 그때, 종혁의 손에 들린 폭죽이 터지며 요란한 소리와 함께 번쩍이는 불빛으로 눈이 부셨다. 나와 소피아가 놀라 몸을 움츠렸다. 앤디의 몸이 크게 앞뒤로 흔들렸다. 앤디가 둔탁한 신음 소리와 함께 숨을 삼켰다.

앤디는 추리소설을 좋아했다. 그는 살인 도구로 칼보다 덜 잔인하고 독약보다 구하기 쉽다는 이유로 권총을 선호했다. 권총을 사용할 때는 소음기가 필수고 살인은 할로윈 퍼레이드를 택했다. 총구를 솜뭉치로 감싸서 소음기를 대신하고 솜뭉치에 불붙는 것은 석면으로 방지할 수 있다고 했다. 나는 그의 말대로 준비했다. 총구에 감긴 솜뭉치는 그 자리에서 버렸다. 스크림 가면과 크고 검은 가운은 총기를 숨기기에 더없이 좋은 천막 역할을 해주었다. 나는 두 팔을 소매에서 빼 가운 안으로 넣었다. 그리고 작은 총을 팬티 안으로 깊이 밀어 넣었다.

뉴욕의 6월은 한국의 여름과는 느낌이 달랐다. 그늘은 시원하고 햇볕은 뜨거웠다. 남자는 정말 아름다웠다. 천천히 아래위로 움직이는 긴 속눈썹에 덧바른 초록색 마스카라가 신비로워 보였다. 도도하게 솟은 코와 정교한 인중은 조각처럼 차가운 느낌이 들었다. 짙은 장밋빛 립스틱이 투명하게 칠해진 도톰한 입술에서는 뜨거운 열정이 솟구치는 듯했다. 칼같이 날카로운 귀에 피어싱되어 있는 갖가지의 링과 보석이 남자의 신비로움을 더해주었다. 보기 좋게 발달된 단단한 근육의 가슴과 어깨는 흰 면 셔츠의 깨끗함으로 더욱 돋보였다.

남자는 터키석이 유난히 파랗게 보이는 흰 손에 들린 종이를 팔랑이며 바람을 만들었다. 암 초록색 새틴 반바지에 감춰진 남자의 탄력 있는 엉덩이 위에는 황금색 털이 부숭숭한 큼직한 손이 올려져 있다. 손은 천천히 등줄기를 타고 올라 남자의 구릿빛 목덜미에서 멈추었다. 남자의 굵은 목을 부드럽게 이루만지던 손에 힘줄이 불거지며 까칠하고 두툼한 입술이 남자의 입술 위로 포개졌다.

숨이 멎을 것 같이 아찔했다. 남자들끼리의 키스도 이렇게 아름다울 수가 있다는 사실이 놀라웠다. 똑똑하고 잘생긴 남자들은 게이들이 가만두지 않아 자기들 차례까지 오지 않는다던 미국 여자 친구들의 넋두리가 생각났다. 어디를 둘러보아도 섹시한 근육질의 미남들과 그윽한 분위기의 금발 미남들이었다. 남자들은 자기들끼리 사랑을 속삭이느라 여자들에게는 눈길 한 번 주지 않았다. 게이 퍼레이드는 여자들에게 안전하다는 말이 실감났다. 여성성이 철저하게 외면당하는 슬픈 퍼레이드였다.

키스를 멈추고 게이 퍼레이드 행렬에 눈길을 주던 남자가 배시시 웃으며 한곳을 응시했다. 황금색 새틴 반바지로 중요한 부분만 살짝 가린 채 걷던 금발의 남자가 다가와 아름다운 남자의 손등에 입을 맞추었다. 남자의 초록색 마스카라 밑으로 교태스러운 미소가 흘렀다. 황금색 털이 부숭숭한 손이 아름다운 남자의 허리를 감았다. 이별의 느낌이 드는 표정으로 윙크를 살짝 하며 금발의 남자가 멀어져 갔다. 바로 옆에는 해리슨 포드를 닮은 중년의 두 남자가 서로를 그윽하게 바라보고 있다. 그들은 단단한 근육으로 보기 좋은 서로의 몸을 부둥켜안으며 진한 키스를 하기 시작했다. 강렬한 힘이 느껴지는 남성미가 넘치는 두 남자의 키스는 또 다른 충격이었다.

"정말 미치겠다! 저렇게 잘생긴 놈들이… 아휴!"
"남장이나 하고 나올 걸."

앞에 서 있던 두 여자가 신음하듯 중얼거렸다. 남자가 사랑하는 대상에서 아주 제외된다는 것은 상상도 하지 못했었다. 정말 끔찍한 현실이 이곳 게이 퍼레이드에서 벌어지고 있었다.

해성이 보인다. 두리번거리며 혼자 있는 남자만 보면 야릇한 미소를 짓는다. 그가 천천히 움직인다. 신경질적으로 생긴 백인에게 다가간다. 나는 해성을 향해 걸음을 옮긴다. 해성과 눈이 마주쳤다. 그의 얼굴에 묘한 미소가 스친다. 나는 해성을 안았다. 그의 뺨에 내 입술을 얹었다. 그의 뺨으로 눈물이 흐른다. 나는 방아쇠를 당겼다. 총알 하나는 앤디의 폐에 박혔고 나머지 하나는 지금 해성의 심장에 박혔다. 해성의 얼굴이 편안해 보인다. 엷은 미소가 떠오른다. 두 눈을 감고 힘없이 쓰러진다. 그의 주위가 피로 물든다. 내 손에 쥐어진 빈 권총이 보도블록으로 떨어지며 경쾌한 소리를 만들어낸다. 주위의 사람들이 흩어지며 비명을 지른다. 나는 천천히 돌아서 걷는다. 오늘은 경찰이 많지 않다. 사람이 죽었다, 살인이다, 비명 소리만 요란할 뿐 경찰은 보이지 않는다. 나는 차이나타운을 향해 걷는다. 몇 명의 경찰이 보인다. 나는 배가 고프다. 해성에게서 멀어지고 있다. 나는 차이나타운 모트 스트리트에서 얌차(다양한 딤섬을 먹을 수 있는 중국식 브런치)를 먹을 것이다. 해성과 나는 얌차를 먹으러 모트스트리트를 자주 찾았었다. 해성은 얌차를 무척 좋아했었다. 앤디도…….

「브로드웨이의 비명」 END.

개티즌

황세연

1995년 「염화나트륨」으로 스포츠서울 신춘문예 추리소설부문 당선. 1996년 장편소설 『나는 사랑을 믿지 않는다』로 컴퓨터 통신 문학상. 1997년 장편소설 『미녀사냥꾼』으로 한국추리문학상 신예상 수상. 장편소설 로 『나는 사랑을 믿지 않는다』, 『디디알』, 『디 데이』 등과 연작단편집 『염화나트륨』 등을 발표.

제목:임신부의 배를 발로 찬 남자

저는, 어려서 외국에 입양된 뒤 성장하여 한국을 찾아오는 입양아들을 안내하고 통역을 하는 자원봉사자입니다.

오늘, 한국을 방문한 외국 입양아 두 명을 관광시키며 한국의 좋은 이미지를 보여주기 위해 땀을 뻘뻘 흘려가며 돌아다녔는데……. 막판에 지하철 안에서 민난 노매니 청년 때문에 한국 이미지를 완전히 망쳐 버렸습니다.

20대 초반의 신체 건장한 청년이 노약자석에 버티고 앉아 있었고 술에 취한 것처럼 보이는 머리 희끗한 할아버지가 노약자석 옆에 서 있는 30대 후반쯤의 어떤 임산부를 보고 노약자석에 앉아 있는 청년에게 자리를 양보해 주는 것이 어떻겠냐고 했습니다. 그러자 그 청년이 기분 나쁘다는 듯이 할아버지를 째려봤습니다. 그러다 전철이 흔들려 술에 취한 할아버지가 비틀거리며 청년의 이어폰 줄을 손으로 잡았는데 청년이 자리에서 벌떡 일어나며 소리를 질렀습니다.

"아, 정말 더러워셔! 돈 한 푼 안 내고 공짜로 탄 주제에……."

"뭐야? 이런 싸가지 없는 놈이……."

술에 취한 할아버지가 버럭 소리를 지르자 그 청년이 할아버지의 멱살을 잡아 의자에 쓰러트렸습니다. 큰일이라도 나겠다 싶었는지 옆에 서 있던 임산부가 청년을 말리자 그 청년이 임산부의 배를 발로 걷어찼고 바닥에 쓰러진 임산부를 향해 갖은 욕을 퍼부어대며 전철에서 내렸습니다.

위 사진은 사진 속 남자의 발에 걷어차여 배를 움켜쥔 채 쓰러져 있는 임산부와 악마 같은 표정을 한 채 노인을 폭행하고 있는 남자를 핸드폰으로 찍은 것입니다.

한국에서 태어나 부모에게 버림받고 외국으로 입양되었다 다시 고국이라고 찾아왔는데 한국에서 이런 꼴을 봤으니 그들이 한국 사람들을 어떻게 생각할지 참…….

(퍼온 글)

댓글(6)

이쁜이 2010/10/12 14:32
어머, 정말 말이 안 나오네요. 세상에 별 미친놈이 다 있네요.

유지니 2010/10/12 14:36
헉! 사이코패스가 틀림없다. 사진 잘 봐뒀다 피해야지…….

holiday 2010/10/12 14:50
변태 새끼네. 덩치도 좋고 얼굴 멀쩡한 인간이…….

말뚝이 2010/10/12 15:21
헉! 엽기다.
또 사고 치기 전에 찾아내서 정신병원에 집어넣어야 할 텐데.

두유좋아 2010/10/12 15:40
정말 충격이네요. 이 글 퍼갑니다!

짭쪼롬 2010/10/12 15:52
사진의 임산부가 제 친구의 친구의 언니래요.
결혼 10년 만에 인공수정으로 임신했는데 지금 유산 위기래요.

 서울에서 열댓 명을 태우고 관광버스가 멈춘 곳은 남해 바닷가의 어느 작은 선착장이었다.
 "자 모두 배에 타세요!"
 누군가 외치는 소리에 고개를 돌려보니 선착장 한쪽에 10톤

정도 되는 어선이 대기하고 있었고 어선의 갑판 위에 한 남자가 서 있었다. 선장인 것 같았다. 그런데 여기에도 방송국 관계자는 기다리고 있지 않았다. 서울에서 내려온 우리 게스트들뿐이었다.

"방송 관계자들은 어디에 있죠?"

배에 제일 먼저 올라탄 사십대로 보이는 남자가 선장에게 물었다.

"예? 저는 전화로, 관광버스에서 내리는 분들을 섬으로 실어 나르라는 말만 들었는디……."

"이 사람들 참……."

"아, 방송국 사람들이야 먼저 갔겠죠. 촬영이라는 것이 그냥 할 수 있는 것이 아니잖아요? 미리 가서 세트도 만들고 촬영하기 적당한 장소도 물색하고… 지금 정신없이 준비하고 있을걸요."

파마머리의 남자가 대화에 끼어들어 방송 일에 경험이 많은 사람처럼 이야기했다.

"아, 그래도 그렇지, 안 하겠다는 사람에게 출연해 달라고 몇 번씩 그렇게 사정할 때는 언제고… 방송 출연은 모두 초보인 것 같은데, 인솔자라도 한 명 보내는 것이 예의지……."

"그러게 말예요. 출연해 달라고 사정할 때는 언제고……."

"아, 인솔자가 뭐 필요해요. 이렇게 척척 다 준비되어 있으면 그만이지……. 일단 가봅시다."

"자, 출발합니다."

선장이 곧바로 배를 출발시켰다.

버스에서는 잠만 잤기에 나는 사람들과 대화를 하고 싶었으나 그럴 수 있는 상황이 아니었다. 파도가 꽤 거칠었다. 어선이 놀이기구처럼 널뛰기를 했다.

배가 선착장을 떠난 지 3시간쯤 지나서 멀리 작은 섬 하나가 눈에 들어왔다. 바위 절벽 위에 등대가 하나 서 있는 것이 보였다.

"이거 날씨가 점점 안 좋아지는데요."

조타실 안의 선장이 열린 창문 밖으로 머리를 내밀고 하늘을 올려다보며 중얼거렸다.

"태풍이 중국 대륙으로 올라갈 거라더니 우리나라 쪽으로 오는 건 아닌지 모르겠습니다."

피부가 검은 사십대 남자가 하늘을 올려다보며 근심스러운 표정으로 대꾸했다.

섬에 배를 대려 하니 거친 파도가 바위를 치고 돌아 나와 배를 대기가 쉽지 않았다. 어선은 몇 번의 노력 끝에 바위를 대충 쌓아 만든 선착장에 겨우 뱃머리를 붙일 수 있었다.

"즐겁게 노십시오! 저는 모레 다시 오겠습니다."

무슨 급한 일이라도 있는 것처럼 우리와 몇 개의 박스들을 서둘러 내려놓은 어선은 곧바로 선수를 돌려 거친 파도 속으로 사라져 갔다. 파도의 계곡을 넘나드는 배가 마치 거친 물결에 흔들리는 종이배처럼 위태위태하게 보였다. 저러다 침몰이라도 하면 어쩌나 싶었다. 만약 그런 일이 일어난다면 배에 타고 있는 선장뿐만이 아니라 저 배를 타고 다시 육지로 나가야 하는 우리도 큰일이었다.

"여기도 우리를 기다리는 사람이 없네?"

곱슬머리 남자가 사람들을 둘러보며 중얼거렸다.

"우리가 언제 도착할지 몰라 마중을 나오지 않은 것이겠죠. 전화를 걸어보죠."

피부가 검은 남자가 휴대전화를 꺼내 들었다.

"어, 먹통이네. 핸드폰 신호가 잡히지 않는데요."

사람들이 모두 휴대전화를 꺼내 들여다봤다.

"어, 제 것도 그런데요."

"제 것도요."

이 섬은 휴대전화 통화가 안 되는 지역인 것 같았다.

"섬 위쪽은 신호가 잡힐지도 모르죠. 숲도 있네. 이 박스들은 우리 식량 같은데, 하나씩 들고 올라갑시다."

바위로 된 선착장에서 가파른 절벽을 20미터쯤 걸어 올라가니 평지가 나왔다. 그곳에서 100미터쯤 떨어진 절벽 위에 하얀 등대가 서 있었고 그 옆으로 낡은 2층집이 아담하게 자리 잡고 있는 것이 보였다.

"아니, 무인도라더니 웬 2층집이야?"

뒤따라오던 누군가가 중얼거렸다.

"아, 2박 3일 촬영을 한다고 했는데 우리가 묵을 숙소가 없다면 그게 더 이상하죠."

"1년 전까지만 해도 이 등대섬은 무인도가 아니었습니다. 저 집에 한 가족이 살았었죠. 등대지기와 아내, 두 명의 어린아이들이 말입니다."

서른 살 정도의 키 큰 남자가 나섰다.

"혹시 행사 관계자십니까?"

"아니, 저도 일반 참가잡니다. 여기 오기 전에 이 섬에 대해 공부를 좀 했죠."

"저 등대의 등대지기는 등대가 폐쇄되어 다른 곳으로 이사 갔나 보죠?"

"그런 게 아니고……."

"도대체 무슨 얘긴데 그렇게 뜸을 들이세요?"

오십대 후반으로 보이는 남자가 이야기를 재촉했다.

"사실은 1년 전쯤, 저 집에서 끔찍한 살인사건이 있었답니다. 등대지기가 어느 날 갑자기 미쳐서 가족들을 모두 죽이고 자신도 바다에 뛰어들어 자살을 했답니다."

"저런! 그런 끔찍한 일이… 그런데 모두 죽었다면서 그 사실을 어떻게……?"

"물론, 모두 죽었으니 추측일 뿐입니다."

"아니 그럼, 그런 끔찍한 사건이 일어난 집에서 우리가 이틀씩이나 묵어야 한단 말이에요?"

"난 재밌을 것 같은데요."

"어쩐지 아까부터 목덜미가 서늘하더라……."

우리는 곧 등대 옆의 이층집 앞에 도착했다. 그런데 이곳에도 사람의 모습은 보이지 않았다.

"도, 도대체 어떻게 된 거죠?"

당혹스럽지 않을 수 없었다.

"아직 안 온 건가?"

우리는 집 앞에 짐을 내려놓고 섬을 둘러보았지만 사람 그림자도 보이지 않았다. 이 섬에는 오로지 우리뿐이었다.

나는 막 화가 나려고 했다. 기가 막혔다. 나는 방송 출연이고 뭐고 다 때려치우고 당장 돌아가고 싶었다. 하지만 돌아갈 방법이 없었다.

"집에 들어가 기다려 봅시다. 곧 누군가 나타나겠죠."

"혹시 이거 몰래카메라 아닐까요? 이 집에 카메라를 설치해 놓고 우리가 어떻게 대처하는지 관찰하는 그런 거……."

"허허 참……."

다행인 것은 낡은 2층집은 그런대로 쓸 만했다. 1층은 커다란 거실 하나에 주방 하나, 방이 3개 있었다. 1층 거실에서 계단으로 이어져 있는 2층은 거실 하나에 방이 2개였다.

이곳에서 미친 등대지기가 가족들을 죽이고 자살만 하지 않았다면 분명 누군가가 이 2층집을 사들여 펜션사업을 하고 있었을 게 분명했다. 경치가 아름다운 것은 두말할 필요도 없고 작은 섬인데도 우물에 먹을 물이 충분했다.

날이 어두워질 때까지도 배는 나타나지 않았다.

"파도가 너무 높아 오지 못하는 건가?"

"아 그럼, 우리는 뭡니까? 어선이 뜨지 못하면 경찰 경비함이라도 타고 와야지."

"오늘 상황이 어떻게 돌아갈지 모르니 묵을 준비를 해두는 게 좋을 것 같습니다."

우리는 낡은 빗자루를 찾아내 청소를 시작했다. 귀신이라도 나올 것 같던 집이 비질과 걸레질을 몇 번 하고 나자 시골 민박집 같은 분위기로 바뀌었다. 우리는 2층을 치우는 것이 번거로워 1층만 사용하기로 했다. 중형 평수의 아파트 정도 되는 공간이었지만 가구가 없어 열댓 명 정도는 충분히 잠을 잘 수 있었다.

배에서 내린 몇 개의 박스 속에는 쌀, 라면, 술 등의 음식과 미니가스레인지, 냄비 같은 간단한 조리기구들이 들어 있었다. 모기향과 손전등 같은 것들도 준비되어 있어 열댓 명이 이 섬에서 며칠 지내기에는 부족함이 없을 것 같았다.

"이왕 이렇게 된 거, 휴가 왔다고 생각하고 즐겁게 놀다 갑시다."

이름이 김차애라고 했던, 이십대 중반쯤으로 보이는 아가씨가 팔을 걷어붙이며 말했다.

저녁을 해서 먹으려는데, 섬에 도착하자마자 낚시장비를 챙겨 들고 갯바위 쪽으로 갔던 남자 두 명이 커다란 돌돔과 우럭 몇 마리를 들고 나타났다.

"이거 술 맛 나겠는데……."

우리는 촛불을 켜놓고 싱싱한 회를 안주로 밤늦게까지 소주를 마셨다. 사람들의 몸속으로 술이 들어가자 저녁때의 그 우울했던 분위기는 온데간데없이 사라지고 친한 사람들끼리 휴가라도 온 것 같은 분위기로 변했다.

나처럼 끈질긴 방송 섭외를 받고, 일반인들이 참여하는 주말 예능프로그램인 '2박 3일'에 출연하기 위해 이 무인도에 온 사람들은 십대 후반부터 육십대 초반까지 나이도 가지각색이었고 직업도 가지각색이었다. 일반 회사원, 대기업 간부, 학교 선생, 변호사, 백수, 학생 등등.

"이런! 술을 엎질렀으면 닦아야지 개똥녀처럼 가만히 있으면 어떻게 해요?"

파마머리의 안길식 씨가 실수로 소주잔을 엎자 오십대의 김내성 씨가 휴지로 바닥을 닦으며 농담을 했다.

"개똥녀요? 에이, 비유를 하셔도 그렇지 그런 재수 없는 여자와……."

"개똥녀가 뭐 재수 없다고 그래요? 사진을 보니 예쁘게만 생겼더구먼."

"얼굴만 예쁘면 뭐 해요. 인간성이 개똥인데……. 자기 애완견이 전철 바닥에 똥을 눴으면 치워야지 개똥 치우라고 휴지를 건네줬더니 자기 애완견 똥구멍만 닦고 전철에서 내려 버린 그런 사람이 제대로 된 사람은 아니죠. 그 개똥은 나중에 어떤 할아버지가 치웠잖아요."

"그 개똥녀는 잘살고 있나 모르겠네? 인터넷을 통해 그렇게 얼굴이 알려졌으니 얼굴을 들고 돌아다니기가 쉽지는 않았을 텐데… 네티즌들이 좀 심하긴 했어. 무슨 죽을죄를 진 것도 아니고 개똥 좀 치우지 않은 것뿐인데 사진을 여기저기 퍼다 올리고 신상털이를 하고 그렇게 욕을 해댔으니……."

"뭘 너무해요. 욕 얻어먹을 짓을 했으니 당해도 싸죠. 그리고 그런 뻔뻔한 여자들은 사람들이 아무리 욕을 해대도 기가 죽기는

커녕 오히려 자신이 유명인사라도 된 줄 알고 으스대고 다닐걸요. 은요일 씨 생각은 어때요?"

목소리를 높이던 안길식 씨가 나와 눈이 마주치자 나에게 물었다.

"에이, 세상에 그런 실수 안 하고 사는 사람 있나요. 여기 계신 분들 중 술 마시고 골목길이나 남의 가게 앞에 오바이트하고 치워보신 분 있나요? 또 급해서 으슥한 골목길 담벼락에 오줌 누고 휴지로 담벼락을 닦아보신 분 있나요? 다들 그냥 가시곤 하잖아요?"

"하긴 뭐… 살아가면서 거리에 침 한 번, 껌 한 번, 담배꽁초 한 번 버리지 않는 사람, 오줌 한 번 누지 않는 사람은 없지."

"아 사실, 임산부를 발로 찬 임찬남에 비하면 개똥녀 정도는 애교죠."

옆에서 다른 사람들과 이야기를 하던 20대 후반의 박광규 씨가 우리 이야기에 끼어들고 싶은지 불쑥 한마디를 던졌다.

"그 임찬남 사건은 어떻게 마무리 되었죠? 잡아서 족쳐야 한다며 그놈을 잡아보겠다고 나선 네티즌들이 한두 명이 아니었던 것 같은데."

"뭐 어떻게 되긴, 한동안 시끌벅적하다 몇 달 지나니 잠잠해진 것 같은데요."

"임찬남의 발에 차인 그 임산부는 어떻게 되었나요? 어디서 보니 유산을 했다는 이야기도 있던데……."

"글쎄, 거기까지는 잘……."

"임찬남 같은 놈은 잡아서 공개로 능지처참을 해야 하는데, 세상이 좋아져도 너무 좋아졌어요."

"그러게, 그때 다들 뭐 하고 있었나 모르겠습니다. 그때 내가 그 자리에 있었으면 놈의 목을 비틀어 버렸을 텐데, 주변에 있던 사람들은 도대체 뭐 하고 있었나 몰라……."

"놈도 그 사건 이후 한동안 시달리긴 했을 겁니다. 남들이 몰라보도록 성형수술이나 변장을 하지 않고는 밖에 나가지도 못했을 걸요."

소주를 기울이며 한마디씩 떠들어대는 그 이야기에 끼어들지 않은 사람은 나, 그리고 시종일관 침묵을 지키고 있는 김차애 씨뿐이었다. 김차애 씨는 말을 아끼는 것이 아니라 임찬남 사건을 처음 들어본다는 표정이었다. 그래서 더욱 흥미로운지 사람들의 말에 열심히 귀를 기울이며 인상을 찡그렸다 폈다 하고 있었다. 하지만 나는 '임찬남'이라는 말을 듣는 것조차 거북했다. 결국 나는 도망치듯 밖으로 나가 집 주변을 서성거렸다.

밤이 깊어지자 갑자기 거센 빗줄기가 쏟아지기 시작했다.

비는 다음날도 계속 내렸다. 휴대전화는 불통이었지만 라디오는 잘 잡혔는데 중국으로 올라갈 것이라던 태풍이 진로를 바꿔 서해안 쪽으로 북상 중이고 또 다른 중형급 태풍이 연달아 올라오고 있다고 했다. 태풍이 완전히 지나갈 때까지는 배가 우리를 데리러 올 수 없을 것 같았다.

"젠장! 낚시라도 할 수 있으면 좋을 텐데…… 갑자기 태풍이 두 개씩이나 올라올 게 뭐야. 집 안에만 갇혀 있으려니 정말 미칠

지경이군."

"지금 낚시가 문젭니까. 출근도 며칠 못하게 생겼는데, 제길!"

"정말 이러다 우리도 등대지기처럼 미쳐 버리는 게 아닌지 모르겠어요."

"아이, 무슨 그런 끔찍한 소리를 하세요."

"나는 벌써 반쯤 미친 것 같아요. 몇 년 만에 공짜로 휴가다운 휴가를 왔다고 생각했는데 이렇게 비좁은 집 안에만 갇혀 있으니 돌지 않으면 그게 더 이상하죠."

그 괴이하고 미스터리한 사건이 일어난 것은 두 번째 날 저녁이었다.

초저녁에 잠들었다 저녁 9시쯤 깬 나는 뱃속이 출출하기도 했고 술 생각도 났다.

인터넷도 쓸 수 없고 텔레비전도 볼 수 없으니 모두들 방에 들어가 일찍 자는지 거실에는 아무도 없었다.

부엌에 놓여 있는 음식 박스들을 살펴보니 소주는 많았지만 적당한 안주거리가 없었다. 나는 라면을 끓이기로 했다. 커다란 냄비에 물을 앉혔다.

"할 일도 없는데 바둑 한 판 두자니까요."

여자의 말소리가 들려와서 거실을 내다보니 어디서 찾아냈는지 바둑판을 든 김차애 씨가 남자 방에 있던 김내성 씨를 거실로 불러내고 있었다.

"두 분, 혹시 라면 드실래요?"

"아뇨. 밤에 라면 먹으면 얼굴 부어요."

쏴아아…….

빗소리 속에서 막 라면물이 끓기 시작했을 때 눈앞의 촛불이 꺼질 듯 흔들리며 어디선가 덜커덩거리는 소리가 들려왔다. 아마도 태풍에 2층의 창문이 열려 비바람이 실내로 들이치고 있는 것 같았다. 누군가 2층에 올라가 봐야 할 것 같았다.

끓는 물에 라면을 넣으려던 내가 냄비뚜껑을 든 채 거실을 내다보니 거실에는 여전히 바둑을 두고 있는 김차애 씨와 김내성 씨밖에 없었다.

"저기요!"

내가 크게 외치자 머리를 맞댄 채 장고를 하고 있던 김내성 씨와 김차애 씨가 나를 돌아봤다.

"저는 라면을 끓이는 중이라서 그러는데, 누가 2층에 좀 올라가 봐야 할 것 같은데요."

그제야 두 사람은 그 덜커덩거리는 소리를 들었다는 듯이 2층 계단 위쪽을 힐끔 쳐다보고 나서 다시 시선을 바둑판에 고정했다.

"뭐가 이렇게 시끄러운 거야?"

김내성 씨가 바둑돌을 만지작거리며 혼잣말처럼 중얼거렸다.

"창문이 열린 것 같은데요."

김차애 씨가 별일 아닐 거라는 듯이 건성으로 대답했다.

"아, 아무리 폐가라지만, 저러다 유리창이 깨져 태풍이 들이치기라도 하면…….'

"아, 알았어요. 잠깐만…….'

내가 목소리 톤을 높이자, 바둑판에 바둑돌 하나를 조심스럽게 올려놓고 난 김내성 씨가 자리에서 일어났다. 김내성 씨는 주위를 두리번거리다 거실 구석에 놓여 있던 손전등을 집어 들고 2층 계단 위로 성큼성큼 올라갔다. 김차애 씨는 여전히 바둑판 앞에 앉아서 바둑돌들을 들여다보고 있었다.

나는 다시 주방으로 돌아와 끓는 물에 라면을 넣고 부엌칼로 김치를 썰기 시작했다. 김내성 씨의 비명 소리가 들려온 것은 바로 그때였다.

"아악! 으아악!"

2층에서 어떤 안 좋은 일이 벌어진 게 틀림없었다. 내가 부엌칼을 든 채 거실을 내다보니 역시 비명 소리를 들은 김차애 씨가 어두운 2층 계단을 빠르게 뛰어올라 가고 있는 것이 보였다.

"무슨 일입니까?"

하지만 김차애 씨는 나를 힐끗 돌아봤을 뿐 대꾸를 하지 않았다. 김차애 씨라고 2층에서 무슨 일이 일어났는지 알 리 없었다. 나는 김차애 씨를 따라 급히 2층으로 뛰어올라 가려고 했으나 라면국물이 끓어 넘쳤다.

치이익—

나는 다시 주방으로 뛰어들어 가 미니가스레인지의 불을 끄고 나서 밖으로 뛰어나와 급히 2층 계단을 뛰어올라 갔다.

2층의 활짝 열려 있는 창문 앞에 떨어져 있는 손전등이 어두운 거실을 밝히고 있었고 먼저 뛰어올라 온 김차애 씨가 등을 보인 채 움직임 없이 서 있었다. 내가 김차애 씨 옆으로 다가가니 손전등 옆에 김내성 씨가 무릎을 꿇은 채 앉아 있는 것이 보였다. 두 손으로 가슴을 움켜쥐고 있었다. 김차애 씨를 쳐다보던 김내성 씨가 시선을 돌려 막 방으로 들어선 나를 보고 더욱 겁에 질린 표정을 지었다. 김내성 씨의 무릎 앞에 떨어져 있는 손전등 불빛에 뭔가가 후두두둑 떨어져 내리는 것이 보였다. 피! 피였다. 가슴을 움켜쥐고 있는 손가락 사이로 줄줄 흘러내리고 있는 검붉은 피……. 칼에 가슴을 찔린 것이 틀림없었다.

"이, 이게, 어, 어떻게 된 일이죠?"

내가 질문을 던지려는 순간 김차애 씨가 나를 돌아보며 물었다.

내가 김내성 씨에게 다가가자 김내성 씨가 뒤로 주춤주춤 물러나며 손을 내저었다.

"어어, 어어어!"

바로 그 순간 내 발이 미끄러운 무엇인가를 밟고 미끄러졌다. 나는 곧장 철퍼덕 엉덩방아를 찧었다. 바닥을 짚은 손에 뭔가 미끄럽고 끈적끈적한 액체가 만져졌다. 한 손을 눈앞에 대고 살펴보니 손바닥이 온통 피투성이였다. 바닥의 미끄럽고 끈적끈적한 것이 모두 피였다.

피투성이가 된 내가 피로 얼룩진 거실 바닥에서 일어서고 있을 때 손전등을 든 사람들이 약간의 시간차를 두고 차례로 2층으로 뛰어올라 와 내 앞에 일렬로 늘어섰다. 그들은 모두 공포에 질린 표정으로 피투성이 김내성 씨와 나를 번갈아가며 쳐다봤다. 겁에 질린 저 표정들… 그제야 나는 사람들의 시선을 따라 내 손을 내려다봤고 내 손에 피 묻은 커다란 부엌칼이 들려 있다는 사실을 깨달았다.

"오, 오지 마! 내, 내가 그런 것이 아니야!"

나는 나도 모르는 사이 본능적으로 칼을 쥔 손을 휘저어 사람들이 다가오지 못하도록 위협했다. 그건 정말 치명적인 실수였다. 오해받을 만한 행동을 했다는 사실을 깨달은 내가 칼을 바닥에 떨어트리려는 순간 누군가가 마치 이소룡처럼 소리를 지르며 나를 향해 달려들었다.

"이얏!"

기합 소리와 함께 날아든 쇠파이프가 칼을 쥐고 있던 내 손을 후려쳤다.

"아악!"

엄청난 통증과 함께 내 손에 들려 있던 부엌칼이 날아가 김내성 씨의 무릎 앞 마룻바닥에 탁 꽂혔다. 그 순간 김내성 씨가 부엌칼 위로 푹 쓰러졌다.

정말 빌어먹을 일이었다. 나는 영문도 모른 채 순식간에 살인범이 되어 기둥에 단단히 묶이는 신세가 되었다.

"제기랄! 내가 그런 것이 아니라니까! 그 칼은 김치를 썰다 뛰어나와……."

그러나 내 변명이 먹힐 리 없었다.

"김차애 씨! 말 좀 해봐. 내가 그런 게 아니라는 걸 당신 눈으로 똑똑히 봤잖아! 김차애 씨나 나나 비명 소리를 듣고 뛰어올라 간 거잖아."

내가 범인이 아니라는 사실을 증명해 줄 사람은 나보다 먼저 2층으로 뛰어올라 간 김차애 씨밖에 없었다. 하지만 김차애 씨는 넋이 나간 표정으로 1층 거실 구석에 멍하니 앉아 있을 뿐이었다. 충격을 받아 마치 바보라도 된 것처럼.

김차애 씨는 내가 끓여놓은 퉁퉁 불어터진 라면을 안주 삼아 소주를 몇 잔 마시고 나서야 겨우 안정을 되찾았다.

"마, 맞아요. 은요일 씨의 말이 맞아요. 비명을 듣고 내가 2층으로 올라갔을 때는 칼에 찔려 피를 흘리고 있는 김내성 씨 이외에는 아무도 없었어요. 아마도 은요일 씨는 내 뒤를 따라 올라왔을 거예요. 언제 올라왔는지 그건 확실하지 않지만 다른 사람들이 올라왔을 때 이미 은요일 씨가 2층에 있었다니, 내 뒤를 따라 올라갔다는 은요일 씨의 주장이 맞는 것 같아요."

그러나 사람들은 김차애 씨의 말조차 믿으려 하지 않았다.

"확실히 저놈이 부엌에 있을 때 김내성 씨의 비명이 들렸나요? 김차애 씨가 저놈보다 먼저 2층에 올라간 게 확실해요?"

"아마도……."

"이자가 범인이 아니면 그럼 누가 범인이죠? 김내성 씨에게 2층으로 올라가 보라고 시킨 사람도 바로 이 사람이지 않습니까?"

박광규 씨가 손에 들고 있던 죽도 정도 되는 길이의 쇠파이프로 나를 가리켰다.

"그런데 좀 이상한 게 있기는 있어요."

소주병을 들고 간간히 병나발을 불던 술주정뱅이 김영강 씨가 고개를 갸웃거리며 천천히 입을 열었다.

"뭐가 말입니까?"

"저 은요일 씨가 범인이라는 건 말이 되지 않습니다."

"왜요?"

"김차애 씨의 증언과 상황으로 보아, 김내성 씨가 칼에 찔려 비명을 지를 때 은요일 씨는 부엌에 있었는데, 아니, 설사 부엌에 없었다고 해도 김내성 씨를 칼로 찌르고 다시 재빨리 부엌으로 돌아가 거실 계단을 타고 2층으로 그렇게 빨리 올라갈 방법이 있을까요? 모두 그때 무얼 하고 있었는지는 모르지만, 비명을 듣고 거실에 나타난 사람들은 모두 은요일 씨보다 뒤늦게 2층으로 올라가지 않았습니까. 이 은요일 씨가 단 10초라도 남들보다 늦게 거실에 나타나 사람들을 뒤따라 2층으로 올라갔다면 모르겠지만 그럴 시간적 여유가……?"

김영강 씨의 말에 사람들의 표정이 굳어갔다. 범인은 따로 있다고 생각하기 시작한 것 같았다.

"에이, 설마……? 그럼 저 사람보다 뒤늦게 거실에 나타난 우리 중에 범인이 있다는 말입니까?"

"설마가 사람 잡습니다. 만약 저 사람이 범인이 아니고 우리 중에 범인이 있다면……? 그리고 그 사람이 연쇄살인이라도 저지른다면……."

사람들이 서로를 쳐다봤다. 서로 의심하기 시작한 것 같았다.

"확인을 해보면 보다 명확해지겠죠."

들고 있던 술병의 술을 한 모금 마시고 난 김영강 씨가 술병을 거실 바닥에 내려놓더니 손전등을 들고 성큼성큼 2층으로 걸어

올라갔다.

김영강 씨는 5분 정도 있다 내려왔는데 양손에 피가 묻어 있었다. 그는 곧장 화장실로 들어가 손을 씻고 나왔다.

"칼자국을 조사해 봤는데, 부엌칼에 찔린 자국이 아니었습니다. 과도나 잭나이프같이 더 작은 칼에 찔린 자국이었습니다. 범인은 준비해 온 칼로 김내성 씨를 찌르고 나서 증거를 없애려고 칼을 뽑아 창밖의 바다에 버린 것 같습니다. 혹시 누군가가 잭나이프나 어떤 칼을 가지고 있는 걸 보신 분 있습니까?"

사람들이 다시 서로의 얼굴을 쳐다봤다. 아무도 대답을 하지 않았다.

"그럼 살인사건이 났을 때 누가 2층에 제일 늦게 나타났죠?"

김영강 씨가 다시 사람들을 둘러보며 물었다.

"나, 나는 범인이 아니에요."

김영강 씨의 시선이 30대 중반의 최설휘 씨에게 머물자 그녀가 갑자기 변명을 하고 나섰다.

"나는 그때 거실 화장실에서 양동이에 든 물로 샤워를 하고 있었어요. 비명을 듣긴 했지만 별일 아닐 거라고 생각했고, 옷을 입느라 2층에 꽤 늦게 올라간 것은 사실이지만 화장실은 작은 창문밖에 없는데 어떻게 밖으로 빠져나가 2층에 있던 김내성 씨를 죽이고 다시 거실로 돌아와 뒤늦게 2층으로 올라갈 수 있겠어요?"

"최설휘 씨가 범인이라면, 굳이 화장실 창문으로 빠져나갈 필요가 있었을까요?"

의혹을 제기한 사람은 이십대 후반의 김지아 씨였다.

"무슨 말이죠?"

"화장실 문을 열고 그냥 유유히 걸어나와 거실을 통해 2층으로 올라가, 창문을 열어 김내성 씨를 유인해 죽인 뒤, 2층 거실 창문 밖으로 빠져나갔다 1층 출입문으로 들어와 목욕을 하고 나온 것처럼 목에 수건을 걸치고 뒤늦게 2층에 나타났을 수도 있잖아요? 그렇게 하면 몸 어딘가에 묻었을지도 모르는 피까지 화장실에서 깨끗이 씻었어도 시간이 충분하겠네."

"마, 말도 안 돼요. 거실에 사람들이 있었는데 거실을 통해 2층으로 올라갔다면 분명 누군가 봤겠죠."

"글쎄, 그럴까요? 그때 거실에는 두 명밖에 없었는데 이미 한 명은 죽었고……."

공격을 받은 최설휘 씨는 당혹스럽다는 표정을 지었다. 그녀는 유일한 희망인 김차애 씨를 쳐다봤다.

"김차애 씨, 그때 내가 화장실에서 나오는 거 봤어요? 못 봤죠?"

"그, 글쎄……. 그때 나와 김내성 씨는 바둑에 온 정신이 팔려 있어서……."

순간 최설휘 씨가 김차애 씨를 노려봤다. 그러자 김차애 씨가 갑자기 말을 바꿨다.

"그, 그래요. 못 본 것 같아요. 최설휘 씨가 화장실에서 나와 2층으로 올라갔다면 분명 못 봤을 리 없는데 못 본 것 같아요."

"나는 그렇다 치고… 김지아 씨는 어디에 있었죠?"

이제 자신의 공격 차례라는 듯이 최설희 씨가 김지아 씨를 노려보며 물었다.

"나는 1층 출입문 밖에 서서 바다를 구경하고 있었는데요."

"누구, 그때 김지아 씨가 출입문 밖에 서 있는 걸 본사람 있어요?"

최설휘 씨가 사람들을 둘러보며 묻자 이번에는 김지아 씨가 당혹스러워했다.

"2층으로 올라가는 방법은 1층 거실을 지나 저 계단으로 올라가는 방법과 벽을 타든지 사다리 같은 것을 놓고 2층 창문을 통해 2층으로 들어가는 방법이 있을 거예요. 하지만 밖에서 2층으로 올라가려면 옷이 젖지 않을 수 없을 겁니다. 비가 저렇게 오는데……. 그런데 나는 보다시피 이렇게 마른 옷을 입고 있지 않습니까? 옷을 갈아입을 시간이 있었던 것도 아니고……."

김지아 씨가 패션쇼의 모델처럼 팔을 벌린 채 제자리에서 한 바퀴 돌아보였다. 정말 옷은 조금도 젖은 부분이 없었다. 김지아 씨의 옷을 살피던 사람들이 바로 시선을 돌려 주변 사람들의 옷을 살피기 시작했다. 몇 사람이 젖은 바지를 입고 있었다. 그리고 현관에 놓여 있는 몇 개의 슬리퍼와 신발도 흠뻑 젖어 있었다.

"아, 아닙니다. 우리는 아닙니다."

뭔가 찔리는 것이 있는지 김주동 씨가 손을 마구 저어댔다.

"우리 다섯 명은 그때 단체로 저쪽 절벽에 올라가 폭풍우 치는 바다를 잠시 구경하다 돌아오던 중이었습니다. 그래서 옷과 신발이 흠뻑 젖은 겁니다. 우비와 우산을 쓰고 있었지만 비바람이 심해서……. 우리는 살인사건이 일어난 줄도 모르고 집 안에 들어왔다 2층이 시끄러워 뒤늦게 2층으로 올라간 겁니다."

"그래요. 우리 다섯 명은 같이 있었습니다. 설마 우리 다섯 명이 공범이라고 생각하는 건 아니겠죠?"

"다섯 명 모두 잠시도 떨어져 있지 않았나요?"

쇠파이프를 든 박광규 씨가 물었다.

"꼭 그런 것은 아니지만······."

알리바이를 말한 사람들 이외의 나머지 사람들은 이 방 저 방 쑤셔 박혀 책을 읽거나 잠을 자고 있었다는데 중간에 누가 일어나 방을 나갔다 돌아왔는지 그런 세세한 것은 기억이 나지 않는다고 했다. 김내성 씨의 비명이 들렸을 때는 비명을 들은 사람들은 2층으로 뛰어올라 가기 바빴고 2층의 소란에 뒤늦게 잠을 깬 사람들은 주의 깊게 보지 않아 누가 옆에 있었고 누가 없었는지 기억하지 못하는 것 같았다.

"어쨌든 저 사람은 범인이 아닌 것 같으니 풀어줍시다. 저 사람은 범행을 저지를 시간적 여유가 없었습니다."

술주정뱅이 김영강 씨가 턱으로 나를 가리키며 말했다. 그러나 누구도 나를 풀어주려고 움직이는 사람이 없었다. 잠시 뒤 나를 풀어주려고 움직인 사람은 내가 변명을 할 때마다 쇠파이프로 배를 꾹꾹 찌르거나 발로 정강이를 걷어찼던 박광규 씨였다.

"이거 미안합니다. 오해를 해서······."

"그, 그럴 수도 있죠 뭐. 상황이 그랬으니······. 범인을 아는, 죽은 김내성 씨조차도 부엌칼을 들고 달려드는 나를 보고 비명을 질렀으니······. 자신을 칼로 찌른 사람과 내가 공범이라고 착각했었겠죠."

나를 풀어주고 난 박광규 씨가 사람들의 앞으로 나섰다.

"이 섬은 무인도고, 우리 이외에 다른 사람이 이 섬에 있다고 생각하기는 어렵습니다. 지금부터는 혼자 행동하지 마시고 두 명 이상 짝을 지어 움직이기 바랍니다. 범인이 우리들 중에 있다면 독에 갇힌 생쥐나 다름없습니다. 조사를 해보면 곧 밝혀지겠죠."

"둘이 같이 다니다 그중 한 사람이 살인자면 어떻게 해요?"

김지아 씨가 무섭다는 듯이 목을 움츠리며 말했다.

"정말, 범인을 잡기 전에는 잠조차도 편히 못 자겠네……. 범인의 범행 동기가 뭘까요? 살인 동기 말입니다. 왜 범인은 김내성 씨를 죽인 걸까요? 김내성 씨의 순한 성격으로 보아 원한 같은 것을 샀을 것 같지는 않는데……."

술병을 든 채 설치는 김영강 씨는 전직 경찰관이라도 되는 모양이었다.

사람들은 한 시간 넘게 제각각의 추측을 내놓았으나 결국 추측일 뿐이었다.

"말만 들어봐서는 누가 범인인지 알 수가 없군요. 자, 현장을 다시 조사해 봅시다. 무슨 증거가 남아 있는지……."

술병을 든 김영강 씨를 따라 우리는 2층으로 몰려 올라갔다. 대부분의 사람들이 나처럼 2층에 두 번 다시 발을 들여놓고 싶지 않았을 테지만, 범인을 잡으려면, 또 범인으로 몰리지 않으려면 어쩔 수 없었다.

시체는 이불을 뒤집어쓴 채 낮은 창문 옆에 그대로 누워 있었다.

2층에는 먼지가 가득했는데 사람들의 발자국이 여기저기 어지럽게 널려 있었다. 처음부터 발자국을 살펴보았더라면 범인을 잡을 수 있었을지도 모르는데 이제 어느 발자국이 언제 찍힌 것인지 알 수가 없었다.

2층은 창문이 두 개였는데 마주 보고 양쪽으로 나 있었다. 바다 위의 절벽 쪽으로 난 창문과 반대쪽으로 난 창문. 범인이 밖에서 침입을 했다면 바다 반대쪽 창문을 통해 들어왔을 텐데 조사를 해보니 그 창문은 열렸던 흔적이 없었다. 바다 쪽의 창문은 폭풍이 연 것이 아니라 누군가가 빗장을 풀고 일부러 열어놓았던 것이 확실했다.

"저 안쪽 창문처럼 바다 쪽의 이 창문도 어제까지는 단단히 닫혀 있었어요. 어제 낮에 제가 바다 구경을 하느라 잠깐 열었었는데 잘 열리지 않더라구요. 2층을 내려갈 때 분명 창문을 꼭 닫았는데……."

최설휘 씨가 바다 쪽 창문을 살피며 말했다.

"범인은 분명 살인사건이 일어나기 전에 2층으로 올라와 이 창문을 열어놨을 겁니다. 누군가 창문을 닫으러 올라오도록 유인하기 위해서 말입니다."

"그랬겠죠."

"아니, 그렇게 생각하기에는 뭔가 좀 이상한데요. 범인은 어떻게 김내성 씨가 올라올 걸 알았을까요? 열어놓은 창문을 닫으려고 김내성 씨가 아닌 다른 사람이 올라올 수도 있잖아요?"

"그건 그렇군요."

"김내성 씨가 올라오면 죽이고 그렇지 않으면 말려고 했는데 김내성 씨가 올라온 건가?"

안길식 씨의 말을 듣고 잠시 생각하는 표정으로 있던 김영강 씨가 고개를 옆으로 흔들었다.

"그건 아닐 겁니다. 범인은 거실에 김차애 씨와 김내성 씨 둘밖에 없다는 사실을 알고 2층 창문을 열어놓아 덜커덩거리게 했을 수도 있습니다. 남자와 여자 둘이 있는 상황에서 2층에 누군가 올라가야 한다면 당연히 남자가 올라가지 않겠어요?"

"아, 그렇군요!"

"그럼 역시 김내성 씨를 죽이기 위해 치밀한 계획을 세우고……."

"그런데 범인은 2층에서 어떻게 그렇게 빨리 도망갔을까요?"

"범인이 암벽타기 전문가라도 되나?"

"아무리 암벽타기 전문가라고 해도 폭풍우 치는 날 바위를 타기는 쉽지 않을 텐데요. 누군가를 죽이기 위해 자기 목숨을 거는 경우는, 철천지원수가 아니고는 불가능할 것 같은데요."

"원한 때문에 벌어진 범죄일까요?"

"혹시 밖에 옥상으로 올라갈 수 있는 줄사다리 같은 게 있지 않았을까요?"

그러나 창문 밖에 줄사다리 같은 건 없었다. 물론 있었다고 해도 범인이 이미 치웠겠지만.

"범인이 그때 도망간 것이 아니라 2층 어딘가에 숨어 있었던 것이 아닐까요? 저런 데 숨어 있다 우리가 우왕좌왕하는 틈에 슬그머니 기어나와, 저쪽 방에는 아무도 없습니다, 라고 말하면 우리는 그 사람이 우리 눈앞에 계속 있던 사람으로 착각할 수도 있잖아요?"

박광규 씨의 말에 사람들이 다시 서로를 쳐다봤다. 생각해 보니, 사건이 나고 곧바로 내가 범인으로 몰렸던 탓에 2층 수색이 전혀 이루어지지 않았다.

"우리 중에 범인이 있다면 그랬을 가능성도 있겠군요."

사람들은 계속 갖은 추측을 해댔다. 하지만 모두 근거가 없어 보이는 추측일 뿐이었다. 모두가 공감할 만한 명확한 근거를 가진 추측은 없었다.

"그런데 왜 구조대가 오지 않는 거죠?"

김지아 씨가 갑자기 화제를 바꿨다.

"그거야 태풍 때문에 배가 뜰 수 없으니……."

"그럴까요? 그런데 이상한 게 한두 가지가 아니잖아요? 우리를 불러 모아 이곳으로 데려온 사람은 우리가 알고 있기로 방송 관계자인데, 여기 오기 전에 방송 관계자 만나본 사람 있어요?"

"난 전화로만 통화를 해서……."

"저도요."

모두들 여러 차례 전화 통화만 했다고 했다.

"거봐요. 실제로 만나본 사람은 아무도 없잖아요. 그리고 이 섬에 방송 관계자는 단 한 명도 와 있지 않고 우리만 와 있는 것도 이상하고, 또 우리를 이곳으로 부른 사람들이 방송 관계자라면 우리가 이 무인도에 고립되어 있는 것도 잘 알 텐데 폭풍이 심해지기 전에 경찰 경비함이나 구조대가 오지 않는 것도 이상하지 않은가요?"

"그, 그럼, 우리를 이곳으로 부른 사람이 방송 관계자가 아니고 우리들 중의 누군가… 사, 살인자다……?"

"서, 설마……."

사람들은 1층 거실에서 서로가 서로를 의심하며 뜬눈으로 밤을 지새울 수밖에 없었다. 하지만 새벽 무렵 한 사람이 방으로 들어가 자리에 눕자 눈치를 보던 다른 사람들도 하나둘 거실에서 사라졌다.

나는 초저녁에 몇 시간 잠을 잤던 터라 그리 졸리지 않았다.

나는 술기운에 박광규 씨가 들고 다니던 쇠파이프를 집어 들고 2층 계단을 올라갔다. 나는 검도 3단이다. 손에 쇠파이프가 들려 있는 이상 살인자에게 당할 염려는 없었다. 검도 2단을 막 땄을 무렵 벌 떼처럼 달려드는 동네 깡패 열댓 명을 대걸레 자루 하나로 순식간에 때려눕힌 적도 있었다.

2층 거실에 들어서자 술에 취했는데도 등골이 오싹했다. 거실 한쪽에 이불을 덮은 시체가 누워 있고 바닥에 흥건한 검붉은 피.

나는 2층 거실 입구에 서서 아까 내가 비명 소리를 듣고 2층에 올라왔을 때의 상황을 곰곰이 생각해 보았다. 공포에 질려 있던 김내성 씨의 눈빛, 그리고 나를 돌아보던 김차애 씨의 그 눈빛.

나는 손전등을 이리저리 비추며 아까 덜커덩거리는 소리를 내서 김내성 씨를 유인했던 창문을 살펴보았다. 이어서 아까처럼 창문을 활짝 열어보았다. 창문이 비바람에 다시 덜커덩거리기 시작했다.

"여기서 뭐 해요?"

나는 깜짝 놀라며 뒤를 돌아봤다. 언제 올라왔는지 내 등 뒤에 김차애 씨가 서 있었다.

"아, 뭔가 마음에 걸리는 것이 있어서 좀 살펴보려고요."

"창문 덜커덩거리는 소리에 사람들 다 깨겠어요."

"아, 그래서 올라오셨군요. 죄송합니다."

나는 창문을 닫기 위해 다시 창문으로 다가섰다.

"앗!"

왼발바닥에서 날카로운 통증이 몰려왔다. 나는 본능적으로 신음 소리를 냈다.

"왜? 왜 그러세요?"

나는 절룩거리며 몇 걸음을 걸어가 비교적 깨끗한 마룻바닥에 주저앉아 왼발 발바닥을 들여다봤다. 김차애 씨가 다가와 내 발바닥을 향해 손전등을 비췄다. 발바닥 한가운데에 압정이 박혀 있었다.

"이런 제길!"

나는 압정을 확 잡아채서 단번에 빼내 들여다봤다. 오래된 것일 거라고 생각했는데 내 발바닥을 찌른 압정은 광택이 자르르 흘렀다. 최근에 생산된 것이 틀림없었다.

순간 아찔한 생각이 내 뇌리를 스쳐 갔다. 나는 자리에서 벌떡 일어나 절룩거리며 김내성 씨의 시체로 다가가 이불을 확 걷어 젖혔다. 그리고 김내성 씨의 발바닥 앞에 쪼그리고 앉아 손전등을 발바닥에 비추며 살펴보았다. 하지만 검붉은 피가 엉겨 붙어 있어 확인이 어려웠다.

"뭐 하는 거예요?"

김차애 씨가 다가와 물었으나 나는 대답을 하지 않고 시체를 씨를 덮었던 이불로 김내성 씨의 발바닥을 몇 번 문질러 댔다. 그리고 다시 발바닥을 들여다봤다.

'헉!'

오른발과 왼발 모두에 압정에 찔렸었던 붉은 반점들이 선명히 남아 있었다.

김내성 씨가 2층에서 비명을 질렀던 것은 칼에 찔렸기 때문이 아니라 창문을 닫으려다 창문 밑에 떨어져 있던 압정 몇 개를 밟았기 때문이었다.

나는 재빨리 고개를 뒤로 돌려 등 뒤에 서 있는 김차애 씨를 올려다봤다. 김차애 씨가 차가운 시선으로 나를 내려다보고 있었다. 그리고 이미 김차애 씨의 손에 뭔가가 들려 있었다. 김차애 씨가 눈도 깜빡이지 않고 오른손을 한번 꿈틀하자 주먹 속에서 은빛 칼날이 척 튀어나왔다. 잭나이프였다. 내가 1층에서 가지고 올라온 쇠파이프는 내 손이 미치기에 너무 멀리 떨어져 있었다.

"아까 줍는다고 주워 없앴는데 아직 남아 있는 압정이 있었나 보군."

혼잣말을 하듯 김차애 씨가 중얼거렸다.

"왜, 왜……?"

나는 동작을 멈춘 그대로 김차애 씨를 올려다보며 물었다.

"그걸 정말 몰라서 묻나? 내 동생을 죽인 살인마!"

그날 내 동생 순석은 아르바이트를 하느라 아침부터 저녁까지 하루 종일 서 있었다. 얼마 전에 교통사고를 당한 발목 관절이 꽤 시큰거렸다.

순석은 평소처럼 귀에 이어폰을 꽂은 채 신도림역에서 전철을 탔다. 다리가 아파 앉아가고 싶었지만 일반 좌석에는 빈자리가 없었고 노약자석만 비어 있었다. 순석은 비어 있는 노약자석으로 가서 앉았다. 노약자가 타면 그때 자리를 비켜주면 될 터였다.

피곤했기 때문일까? 순석은 자리에 앉자마자 자신도 모르는 사이 잠이 들었다 시끄러운 소리에 깼다. 정차했던 전철이 막 출발하고 있었다. 여기가 어느 역이지? 주위를 두리번거리고 있는 순석의 앞에 오륙십 세쯤 되어 보이는 술에 취한 아저씨가 나타났다. 순석을 노려보는 폼이 자리에서 일어나라는 것 같았으나 그 사람도 자리를 양보받을 만큼 나이가 들어 보이지는 않았다. 그래도 순석은 자리에서 일어나려고 했다. 그런데 바로 그때 술에 취한 아저씨가 귀에 거슬리는 말을 내뱉었다.

"사지가 멀쩡한 놈이 경로석에 왜 앉아 있어?"

말 한마디에 기분이 몹시 상했다. 순석은 자리를 양보하려던 생각을 바꿔 고개를 옆으로 돌리며 잠을 청하는 사람처럼 눈을 감았다. 이게 노약자석이지 경로석이야?

"어허!"
순석이 여전히 그대로 앉아 있자 술에 취한 남자가 한탄을 하며 손가락으로 순석의 머리를 툭 밀었다. 순석은 기분이 몹시 상했으나 이번에도 모르는 체했다.
"어허, 이런 싸가지 없는 놈 봐라."
급기야 순석이 눈을 뜨고 고개를 치켜들어 나이 든 남자를 노려봤다.
"어허, 어린 것이 귀를 처먹었나."
남자가 순석의 이어폰 줄을 확 잡아챘다. 순간 가슴에 있던 화가 머리끝까지 치솟아 올라왔다.
"에이 씨, 더러워서 정말!"
순석이 자리에서 벌떡 일어나 술에 취한 남자를 의자 쪽으로 밀쳤다. 하지만 술에 취한 남자는 그대로 쓰러지지 않고 순석의 멱살을 잡고 늘어졌다.
"어어어, 이런 호래자식을 봤나."
노약자석 의자에 비스듬히 드러누워서 순석의 멱살을 잡고 있는 남자가 순석의 얼굴을 향해 주먹을 휘둘러 댔다. 순석이 손으로 방어를 하며 멱살을 움켜쥐고 있는 남자의 손을 떼어내려는데 뒤에 있던 여자가 달려들어 순석의 머리채를 잡아당겼다. 술에 취한 남자의 딸인 모양이었다.
"새파랗게 젊은 게 어른한테 무슨 짓이야."
한 사람도 벅찬데 둘이 덤비니 순석은 정신이 하나도 없었다. 순석은 머리채를 잡고 흔들어대는 여자의 허벅지를 뒷발질을 하여 걷어찼다. 사타구니를 걷어 차인 여자가 뒤로 물러나며 바닥에 주저앉았다.

겨우 술에 취한 남자의 손을 떼어냈을 때 전철이 멈추며 문이 열렸다. 순석은 재빨리 출입문으로 걸어갔다. 그리고 그제야 전철 바닥에 쓰러져 있는 여자의 배가 불룩하다는 것을 깨달았다. 임산부 같았다. 하지만 발로 걷어찬 부분이 사타구니였기에 큰 충격을 받지는 않았을 것 같았다.

전철 문을 무사히 빠져나온 순석은 구겨진 옷을 손으로 툭툭 털어댔다.

"에이, 재수 없어!"

정말 재수 없는 날이었다.

모든 일이 그렇게 끝난 줄 알았다. 그런데 며칠 뒤 친구에게 전화가 걸려왔다.

"야, 네가 임산부를 발로 차는 사진, 인터넷에서 난리더라……. 너 맞지? 왜 그랬냐?"

뭔가 불길한 예감, PC방으로 뛰어들어 가 인터넷에 접속해 보니 미니홈피에 수백 개의 욕이 올라와 있었다.

짐승만도 못한 놈, 쓰레기 같은 놈, 사이코패스, 인간망종…….

포털사이트 검색어 1위에 '임찬남'이 있어서 클릭해 보니 그날 전철에서 누군가가 핸드폰으로 찍은 사진과 그 사진을 찍은 사람이 쓴 글, 그리고 '임찬남 사진'이라며 순석의 미니홈피에 있는 여러 장의 사진들, 순석의 주민등록번호와 현재 사는 곳, 가족관계, 미니홈피 주소, 메일 주소, 전화번호, 다니고 있는 대학과 학과가 적힌 개인정보가 인기 연예인의 프로필과 사진들처럼 수없이 나타났다. 그것들은 수많은 사람들에 의해 퍼 날라지며 다시 추가되고 재생산되어 전염병처럼 퍼져 나가고 있었다. 그리고 그 글 밑에 달려 있는 수많은 댓글들은 모두 악플뿐이었다. 가짜 목격자들까지 등장해 순석을 패륜아로 몰아가고 있었다.

열혈남 2010/10/15 13:30
저도 그 임찬남과 함께 전철에 타고 있었어요. 그 쓰레기 같은 새끼가 임산부의 배를 발로 걷어차며 씩 웃는데 악마가 따로 없더라고요. 온몸에 소름이 쫙… 임찬남은 전철에서 내려서도 전철을 향해 갖은 욕을 해대며 가운데 손가락까지 펴보였어요. 정말 기가 막혀서…….

한강대 2010/10/16 10:26
한강대학교에 다니는 학생입니다. 우리 학교에 이런 개망나니가 있었다니 한강대학교 학생으로서 정말 부끄럽습니다. 제가 대신 무릎 꿇고 사과를 드립니다. 정말 죄송합니다. 학교에서도 조사를 하고 있다니 곧 퇴학 조치가 내려질 겁니다.

이 사건은 채 일주일이 지나지 않아 인터넷 최고의 화젯거리가 되었고 개똥녀, 패륜녀, 루저녀 같은 사건들처럼 텔레비전 9시 뉴스에까지 나왔다.
이 사건으로 순석은 애인과 헤어졌고 학교도 다닐 수가 없어 휴학했다. 뿐만 아니라 사람들이 자신을 알아보고 해코지를 할 것 같아 밖에 나갈 수조차 없었다. 피해망상에 시달리며 하루 종일 감옥 같은 방 안에만 틀어박혀 있어야 했다. 우울증이 날로 심해져 갔다.

"내가 세상에서 가장 사랑하는 사람인 내 동생은 피해망상증과 우울증이 심해져 결국 자살을 하고 말았지. 아버지는 그 충격으로 회사를 그만두고 알코올 중독자가 되어 집을 나갔고 어머니도 음독자살을 시도했다 몸이 만신창이가 되어 정신병원에 입원해……. 온 집안이 풍비박살 났어. 바로 너 때문에……."
김차애 씨가 증오에 찬 눈으로 나를 노려봤다. 나는 뒤통수를 쇠몽둥이로 얻어맞은 기분이었다.
"그, 그럼, 김내성 씨는 왜 죽였죠? 반복해 악플이라도 달아댔나요?"
"그래. 임산부의 배를 발로 차며 웃었다는 등 헛소문을 퍼트린 장본인이 바로 내 손에 죽은 저 사람이지. 저 사람은 별 이유도 없이, 내 동생의 발에 차인 임산부가 유산을 했다는 거짓말까지 진짜처럼 퍼트렸어……."
"그럼 여기 보인 사람들은 다……?"
"아래에 있는 사람들은 죽은 저 사람처럼 헛소문을 퍼트리지는 않았어도 사건의 진실도 모르면서 반복해 악플을 달아댄 사람들이지. 무심히 던진 돌이 개구리 일가족을 몰살시킬 수도 있다는 생각을 하지 못하고……."
"그래서 악플러들을 이 무인도에 불러 모아 죄의 정도에 따라 죽일 사람은 죽이고 나머지 사람들은 서로가 서로를 의심하게 하고 서로에 의해 좌절과 공포를 맛보게 하려고 이런 일을 꾸민 것이군요?"

"잘 아는군. 이제 네 차례야."

"저, 정말 죄송해요. 나, 난, 그냥……. 악의는 없었어요. 전철에서 찍은 사진을 늘 하던 대로 그냥 인터넷에 올렸을 뿐인데, 사건이 그렇게 커질 줄 정말 몰랐어요. 사건이 커지는 것을 보고 나도 얼마나 후회를 했는지 몰라요. 살려주세요."

전철에서 술에 취한 노인과 싸우는 젊은이를 보고 집으로 돌아온 나는 정말 기분이 나빴다. 어찌 젊은 사람이 그렇게 예의가 없을까?

모니터를 통해 전철에서 찍은 사진을 보니 그때의 불쾌한 기분이 생생히 떠올라 왔다. 이런 녀석은 욕을 먹어도 싸다는 생각이 들었다.

나는 사진과 함께 전철에서 있었던 일을 적어 내가 자주 이용하는 인터넷 카페 게시판에 올려놓았다. 소란이 벌어진 다음부터 임찬남과 임산부를 쳐다보게 된 것이니 그전에 무슨 일이 있었는지 보지 못했고 글도 좀 부풀려서 자극적으로 표현한 부분들이 있었지만 사진에 찍힌 것처럼 임찬남이 임산부를 발로 찬 것은 사실이었다.

내 글에 대한 반응은 꽤 좋았다. 내 예상대로 내 글 밑에 젊은 남자를 욕하는 수많은 댓글이 달렸다. 사람들이 내가 올린 글을 보고 모두 임찬남을 욕하자 속이 펑 뚫리는 느낌, 카타르시스 같은 것이 느껴졌다.

아무 일도 없이 하루가 지나고 이틀이 지나갔다. 3일 뒤, 포털 사이트의 메인 화면을 살피던 나는 깜짝 놀랐다. 내가 쓴 글이 포털사이트의 메인에 노출되어 있었다. 내가 쓴 글을 누군가가 퍼 날랐고 그 글에 대한 반응이 좋으니 사이트 관리자가 메인에 띄운 것이었다.

일이 내가 예상하지 못한 방향으로 흘러가고 있었다. 일이 너무 커지고 있었다. 두려움이 서서히 고개를 들기 시작했다.

나는 글과 사진을 올려놓았던 인터넷 카페에 접속해 게시물을 삭제했다. 하지만 이미 엎질러진 물이었다. 이미 수많은 사람들이 내 글을 카피해 나도 모르는 어딘가에 수없이 올렸고, 지금도 계속 퍼 나르고 있는 중이었다. 내가 그 사진과 글을 올린 사람이었지만 이제 그 글과 사진은 내 것이 아니었다. 나는 더 이상 컨트롤할 방법이 없었다.

처음에는 임산부를 구타한 사람에 대한 비난만 이어졌다. 그런데 시간이 지나니 예상치 못한 댓글들이 달리기 시작했다.

우낀애 2010/10/15 14:45
이 사진을 찍고 이 글을 쓴 놈도 똑같은 놈 아닌가? 노인과 임산부가 서 있는 것을 봤으면 얼른 일어나서 자리를 양보해 줬어야지, 임산부와 노인은 꼭 노약자석에만 앉아야 된단 말인가? 또 노인과 임산부가 맞고 있는 상황에서 가만히 앉아서 핸드폰 꺼내 사진만 찍고 있었다니 이놈도 임찬남과 다를 바 하나 없는 인간쓰레기 아닌가…….

강한남 2010/10/16 11:57
내가 이 글을 최초로 올린 사람을 아는데 자원봉사자는 무슨……. 받을 돈 다 받아가면서도 뺀질거리는 놈인데 자원봉사 같은 걸 할 놈이 아닙니다. 이 녀석은 평소에도 거짓말을 어린애 우유 먹듯 입에 달고 사는 놈이죠. 사람이 물에 빠져 죽어가는 상황에서도 구할 생각은 안 하고 사진이나 찍고 있을 놈입니다. 이 인간은 임찬남보다 더 인간성이 나쁘면 나빴지 좋은 놈은 아닙니다.

당시의 상황을 잘 알지도 못하면서 일방적으로 욕을 해대는 악성 댓글들 때문에 나는 충격을 받지 않을 수 없었다. 또 나를 알지도 못하는 놈들이 마치 나를 잘 아는 것처럼 쓴 글들을 보고 있노라면 울화가 치밀어서 참을 수가 없었다. 악플을 다는 놈들을 모조리 경찰에 고소라도 하고 싶은 심정이었다. 하지만 나는 그들을 고소할 수가 없었다. 내가 그들을 고소하면 그 글과 사진을 인터넷에 최초로 유포한 사람이 바로 나라는 것을 온 세상에 광고하는 것이나 다름없게 될 테니까. 그렇지 않아도 네티즌들은 임찬남 사진과 글을 올린 사람이 누구인지 내 '신상털이'를 하겠다며 갖은 추측과 조사를 해대고 있었다. 나는 네티즌들이 몰려와 우리 집 창문에 돌을 던져대는 꿈까지 꿨을 정도로 예민해져 있었다.
그렇게 약 10개월 정도의 시간이 흘러갔다.

시간이라는 것은 마음의 만병통치약이다. 시간이라는 지우개는 내 머릿속의 그 기억들도 예외 없이 깨끗이 지워가고 있었다. 그런데…….

"저, 저도 결국 피해자였어요. 그 글을 올리고 나서 저를 비방하는 악플들을 보며 얼마나 큰 충격을 받고 스트레스에 시달렸는지 몰라요. 일이 이렇게 커질 줄 정말 몰랐어요……."
"흥, 네가 피해자라고? 지나가던 개가 다 웃겠다."
그때 아래층에서 인기척이 들려왔다.
"무슨 일 있어요?"
김차애 씨가 흠칫 놀라는 표정을 지으며 고개를 뒤로 돌려 계단 쪽을 살폈다. 나에게 있어서는 두 번 다시 오지 않을 절호의 기회였다. 나는 자리에서 벌떡 일어나며 김차애 씨를 힘껏 밀쳤다. 김차애 씨가 바닥에 쓰러지는 찰나 나는 총알처럼 튀어나가 바닥에 떨어져 있던 쇠파이프를 집어 들었다. 휴, 살았다는 안도의 한숨이 나왔다.
"무슨 일이에요?"
사람들이 2층 계단을 올라오고 있었다.
"그만 포기하시지?"
자리에서 일어나는 김차애 씨를 향해 승자인 내가 낮은 목소리로 말했다. 검도 3단에 고등학교 때 검도선수까지 한 적이 있는 나는 손에 쇠파이프 하나만 들려 있으면 이런 여자가 아니라 건장한 남자 열 명이 부엌칼을 들고 덤빈다고 해도 얼마든지 상대할 자신이 있었다. 전에 대걸레 자루 하나로 열댓 명의 깡패들을 순식간에 때려눕혔던 것처럼…….

그런데 내가 쇠파이프를 겨누자 김차애 씨의 얼굴에 당혹스러움이 아니라 나를 비웃는 듯한 미소가 천천히 피어오르는 게 아닌가! 저게 도대체 무슨 의미일까? 어둠 속에서 내가 김차애 씨의 미소를 보았다고 생각하는 찰나 김차애 씨가 아래층을 향해 날카로운 비명을 질러대기 시작했다.

"제발 살려주세요, 김내성 씨를 죽이는 걸 봤다는 말을 절대 하지 않을게요. 아악! 아아악!"

겨우 이거였나?

그런데 비명 소리의 울림이 채 가시기도 전에 김차애 씨는 다시 나를 조롱하듯이 빙그레 웃으며 쥐고 있던 잭나이프의 날 끝이 자신의 가슴을 향하도록 고쳐 잡고 두 팔을 힘껏 굽혔다.

"헉! 왜, 왜……?"

나는 아차 하는 순간 진검 칼날에 뒤통수를 베이기라도 한 것 같은 충격과 공포에 휩싸였다.

김차애 씨는 칼을 가슴에 꽂은 그대로 공포에 휩싸여 있는 내 눈을 똑바로 쳐다보며 천천히 뒤로 물러났다. 곧 낮은 창턱에 김차애 씨의 엉덩이가 걸렸다. 바로 그때 사람들이 몰려올라와 손전등으로 겁에 질려 있는 나, 그리고 손가락으로 나를 가리키고 있는 김차애 씨를 번갈아 비춰댔다.

"무슨 일이죠?"

결국 손전등 불빛은 잭나이프가 꽂혀 있는 김차애 씨의 가슴에 고정되었다.

"아악!"

누군가가 비명을 지르는 순간 낮은 창턱에 엉덩이를 걸치고 있던 김차애 씨의 입술이 보일 듯 말 듯 달싹거렸다.

"개티즌들……."

김차애 씨가 힘겹게 뜨고 있던 눈을 스르르 감으며 곧바로 상체를 뒤로 뉘었다. 그러자 김차애 씨의 두 다리가 번쩍 쳐들리며 몸 전체가 창턱을 넘어가 벼랑 아래 바다로 떨어져 내렸다.

"악, 안 돼!"

나는 창문을 향해 달려가며 손을 뻗어보았지만 소용없는 일이었다.

"이 살인마!"

개티즌들이 두 사람을 죽인, 아니, 세 사람을 죽인 나를 포위하기 시작했다.

이제 남은 것은 내 선택뿐이었다. 나는 검도 3단이었고 내 손에는 쇠파이프가 들려 있었다.

「개티즌」 END.

목련이 피었다

초판 1쇄 찍은 날 2011년 8월 3일
초판 1쇄 펴낸 날 2011년 8월 12일

지 은 이 | 강형원 외
엮 은 이 | 한국추리작가협회
펴 낸 이 | 서경석
편 집 장 | 권태완
책임편집 | 조수희

펴 낸 곳 | 도서출판 청어람
등록번호 | 제1081-1-89호
등록일자 | 1999. 5. 31
어람번호 | 제10-0006호

주소 | 경기도 부천시 원미구 심곡2동 163-2 서경B/D 3F (우) 420-822
전화 | 032-656-4452 팩스 | 032-656-4453
http://www.chungeoram.com
E-mail | chungeoram@chungeoram.com
NAVER CAFE | http://cafe.naver.com/goldpenclub

ⓒ 한국추리소설협회, 2011

ISBN 978-89-251-2588-6 03810

※ 파본은 구입하신 서점에서 교환하여 드립니다.
※ 저자와 협의하여 인지를 붙이지 않습니다.
※ 이 책은 도서출판 청어람과 저작자의 계약에 의해 출판된 것이므로,
  무단 전재 및 유포·공유를 금합니다.